中国现代文学馆青年批评家丛书

中国现代文学馆　编

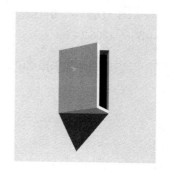

通向"异"的行旅

马兵 / 著

北京大学出版社

图书在版编目（CIP）数据

通向"异"的行旅 / 马兵著 . —北京：北京大学出版社，2019.7
（中国现代文学馆青年批评家丛书）
ISBN 978-7-301-30455-6

Ⅰ.①通… Ⅱ.①马… Ⅲ.①中国文学—当代文学—文学评论—文集
Ⅳ.① I206.7-53

中国版本图书馆 CIP 数据核字（2019）第 084290 号

书　　　名	通向"异"的行旅 TONGXIANG "YI" DE XINGLV
著作责任者	马　兵　著
责 任 编 辑	李书雅　黄敏劼
标 准 书 号	ISBN 978-7-301-30455-6
出 版 发 行	北京大学出版社
地　　　址	北京市海淀区成府路 205 号　100871
网　　　址	http://www.pup.cn　新浪微博：@ 北京大学出版社 @ 培文图书
电 子 信 箱	pkupw@qq.com
电　　　话	邮购部 010-62752015　发行部 010-62750672 编辑部 010-62750112
印 刷 者	三河市国新印装有限公司
经 销 者	新华书店 660 毫米 ×960 毫米　16 开本　23 印张　274 千字 2019 年 7 月第 1 版　2019 年 7 月第 1 次印刷
定　　　价	66.00 元

未经许可，不得以任何方式复制或抄袭本书之部分或全部内容。
版权所有，侵权必究
举报电话：010-62752024　电子信箱：fd@pup.pku.edu.cn
图书如有印装质量问题，请与出版部联系，电话：010-62756370

丛书总序

中国现代文学馆是在巴金先生倡议和一大批著名作家的响应下，于1985年正式成立的国家级文学馆，也是目前世界上规模最大的文学博物馆。中国现代文学馆的主要任务是收集、保管、整理、研究中国现当代文学书籍和期刊，以及中国现当代作家的著作、手稿、译本、书信、日记、录音、录像、照片、文物等文学档案资料，为文化的薪传和文学史的建构与研究提供服务。建馆30多年以来，经过一代代文学馆人的共同努力，中国现代文学馆的事业不断发展壮大，现已成为集文学展览馆、文学图书馆、文学档案馆以及文学理论研究、文学交流功能于一身的综合性文学博物馆，并正朝着建成具有国际影响的中国现当代文学资料中心、展览中心、交流中心和研究中心的目标迈进。

为了加快中国现代文学馆学术中心建设的步伐，中国作家协会党组决定从2011年起在中国现代文学馆设立客座研究员制度，并希望把客座研究员制度与对青年批评家的培养结合起来。因为，青年批评家的成长问题不仅是批评界内部的问题，而且是一个对于整个青年作家队伍乃至整个文学的未来都具有方向性的问题。青年批评家成长滞后，特别是代际层面上"70后""80后"批评家成长的滞后，曾经引起文学界乃至全社会的普遍担忧甚至焦虑。因此，客座研究员的招聘主要面向"70后""80后"批评家，我们希望通过中国现代文学馆这个学术平台为青年批评家的成长创造条件。经过自主申报、专家推荐和中国现代文学馆学术委员会的严格评审，中国现代文学馆已经招聘了4期共41名青年批评家作为客座研究员。第五批客座研究员的招聘工作也已经完成。

7年多来的实践表明，客座研究员制度行之有效，令人满意。中国作家协会党组书记钱小芊在第四届客座研究员离馆会议讲话中，充分肯定了设立客座研究员制度的重要意义，同时对他们未来的学术研究提出了希望。首先是要认真学习马克思主义文艺思想，特别是要认真学习习近平总书记在文艺工作座谈会上的重要讲话，切实加强文学批评的有效性。其次是要真切关注文学现场。作为批评家，埋头写作是必然的要求，但也非常需要去到作家中间、同道人中间，感受真实、生动、热闹的"文学生活"，获得有温度、有呼吸的感受与认识。因此，客座研究员要积极关注当下中国的现实和文学的现场，与作家们一起面对这个时代，相互砥砺，共同成长。

作为"70后""80后"批评家的代表，他们的"集体亮相"，改变了中国当代文学批评的格局和结构，带动了一批同代际优秀青年批评家的成长，标志着"70后""80后"青年批评家群体的崛起，也预示着"90后"批评家将有一个健康的发展空间。为了充分展示客座研究员这一青年批评家群体的成就与风采，中国作家协会和中国现代文学馆决定推出"中国现代文学馆青年批评家丛书"，为每一位客座研究员推出一本代表其风格与水平的评论集。我们希望这套书既能成为中国当代文学批评的重要收获，又能够成为青年批评家们个人成长道路的见证。丛书第1辑8本、第2辑12本、第3辑11本，已分别在2013年6月、2014年7月、2016年11月由北京大学出版社推出，在学术界引起较大反响。现在第4辑10本也即将付梓，相信文学界、学术界对这些著作会有积极的评价。

是为序。

中国现代文学馆
2018年秋

目 录

丛书总序 / 01

第一辑

70后作家的五副面孔
　　——身体写作、颓废、城镇叙事、先锋派、中间代 / 003

作为隐喻、记忆与经历的历史
　　——80后历史书写三调 / 022

通向"异"的行旅
　　——先锋文学的幻魅想象与志异叙事 / 038

自然的返魅之后
　　——论21世纪生态写作的问题 / 053

21世纪乡土文学的"常"与"变" / 068

严重剧透
　　——中国内地原创推理小说近况杂谈 / 076

关于2005—2012年长篇小说生产与传播的调查报告 / 086

"公投"经典与21世纪新文学的典律构建问题
　　——以"华文'世纪文学60家'"为例 / 096

倾听"孤独之声"
　　——2015年短篇小说综述 / 107

故事，重新开始了 / 127

移动互联媒介视野下的微信文学及其可能 / 141

第二辑

《创业史》中的女人们
——十七年文学伦理精神的一个个案考察 / 151

从"医院"到"产院"
——"大跃进"时期现代性问题的一个个案考察 / 158

"皆大欢喜"
——20世纪50年代杨天成三毫子小说的伦理视镜 / 166

第三辑

两个女人的史诗
——评严歌苓的《小姨多鹤》/ 179

《蟠虺》里的技术、精神与情怀 / 186

游牧者周洁茹
——周洁茹香港小说读记 / 198

上海故事的"面子"和"里子"
——滕肖澜小说读札 / 207

为赋"历史"强说愁
——《茧》与被构造的历史焦虑症 / 217

归乡者、悬置者与时代病人
——小昌小说论札 / 229

夜晚的倾心与逃逸的悖论
——欧阳德彬小说论札 / 244

人的孤独是一场风暴
　　——读朱山坡《风暴预警期》／253

被他者化的自我与分裂叙事的隐喻
　　——读学群《坏东西》／259

"芳村这地方，怎么说呢？"
　　——略论《陌上》的本土叙事　／264

劳动之锚与亲情的堤坝
　　——读吴亿伟《努力工作：我的家族劳动纪事》／270

第四辑

"万物有本然，终不为他者"
　　——以《艾约堡秘史》为中心论张炜创作的本源浪漫主义　／281

物欲时代的玄学之光
　　——读赵德发《乾道坤道》／292

告别道德化的乡土世界之后
　　——刘玉栋晚近小说论　／297

表现主义者东紫　／306

温直扰毅，有木之德
　　——常芳小说论　／317

王方晨小说两论　／332

泥河风物有无间　／341

关于周桡的"印象派"／348

后记　／354

第一辑

70后作家的五副面孔

——身体写作、颓废、城镇叙事、先锋派、中间代

任何以代际命名的作家群研究其实都不免有大而化之和削足适履的风险，以及代际内部对于某种异质性美学向度的遮蔽，此外，它也容易放大不同代与代之间的价值与审美的歧异而忽视其间潜隐的关联和承继。比如，对于同属20世纪70年代出生的作家，试图在卫慧、徐则臣、鲁敏、曹寇、阿乙、弋舟、李浩、张楚、艾玛、冯唐、东君、盛可以、安妮宝贝、李骏虎、刘玉栋、路内、瓦当、傅秀莹、滕肖澜等人的小说中提炼归纳出某种共性或一致的文学观念显然比比较他们小说主张的不同要困难得多。事实也正是如此，在绝大多数关于70后作家群的研究中，对于"70后"这一概念的整体性讨论基本来自对这代作家时代境遇、成长背景、历史记忆、知识结构等的描述——他们置身在渐次被文学史经典化的20世纪五六十年代出生的作家和新媒体写作浪潮下来势汹汹的80后、90后作家的夹缝之中的尴尬处境，他们有被在"文革"后成长的文化语境所预设了的对意识形态和宏大历史的淡漠态度，他们渴望找到能与其成长经验相匹配的独特的语言方式和叙事能力而又有深感无力的焦虑意识等。但这种描述相对粗放，既缺乏动态的观照，对细部的比较也语焉不详，因此本文无意再试图就70后

作家群给出整体性的概括，而是借鉴马泰·卡林内斯库著名的《现代性的五副面孔》的命名，从五个角度来分别探讨70后作家群的"不明确性"，以期能呈现这一代作家彼此间并不一致，甚至更多是犹疑、争辩乃至互为悖论的复杂状貌。

身体写作

虽然连个别当事者本人也在日后表示了对"美女作家"这一称谓的敬谢不敏，但必须承认，使得"70后作家"浮出文坛并在相当长的一段时间内表征了"70后写作"特别属性的是由《作家》杂志在1998年第7期策划的"70年代出生的女作家专号"以及由此衍生的"美女作家"之说。

作为70后作家的第一遭亮相，卫慧、棉棉、周洁茹、魏微等七位女作家分享了"美女"之谓，杂志也用了大幅的照片做招徕的手段，这不由得让人想起鲍德里亚在《消费社会》中定义的"功用性色情"："美丽的命令，是通过自恋式重新投入的转向对身体进行赋值的命令，它包含了作为性赋值的色情。"[1] 当然，在唯灵论的训诫中打捞身体并不是70后美女作家的专属，且早已经在20世纪90年代的"私人写作"浪潮和新生代的文学实践中被不断地尝试，然而犹自不同。不论70后的前辈们态度如何决绝，他们身体的愈益激进正呈露出一种对灵的不能释怀，就像陈染在《写作与逃避》中写到的那样，"那个附着在我的身体内部又与我的身体无关的庞大的精神系统是一个断梗飘蓬"，但它却幽灵般压榨出书写者的禁忌感。真正让身体卸脱精神属性的附着进而解构灵

---

[1] 让·鲍德里亚：《消费社会》，刘成富、全志钢译，南京大学出版社，2008年，第125页。

肉二元论、确立身体本位的确实是这批当时走红的"美女作家"。她们的身体叙事既不再具备对抗僵化的意识形态的美学政治意义，也与女权主义关联不大，尽管"身体写作"这一概念更多借鉴自颇有影响的埃莱娜·西克苏的女权主义的名作《美杜莎的笑声》。在她们那里，"身体之所以被重新占有，依据的并不是主体的自主目标，而是一种娱乐及享乐主义效益的标准化原则、一种直接与一个生产及指导性消费的社会编码规则及标准相联系的工具约束"[1]。她们借由解放的身体创造出一个关于身体关系的新伦理，预告了全面的消费意识形态掌控时代的来临，并强化了她们想象自我与世界的方式。

在十余年后的今天，重读《上海宝贝》《糖》《蝴蝶的尖叫》《啦啦啦》等小说，其对情欲和身体的坦荡以至于耽溺依然让人为之瞠目。不过更有意味的还是后来，以卫慧、棉棉为代表，美女作家的"身体写作"在遭遇聚讼纷纭的评判和沸沸扬扬的禁书事件之后在21世纪里很快便淡出了公众的关注视野，卫慧陆续出版有《我的禅》《狗爸爸》，棉棉出版有《熊猫》《白色在白色之上》等，但均已风头不再，正像当事者之一的魏微所说的那样："70后女作家就这样被人遗忘了，它像一阵风，到'宝贝事件'为止，渐趋式微。"[2] 70后作家的第一副面孔如此仓促的收束，固然与部分出版机构在追新逐异动机下的揠苗助长、男性读者的欲望解读与美女作家们的消费诉求的合拍等因素有关，更重要的恐怕还是来自对身体过度祛魅所造成的表达困境。美国的社会学者约翰·奥尼尔在他的《身体形态：现代社会的五种身体》中曾提到，当

---

[1] 让·鲍德里亚：《消费社会》，刘成富、全志钢译，第123页。
[2] 魏微：《关于70年代》，《青年文学》2002年第1期。

"交往身体"被降格为"性的身体",连带的必然是对"那曾经统摄着自然、社会和人类身体的性别化的"[1]文化体系的歪曲。卫慧们似乎也在印证这一点,她们在完成身体的社会脱位的同时也等于交出了作品的底线,于是,我们看到,那解脱灵的束缚的肉身既是小说里无法提供抚慰的"生命之轻",又在现实中迅速窒息了自己。回顾来看,在美女作家上升又陨落的轨迹中,"身体写作"就像一枚钉子,先是把几位其实面目不尽相同的女作家钉在一张标签之下,又迅速被批评界拔掉,留下一个深而圆的孔,提醒人们,70后作家的最初登场有那么一个确凿又空洞的证明。这么说,并不意味着对美女作家的否定,因为她们毕竟完成了一次对于同龄人的塑形,而且以类似献祭的方式拓宽了社会对身体叙事的接受度,为后来者的跟进做了充分的舆论预热。

21世纪涌现的70后作家中,并不乏"身体写作"的践行者,代表者如盛可以、映川、冯唐、尹丽川等,不过为避免重蹈卫慧等的覆辙,他们在大张旗鼓的身体叙写中也注意在"生理身体"和"交往身体"间再建意义的关联,重新赋予身体或道德或历史或批判或反思的意义。且以盛可以为例,在21世纪初,她亦曾被列为"美女作家"的一员遭受陪绑的批判。盛可以对身体的描绘,凌厉铺陈处比卫慧等有过之而无不及,但她强调"解剖身体"与"解剖心灵""解剖生活"的三管齐下,她所书写的各种身体意象无不关联人性的隐疾和生活的疼痛,比如中篇《手术》即巧妙地借女主人公唐晓南的一次乳腺手术,在回溯性的结构里把手术刀指向了都市情感病变的肌理。显然,唐晓南的疼痛之源

---

[1] 约翰·奥尼尔:《身体形态:现代社会的五种身体》,张旭春译,春风文艺出版社,1999年,第6页。

并不是她病了的左乳，而是她被悬置的情感，她从欲望里挣脱，向爱情靠拢，又从爱情的缠腻里跃出试图往婚姻里奔突，却发现最终跌进了她自造的悖论里。身体之病在肌肤，情感之病在骨髓，前者有针石可疗治，后者却只能任其隐痛。于是在小说的结尾，她的身体病变被手术割下，情感的创面却愈溃愈大，无药可救。而在《北妹》的结尾，打工妹钱小红的双乳畸形地膨胀，让她不堪重负栽倒在地，一个底层女子双重的挫败感在这一幕中被凝定。借由乳房的残缺与膨胀，盛可以再一次让女性的身体具有了强烈的文化政治意涵。

且让我们用李师江的一段话来为70后作家的这副面孔作结吧："这一代对文学的最大贡献就是身体写作，这个非常重要，让身体觉醒。当然后来概念被丑化，但是21世纪文学最大的革命，就是恢复了感官的一种写作。"[1] 可见，当这觉醒的身体不仅仅建构自我，也建构关于时代阐释的时候，由此滋养的写作能量才有更大的爆发力。

颓　废

卡林内斯库在《现代性的五副面孔》中探讨了进步与颓废二者间的"辩证复杂性"，结论是悖论式的，即进步并非颓废的"绝对对立面"，而是"进步即颓废，颓废即进步"，尤其20世纪来，"高度的技术发展同一种深刻的颓废感显得极其融洽，进步的事实没有被否认，但越来越多的人怀着一种痛苦的失落和异化感来经验进步的后果"。卡林内斯库进而对颓废这一概念在近代以来的美学建构中进行了知识考古学式

---

[1]《丁天、冯唐、李师江大话70后作家的文学生活》，《新京报》2007年10月31日，第13版。

的梳理，其中引述的尼采对于"颓废风格"的文学定义颇有启发性，在《论瓦格纳》中，尼采说："每一种文学颓废的标志是什么？生活不再作为整体而存在。"[1] 70后恰恰是在一个"坚固的东西都烟消云散"的去整体化、去中心化的时代里成长起来的一代，因此，对颓废的文学理解自然也会构成70后作家审美的重要组成。

和身体写作一样，颓废在新时期的文学发展中其来有自，也非70后作家专有，不少研究者都曾勾勒出从北岛到刘索拉、徐星到王朔再到韩东、朱文这样一条颓废文学的线索。70后作家群中以"无聊现实主义"著称的曹寇在多次访谈中均提到这个线索，他说过"韩东对我影响巨大"，说过朱文发起的"断裂"事件对他"影响甚巨"[2]，还说过"王朔是活着的语言大师"，王朔的写作"改变了这个时代的语言，甚至语境。但是我个人不太喜欢他小说里的一些东西，比如矫情"[3]。曹寇的这些表述透露出两点意思：第一，他的写作可以视为对新时期以来颓废文学线索的自觉接续；第二，以戏谑来调侃矫情的王朔在后辈看来居然也脱不了矫情。

作为一个素来具有道德堕落含义的词汇，颓废长久地被作贬义理解，直到波德莱尔开始在颓废和现代性之间建立一种美学关联，它不但与先锋主义成为近邻，还代表着对腐朽僵化的文化意识的反动，比如阿多诺在《否定的辩证法》中这样说道："在暴力和受压迫生活的世界中，由于颓废拒绝顺从于这种生活及其文化，拒绝顺从于它的粗暴

---

[1] 转引自马泰·卡林内斯库：《现代性的五副面孔》，顾爱彬、李瑞华译，商务印书馆，2002年，第166—167页，第201页。
[2] 《只写自己熟悉的人和事》，《南方日报》2012年4月8日，第A10版。
[3] 《中间代的成长逻辑》，《第一财经日报》2012年3月7日，第C03版。

与傲慢，因而成为更好的潜在可能性的庇护所。"不过，在正统的马克思主义文艺观的理解中，颓废还是一个应该受到声讨的资产阶级的恶的情调，意味着物欲的沉迷和末世的放荡。而王朔的作品正可以在上述两种颓废理解里获得积极的意义：他常常让无所事事的城市青年用庄严的毛语体把自己无聊的生活状态洋洋洒洒地倾泻而出，在"一点正经没有"和"千万别把我当人"的语言快感里借助前一种颓废的否定力量完成对后一种颓废批判的拆解。

到了韩东和朱文这些新生代的作家笔下，王朔式颓废中那种激越的颠覆力开始消退，顽主们英雄末路的情结也被自认廉价的庸俗生活逻辑取代，朱文在《我爱美元》中干脆让主人公宣称："我就是一个廉价的人，在火热的大甩卖的年代里，属于那种清仓处理的货色。"曹寇的风格与朱文看起来很像，但不同的地方在于，他不像朱文那样刻意设置典型的亵渎情境，也没有朱文那种夸张的解构和媚俗冲动，他的颓废是属于"屌丝"的颓废。从王朔的《我是你爸爸》到朱文的《我爱美元》，读者可以清楚地看到儿子的"反道德"如何引导父亲的"伪道德"，看到"父为子纲"的训诫土崩瓦解的过程。曹寇也有不少涉及父子关系的小说，比如《鞭炮齐鸣》《所有的日子都会到头》等，可小说里的父子只是各自平庸，各自无聊，并没有什么不可化解的冲突，曹寇也无意以此反衬家庭温情的虚伪，他只是诚实地呈现中国无数父子关系中的一个真实切片，如此而已。

曹寇曾经在微博中自封"'屌丝'作协主席"，也在访谈中对"屌丝"下过这样的定义："他们在强烈的自卑情绪和与生俱来的自尊心的驱使下，破坏欲和毁灭欲足以消灭地球；而事实却是，钢铁制度规范了他们，从而使他们更像一群患有软骨病的可怜虫。"[1]这一段话可视为是曹寇式颓废的一个注解。迄今为止，除了《我在塘村的革命工作》和《鸡狗之间》等讽刺意义显豁的几篇，曹寇绝大多数的小说都"纠结于生活的鸡零狗碎"和猥琐卑微的市井欲望，"屌丝"在他笔下成为这个国度里沉默的大多数的重要镜像，他们既是底线沦陷、伦理颓败、价值裸奔这些怪现状的受害者，又是带菌者。那些叫王奎、张亮、李芫、高敏的小人物并不妄想拆解什么神圣的道德，只是从众随俗地逃避着价值判断，在一个"生活不再作为整体而存在"的时代里与自己的尴尬和无奈厮守——这些就是作为"屌丝"的颓废。

曹寇的写作并不孤单，与他有呼应的 70 后同辈赵志明、李红旗、程迎兵等都是写颓废无聊的好手，另外尹丽川、李师江、瓦当、丁天、路内、魏新的部分作品也有着类似的面孔，他们无意对生活抒情，反而常在别的作者狠命煽情的地方报以几声冷笑；他们的荒诞感不是什么"形而上"总基于最日常的现实，他们止于对生活即景的描绘，却擅长在一种看似不经意目击的情景里投射出足以让有着同样经验的读者震颤的生活隐痛。

城镇叙事

1970 年出生的导演贾樟柯在与林旭东的对谈中曾提到故乡汾阳"农业社会的背景"给予他的巨大影响，他说："我这里指的并不是农业本身，而说的是一种生存方式和与之相关的对事物的理解方式。譬如

---

[1] 曹寇：《普撸士列传》，《名牌》2012 年第 5 期。

说,在北京这个城市里,究竟有多少人可以说他自己跟农村没有一点儿联系?……而这样一种联系肯定会多多少少地影响到他作为一个人的存在方式:他的人际关系、他的价值取向、他对事物的各种判断……但他又确确实实地生活在一个现代化的大都市里。问题的关键是怎么样去正确地面对自己的这种背景,怎么样在这样一个背景上去实实在在地感受中国人的当下情感,去体察其中人际关系的变化……我觉得,如果没有这样一种正视、这样一种态度,中国的现代艺术就会失去和土地的联系——就像现在有的青年艺术家做的东西,变成一种非常局部的、狭隘的私人话语。"[1]

作为在社会政治、经济、文化等方面相对独立,呈稳定状态的基本政治和社会单元,县城在城乡对峙的区划格局中留下了一个巨大而又暧昧的缓冲地带,一方面,它响应现代化的召唤,投射着向都市看齐的欲望;另一方面,受制于规模和人口,以及文化传统的遗留,它又有着脱不开的乡土意识。近二十年来,随着城市化进程的加快,乡镇县城化,县城都市化,费孝通在《乡土中国》中所定义的"乡土本色"几已不复存在,游荡在城市里的庞大的乡民,使得乡土文明的承续越来越失去固定空间的限制,也很难再被整合为成体系的文化传统。城镇也随之而变,其人际交往还有着"熟人社会"的印记,但价值观念的遽然变化又会让他们觉得陌生无比。正是通过对"城镇中国"的发现和记忆,贾樟柯激活了有着类似生活经历的同一文化共同体中的人对于时代之变的共同感受。贾樟柯的艺术实践在他同辈的70后作家那里同样获得了充分的表现。比如以写作"桃源县"著称的张楚在解释自己为

---

[1] 贾樟柯:《贾想1996—2008》,北京大学出版社,2009年,第45页。

何致力书写"小城故事"时，便这样说过："生活在城镇就像生活在水面之下，你身边不断游过一些浮游生物，你跟它们碰撞、接触、纠缠，然后各奔东西。你可以发现，这些所谓的普通人都有自己的内心世界，他们都有对这个世界的完整认识和行事准则、说话方式。每个人都是一个世界，每个人都是一个宇宙。……中国现在大部分都是小县城，小县城的变化非常之快……在市政建设上，这些小县城已经越来越接近大城市，甚至有些县城跟二三线城市之间看不出什么区别，但是你如果生活在这里就会发现，县城里的人们精神上的贫瘠还是没有改变，城市发展跟人的精神需求是不合拍的。"[1]

确实如此，相比于高密东北乡、商州、耙耧山脉、香椿树街这些属于50后、60后作家的光彩夺目甚至是咄咄逼人的文学地标，张楚的"桃源县"，当然还包括鲁敏的"东坝"、徐则臣的"花街"、曹寇的"塘村"、瓦当的"临河"、刘玉栋的"齐周雾"、艾玛的"涔水镇"、魏微的微湖闸等，70后作家的纸上故地更低调平实，也更能体现城镇叙事的特点，他们借助这些地理空间，或追怀随乡土式微而日近黄昏的"无邪的道德"，或借由个人的成长检阅小城百姓的哀伤喜乐，或惊诧城镇百姓精神异变的乱象，细腻而多角度地完成了对近三十年中国小城镇变迁的文学记录。和贾樟柯屡被称为"平民史诗"的电影一样，70后作家的城镇叙事也不是整全的、条理的、目的明确的，而恰恰是碎片的、细节的和充满迷茫的，正如有学者在评价《站台》时指出的，让人印象最深刻的不是大的事件本身，"而是历史事件之间的过渡时刻，那些不仅经常被历史也被电影所忽略的日常事件"，作为对转变中的历史和生活

---

[1] 行超：《张楚：写作是一种自我的修行》，《文艺报》2013年4月7日。

的描绘，70后的这些敏感的艺术家"复原了这种日常时刻和体验，探索了个体在历史变化的阵痛中所面对的困境"[1]。

　　城镇生活的记忆和经历在某种程度上也决定了他们日后迁移到大城市生活之后的思考和写作的重心，即对寄居在大都市里的外来者命运的关注和对人与城的关系的探求。比如徐则臣，"花街"之外，京漂族构成他创作的另一重点，与充塞21世纪里那些习见的底层写作不同，徐则臣无意竟写京漂族物质的困窘，这不是说他对京漂族显示的苦难视而不见，而是他致力于写出这一特定的群体栖身京城的选择背后的精神隐秘，相对于罗织苦难的惯常笔墨，他更在意去洞察人物幽微难言的内心，也因此，他笔下那些个卖盗版碟、卖发票、卖假证的道德上有瑕疵的小人物总会因为他们内心的某种坚持与善念而得到我们的谅解和宽恕。《如果大雪封门》里，从南方来的京漂小伙林慧聪千万里北上寻梦，为了一个与从未见过的雪花的密约，他在北京清冷的冬日仔细地侍弄着一群信鸽。小说结尾，北京真的"大雪封门"了，虽然不像林慧聪期待的那样如童话世界一般"清洁、安宁、饱满、祥和"，但自有"一种黑白分明的肃穆"，让小林无比满足。只是，作者在收束时又看似轻描淡写地提到另一个期待看雪的京漂小伙宝来，而开头时作者告诉我们，他已经因为脑子被打坏而被送回了故乡。这个没有展开的故事分明为我们呈示了林慧聪的另一镜像，还让故事貌似温暖的结尾有一个清寒的回声——安妥灵魂之地到底属于远方还是故土呢？在《看不见的城市》中，徐则臣借一桩小小的口角引发的农民工之间的谋杀案，逼迫每一个穴居在城市的人正视这些城市的建造者们与城市的关

---

[1]　白睿文：《乡关何处》，广西师范大学出版社，2010年，第88页。

系。看得见的城市脆弱的精神生态和变异的社会生态催生了戾气、暴力和死亡,"看不见的城市"却关联着梦想、远方和希望,其间的辩证真是匪夷所思。

另一位长于乡情乡土风俗描绘的70后作家刘玉栋曾把自己一组童年叙事、讲述故乡齐周雾庄的小说组接成一个小长篇,命名为《天黑前回家》,在出版时书前引用了波兰女诗人维斯瓦娃·辛波丝卡《乌托邦》中的一句诗:"似乎这里只有离去的人们,/他们义无反顾地走向深处。"究竟是"天黑前回家"还是"义无反顾"地"离去",面对业已式微的乡土和失信的城市,这确乎是个艰难的选择。

先锋派

对于70后的文学创作而言,先锋派是一个充满诱惑又意味着危险的词,诱惑在于他们这一代的文学营养受惠"85新潮小说"一代颇多,以至于几乎所有的70后作家都曾有过学步先锋的阶段;危险在于,先锋之于他们不仅仅意味着巨大的"影响的焦虑",还意味着一种严重的时代错位感,在"先锋文学的终结"甚至已经被写入文学史的时候,再度先锋无疑是需要十足的勇气和对文学的虔敬的。而在70后中,颇有几位具备这样的勇气和虔敬之心的先锋文学的传承者,比如李浩、阿乙、阿丁、东紫、东君、朱山坡,这些先锋的信徒孤单又野心勃勃地与"简单化的白蚁"[1]做着持续的斗争。

---

[1] 李浩:《与"简单化的白蚁"作斗争——谈谈宽阔的小说》,《北京日报》2007年9月3日,副刊版。

李浩之于 21 世纪先锋文学的意义毋庸多说，从出道以来，这个卡尔维诺的私淑弟子立志"给文学找回'精英意识'"的先锋立场从来就没有改变过，他的小说有时"像鼹鼠那样专注于人类存在之谜、人类存在的可能和人性隐秘的发掘"，有时则"像飞鸟，呈现飞翔的轻质，提升人类对世界、对过去和未来的想象"，他是马原、格非等之后少见的小说家里的技术主义者，既尝试过《封在果壳里的国王》《国王的冰山》《一个国王和他的疆土》这样的卡尔维诺式的童话寓言，也有过《等待莫根斯坦恩的遗产》和《告密者札记》这样拟仿的翻译体之作，而且他极少重复，当一种叙事实践颇为可观之际，他会决绝地放弃，继续拓展新的陌生的叙事疆界；然而，他又并非一个唯技术论者，在他最炫技的那些小说里，也不难看出其背后对于终极性问题的隐喻或者设问。他多次向人表示他获鲁迅文学奖的小说《将军的部队》不是一篇好的小说，笔者以为，部分原因是因为这篇小说因获得官方的奖项而被阅读广泛，又因军旅的题材而易被纳入一种常规的解读套路之中，李浩真正想要表达的记忆和遗忘的辩证反而会被遮蔽，这等于缩减了小说的阔度和纵深。同样的，他的那些所谓"'文革'题材"、父辈故事也不宜从主题学的角度做过多阐释，它们对于李浩而言更多意味着一种承载玄想和思辨的容器，一种勘探人性和存在隐秘的装置。可以说，在某种程度上，李浩的存在即是对 70 后创作缺乏深度叙述、流于表象叙事的一个反证！

暴力美学是 20 世纪 80 年代先锋文学的重要遗产，也在 21 世纪崛起的后辈先锋作家那里得到延续，在这一向度上用力最勤的当属阿乙。和早年的余华很相像，阿乙的小说里遍布死亡，他说："我时刻不忘提醒人会死这一现实。"这句话让人想起海德格尔的名言："何时死亡的不确定性与死亡的确定可知结伴而行。"[1] 死亡的"悬临"与人性的盲动构成阿乙小说的两个支点,而暴力决定了后者对前者的倾覆。小长篇《下面,我该干些什么》取材于一桩缺乏犯罪动机的少年杀戮事件,阿乙在出版前言中着意其强调了其写作态度的"非正义性",他"遵循加缪的原则,像冰块一样,忠实、诚恳地去反映上天的光芒,无论光芒来自上帝还是魔鬼"[2]。换言之,阿乙对罪与暴力的关注并不是伦理学上的,而是存在主义的,小说中杀人者把杀人的动机描述成渴望"充实"内心匮乏的冲动,这个缺乏明确犯罪指向的理由深深困扰了法官。在这一点上,阿乙确实很接近 20 世纪 80 年代的余华,如果对比余华在 21 世纪里的《兄弟》和《第七天》来看,会更清楚:在《兄弟》和《第七天》中,余华重新开始对暴力的讲述,与早期相比,这两部小说中暴力的生产被明确地指向现实体制,也鲜明地体现了余华严正的社会批判立场。及物的暴力书写使余华找到了面对现实经验发声的方式,但也因此"越来越疏远精神的本质",而后者恰恰是余华在《虚伪的作品》中对"被日常生活围困的经验"不满的原因。当前辈余华选择做一个"正义的作者"的时候,阿乙选择只做一个拒绝评判的"作者"的姿态显现出对典范性的先锋精神的恪守。此外,阿乙的先锋性还体现在其小说叙事和语言的考究上。他也是个叙事技艺的迷恋者,小说集《鸟,看见我了》中的每一篇小说都有一种特别的讲述方式,辅以冷漠精准的语言,让这些小说有着纤敏犀利的先锋的芒刺。

---

[1] 海德格尔:《存在与时间》,陈嘉映、王庆节译,生活·读书·新知三联书店,1999 年,第 296 页。
[2] 阿乙:《下面,我该干些什么》,浙江文艺出版社,2012 年,第 6 页。

山东作家东紫的作品不多，但每一篇都很耐读，她的先锋性体现于一种"佯谬"式的表现主义风格中。她擅长构筑情景，以诱导出平时被掩蔽起来的人性，或能将人们临事的情绪反应做放大的观照，或能压榨出人本我的欲念。以《珍珠树上的安全套》为例，挂在树上的用过的安全套引起了全楼的骚动，可随着叮当的爷爷的调查，落在树上的安全套不但没减少反而日渐多了起来，因为整栋楼的每一扇窗户背后是各怀心思的居户，安全套变成了一把打开他们心门的钥匙：大学同窗兼同事如何为了职务升迁反目，望子成龙的父母为了风化择邻而居，离异大夫与落魄青年潜藏的伤害和欲望……每个人隐秘卑微自私的念头都借助这个情景放大化地呈现出来，那些招摇在树上的安全套也借此完成对人性厚黑的指控。在这个意义上，纠缠于小说真实与否是对小说最大的误读，东紫要的就是悖谬，她那些貌似现实主义的笔墨实则都是关乎人性的预言及寓言。

此外，阿丁小说中对"记忆、逃离与存在"的表达，东君小说尤其是前期作品《荒诞的人》《恍兮惚兮》里对自我生存的渺小感和荒诞感的表达，朱山坡对轻逸叙事的实验、走走的心灵呓语等也都构成70后先锋文学的重要收获。另一位不无先锋色彩的70后作家于晓威在《先锋小说完蛋的11个理由》中对先锋文学坚守者们的努力给予一种同情的调侃，在陈述了先锋小说不合时宜的处境之后，他说："哪怕它会完蛋。然而在一片没有任何障碍或失去目标的地平线上，先锋的身影不管怎么说，还是温暖和激励了我们的双眸，他们孤独行进的勇气和堂吉诃德式的周旋，为文学扯出了一面风一样的大纛。"也许这就足够了。

中间代

由铁葫芦图书策划出版的《代表作·中间代》和《代表作·新女性》以及由书中所选作品的作家的单本小说构成的"代表作"系列图书赋予了 70 后作家又一张面孔，出版方给出的"中间代"定义是："在体制和商业助推文学时，他们被广泛遮蔽，但这同时也使他们保持住与文学的亲密关系，而非急于和市场、评奖等外在条件拥抱。"并且强调编选的"唯一标准是他的作品"[1]，希望借此在纯文学的场域展示出 70 后创作的实绩。出版方的命名方式和编选意图，隐含了要超越代际命名的审美判断，以及发掘游离于传统期刊、网络类型写作、市场偶像写作和官方作协体系之外文学精英的企望，当然，标榜入选作家与文学关系的纯粹显然更多是一种商业的宣传操作。

实际上，"中间代"并非一个新鲜的概念，在中国诗歌界，以安琪、黄礼孩、臧棣等为代表的"中间代"诗人早已深入人心，而且成为诗歌自我命名的一个样本。诗歌"中间代"群体的浮出同样与其置身在第三代诗人和 70 后诗人的夹缝状态有关，他们不甘于被笼统的代际界分所遮蔽，试图"为沉潜在两代人阴影下的一代人作证"，但他们也无意卷入无休止的诗学论争，因而这些诗人自我命名为"中间代"，既指他们介于两代诗人之间的一种现实境遇，更意味着一种对对峙分裂的诗坛均保持疏离的站位，他们坚持允执厥中的诗歌立场，面对时代坚定地发出属于他们的不可被代言被化约的声音。更为重要的是，中间代诗人并不试图以共性来压制个性，而是鼓励群内诗人不同诗歌理想与实

---

[1]《代表作·中间代·编选说明》，北京联合出版公司，2012 年，第 2 页。

践之间良性的碰撞、冲突与融合，以期形成一种切磋砥砺、共同进步的氛围，免于了圈子化和让命名成为另一层遮蔽的风险。

笔者以为，诗歌的"中间代"给小说的"中间代"提供了相当重要的经验。小说的"中间代"由民营的出版公司来命名，固然显现了"阐释文学的权力"进一步由文学的内场域转向传播的外场域，不像诗歌的"中间代"，完全是诗坛内部的行为，不过入选的小说家均表示了对这一概念及其背后运作的商业平台的认可，比如阿乙就指认"中间代"是一个"人道主义概念"，他说："我们除开要关注这些前一代作家在写作方面弄出的新意之外（比如格非、余华、马原尝试大长篇的写作），也要关注真正的新人。而这一批生于70年代的作家像是宝贵的棋子，散落于江湖，并没有得到很好的聚拢，也没有一个可供他们持久集体亮相的合适平台。铁葫芦公司努力做好的就是这个平台。……江山代有人才出，我们今天的文学尊重鲁迅，但文坛并不永远只属于鲁迅。"[1] 曹寇虽认为这个概念本质与写作者毫无关系，但依旧认为它的出现"适逢其时"。这体现出这批本来更多处于民间散兵游勇状态的小说家对抱团取暖的某种渴望，毕竟，集束出击的力量要胜于单兵作战，而"中间代"图书在市场上的成功也真正给了这批作家走近读者的机会。接下来需要他们做的就是像诗歌中间代的同道一样，持久地发出他们不可替代的声音。

值得肯定的是，和诗歌的情况类似，入选"中间代"的作家也无一致的美学纲领。以男作家的那一卷自选集为例，除却薛忆沩、苗炜两

---

[1]《凤凰读书独家采访文坛"中间代"——阿乙》，http://book.ifeng.com/yeneizixun/special/wentanlaonanhai/detail_2012_08/12/16745180_1.shtml（访问时间为2014年11月）。

位 60 后的作家，其他则既包括像冯唐、李师江、路内这样的已经积累了足够多的象征资本的 70 后的代表作家，也有阿乙、阿丁、瓦当、曹寇这样咄咄逼人的新锐，还有追寻在摄影、文学和电影间自由跨界的柴春芽。每位入选者不同的生活阅历、特定的知识结构和思想履历、不同的文学师承和叙事偏好决定了"中间代"审美风貌的驳杂，如果做充分的文本细读，我们甚至可以再罗列出中间代的"五副面孔"。从这个意义上来讲，可以将"中间代"的写作视为作为群体的 70 后写作的一个缩影。

夹缝中生存固然是不可逃脱的现实境遇，但过于强调这个宿命其实是一种不自信的示弱表现，而站位的姿态和立场决定着抗压的强度和韧劲。"中间代"标榜的"直立行走"其实也是 70 后作家在 21 世纪里普遍采取的一种站位，另外对异质性文学元素承载力的大小以及是否有足够多元包容的审美空间也在某种程度上左右着"中间"是否可以成为"中坚"，左右着 70 后文学的走向。可喜的是，中间代的小说家有着坚决的文学抱负和自期："20 世纪 70 年代人的艰辛和寂寞，很可能使他们成为一群真正意义上的文学写作者。他们有可能会跳出政治抒情、西方大师代言、青春期写作、写作寿命短等中国作家的宿命。他们的置身暗地的沉思品质本身已显示出某种难以估量的力量和可能。不过这需要努力和时日。"[1]

北岛在一篇散文中写道："人总是自以为经历的风暴是唯一的，且自诩喻为风暴，想把下一代也吹得东摇西晃。这成了我们的文化传统。

---

[1] 曹寇：《说说 70 后全军覆没》，引自曹寇博客 http://blog.sina.com.cn/s/blog_477fa42a01007uzl.html（访问时间为 2014 年 11 月）。

比如，忆苦思甜，这自幼让我们痛恨的故事，现在又轮到我们讲了。"[1]这段话提醒我们，批评界对于70后的写作缺乏历史感的惯常指责是否也出于前一代人"自诩为风暴"的专断？是否有一种只有宏大叙事品格的作品才是文学唯一的正途的陈旧审美惯性？还有，在我所阅读到的关于70后作家和中间代的批评文章中，有相当一部分认为他们的写作不但历史感不够，而且对现实的表现也是皮相的，没能写出一种本质的现实来。这些批评的逻辑十分有趣，一方面鼓吹一时代有一时代之文学，一方面宣称70后是不拥有历史记忆的一代，一方面又要他们写出具有历史感的作品；一方面指认表现本质的真实是一种陈旧的社会主义现实主义的美学观念，一方面又认为与这种观念自动疏远的姿态是一种对现实生活的逃避。这说明，尽管70后的写作已有近二十年的历史，但是批评界对其成长境遇和美学实践的阐释依旧是浮泛而缺乏同情之理解的。70后的创作任重道远，关于70后的批评也任重道远。

---

[1] 北岛：《女儿》，《失败之书》，汕头大学出版社，2004年，第126页。

作为隐喻、记忆与经历的历史

——80后历史书写三调

1918年5月,《新青年》杂志第4卷第5号刊载了鲁迅的小说《狂人日记》,其中有一段后来被广为援引的话:"我翻开历史一查,这历史没有年代,歪歪斜斜的每叶上都写着'仁义道德'几个字。我横竖睡不着,仔细看了半夜,才从字缝里看出字来,满本都写着两个字是'吃人'!"除了人所共知的启蒙命意之外,鲁迅这一笔的意义还在于,他将"历史"明确地引入新文学的视域,就像孟悦谈到的,从此,"'历史'便如同一位隐而不露的主人公,一份潜藏于本文的空白和我们自身深处的惊人真实,为中国文学标志着一种曾被抹杀和禁止的可能性"[1]。其时,鲁迅37岁——眼下是2017年,1980年出生的最早一批80后也正当这个年纪。有意味的是,很多人,甚至包括一部分80后群体自己都认为,如噩梦亦如幽灵般缠绕了数代人的历史在他们身上溃散了,他们仿如百年前被治愈了的"狂人",不复拥有对历史意识的敏感和焦渴,他们在浑浑噩噩地等待"候补",只是候补的环境不再是腐朽的封建秩序,而是全球化格局中的后现代景观社会。然而不要忘了,鲁迅在《狂人日记》的文言小序中提到的"狂人"的治愈本身就是一个有关历史的

---

[1] 孟悦:《人·历史·家园》,人民文学出版社,2006年,第318页。

深度隐喻和反讽,这提醒我们,所谓 80 后写作的"脱历史化"未必不是另一种介入历史的姿态,何况,文学叙事与历史实践的呼应本来就是多维的。

在讨论 80 后的历史书写之前,有两个现象值得重视,并可作为这个议题发生的背景。其一,20 世纪 90 年代以来,在新历史主义和元史学思潮的带动下,对大历史的逃逸成为包括先锋文学在内的诸多写作形态不约而同的选择,但是经典历史的圣殿意识其实还是潜在地构成批评界重要的评判标准,写出"巨大而连续"的黑格尔意义上的历史依旧是可信赖的美学原则,类似"史诗"这样的语汇也自然成了很多作家的主动追求。而其生也晚的 80 后,一来在历史记忆和历史资源占有上先天劣势,二来他们的成长经验和置身的时代被前辈有意无意地排斥在经典历史理解之外,自然便会被归入到历史"匮乏"或"虚无"的行列。其二,批评界对新时期的典范作家——主要是 50 后和 60 后——的"去历史化"的写作实践通常是持褒奖态度的,认为他们"有意识地疏离这种历史大事件建构起来的 20 世纪的现代性逻辑,试图化解历史化的压力,寻求对它的逃脱、转折的艺术表现机制",由此打开了"汉语小说新的艺术面向"[1]。但是同样的写作观念到了 80 后这里又复杂起来,年轻似乎成了一种历史的原罪。可见,批评界对 80 后写作"历史感匮乏"或曰"历史虚无主义"的批评其实隐含着一种惯性的偏失,一方面将历史观念本质化,悬置对历史的理解;另一方面,对 80 后的时代属性和嵌入社会结构的主体性差异也做出相对表层或隔膜的理解。因此,本文讨论 80 后作家的历史书写,并非要为这个代际做出某种正名,而是

---

[1] 陈晓明:《新世纪文学:"去历史化"的汉语小说策略》,《文艺争鸣》2010 年第 10 期。

尝试做一种"同情"之还原，不预设某一本质的历史价值立场，以抽样的方式观察作为隐喻、记忆和经历的历史经验在 80 后写作中的具体存在样态，以期能呈现一点 80 后历史书写的意义。

作为隐喻的历史

弟弟说：爸，长安街到了
好好看看吧
这就是你走了二十多年的长安街
我坐在弟弟和爸爸中间
差点哭出来
我这才知道
为什么我喜欢长安街
车缓缓经过军事博物馆
经过中南海的红墙
经过新华门
爸爸已经小成了一盒骨灰
坐在我们中间
不占太多空间
车过天安门
我看到
他站在广场上
看我们经过
……

这是春树写于2012年的一首追悼父亲的诗，题目为《上午，经过长安街》。作为80后作家群体中最早浮出水面者之一，也是第一个以作家身份登上美国《时代周刊》封面的中国人，其时已近而立之年的春树（春树出生于1983年）在这首诗中终于同她此前一直背叛的"父亲"达成了和解，父亲的形象被叠印在长安街、军事博物馆、中南海和天安门之上，这当然是一个由家及国的转喻，一次从儿女亲情到政治血缘的升华。尽管这个升华是在一个伤悼的氛围中，春树有意识地拣选了那些具有足够革命意味的地标符号，作为纪念也是理解父亲的承载，似乎隐含着让抒情主体重回历史之脉络的反思。

如果对比她写于十年前的另外一首诗，可能看起来更有意味。2001年国庆节前后在题为《没有想法——写给江姐等》的诗中，她这样写道：

不要跟我提什么腥风血雨
我没见过也不相信
滚烫的愁苦从一千年前
的时空
倾倒过来

也许我们是
心心相印
的人啊

不同时代
有对肉体

的不同

　　折磨

　　我只觉得此时我的痛苦

　　和当初他们一样多

这首诗里，彼时还处于叛逆期的春树以她个人经验的所谓"痛苦"戏谑地调侃了革命的神圣，也嘲弄了刻板的偶像教育。但是，这首"解魅"历史之作又在尝试建立一种新的同历史的对话关系，尤其那一句"我没见过也不相信"，仿佛北岛的"我不相信"的回声，说明这个从革命史里逃逸出来的女孩并没有走出历史。就像《时代周刊》以"新激进分子"和"另类"对她的命名一样，凸显的是她后冷战时代的文化政治身份，和此前的非主流的文化英雄一样，她被塑造为历史激进转换时期担负文化反抗之责的一名旗手。事实上，当我们今天回头再看韩寒、张悦然、郭敬明等几位与春树差不多同时被社会瞩目的最早的一批80后作家，他们不但自我形塑，更被外界命名，他们作为一桩文化事件的登场本身就是一个有关时代的隐喻，他们那时的写作可能是架空的、自我指涉的、叛逆的，但是作为写作者，他们在一个断裂和界限的时刻，以文学作为回应的那种主体意识则应当含纳在历史和时代的框架里予以理解。

也因此，我倾向于认为，从《没有想法——写给江姐等》到《上午，经过长安街》，春树十年走来并非一个与历史渐行渐近或达成默契的过程。坦白说，这类或正或反、有清晰历史感兴的作品在春树的诗歌中是少数，但是它们借助带有巨大隐喻能力的语汇和意象，从个人处境出发，同父辈进行盘诘和对话的方式，在春树自己的写作谱系里占据相当重要的位置。借用崔健的那个说法，春树也是一颗"红旗下的蛋"。江姐、腥风血雨也好，长安街、天安门也好，从排斥到有意引入，这些时代的象喻是同一枚硬币的两面，是她建立自己历史想象力的重要组成。

无独有偶，同样出生于1983年的双雪涛在他的作品里也时常会点出天安门、毛主席塑像等一些巨型的象喻，比如短篇《跛人》。初读起来，这是一个有关青春出逃的故事，用双雪涛自己的话来说，他关注的是"少年站在如丛林一样的成人世界前，感到的孤独和战栗"。如果稍做一点象征式的延伸，也不妨说这个小说写的是，后来者在过来人携带的庞大的历史面前感到的"孤独和战栗"。小说中的女孩刘一朵想去天安门广场放风筝，在她的感召下，男友和她一同登上了一列绿皮火车，在车上，他们遇到一个跛足的中年男人，男人也表示一直"想去看看天安门广场"。这个阴郁又孔武有力的男人告诉他们自己做过很多工作，其中一项是在火葬场挖坑埋放骨灰盒，而现在他以打人为生。在经历过一番莫名其妙的争执后，男人又颓然地告诉他们，自己的父亲去世了。男人下车后，感受到威慑的男孩选择了退却，而刘一朵不知所踪。这个充满隐喻的小说与双雪涛"艳粉街"系列的写实故事不太一样，它在看似破碎的、匿名的个人经验中无处不隐藏着对历史的理解，"跛人"所从事的工作、他跛足的形象还有新丧的体验，都意味深长，在他个人的殊相里分明凝缩着时代的共相。"天安门广场"在小说中既是叙事的推动力，也是左右人物判断的精神化的指引，此外，它还转喻着一种并未失效的普遍的权力话语方式。和一些前辈的写作类似，在这个"十七岁出门远行"的故事里，远行本身被延宕下来，只是延宕的力量不是来自非理性的暴力,而是来自历史的禁忌。

双雪涛和张悦然曾围绕他的成名作《平原上的摩西》做过一个题为"时间走廊里的鞋子"的对谈,在对谈中双雪涛坦陈其写作"有一个向上洄游的过程",表现为对父辈的强烈"求知欲望"。而且就像张悦然观察到的,这种"洄游"赋予了小说一种"时间的纵深感"。与很多强调断裂的同辈不一样,双雪涛始终把他这一代人的时代境遇纳入一种"历史谱系"中理解,他观照父辈的同时也观照自身,尤其在发掘历史隐喻的政治能量及其建构不同时代主体的身份意识这一点上,双雪涛可能是他们这辈作家中最有敏感性的一个。

在《平原上的摩西》中,有一幕令人印象深刻,已经从国营工厂出来下海的庄德增接到过去工友的电话,说红旗广场上的主席像要被拆掉换成一个外国人设计的雕塑。庄德增赶到红旗广场,看到广场围满了人,施工队的吊车和铲车严阵以待,"主席像的脖子上挂着绳子,四角垂在地上,随风摆动"。而双雪涛近来的小说《飞行家》有一个类似的结尾,对准的同样是尼采意义上的"纪念碑式的历史":"二姑夫拉了一下一个灯绳一样的东西,一团火在篮子上方闪动起来。气球升起来了,飞过打着红旗的红卫兵,飞过主席像的头顶,一直往高处飞,开始是笔直的,后来开始向着斜上方飞去,终于消失在夜空,什么也看不见了。"就像有识者所论:"毛泽东时代的'宠儿'市场经济时期的弃儿,昔日的工人阶级如今的下岗工人及其同伴、后代,以一种荒诞而悲壮的方式与这个时代和世界进行了告别……在这个时刻,现实与梦魇、真实与荒诞之间的界限消弭,历史怪兽显形。"[1] 双雪涛就这样用一

---

[1] 方岩:《诱饵与怪兽——双雪涛小说中的历史表情》,《当代作家评论》2017 年第 2 期。

种与他年龄似乎并不相称的历史感怀将自己填置在巨变带来的结构性的空白之处，也证明了 80 后一代并非人们想当然地那样天然与宏大的历史绝缘。

作为记忆的历史

在后现代语境史学的书写中，记忆因为可以在共同体历史的抽象和宏阔之外留下丰盈的细节和切身性的见证而受到尊重，虽然被回忆的过去并不能完全等同于我们称之为的"历史"，但正如研究文化记忆的德国学者阿斯曼说的："在行动获得动力、被合法化、被阐释的地方，在世界被理解为有意义的地方，到处都有回忆在发挥作用……回忆不仅位于历史和统治的中心，而且在建构个人和集体身份认同时都是秘密发挥作用的力量。"[1] 事实上，在 80 后作为代际的形成过程中，记忆所起到的建构和聚合作用是历历可见的。

最早的一批 80 后作家曾不约而同写到他们的青春记忆，共享一种"残酷青春物语"式的身份认同，他们借与前辈记忆的"差异化"，刻意形成一种记忆的边界感。但是这种青春记忆的资源毕竟有限，而且很容易便形成一种同质化的恶趣味。不过，随着写作观念的深化和拓展，近些年来 80 后作家对记忆的书写有了更多的面向，并在代际内部形成一种良性的记忆"差异化"，为他们常被指摘为混沌的生活和道德愿景提供了富有历史语境感的辩护。

---

[1] 阿莱达·阿斯曼：《回忆空间：文化记忆的形式和变迁》，潘璐译，北京大学出版社，2016 年，第 63 页。

2016年，张悦然出版了新长篇《茧》，用她自己的话说，这是一部同"历史的阴影"角力的小说。小说中的李佳栖是一个固执的寻父者。她的父亲李牧原因为洞察了自己父亲"文革"中的罪过而一意成为家庭的叛逆。在大学担任教师的他，1989年心生颓唐，辞职做了一名国际"倒爷"，终日奔波在去俄罗斯的国际列车上，但最终生活潦倒，在一次酗酒后车祸身亡。通过对父亲旧日同事和学生的走访，李佳栖一点点拼凑出一个20世纪50年代出生的知识分子在20世纪90年代迅即到来的商品大潮中进退失据的样貌，并通过他折射出那段急遽转折时期动荡变换的时代主题如何塑造个体的意义又如何消解这种意义。在相关创作谈《生命的魔法，时间的意志》中，张悦然指出这部小说可以被解读为一部"成长小说"，而她本人也在和小说一起成长着。与经典的成长小说叙事模式不同，《茧》虽然结尾落脚在未来，但其成熟意识的获得是靠递进的回忆完成的，整体上是一次漫长的回溯。小说写到了"在场"和"不在场"的两种历史，依托的正是自我和前辈的两代记忆。

坦白说，从整体上来看，《茧》对历史感的营造刻意且用力过猛，不过其对记忆的不懈呈现还是体现了张悦然作为一个所谓"被拣选的见证者"的自觉。法国的记忆史研究专家皮埃尔·诺拉认为"记忆的义务使得每个人都成为各自历史的史学家"[1]，他由此提出一个"记忆场"的概念，作为记忆与历史交互的场域，记忆场有两个特点，一是记忆的意愿，二是时间和主体介入后令意义重现的能力。借鉴这个思路，《茧》

---

[1] 皮埃尔·诺拉：《历史与记忆之间：记忆场》，韩尚译，见阿斯特莉特·埃尔、冯亚琳主编《文化记忆理论读本》，北京大学出版社，2012年，第103页。

的历史书写虽未必破茧成蝶，但即便是作茧自缚，也在罪与罚、遗忘与宽恕、公域与私域等议题间，显示了记忆对过去的重构能力及在自我人格塑造上的责任。

郑小驴在写作初期，也曾一度把前辈记忆作为表述的重心，他的《1921年的童谣》《1945年的长河》《舅舅消失的黄昏1968》《1966年的一盏马灯》《等待掘井人》等小说里密集地出现各种年份，铭刻下芜杂又繁茂的民间家族记忆。海登·怀特有一个观点，如果缺少故事的赋形，那编年史本身只是一个单纯的时间前后相接的序列，历史叙事也将是刻板和僵硬的。郑小驴在上述作品中所致力的就是靠个体和微观记忆点染的故事，形成编年史的叙事性，让历史的呈现更富有一种人性的情味或荒诞，并与那些年份的正史构成一种鲜明的对照，以打破主导性话语对那些年份意义的垄断。换言之，他一方面让年份与意识形态的历史脱节、分裂，一方面又赋予这些年份新的意义，建立年份与被塑造的集体记忆之外的个体记忆之间的对接和弥合关系。这种新历史主义的姿态颇可以见出彼时郑小驴正置身于前辈作家所示范的那种"影响的焦虑"中，尤其他这些小说的命名方式，会让我们一下便想到苏童的《一九三四年的逃亡》等名篇。

后来郑小驴自己对这种以年份来标识历史的刻意做出了检讨，甚至认为这样写是"灾难性"的，不过其写作时自觉而又饱满的历史观照立场却一直延续下来，他开始越来越多地调动自己的记忆，为80后写下"没法回避"的历史，其致力的重心之一是80后首当其冲的"计划生育"政策。在一个访谈中，郑小驴这样谈道："作为受计划生育影响最深的这代人，童年时期的孤独、恐惧与战栗带来的记忆创伤，可能会伴随漫长的一生。"[1] 在记忆研究者看来，创伤本身确是"一种不会消失的过去"，但它会激发记忆主体的一种自我防御和保护，来抑制或释放创伤体验对主体日常的介入。郑小驴对计生创伤记忆的书写近乎偏执地集中在前者，在《西洲曲》《鬼节》《不存在的婴儿》等小说里，他以阴郁的文风和特别的叙述视角，留存了粗暴的计生政策施加于心灵和肉体的双重创痛，这种他自言的"以矛刺盾"的尖锐显现了记忆的"在场感"对那种"有组织的社会忘却"的抵抗。

  难得的是，郑小驴还尝试把创伤记忆的生长性写出来，比如他的《少儿不宜》中那个叫"游离"的少年。"游离"是他之于社会、时代与乡土的态度，从某种意义上说，也还构成小说叙事的动力——整篇小说并未有中心性的事件，笔锋随游离的漫游而走，支离散乱却接近身处成长关键期的少年郎的心理情状。小说也没有正面写到计划生育，但无时不在映射独一代带来的社会结构和伦理的裂变。南岳庙的泥塑菩萨和温泉度假村的哑巴小姐阿倾是游离念兹在兹的情感寄托。前者以它的深沉静穆在游离的成长中担负慰安之责；后者似可看成前者的肉身，她因哑而异于妖冶性感的同行，牵扯起游离混杂着欲念与联系的向往。不过，无论是庙里的菩萨还是现世的肉身，他们的沉默端庄都无力阻止小镇的堕落，游离自己把巨石推到路中间的行为就更像螳臂当车。小说结尾，南岳庙里发生了命案，对菩萨失望的游离点燃了庙宇之后选择南下深圳投奔卖六合彩的朋友表兄，也宣告了少年无忧无虑漫游人世梦想的破碎。小说以"少儿不宜"为题，表层照应文内的死亡、凶杀与色情服务，深层更指向时代的病态及其对独一代少年心灵的吞噬。

---

[1]　郑小驴、张勐：《80后这代人总会有些主题没办法回避》，《名作欣赏》2013年第4期。

游离的离开，再度让我们想起《狂人日记》里被治愈的"狂人"，游离即将进入一个浑浑噩噩的"结构性失忆"的社会，而这更佐证了对他之前记忆留存的可贵。

作为经历的历史

郭敬明《小时代》三部曲的结尾，红男绿女们会聚在上海胶州路707弄1号，不期然一场大火而至，华丽缘和富贵梦都化为灰烬。这场大火是2010年11月15日上海胶州路火灾的一个影射，这桩震惊性的灾难事件如此突兀地侵入到小说之中，将"小时代"的浮华泡影定格在一个历史化的瞬间，繁盛的错觉被见证的错愕无情地戳破了。这也是80后书写中的一个寓言化的时刻，在长江后浪推前浪的代际链条中，正加速历史化的80后该如何书写和面对他们经历的时代，那场大火究竟意味着什么，又带给他们怎样的历史反思？

在构建文学形象和表达生活想象上，曾多年以青年女工身份创作的郑小琼几乎构成与文化资本家郭敬明相对的80后写作中的另一极，但在表达全球化时代中某一个凝缩的中国情景时，他们之间又有着戏剧化的一致性。以2011年出版的诗集《纯种植物》为界，郑小琼的诗歌约略地可分出一个前后期。在前期的《黄麻岭》《生活》《人行天桥》和《完整的黑暗》等诗作里，令人不能释怀的，不仅是机器、铁、断指等意象，也不仅是繁盛与荒凉、荒诞的媾和，而是所有这些事物加起来在其"诗歌内部所折射的耻辱、痛楚和绝望"[1]，还有她作为一个亲历者的

---

[1] 胡桑：《郑小琼：承担之境》，《诗歌月刊》2008年第8期。

怯懦、恐惧和悲凉的抵抗。她记录下一个卑微女工的打工史，作为资本时代一份个人化的证词，就像她自己说的"一些命运不可思议的形成历史，时间偏向梦中／悲伤寄托扑翅之鸟，在遥远的大海尽头"（《蜷缩》）。《纯种植物》以后的作品，她通过对复数人称的回归，以及将具体意象进行形而上的提炼等方式，将打工与生存的切身问题往深处延展，完成了从"视之诗"到"思之诗"的一种跃升，而且，"历史"的面影在诗集中更是频频出现，显示出诗人更内在化的历史批判力。比如，在《蚓》中，她这样写道："骆驼从针孔间弯曲而过，历史从管制中透迤而行。"人民在这首诗中被比喻为"历史的土层之下"以柔软的躯体支撑"大地上的楼群"的蚯蚓，历史的沉痛烛照出"沉默的大多数"最幽微的部分。

《纯种植物》中收录了一首名为《失败的诗》的作品，诗中写道：

    在一首失败的诗间 对祖先深怀愧疚
    目睹权力将精致的汉语扭曲 被暴力
    侵袭过的诗歌 句子与词语
    它们遍体鳞伤 像受伤的鸟只
    在它颤抖与战栗的意义中
    扑闪受伤的翅膀 蓓蕾似的意义
    被摘下 在一首失败的诗中
    可以删掉词语和句子 保留的是一颗颗
    无法伤害的心灵 在被摧残的蓓蕾间
    春天依旧在伤口上灿烂

在这首诗中,"失败"意味着一种拒绝合流的正义,甚至是对受伤心灵的唯一安慰,诗中没有正面出现历史,但对失败经验的珍视,却未必不构成历史经验书写的另一取向。这首诗的题目会让人想起另一个80后小说家霍艳的中篇《失败者之歌》,小说在一个类似寻父故事的框架里,写了父母和女儿两代人的失败,尤其是女儿张小雯,"她被失败者所生,为失败者所养,做着苟且偷情的勾当,到头来自己也是个loser"。霍艳在处理这些形象时,没有像郑小琼那样赋予"失败"以正义的光晕,而是着意写出失败的普在性。值得注意的是,小说在后半部分链接到2012年7月21日北京的特大暴雨,就像《小时代》最后的胶州路大火一样,暴露了城市无上荣耀之下的脆弱,甚至千疮百孔,也提醒人们,每一个现代的神话之后都有一些被死亡悬置的喑哑与沉默。这种现实刻骨之经历的文学复现,应当视为80后对抗历史感知钝化的一种方式。

因此,就像一些敏锐的观察者发现的,类似《失败的诗》《失败者之歌》这样的命名对于80后一批作家的创作确有种总括的意味。而我们要强调的是,频繁地出现于青年作家笔下的各种失败者形象——在甫跃辉那里,是顾零洲式的作为一个都市异乡人的倦怠,是他遍寻意义而不得慰安的焦灼;在马小淘那里,是生命和名字都被成功学蛀成一个空壳的"章某某";在蔡东那里,是一个个反复被粗粝的生活折磨得只好将隐逸情怀和诗意的心性束之高阁的人;在孙频那里,是"疼",是在爱和性的饥馑里受困的小城女性;在郑小驴那里,是"痒",是无法被农村也无法被城市妥帖收编的一个个游荡少年;在魏思孝那里,是努力让无聊变成有趣的小镇"废柴";在小昌那里,是罹患幻听、幻想和幻病的"时代病人"等——不只是主题学意义上的,更是历史意义上的。事实上，针对"历史是胜利者的清单"这种陈腐的一元论史观，史学界早已经出现了大量对被大历史忽略、蔽抑和篡改的落魄者和小人物的研究，文学更没有理由剥夺失败者见证时代的在场权。"失败者家族"的意义也当做此理解，就像郑小驴在题为《80后，路在何方》的文章里谈到的："中国最新的30年里，80后作为参与者与见证者，目睹着这个国家一系列的变故。童年记忆里恐怖的计划生育，以及那个夏天北方所发生的一切，少年时代我们又目睹了教育体制的改革、父母的下岗，而青年时代，我们正迎着房价、物价的飙升，一毕业就下岗的尴尬处境，走在了时代的最前端。"这些作为80后成长负资产的一系列事件内在地形塑出他们的"失败情结"，恰与大历史描述的这一代人的生逢其时构成微妙的对照。

当然，80后写作者对书写失败者形象的不约而同，是依托各自的经验和经历对现实做出的回应，可以构成我们理解他们置身这段历史的微观基础。不过，失败者形象虽有很强的聚合性，但并不意味着失败者的历史是一种具有确定模式的历史。已经进入准中年的80后尤其需要更自觉地清理、思考自我与时代的关系，在一个价值含混的时代之境中，失败形象是否是捕捉现实样貌的唯一方式。戴锦华曾表达过一个追问："中国以现代民族国家取代了阶级之为社会、历史主体的在场，一个由表象到内里的追问是，这究竟是成功的'想象的共同体'的凝聚、召唤，还是全球化时代的扁平化的历史纵深间弥散与游离。"[1] 由80后所吟唱的这曲失败者之歌大约可以视为对这一追问的回应之一。

---

[1] 戴锦华：《光影之忆——电影工作坊2011》，北京大学出版社，2012年，第15页。

综上言之，我们未必认可亨利·詹姆斯那个"小说就是历史"的夸张说法，就本文涉及的作品而言，我们也不是要再导入所谓"历史的文本性和文本的历史性"那种新历史主义的辩证框架里，而是强调无论是作为隐喻、记忆，抑或经历的形态，历史并没有被80后在写作中放逐，尤其是近几年来，重建文学历史感更是成为包括80后在内的一批后辈作家写作的重要维度，甚至构成他们叙事的轴心装置。当然，前提是，我们应尊重80后成长经验的陌生化，不能再对历史感做固化的理解，也不能再把厚重的史诗品格作为判断是否具有历史感的唯一评判。最后必须要补充的是，我们将80后的历史书写刻板地分成隐喻、记忆和经历的"三调"，并将作家分门别类地纳入其下，是就大处着眼，纯粹为了讨论方便。事实上，在作家笔下，历史呈现的方式更可能是多元和浑然的，比如郑小驴的《没伞的孩子跑得快》里对巨型意象的反向隐喻令人触目惊心，甫跃辉的《庸常岁月》《我的莲花盛开的村庄》等小说中充满对父辈记忆的回访，而双雪涛对父辈下岗故事的书写既是回忆也是经历。将他们咏叹历史的和声和复调变成单一的和弦，并且挂一漏万，这是评述者无力的权宜。

通向"异"的行旅

——先锋文学的幻魅想象与志异叙事

德国汉学家莫宜佳在她的《中国中短篇叙事文学史》中把"异"这个概念视为进入中国古代短篇小说的指针，认为"有关奇异、鬼怪、非常、不平凡的形象和事件的描写"不断衍生嬗变，"像一条红线贯穿中国古代中短篇叙事文学创作的始终"，"它是开启中国文化大门的一把钥匙，同时又是反映这一文化阴面的镜子"。鲁迅在《中国小说史略》中也早就指出过，"发明神道之不诬"的"灵异"叙述虽然不断受到正统经史文学观念的抵制和排斥，却又不绝于缕，从庄子到六朝志怪到唐人传奇，再到宋代话本和明清神魔小说，它们经由对鬼魅、奇异之事与物的渲染，使子不语的"怪力乱神"成为中国文学重要的审美经验，甚至堪称一种诗学传统。其实不只古代，晚清以降，不论文学的主潮如何流转，启蒙、革命或改革的叙事如何弹压，志异叙事依然与新文学相伴而在，构成别具特色的文学景观——作为中国本土相对庞杂、流布也相当广泛的一种小说叙事资源，它的创造性转化及其对现当代文学叙事类型的丰富非常值得探究。

比如在 20 世纪 80 年代新启蒙的文化语境中，"寻根文学"和先锋文学的发动在很长时间内被既有的知识框架解读为拉美魔幻现实主义和欧美现代派文学冲击和启发之下，中国文学以"向内转"的方式所进行的回应与模仿，但其实也不可小觑这一过程中本土文学传统的浸润之功。在"寻根文学"那里，这似乎很好理解，虽然批判的对象与批判的资源常常扭结在一起，但"寻根"一词本身就隐含着与传统的对话关系，不论是民族文化心理的重造还是民族惰性基因的检讨，都会指向传统的文化资源。先锋文学就不同了，由于这一概念本身自西方而来，总是以"反"为特征，而且其背后的现代主义的思想资源与现代性还有着复杂的同源关系，因此在惯性的理解中，它似乎是新时期文学诸多形态中受传统影响最少的一个，甚至是要与传统全面断裂的。事实是，在叙事革命、暴力美学和话语狂欢等几个人们熟知的向度之外，对鬼魅和幻象的描写也构成先锋文学表述的一个重心，从20世纪80年代一直到今天，莫言、马原、余华、苏童、格非、杨炼、残雪、韩少功、叶兆言、吕新等都写了为数不少的怪诞神秘的小说，说阴风阵阵、鬼影幢幢亦不为过。先锋文学为何会对鬼魅抱有如此的兴趣？王德威先生尝论，文学中的"鬼之所以有如此魅惑的力量，因为它代表了我们在失去与回归间，一股徘徊悬宕的欲念"，鬼的有无可以"点出我们生命情境的矛盾，它成为生命中超自然或不自然的一面"，反而"衬托出生命想象更幽缈深邃的层面"。[1] 先锋文学的志怪述异，其意义庶几近似——借由通向"异"的行旅，先锋作家激活了相应的传统资源，并加以挪移转化，建构起超逾出工具理性的叙述谱系和现实主义之外的超验空间。

21世纪以来，先锋文学颇有卷土重来的架势，不但老将频频亮剑，新锐先锋亦不遑多让，志异叙事依然是先锋写作的焦点之一，先锋小

---

[1] 王德威：《魂兮归来》，《现代中国小说十讲》，复旦大学出版社，2003年，第357页。

说努力从传统文学中找寻叙事资源和方法，以独特的中国叙述和故事，表达对全球化、均质化审美理解的不同看法，彰显本土文学传统开陈出新的"魅"力。其中曲折，颇堪玩味。

一

莫言把蒲松龄叫"祖师爷爷"，他有篇小品叫《学习蒲松龄》，说的是某天老祖宗托梦于他，将他拉到淄川蒲家庄蒲松龄面前磕头拜师，蒲老头掷给他一支大笔，让他"回去胡抢吧"。小品写得戏谑，却不免是莫言的夫子自道，其实早在1987年，他就表示要告别两座"灼热的高炉"，即告别马尔克斯和福克纳，告别他们代表的那个西方现代派的谱系，回到蒲松龄和齐文化的腹地认祖归宗，结果便是在20世纪80年代末和90年代初，他写了一系列带有鲜明志怪成分的短故事，其中代表作是发表于1989年《北方文学》第9期上的《奇遇》。小说说的是，"我"某日从部队回东北乡探亲，因火车晚点错过了回乡的汽车，便决定连夜赶路走回家。月黑风高，"我"渐觉夜路阴森可怖，各种鬼的形象蹿进脑海，只好靠放声歌唱壮胆。走了一宿，到了村口，遇到邻居赵家三大爷，他执意要给"我"一个烟袋嘴算是还欠父亲的五块钱。等"我"回到家中，告诉父母此事，才知道三大爷两天前就死去了。小说篇幅不长，一副讲故事的说书人腔调，却又在故事的高潮部分戛然而止。不少评论将小说里鬼魂还债的细节解读为对活人的道德揶揄，所谓鬼且如此，人何以堪？笔者却以为，莫言谈鬼的兴致并不关涉道德，而更像是享受志异叙事带来的"神聊"快感，他借鬼来探勘叙事真幻的边界，在魔幻现实主义之外，找到一条本土的打破虚实的自由通道。因此，《奇遇》在莫言磅礴芜杂的小说创作中虽不起眼，意义却不容低估，它的"人鬼同途"的叙事结构日后被莫言不断搬用，放在诸如《夜渔》《怀抱鲜花的女人》《我们的七叔》《战友重逢》《拇指铐》等作之中，并对之踵事增华，成为莫言作品中具有强劲的叙事能量和破除成规意义的非常特别的一个系列。

莫言之外，以"人鬼同途"结构故事的先锋小说家还有几位，比如苏童和叶兆言。

苏童的作品素来鬼气缭绕，颇具辨识度。他有篇小说取名《仪式的完成》，小说中的民俗学家希望在一个僻远的小村中重演遴选鬼王的仪式，最后却导致自己的非正常死亡。这个阴郁神秘的小说本身即如一场招魂的仪式，就像莫言一样，苏童也不断在作品里召唤各种幻魅的意象，设置人世与鬼域的对应，进而消泯生死的界限。典型的如《樱桃》，邮递员尹树总能在某家医院废旧的铁门旁边碰到一个穿白睡袍的叫樱桃的女孩，每次见到尹树，樱桃都要询问有无自己的信件。尹树对樱桃由好奇而生同情，答应去医院探视她。等去医院那日，才知道樱桃自己所言的病区早改成了太平间，而她本人则是一具很久无人认领的冰冷的尸体，手里居然还紧握着尹树送给她的手帕。这个小说与《奇遇》非常相似，苏童也在生人洞悉死者真相的一刻悬置了鬼魂的身份，樱桃手里的手帕和三叔的烟袋嘴并没有像民间的鬼故事那样，在阳光下变成某种阴间的秽物，而是仿如一个通灵的媒介，提醒读者注意生死的辩证和日常生活的幽微；樱桃的化鬼作祟也并不像传统志怪小说那样有着明确的报复或者报偿的目的，她对尹树的召唤似乎只是要弥补自己落空的等待。

叶兆言也有个类似的小说，名为《绿色咖啡馆》。小说写的是一个叫李谟的青年男子无意中被街头新开的一家绿色咖啡馆所吸引，店名几个字"厚重方朴，仿佛从古代墓碑上拓下来的"，此后他又与一个从这家咖啡馆里出来的神秘女人有了数次邂逅。出于好奇，李谟有一天走进咖啡馆，发现店里清冷异常。李谟将此事告诉同事张英，张英却说那街口根本就没什么咖啡馆。他们一同坐车经过街口时，李谟惊诧地发现绿色咖啡馆果然不见了，取而代之的是一排房子。一个月后，李谟又一次见到那个神秘的女人。女人邀请他去她家私会，李谟在女人家床头的镜框里看到一个男人的照片，而那个男人居然就是他自己。张英告诉李谟他声称有咖啡馆的街道即将拆迁，因为那里交通事故频发，刚刚就有一个姑娘被碾压得脑浆迸裂。李谟却在下班后依旧向他熟悉的街口而去。据说，《霍夫曼志异小说选》是叶兆言的手边书[1]，恩斯特·霍夫曼这个德国后期浪漫主义的代表人物在中国知音寥寥，却佐证了叶兆言对志异小说的特别兴趣。不过仅就《绿色咖啡馆》来看，叶兆言更多还是用了本土志怪的元素——神秘女子的鬼魅身份虽未坐实，但她平素总从古墓一般的咖啡店中出入，而且李谟同她交往后，脸色发青，就像《画皮》里被女妖附身的王生。

叶兆言炮制这个并无新意的人鬼同途的故事，当然不是为了单纯依附在那个庞大的叙事传统上做一点改写的噱头。细读起来，《绿色咖啡馆》同《樱桃》和《奇遇》在叙述的起伏上保持了相当的一致性：咖啡馆是有还是无？出入咖啡馆的神秘女人是人是鬼？她对李谟是恶意是善意，是求助还是利用？李谟投怀送抱的结果是生是死？这些作为一则志异故事最为核心的内容都被悬置起来，蓄意的引而不发延宕了读

---

[1]《叶兆言》，《南方都市报》2010年4月10日第16版。

者对真相的渴望,他们对于鬼魅的好奇也随之被置换为一种对未知的迷惑。由此,小说将"志异"之"异"暗暗地关联到"异化"之"异"上,李谟对那个身份不明甚至生死不明的女人的追逐何尝不是一种孤独情境下的寄托?《樱桃》中女孩苦候信件不来,暗示她被抛弃的命运,而尹树是"邮局里的一个怪物",总用冷漠的目光拒绝着同事的交谈,他们的相逢不也可以看作两个脱序者的相逢?还有莫言后来的《怀抱鲜花的女人》,如果说在《奇遇》中,莫言更看重说书人式的民间叙事带来的出入虚实的自由度,那在《怀抱鲜花的女人》里,莫言的志异叙事则有更多对人的精神和灵魂世界的观照,那个如影随形跟着解放军王四回家并最终与他一同拥抱死去的神秘女子,她所代表的难道不是一种对日常程序化的世界的反动吗?因此,这些小说引"鬼"上身,看重的乃是志异叙事对荒诞虚无的人生体验的体贴传达,以及其丰沛的想象所赋予文学空间的内爆力。

回到这些小说写作的时代,新启蒙的理性自信和现代化神话在20世纪80年代中期开始受到现代派的质疑。用韦伯的话说,现代就是"理性祛除巫魅",问题是以现代化原则筹划的公共生活并不能内在地建立人的心灵秩序,文学该如何回应一个祛魅的心灵世界?也许答案之一就是,通过复魅的方式。我们当然不能把中国先锋文学潮起的背景与西方现代主义兴起的背景做简单的比照,但是死亡之于人类的"悬临"是普在的,人们因之而有荒芜迷离的日常感触也是普在的,威廉·巴雷特在《非理性的人》中把人存在的这种荒芜感描述为:"异化和疏远人生基本的脆弱性和偶然性之感;理性面对存在的深奥而无能为力;'虚无'的威胁以及个人面对这种威胁时的孤独和无所庇护的情况。"[1] 在先锋小说家看来，异化、虚无、荒诞和孤独作为一种本质化的生存状态，工具理性不但不能轻易化解，反而会加以放大，所以他们才会质疑所谓的"常识"，有意引"鬼"上身，用人与鬼同途纠缠的含混不清，获取对悖论的人生体验的体贴传达，传统的志异叙事也借此完成一种创造性的转化，成为先锋文学非理性写作的重要面向。

二

《阅微草堂笔记》卷二《滦阳消夏录二》中有一段关于灾荒之年的惨象记录：

> 盖前明崇祯末，河南山东大旱蝗，草根木皮皆尽，乃以人为粮。官吏弗能禁，妇女幼孩，反接鬻于市，谓之菜人。屠者买去，如疱羊豕。周氏之祖，自东昌商贩归，至肆午餐，屠者曰：肉尽，请少待。俄见曳二女子入厨下，呼曰：客待久，可先取一蹄来。急出止之，闻长号一声，则一女已生断右臂，宛转地上，一女战栗无人色，见周并哀呼，一求速死，一求救。周恻然心动，并出资赎之。一无生理，急刺其心死；一携归，因无子，纳为妾，竟生一男，右臂有红丝，自腋下绕肩胛，宛然断臂女也。后传三世乃绝。皆言周本无子，此三世乃一善所延云。

---

[1] 威廉·巴雷特：《非理性的人》，杨照明、艾平译，商务印书馆，1995年，第36页。

这段笔记本意在劝人行善，但对饥荒中屠戮"菜人"的描写让人倍觉惊悚。熟悉先锋文学的读者在惊怖之外，一定会有似曾相识之感。没错，就是余华的《古典爱情》。小说中的柳生进京赶考，途中得到佳人惠的青睐，二人互生恋慕之情，私订终身。无奈柳生科考蹉跎，三年后当他再次经过惠家的深宅大院时，发现一切已荡然无存。当地正闹饥荒，甚至有将人当场宰割出售的"菜人市场"，而惠便成了一个酒店的"菜人"，一条腿被割下售卖！

《古典爱情》发表于1988年底，其时余华已经奠定了自己在先锋文学中的地位。翻看此时余华的创作谈，他大量地谈论卡夫卡、福克纳、海明威和川端康成等域外现代派作家对自己的滋养，谈论由"欲望""想象"和"经验"构成的生活和作品的关系，但几乎不涉及任何传统文学的话题。《古典爱情》，还有大约写作于同一时段的《鲜血梅花》和《河边的错误》在余华写作的脉络中往往被解读为是以戏仿类型文学的方式来进行的反类型的先锋实践，我们姑且认同这一思路，但对于《古典爱情》中多重纠缠的志异叙事依然有分辨的必要。

在最外层的叙事框架上，《古典爱情》戏拟的当是汤显祖的《牡丹亭》，很多研究者都提到过这一点，柳生和柳梦梅、惠和杜丽娘构成一种对位关系，二者在进京赶考、私订终身、借尸还魂等基本的情节设置上也是一致的。不过，《古典爱情》在上述每一个情节点上都以出人意料的方式与《牡丹亭》的大团圆逻辑背道而驰，用杨小滨的话便是："余华有意无意地用《聊斋志异》里怪异的情节结构挑战才子佳人爱情故事的正统叙事。"[1]《古典爱情》会让人想到《聊斋志异》中的《公孙九

---

[1] 杨小滨：《中国后现代：先锋小说中的精神创伤与反讽》，上海三联书店，2013年，第209页。

娘》,莱阳生和公孙九娘到了末了还是阴阳悬隔,且公孙九娘"烟然灭矣",正如惠的还魂未成。还有更近似的,《搜神后记》中的《李仲文女》,也是因为活人等不得而开棺验看,导致女子生而复死,"肉烂不得生"。《古典爱情》中让人印象最深刻的笔墨还是前引那段从《阅微草堂笔记》中直接挪移来的"菜人"记述。它是戏仿,将才子佳人的重逢放置在人人相食的绝境之下,自然让古典爱情的尊严和浪漫荡然无存,可是对于这时还沉浸在暴力书写中的余华而言,它又何尝不是一种指向历史残酷的正向的观念宣泄?有人说,小说中"与传统叙事格格不入的骇人悲惨事件压倒了与整个故事的震撼和变态不相称的传统模式中的叙事声音"[1],但是不要忘记,整个"骇人悲惨事件"本身也是一种传统模式的叙事声音。如果说在构造先锋文学的合法性的话语中,西方先锋文学资源具有一种类似自明的价值意义的话,那《古典爱情》则说明了在先锋话语内部,传统的志异叙事尽管被压抑被戏仿但却又能萌蘖为一种带有异端色彩的能量——被蓄意颠覆解构的"古典",因为古典叙事资源的介入,而变得含混起来。惠飘然而去,未能复生,可是这一幕"古典爱情"的叙述却似"长出新肉",从棺中幽幽而来。

余华的拟旧写新在其时并非个案,从1987年到1992年,汪曾祺先后写了一组题为"聊斋新义"的小说,包括《瑞云》《蛐蛐》《黄英》《画壁》《陆判》《同梦》等十余篇。汪曾祺在文学史里算不得先锋作家,但作为一个在20世纪40年代就尝试过意识流手法的老现代派作家,他对于20世纪80年代出现的"现代派"文学其实很感兴趣,而且他还被格非等推认为是先锋文学的源头之一,其作品与先锋文学的内在关联,

---

[1] 杨小滨:《中国后现代:先锋小说中的精神创伤与反讽》,第210页。

尤其这组自觉追寻"现代意识"的"聊斋新义"的写作动机颇值探讨。他曾谈道:"我看了几篇拉丁美洲的魔幻小说,第一个感想是:人家是把这样的东西也叫作小说的;第二个感想是:这样的小说中国原来就有过。所不同的是,拉丁美洲的魔幻小说是当代作品,中国的魔幻小说是古代作品。我于是想改写一些中国古代魔幻小说,注入当代意识,使它成为新的东西。"[1] 1987 年初,他写下"新义"系列的首篇,然后受邀到爱荷华大学参加"国际写作计划",这次国际的旅行更是触动了他的传统之思,又一次谈道:"中国的许多带有魔幻色彩的故事,从六朝志怪到《聊斋》,都值得重新处理,从哲学的高度,从审美的视角。"[2] 将这两句话合观,那汪曾祺所谓的"当代意识"也就相当明确了,他要在《聊斋》题材中灌注进现代性的审美和哲学,激活传统资源和现代的对话关系。这样看来,其旧题新作式的"小改而大动",与余华等先锋后辈们借古典传递激进的美学意图相比,确有异曲同工之处。

不过在具体的改写思路上,汪曾祺的处理恰恰和余华是反向的,余华看中的是志异叙事耸人听闻的叙述效果对理性边界的突破,汪曾祺则是以"义"代"异",减少了原素材中的惊悚和奇诡的成分,融进焦虑、荒诞等具有表现主义和存在主义质素的思考,将原素材的道德拷问转换成生存拷问。比如《蛐蛐》《瑞云》都改掉了原来的大团圆结局,代之以悲剧和缺憾,而在《陆判》中换头之后的朱妻平添了一种身份的困惑,投射出现代人式的"自我怀疑"或者说是自我的分化。

有趣的是,汪曾祺做的工作在二十多年后又被新锐的作家接起,

---

[1] 汪曾祺:《关于中国魔幻小说》,《汪曾祺全集》第五卷,北京师范大学出版社,1998 年,第 250 页。
[2] 汪曾祺:《〈聊斋新义〉后记》,《人民文学》1988 年第 3 期。

近年来非常活跃的 70 后女作家王秀梅在 2015 年发表了《四十千》和《瞳人语》等《聊斋》的"同题小说",以"向蒲松龄致敬"。其实在写作这些同题小说之前,王秀梅对志异叙事已然情有独钟。她有一篇鬼气很重的小说叫《第九十九条短信》,写一年轻女子与一个孤魂一样的男子的短信情缘,恍惚幽眇,几乎就是一现代版的《聊斋》故事;又如她的名篇《去槐花洲》和《再去槐花洲》分别借鉴南柯一梦和《晋书》中王质入山斫木,见二童对弈,观棋后而"斧柯烂尽"等述异外壳,诉说都市女性对庸常人生的焦虑和渴望越轨的憧憬。

《聊斋》中的《瞳人语》说的是某生为人浮浪,行事轻薄,在戏弄一女子后双目生翳,眼中住下一对时时对谈的小人。某生知道自己遭遇报应,遂一心向佛,眼病渐愈。异史氏说采录这则故事是为说明两点:一是报应不爽,二是鬼神虽恶而"许人自新"。王秀梅的同题小说即从这两点出发,以余德和老孙遭遇报应后忏悔赎罪来结构故事,在薄荷的身份疑团中一点一点展开被欲望、情感、罪恶和暗黑的回忆魇住的人性。人贩子余德为了自我救赎,出狱后辗转接近薄荷,并自称"鬼使",以一则则的《聊斋》故事敲开薄荷的心门。《四十千》的原作本来说的也是果报之事,王秀梅将其改写后,情节变为一个被父亲抛弃的孩子遭遇心理变异之后开始施行种种恶行,侧重探究的也是人性的幽暗。在《瞳人语》中王秀梅着意写到,余德在狱中曾被一哲学教授点化,教授告诉他:"蒲松龄写的不是虚妄,而是一种大的存在,他讲的所有故事都有必然的因果关系。"这一段话显然更像王秀梅的夫子自道,她以哲学理解志异,并以之为基础构建自己小说的"因果体系和表达途径"。也正因此,王秀梅重述《聊斋》的路子和余华、汪曾祺又有不同。就如古人所谓:"物不自异,待我而后异,异果在我,非物异也。"王秀梅擅长制造悬疑，恐怖气氛也点染到位，但因为对因果关系的重视，在情节的关键元素上她往往出虚入实，一面复魅一面祛魅，关注的焦点也从志怪本身移至异史氏的说解上，拟写奇诡之事，实探人性之理。

三

吕新是先锋作家中颇有异质锋芒的一个，从20世纪80年代中期到今天，他是少数能保持自己鲜亮的先锋品格而不轻易随顺于时代者之一，他文风阴郁，情绪敏感，常用多线的并置叙事，叙述视角灵活，并且笔下"常常游荡着鬼魅之气"[1]，给人阴阳莫辨、恍惚难测之感。最能代表这种鬼气弥漫风格的小说，是他发表在21世纪初的《石灰窑》。

由于叙事焦点频繁转换，叙事顺序是完全打散的，《石灰窑》在整体上相当晦涩，小说有很多对奇诡之事的描写，比如石灰窑招来的帮厨女子小沙，有两个据说已经死去多时的弟弟鬼三和鬼四，他们总是一言不发地上门讨吃食。有评论者以为，这篇小说的底子是《聊斋》中的《凤阳士人》，即著名的"三人同梦"的故事，汪曾祺曾将之改为《同梦》。吕新对原作进行了"大改大动"，里外翻新，"以惊悚激活人们的认知，唤醒人对于存在的遗忘"[2]。小说确实写到男人之梦和女人之梦，也写到梦中身份不明的人对梦主的伤害，但它把素材中"同梦"这个灵异可也过于巧合的情节置换为男人和女人不同的破碎之梦，梦中隐伏着各种让人莫名恐慌的暗示，梦中的叙事和现实的叙事也繁乱地缠绕在

---

[1] 林舟：《靠小说来呈现——对吕新的书面访谈》，《花城》2001年第6期。
[2] 郭洪雷：《新世纪中国先锋小说备忘录》，《山花》2013年第3期。

一起。这或许说明，吕新改写志异故事的兴奋点并不在志异本身，而在于如何承载和镶嵌这些志异元素，让情节的异和形式的异形成一种内在的互援和呼应关系，以共同抗拒这个"日益透明、赤裸、共同化、一体化"的世界。这样说来，他那些让人不得其解的复杂叙事既参与了对志异的构建，其实也消解了读者探求志异之根由的动机。就像《石灰窑》中小沙和鬼三、鬼四这三姐弟的身份是否是鬼并不构成悬疑的阅读之饵，因为小说中所有人的话是梦中是实中、是真是假，都无法明确判断，那也就可以免于判断：是鬼固然让人脊背生凉，是人，那他们那永远的缄默，更让人觉得艰于忍受。

吕新这种处理志异的方式不由得让我们想到格非的观点，他认为传统故事里的紧张、恐怖和悬念都会被解答，从而与读者达成和解，而现代小说则拒绝这种和解。格非在很多场合都提到过，传统故事与个人经验和媒介信息一起构成当下小说素材最重要的三个来源，但同时他又警惕滥用传统故事对现代小说品质的伤害。既要召唤传统，又要对传统做出某种反制，格非小说中神秘和幻魅元素的呈现即对应着这一辩证。

获得鲁迅文学奖的《隐身衣》被格非自己解读为带有一种"哥特式"的惊悚，尤其是结尾部分，这个解读强调的似乎是小说本身与爱伦·坡那种"来自心灵的恐怖"的哥特小说之间的某种联系。小说确实提及不少"异人""邪性"和"玄虚"之事，比如堪舆者对崔师傅命运的谶语，毁容女那令人惧怕的面容和姣好身躯的嫁接，以及她的来历不明，还有最神秘的丁采臣，他的营生勾当，他的生死未卜，这一切在阅读上也着实给人怪诞恐怖之感。格非自己解释说，因为在写作这个人物时恰恰看到香港电影《倩女幽魂》，便信手将宁采臣拿来改为丁采臣。《倩女幽魂》改编自《聊斋志异》中的《聂小倩》，宁采臣即故事的主人公。以格非对中国传统叙事作品的熟悉，他当然知道宁采臣典出何处，但无论在小说还是后来的解说中，他都有意绕开《聊斋》而只谈《倩女幽魂》，其实这种撇清反而显现了《隐身衣》与《聊斋》等传统的关联。正是借助志异的资源和素材，格非得以在真实可信和故弄玄虚之间保持一种叙事的弹性，也给这个匡世有讽的小说披上了一层"隐身衣"。当然，就像格非坚持的，他拒绝了对悬疑的解释，最大化地保持着开放的收束，也给读者容留下尽可能多的想象空间。可以这样说，对于近年来强调重建小说故事德性的格非而言，志异叙事之于他有一种认识论的意义，"称道灵异"的叙事外观可以在他忧心忡忡的内心与要使作品负担的批判话语外，构建一道合适的屏障，形成区隔于常态现实主义文学的内在牵制力。

事实上，异与常的对峙与相互的衍化，体现出当代文学不断调整以顺应历史理性和道德理性压力的姿态，而幻魅相对写实的辩证也体现了作家在时代演进中对生命可能被异化的思考与反省。除了我们讨论的格非和王秀梅，21世纪先锋写作的志异叙事可观者甚多：马原以"牛鬼蛇神"命名小说，在对成长历史的追记中融会哲理性的真幻之辨；莫言《生死疲劳》以六道轮回，写中国人的变形记；苏童的《黄雀记》以失魂开始，以找魂贯穿；冯唐有"子不语"系列的写作构想，拟"通过历史上的怪力乱神折射时间和空间范围内的谬误和真理"；80后作家颜歌对"异"字心领神会，她的《锦瑟》《异兽志》和《朔夷》等小说，以异类精灵的视界标注青春别样的体验……确如莫宜佳所论，"异"这一概念的出现，不但开辟了可以发挥作家丰沛艺术想象力的空间，也成为定义作品性质和价值判断的重要因素，"它正如蒲松龄小说中的笑声，引导读者进入'异'的世界,而后又回到自己的文化中"[1]。当然,志异叙事在当下的生命力并不取决于对迷魅玄怪之物的描写如何花样翻新、摄人心魄,而在于可否在后现代的全球化语境中借助这些资源尝试与畸变的社会现实沟通对话,可否真正呈现并反省对生命与人性产生异化的力量,以异史补缺正史。

---

[1] 莫宜佳:《中国中短篇叙事文学史》,韦凌译,华东师范大学出版社,2008年,第292页。

自然的返魅之后

——论 21 世纪生态写作的问题

生态写作无疑是构成 21 世纪中国文学的重要景观，比之于 20 世纪八九十年代，21 世纪生态写作的浪潮有三点突破：第一，它从根本上质疑了把自然物化、固化为人类从中谋取利益的外在资源这一启蒙现代性的核心原则，要求人类在遵循大地伦理的信约之外，恢复其幽深玄远的神性，重新对自然"赋魅"。第二，文体上，小说、诗歌、戏剧、散文全面参与，越来越多的生态文学奖项的设立则佐证生态文学强旺的创作态势，而张炜、贾平凹、韩少功、迟子建、刘庆邦、阿来、红柯、陈应松、叶广芩、于坚等一线作家的亲力亲为更凸显生态写作本身巨大的感召力。第三，生态批评与生态写作之间保持了一种高度呼应的态势，尤其近年生态理论成为国际美学界新的学术生长点，相关论题的讨论也为国内的生态写作提供了更富前瞻性和学理性的视角，而不只是简单停留在义愤和批判的层面。可以说，21 世纪十年来，文坛产生了一批既有社会影响又富艺术特质的生态文学佳作，但也相应暴露了一些重要的问题，阻碍了生态文学向纵深处的掘进，有必要对之加以梳理检视。

其一，价值基点反转的二元对立思维普遍存在。

21世纪以来生态写作的重心是检讨人类中心主义,提倡生态整体主义,但是在大量的文本中我们看到人与自然二元对立的思维依然普遍存在,不过是将两者的位置做了一个颠倒,即由过去的以人为中心反转为以动物或植物为中心,这种书写思路所体现的热切峻急的生态立场毋庸置疑,但却是对生态整体主义删繁就简式的理解。因为无论是利奥波德提出的"和谐、稳定和美丽"三原则,还是罗尔斯顿补充的"完整"和"动态平衡",在生态整体观的理解里生态整体主义不是要为人和自然万物重排座次,它也不等同于自然中心主义,其"基本前提就是非中心化(decentralization),它的核心特征是对整体及其整体内部联系的强调,绝不把整体内部的某一部分看作整体的中心"[1],它以内在化地建立起万物和谐共生的生态圈为己任,而人类也是这个圈子中重要的成员。与以人类的名义过度地攫取自然一样不可取的是以利自然的名义把人类排除在生态圈之外,任何非此即彼的写作都是远离生态整体的写作。

堪称生态文学奠基之作的卡逊的《寂静的春天》出版后,曾在美国引起巨大争议,几家化学制剂公司甚至模仿卡逊的笔调炮制出《荒凉的年代》和《僻静的夏天》等小说,描绘化学杀虫剂如何使全球摆脱虫灾的困扰,并预言杀虫剂被禁用后,各类昆虫肆虐,将给人类带来无尽困扰。有个埃德温·戴蒙德(Edwin Diamond)在《星期六晚邮报》上这样谴责卡逊:"担忧死了一只猫,却不关心世界上每天有一万人死于饥饿和营养不良。"这样的行为和声音显然暴露了批评者人类中心主义或者说传统人道主义论者的固有面目,而这恰恰是生态整体主义的伦

---

[1] 王诺:《生态整体主义辩》,《读书》2004年第2期。

理观所试图扬弃的。但戴蒙德的质疑的确表征了人类发展主义与生态观念之间艰难耦合的复杂多样性，尤其对于后发现代化国家来说，这个问题更是难以回避。在有些生态主义者看来，是"分配不公和贫富差距"导致了全球发展的不均衡，而"生态系统在总量上早已给人类提供了足够维持生存的资源，是无止境的贪欲和对奢侈生活方式的无止境的追求，使人类的需要远远超出了自然的承载能力"[1]，但这里显然也规避了前现代形态的族群和后发现代化国家的生存及民生问题。陈应松在关于他"神农架"系列小说的演讲中，举过这样一个例子："县扶贫办有一次到一个乡去扶贫，有个女的，丈夫得病死了，一个十几岁的孩子照秋被熊咬死了，孤苦伶仃一个人。扶贫办给了她一百块钱，她什么反应也没有，没有说声谢谢。扶贫办就给村长说这事，说这女的不识好歹，连感谢的话都不会说。村长就去批评这女的，一问才知这女的不知道这是钱，她从来没见过一百元的，见过最大的是十元的。我还看到当地的一些扶贫调查，缺衣少食也不是个别；孩子辍学的大有人在——因为附近没有学校，有的孩子从六岁起就要到几十里外的学校去住读；没有医疗，没有通信设施，没有路，没有电灯，上一趟街、赶一趟集要走两三天。"[2] 而在 21 世纪里，为数不少的生态写作者在把生态失衡的罪责归因于人之后就宣告了人在生态圈中的缺席，或者不加分辨地把人与自然做绝对的对立。如陈应松本人的《豹子最后的舞蹈》，读者从豹子绝望的眼睛中看到了猎人的凶残，但恰恰没有看到作者谈到的山区贫穷问题，当然在其底层写作如《马嘶岭血案》中他集中

---

[1] 王诺：《生态整体主义辩》。
[2] 陈应松：《神农架和神农架系列小说——在武汉图书馆的演讲》，《长江文艺》2007 年第 6 期。

演绎了这类议题。陈应松二分式的处理所佐证的正是生态与发展的两难。换言之,在生态写作和底层写作中致力甚勤的陈应松在两类主题间给自己制造了一个互为否定的难局。

迟子建在写作《额尔古纳河右岸》前去走访调查鄂温克的族群时也发现,在下山定居之前过游牧生活的鄂温克人的平均寿命只有三十多岁,而越来越多的鄂温克年轻人也主动选择到山下定居点生活或到山外面更广阔的天地去。虽然鄂温克走出的女画家柳芭魂归故里的故事是触发迟子建写作的动因之一,但不可否认的是,这个小说也遮蔽了那些选择主动下山生活的族群内的声音。任何民族都不可能是封闭在传统里面不再演进发展的,现代化进程中边缘族群的命运和前景问题也不该只有"尴尬、悲哀与无奈"[1]这样的面向。早于迟子建之前,以书写鄂温克人的生活著称的鄂温克族作家乌热尔图曾在《声音的替代》《不可剥夺的自我阐释权》《弱势群体的写作》等文中多次强调民族或种族故事的本族书写的重要性,他认为任何一个民族都拥有自己无可替代的民族性和文化性,对于它们的阐释权,只应该由该民族掌有,而不能允许其他民族尤其是强势民族来任意或无意地挪用、盗用、替代性地置换。乌热尔图的观点显然有把民族认同问题做绝对化理解之嫌,但也提醒我们强势民族对弱势民族的文化理解确实容易蹈入民俗猎奇或"文化标本"式的套路上去,从而在多民族的文化语境内形成类似东方主义那样的文学景观。而生态写作尤其需要警惕这个问题。霍米·巴巴认为,文化多元性"混杂"的意义就是要超越主流与他者、强势与弱

---

[1] 迟子建、胡殷红:《人类文明进程的尴尬、悲哀与无奈——与迟子建谈长篇新作〈额尔古纳河右岸〉》,《艺术广角》2006年第2期。

势、"我—他"这样的等级关系。一个存在于书写中的"充满矛盾"的"混杂"空间，文化冲突会非常激烈，而对话也会由此深入，"这就意味着我们必须冲破少数族裔原生态文化思想的禁锢，走出对他者文化价值一劳永逸的认同和歌颂，沉潜于民族生存生活根部，敏锐地触及当下人们精神生活的深处，关注民族文化价值在社会进程中所经历的精神危机和蜕变，审视并回答民族特性、民族精神在全球化背景中的张扬、再造与重生"。[1]

再如经常被人拿来做比较的《狼图腾》和《藏獒》。前者之所以引起巨大的争议与作者姜戎把狼性做了绝对化乃至偏执化的理解有直接关系。小说以几十个关于狼的片段组成，如狼在捕食旱獭、黄羊时的策略与智慧，在围猎蒙古马群时的疯狂与血腥，以及人狼大战的惊心动魄，小狼终难被人类驯服的蛮劲和执拗等，展示了草原牧民既受狼害又与狼不可分离的依存之理，诠释出"学狼，护狼，拜狼，杀狼"的狼图腾崇拜背后的生态元素。书中多次提到的"大命"和"小命"的辩证，所体现的也正是一种朴素的生态观。不过，虽然作者一再强调他鼓吹的"狼性"不同于弱肉强食的"丛林法则"，读者也不否认"狼性"对民族性格中刚性气质的塑造确有重要的意义，但据此就把农耕文化全盘指认为所谓的"羊性""家畜性"而一笔抹杀，这不但在文化逻辑上难以成立，即便在生态意义上也有失察羊之生态作用的嫌疑。其实，探讨"民族品德的消失与重造"是个由来已久的命题，诸如鲁迅、沈从文、老舍、曹禺等大师都有深入的思考，取蛮野的力量注入衰颓苍老

---

[1] 李长中：《汉写民现象论——以迟子建的〈额尔古纳河右岸〉为例》，《中国图书评论》2010年第7期。

的民族肌体中重新激发民族蓬勃的活力也是其来有自的思路,但是绝非一个"狼性"标签就能诠释透彻的。但在该书长达两万言的后记中,姜戎直接把狼与羊的自然角色套用在对草原民族和农耕民族的理解上,已经把文化问题转换成了一个21世纪全球化背景中的民族竞争问题,自觉不自觉地把生态思考变成了"种性"思考,生态写作的意义自然也被转换和误读为民族自强的迫切性,其所标榜的自然的价值基点也就难免被消解和隐藏了。

杨志军的《藏獒》三部曲是以反拨《狼图腾》、表达自己对"狼性原则"的义愤的面目出现的21世纪里的又一超级畅销书。以最有影响的第一部为例,小说通过对从上阿妈草原到西结古草原的藏獒冈日森格引发的一连串故事的叙写,浓墨重彩地歌颂了藏獒这个犬种的高贵、自尊、英勇和忠诚。作者在接受采访时说:"藏獒是凶猛的,它总是忠诚地守护着自己主人的领地,它不会去侵犯别人的领地,但是如果别人侵略了它的领地,它就会奋力反抗。藏獒是人类的伙伴,它忠诚而勇敢,见义勇为是它的本能。在物质发达、灵魂残缺的现代社会,人类社会越来越缺乏的东西,正是藏獒所拥有的东西。因此,我想通过藏獒,在批判'狼性原则'的同时,树起人类精神的一面旗帜。"[1]小说中多处将狼与獒做对比,在《狼图腾》中被视为自然之精华、草原之灵魂的狼在獒的对比之下却是"欺软怕硬""自私自利""明哲保身""动不动就翻脸背叛"的,作者甚至借人物之口宣称"狼的存在就是事端的存在",而在草原上,人们最喜欢的其实是有着"沉稳刚猛而又宽宏仁爱"精神的藏獒,因为"在牧民那里,道德的标准就是藏獒的标准"。[2]但

---

[1] 杨志军:《藏獒精神更值得人类学习》,《济南时报》2007年7月10日。
[2] 杨志军:《藏獒是一种高贵的存在,狼不是》,《光明日报》2005年11月11日。

正像有些敏锐的读者看到的，小说中狼獒截然相反的评价其实完全是以是否利于人类作为判分的依据，而那句一再被重复的神秘咒语"玛哈噶喇奔森保"正代表了人类对藏獒的驯服和控制。所以，在《藏獒》浓郁的自然风情之下实则潜伏着相当固执的人类中心主义的立场。

现在看来，21世纪的这场"狼""狗"之争，是因双方都未从自觉缜密的生态整体立场出发，而是从对于某一动物物种的个人偏爱出发，所以难免走向另造中心、有违生态正义的歧途。俄罗斯作家乌斯宾斯基在《土地的威力》中提出这样一个观点，歌咏大地的作品不一定要把"动物界和丛林中信奉的真理"当作真理，这提醒我们：突破惯性的人类中心只是生态写作的第一步，更重要的是，超越某一视角的自限，赋予所有物种平等的生命意识，以获取认识和体验整个世界生命的能力。

其二，自然乌托邦心态导致的城市生态题材作品极度匮乏。

在一些生态批评者看来，"文学作品能够进入绿色经典的首要条件之一便是要有明确的空间意识"[1]，他们的证据是，给读者持久震撼的生态文学往往有浓郁的地域色彩，因而"位置"的正确再现成为生态写作的基本职能。似乎是为印证这种说法，几乎所有关注生态议题的作家都格外强调自然和野外的重要。关注生态的作家们不约而同地选择面向自然，争做大地之子，把忧愤与批判、瞩望与寄托集中投向了森林、草原、海洋与乡野，而把背影留给了城市，这里固然有强调自然的原生态对于生态和谐构建的关键意义，有强调大地是人类共同原乡的意义，也有为保护自然领地免于不测的生态预警的意义，但同时也意味着一个巨大的遮蔽在悄然形成，那就是城市生态关怀维度的缺失。特

---

[1] 韦清琦：《走向一种绿色经典：新时期文学的生态学研究》，北京语言大学2004年博士论文。

意标举"自然乡野"的"位置"优先性甚至是绝对性,而排拒非自然空间生态写作的正当性,这无疑也有悖于生态整体观念。

事实上,城市生态是生态整体的重要组成,是人类栖境从自然生态向人工生态、再向高度复杂的复合生态形式演替的最高阶段,其基本特点包括:第一,因缺少分解环节,物质循环系统基本上是线状而非环状的,所以其自我调节的能力远逊于自然生态。第二,其结构除自然生产结构外,还包括社会结构和经济结构,综合复杂性远超过自然生态。第三,城市的资源性、集聚性与稀缺性同时具备,系统关系以正反馈超过负反馈为特征,再加上对不可再生资源的强烈依赖性及生态链条的相对简单,这些因素决定了城市生态系统是不稳定的人工生态系统。据我国生态环境部发布的相关资料,中国的城市发展依然面临极为巨大的环境压力,相比于自然生态遭遇侵蚀的危机,很多城市的生态或者是被破坏殆尽,或者处在艰难的自我修复期,这其实为生态写作提供了相当尖锐的、富有现实意义的题材。但遗憾的是,这一题材被绝大多数作家主动放弃了。

乐于倾诉边地经验而疏于城市生态关怀的偏失的出现,首先与前述把人排除在生态建构的绝对思维方式相关——人与自然的二元对立在这里被转换成为城市与乡村的二元对立,也与生态写作中普遍存在的"自然乌托邦"心态有直接的干系。从某种意义上说,苇岸在临终前的"最后的几句话"中所写到的——"我非常热爱农业文明,而对工业文明的存在和进程一直有一种源自内心的悲哀和抵触,但我没有办法不被裹挟其中"——已经预言了他奉行的田野主义的终结。然而虽然追随他脚步者甚众,且不乏踵事增华者,但都有意或无意地回避了苇岸这"最后的几句话"。如新疆作家刘亮程,他一再书写的黄沙梁的地理空间固然有限，但在他生态性视野的观照之下，小村是无限向大地敞开的，这让刘亮程的书写由日暮乡关的"原乡"记忆而上升至融入自然的"原野"追思，在更澄阔的境界里彰显其不但是乡村之子，更是自然之子的身份意识。但是他在张扬乡土生活对浮躁的人心抚慰的同时，也用一种粗粝的方式把治疗城市生态问题的复杂性大大缩减了，这在《城市牛哞》《通驴性的人》等篇什中表现得相当突出。

其实作家自己也知道退缩到"世外桃源"的僻远之地并不能真正解决问题，就如张炜的《刺猬歌》中的结尾，廖麦和美蒂苦心经营的农场处于天童集团巨大的推土机虎视眈眈的环围和觊觎之下，"融入野地"的追寻到头来只是一次延宕。因为对城市的失望而回归乡野，却被城市的触角无远弗届地探触到，在张炜一个又一个的逃离叙事里，他让自己的悲慨充分蓄势，极易引爆读者情绪和情感的共鸣。但是从逃离到终无处可逃，作家所体现的生态义愤是一以贯之的，即把城市化视为生态问题的万恶之源，并没有一个逻辑的上升。这种生态写作思路的局限是显而易见的，以悬置现代化、历史化进程的方式，来获取精神超越的可能，为其竭力渲染的生态诗性便难免空洞化、泡沫化。

对比来看，在世界范围内，回归自然式的写作也构成生态文学的大宗，但优秀的作家并不因此就回避对城市问题应有的担当，比如美国著名的生态作家、以写作《沙漠独居者》著称的爱德华·艾比，他坚决反对唯发展主义，甚至提出过非常激进的"生态性有意破坏"的理念，即要为保护生态环境而对破坏生态的设备进行反破坏，但他同时强调"以开放、多样化、宽容、个人自由和理性为基本价值"，强调对人的生存境遇与人格尊严的尊重，希望通过对人内心理性的重建及人文生态的改善来对环境生态施加有利的影响，他"看到了一条走出自然与文化这对矛盾的途径，他相信通过人类公平而理智的妥协，可以达到一种平衡稳定的状态。在牧歌般的荒野和噩梦般的都市两极之间，需要寻求妥协，从而达到平衡"[1]。

又如苏联作家艾特玛托夫享誉于世的《断头台》也是一部写狼的长篇生态小说，但在人与狼的恩怨这条主线之外，艾特玛托夫又特意设了一条副线，叙述了神学院学生阿夫季的故事，通过对这个"新基督"式的人物的塑造，通过他救恶扬善的人生追求及生活磨难，来探讨人的精神状态与社会生态及自然生态之间共振的关系，从而把生态写作的主题意蕴引向了更深邃、更富有思辨性的层面。当然，艾特玛托夫式不无宗教意义的善恶之辨和救赎之道在现实实践中能有多少实际的效力也是值得怀疑的，《断头台》亦难脱乌托邦的色彩，但其最值得人们珍视之处是艾特玛托夫面对问题而勇于承负的态度。所以比较而言，21世纪来中国"融入野地"式的乌托邦写作其实质是脱离城市的一个人的自渡，即以个体与自然关系的修复求得心灵的安适，而"阿夫季"式的乌托邦其实质是渡人，即寄望通过对人们良心的激活来纠偏全人类的精神迷乱和生态迷失，在境界上，阿夫季是一味留守村庄、憎恶城市者所不能比拟的。

叶广芩在一篇呼吁生态保护的文章中曾谈到自己"并没有刻意地去写作所谓的'环境文学'，而是什么样的素材感动了我，我就写什么，但我写出的作品往往是和环境糅合在一起的。比如说，我写《老虎大福》《熊猫碎货》《山鬼木客》《猴子村长》《黑鱼千岁》等，全是因为我所在的环境给予我这些真实的素材，给予我一种创作的激情，如果不

---

[1] 程虹：《寻归荒野》，生活·读书·新知三联书店，2001年，第229页。

把它写出来，就觉得这些事情不为人知会很遗憾"[1]。而在她的生态小说中，除了以其挂职的秦岭地区为素材的上述诸篇之外，还有《乌鸦卡拉斯》这样以城市为背景的作品。小说借一只乌鸦偷肥皂的故事写日本人已内化为日常生活习惯般的对待动物的宽厚之心，故事的素材显然来自作者留日的经历。小说虽然不像她的秦岭系列那么悲情，那么触目惊心，但依然彰显出鲜明的生态意识来。而其更重要的意义则在于它说明对于优秀的作家而言，生态写作不应该预设"空间"，而应遵从内心的指令，以严正敏感的态度对待所处的环境，在苍茫葱郁的自然颖悟之外也莫忘记城市里严峻的生态问题。

其三，过于切急的心态容易让生态文学流为生态功利文学，同时生态写作也面临类型化的危险。

生态文学虽然是一个以"文学"为中心语的偏正结构的文学术语，但其基本的内涵和题旨都是由作为修饰成分的"生态"来规定和给出的，这势必造成人们在评价生态文学时，首先关注的是作品是否具备充足的生态忧患精神，是否体现出生态关怀的伦理面向，这种思路不能说有错，但"很容易导致生态文学的非文学倾向，使其创作和研究只关注生态危机的事实揭露和生态价值理念的传达，而放松，甚至忽略了作为文学作品的审美价值以及作家在叙述生态时所显现出来的艺术转换能力。对生态文学来说，这绝非无足轻重，而是关系到现实生存和未来发展的大事，它涉及对生态文学的定位和作家艺术资质的查验"[2]。质言之，和一切具有使命意识和现实对应的文学形态——如问题小说、

---

[1] 叶广芩：《生态保护之链：敬畏、感恩、行动——在发展和保护两难中前行》，《绿叶》2008年第5期。

[2] 吴秀明、陈力君：《论生态文学视野中的狼文化现象》，《中山大学学报》2008年第1期。

革命文学、改革文学、底层写作等——一样,生态文学有被巨大的责任感扭曲为另一种功利性文学的可能。尤其是近年来,随着国民生态意识的日渐高涨,生态文学越来越受到关注,其能在各种评选中频频获奖即是明证。风潮之下,许多原来并不特别关注生态话题的作家也纷纷试手,这其中固有佳作,但也不可否认,平庸之作亦不在少数,因为有些写作者不过是看中了生态二字的招牌,希望借由题材的优先性搭一程生态顺风车,或寄望复制某个成功个案,这种不无投机的心理,既欠缺对于生态环境应该起码具有的虔敬态度,也因为肤浅的理解和生硬的表现而无法给予生态伦理那种美学和诗性的提升,难免使生态文学沦为生态说教或者生态口号。

也正是因为跟风之作的大量存在,21世纪的生态写作面临着类型化的危机,即便在相对优秀的生态作品中,我们也不难看到雷同的构思模式。一个最简单的例证是,在陈应松的《豹子最后的舞蹈》前后,还出现了一批"最后一个"式的动物小说和散文,比如叶楠的《最后一名猎手和最后一头公熊》、袁玮冰的《最后一只黄鼬》、沈石溪的《最后一头战象》、叶广芩的《老虎大福》、彭波的《最后一只藏羚羊》、李存葆的《最后的野象谷》、曹保明的《最后的狼群》、葛建中的《最后的藏獒》等,这些作品都因为诉诸"最后"的纪念,而可能达到伤悼与悲情的最大化,以唤醒人们对那业已消失或正在消失的动物种群的关注,其积极命意是毋庸置疑的,但若放在生态文学自有的范畴来看,如此密集的"最后"的故事所凸显的恰是创作者随俗而乏个性的撰著思路,也容易给读者造成审美的疲劳。有论者认为,此一局面的出现,是因为"求真的自律,拖了生态小说的后腿,使他们产生了唯恐僭越事实的顾忌,以致不敢轻易调动有效的想象或虚构来充实并强化文本的生态表达,文学话语的'想象空间'在真实性的名义下被残酷吞噬,由此不可避免地稀释了作品的艺术色泽和意蕴深度"[1]。但在笔者看来,想象力匮乏、不够飞扬并非问题的主因,在上述的"最后一个"式的写作里,不少故事一看而知是想象的结晶。事情的关键恰恰在于,中国的生态书写由于缺乏有定力地对某一生态链条或生态圈持之以恒的关照,也就无法洞悉那一生态群落真正的奥妙所在,换言之,正是因为"求真的自律"不够,作家可以调动的素材有限,才只能依靠凭空的想象来填补,又因为"最后一个"故事所具有的巨大情感的感召力,便不免造成想象力向此的集中。又比如,21世纪以来近乎泛滥的"狼"文学,除《狼图腾》等有限几部作品之外,其余大都陈陈相因,个别炮制之作更是粗制滥造,除了对狼做出一反传统的理解外,这些小说在对狼的习性、生活与命运的描写上彼此大同小异,甚至相互抄袭,其根源也并非因为想象力不足,而是缺乏姜戎那样数十年关注草原狼的心得,缺乏他搜集到的大量关于狼的史料和资料,也缺乏他真正爱狼如己的痴迷。求真与想象力看似是一对矛盾,但对于像动物小说这样有明确伦理诉求指向的文学而言,前者是后者飞扬的基础和前提。

"求真的自律"缺乏的另一表现是,在西方作为生态写作重要构成的博物学式的自然写作在中国始终不成气候。在有些中国的生态批评者看来,博物学式的写作因强调谨严的科学态度而容易流于枯燥干瘪,变成事无巨细的观察笔记,这其实是一种误解。就像享誉于世的法布尔的《昆虫记》,把专业知识、人生感悟和自己细致入微的观察熔为一炉,

---

[1] 雷鸣:《危机寻根:现代性反思的潜性主调——中国当代生态小说研究》,山东文艺出版社,2009年,第213页。

语言平实隽永，很多篇都是绝好的美文，而法布尔本人也因此被称为是"昆虫界的荷马"。又如被称为"美国鸟类学之父"的亚历山大·威尔逊在长达十数年的实地观察后，写下的九卷《美洲鸟类学》，既是动物学的经典文献，也是优美的散文巨著。而在当代西方生态文学界，追随法布尔和威尔逊的写作者不在少数，著名者如美国女作家安妮·迪拉德，她颇有梭罗风格的《汀克溪的朝圣者》用翔实丰茂的语言记录下作者在汀克溪畔观察到的四季更迭和岁月迁变中自然界微妙的变化。而反观中国的生态写作，像苇岸那样厮守着观察自然、体验自然、收集自然、记录自然的尝试是非常稀有的。从这个层面上讲，《一九九八：二十四节气》的意义不只提供给中国生态文学一个精美的文本，更启悟人们一种生态写作的思路，一副如何面对自然的眼光，就像迪拉德在《汀克溪的朝圣者》之"看"的一章中强调的，在对自然"凝聚性的看"和"随意性的看"的交织之中，自然之美与魅会向个人充分敞开，个人也将获得独特卓然的审美体验。所以，倘使生态写作者都能有苇岸那样的坚持，有自己"看"的独特面向与独出机杼的想法，即便写的是同一片热地，也会因视野和切入的关怀角度的差异而呈现出斑斓多彩的样貌。

这一思路也适用于那些致力于在某一题材做专注开拓的写作者，如郭雪波对草原狼的关怀、杜光辉对可可西里的守望、张炜对葡萄园的融入、刘亮程对故乡的执拗等都已彰显出可贵的定力，这些作家对自己书写领域的熟稔让他们笔下的故事比同题的其他作品在思想性和艺术性上都更成熟更大气，但他们也同样面临如何摆脱对既有写作素材的依赖、转换固定的写作范式、开拓新的写作空间的挑战。以郭雪波为例，他的"狼""狐"系列作品数量多，影响也大，可是各小说之间就多少存在某些情节重复的弊病，将《大漠狼孩》更名为《狼孩》出版，是有避免盗版的商业考量，但如《沙狐》《银狐》《沙狼》等篇确是在共享同一个核心情节了。同样的反刍式写作在别的作家身上也或多或少地存在，这一现象的出现更证明，作家通过长期体察自然、思考自然得来的素材已经被使用殆尽，到了必须更新、充实自己的生态写作资源的时候了。

正像有的批评家敏锐地觉察到的，生态文学所关注的虽然看似是外在的自然，但赋予这种关怀价值的是"人的内部的自然"，这种文学所表现出来的种种症结的根本"还在于我们的文学创作的自身'生态问题'总是处于群体性的懒惰型而非个体的创造型的链节"[1]。21世纪的第一个十年已过，中国从政府到民间对改善生态的关注越来越多，越来越焦灼，但生态恶化的趋势并没得到有效遏制，人们对于环境污染等破坏生态的斗争注定是艰巨而长远的。作为一种具有社会影响力的、能有效传递人们生态情怀的文学形态，生态写作也将因此而继续艰难地负重前行，我们期待更富个性、更富冷静、更富生态整体观念、更富审美滋养的生态文学作品的出现。

---

[1] 张清华、汪政等：《现代中国语境下的自然、生态与文学》，《芳草》2007年第5期。

21世纪乡土文学的"常"与"变"

20世纪中国的乡土文学被固化为以鲁迅为代表的乡土批判和以沈从文为代表的乡土抒情这两大传统更多是为了叙述方便的一种权宜,其实两者往往是胶着在一起的。即以沈从文而论,1937年,再次回到湘西的沈从文发现三年前自己在故土的杞忧被坐实了,在现代文明的照拂之下,《边城》里顺天知命的自然大化已然遁去,"表面上看来,事事物物自然都有了极大进步,试仔细注意注意,便见出在变化中堕落趋势。最明显的事,即农村社会所保有那点正直素朴人情美,几乎快要消失无余,代替而来的却是近二十年实际社会培养成功的一种唯实唯利庸俗人生观。敬鬼神畏天命的迷信固然已经被常识所摧毁,然而做人时的义利取舍是非辨别也随同泯没了"。寄寓着深广忧患的批判精神的《长河》便直接因应于这个"杞忧",小说以辰河上一个小小的水码头做背景,来写这个地方"一些平凡人物生活上的'常'与'变',以及在两相乘除中所有的哀乐"。[1] "常"中包括超稳定的以宗法为基础的伦理结构,相对稳定的小农经济的生产关系,雷德菲尔德之"小传统"意义上的文化传承,作为安妥个人乡愁和人类家园意义的精神征象,远离工业文明、洋溢自然灵魅的风土人情色调,以及被批判的矛头所指的无意识的浓酽的封建意识和乡村权力秩序。"变"所瞩目的则是上述

---

[1] 沈从文:《长河·题记》,重庆《大公报·战线》第971期,1943年4月21日。

"常项"在与现代化的猝然相遇中所经历的价值位移与嬗变，它既代表打扫封建残余的积极指向，也每每承担乡土风情光晕耗散的消极后果。"常"与"变"的错综实际正表征了乡土文学之批判与抒情两种价值立场的错综，启蒙与眷怀、质疑与留恋、疏离与回返、审视与依偎，面对乡土的诸多复杂对立之意绪，都是一体两面的关系。而21世纪的乡土写作所呈现的鲜明的矛盾性和异质性体现的依然是写作者在"常"与"变"中难做取舍的惶惑与焦虑。

21世纪乡土写作最大的"变数"在于，在远比沈从文感受到的现代气息强大得多的城市化、全球化和消费主义浪潮的觊觎之下，随着"常项"出现了丁帆先生所谓的"本质性的解体"和"本质性的转型"，费孝通在《乡土中国》中所定义的"乡土本色"几已不复存在，游荡在城市里的庞大的乡民，使得乡土文明的承续越来越失去固定空间的限制，也很难再被整合为成体系的文化传统，于是，"守土"的乡土经验逐渐被转化为"虚土"（刘亮程）、"无土"（赵本夫）与"废乡"（贾平凹）的体验，如贾平凹在《秦腔》后记里所言："旧的东西稀里哗啦地没了，像泼去的水，新的东西迟迟没再来，来了也抓不住，四面八方的风方向不定地吹，农民是一群鸡，羽毛翻皱，脚步趔趄，无所适从，他们无法再守住土地，他们一步一步从土地上出走，虽然他们是土命，把树和草拔起来又抖净了根须上的土栽在哪儿都是难活。"正因此，他的写作才"充满了矛盾与痛苦"，"不知道该赞歌现实还是诅咒现实，是为棣花街的父老乡亲庆幸还是为他们悲哀"。阎连科则表达了如下的困惑："你所熟悉和写作的资源——写作中必须依赖的那块土地，在社会转型中发生了巨大的变化，这种变化不仅是物质的，更是精神的；不仅是日常生活的，更是人的灵魂的；不仅是土地、村落、山河、林地这个地理空间的，更是人的思维、思想和伦理道德这个内在空间的。现在，面对这个转型，给我，甚至是我这一代作家带来的困惑是，你所熟知、熟悉的土地和乡村，是过去的，不是现在进行时的；属于你的那个'本土'和'乡村'，是昨天的而非今天的。"[1] 而刘庆邦、陈应松、孙惠芬、周大新、刘玉栋、罗伟章等在21世纪乡土写作中致力甚勤的作家也都通过作品不约而同地表达了类似的疑惑。具体而言，这些纠结于21世纪乡土之"常"与"变"的疑惑，是在发展主义与生态主义、进城与返乡这两大叙事维度上呈现出来的。

发展主义与生态主义的两难似更直接对应21世纪以来蔚为大观的底层写作和生态写作两股浪潮，但因二者的聚焦点脱不开三农问题或乡土现场，其实亦构成乡土写作的重要面向。但由于二者偏重的不同，常常给作家的写作制造互为否定的难局。迟子建在写作《额尔古纳河右岸》前去走访调查鄂温克的族群时发现，在下山定居之前过游牧生活的鄂温克人的平均寿命只有三十多岁，而越来越多的鄂温克年轻人也主动选择到山下定居点生活或到山外面更广阔的天地去。虽然鄂温克走出的女画家柳芭魂归故里的故事是触发迟子建写作的动因之一，但不可否认的是，这个小说也遮蔽了那些选择主动下山生活的族群内的声音。任何农耕文明或狩猎文明都不可能是封闭在传统里面不再演进发展的，现代化进程中边缘族群的命运和前景问题也不该只有"尴尬、悲哀与无奈"[2] 这样的面向。问题的复杂性或许在于，在坚持自

---

[1] 程光炜等：《乡土文学创作与中国社会的历史转型——"乡土中国现代化转型与乡土文学创作学术研讨会"纪要》，《渤海大学学报》2010年第1期。

[2] 迟子建、胡殷红：《人类文明进程的尴尬、悲哀与无奈——与迟子建谈长篇新作〈额尔古纳河右岸〉》，《艺术广角》2006年第2期。

然守恒的常态立场看来，是分配不公和贫富差距的变化导致了全球发展的不均衡，是无止境的贪欲和缺乏规划的城市化扩张毁灭了乡土静谧玄远的诗性，以现代化为主修辞的新意识形态思维已经渗透到乡土边地，与乡土行将崩散的旧有价值体系缠绕在一起，给乡村对现代化的理解与想象蒙上一层幻觉，反过来继续强化了新意识形态对乡土的塑造，让人们以为一切都可以纳入一个统合的、均质的现代进程中去。但这种理解显然也规避了前现代形态的乡土转向和后发现代化国家的发展及民生问题。

陈应松在关于他的"神农架"系列小说的演讲中举过这样一个例子："县扶贫办有一次到一个乡去扶贫，有个女的，丈夫得病死了，一个十几岁的孩子照秋被熊咬死了，孤苦伶仃一个人。扶贫办给了她一百块钱，她什么反应也没有，没有说声谢谢。扶贫办就给村长说这事，说这女的不识好歹，连感谢的话都不会说。村长就去批评这女的，一问才知这女的不知道这是钱，她从来没见过一百元的，见过最大的是十元的。"[1] 这或许可以帮助我们理解何以他的底层写作中渗透着一种偏执乃至极端的情绪。《马嘶岭血案》里的罪案凶手九财叔心生歹意的起点不过是区区二十块钱，正是为穷所迫，九财叔才拉上"我"为了每月三百块钱去给勘探队做挑夫的苦力，并在对比勘探队的丰厚收入时产生了巨大的心理落差，又由一系列误会造成扭曲极端的仇富情结，最终导致了九财叔伙同"我"连杀数人的残暴事件。而他的另一篇名作《豹子最后的舞蹈》则通篇由豹子斧头的内心独白构成。在独白中，斧头追溯了它的家族与猎人老关家族纠结十几年的恩怨，在它的兄弟、母亲、

---

[1] 陈应松：《神农架和神农架系列小说——在武汉图书馆的演讲》，《长江文艺》2007年第6期。

情人和情敌——死去之后，这只神农架地区唯一的豹子陷入了无边的孤独之中，而且它的失败早已预定在它向人类复仇的决定中。作者用粗粝与奇崛交织的诗意语言去写豹子滴着血的心，敦促读者去重新思考和定位人性与兽性、现代与自然、隔绝与沟通的命题。值得玩味的是，这个小说站在生态的立场，让读者从豹子绝望的眼睛中看到了猎人的凶残，但恰恰没有涉及《马嘶岭血案》里那令人触目惊心的山区贫穷问题，陈应松二分式的处理所佐证的正是生态与发展的两难。

同样的二分处理也见于贾平凹。《秦腔》中，现代化的巨变所带来的乡村的空巢化、凋败残破的土地和仁义礼智信秩序的倾颓只能使得苍茫浑厚的秦腔变奏为一曲悲悼逝去传统的挽歌，这说明作为确立生命和生活主体意义的本质化、经典化的乡土确已耗散。但《高兴》里的刘高兴却能既眷念乡土，但又不排拒城市；他不是拉斯蒂涅那样野心勃勃的外省青年，但又有强烈的让城市人认同自己价值的意愿；他有农民式的狡猾，也有农民式的宽厚；他有适应城市的应变智慧，也有不被城市之恶与物质所同化的坚持。虽然，小说主人公的原型自称是"闰土"，但正如贾平凹在后记里坚持的，"他不是闰土，他是现在的刘高兴"，因为他展示了农民在辛苦与麻木恣睢之外的精神面貌，读者从他的"生存状态和精神状态里能触摸出这个年代城市的不轻易能触摸到的脉搏"。从"闰土"到"刘高兴"的变化似又在展现贾平凹对"常"与"变"辩证关系的另面思考。不过，贾平凹也着意写到刘高兴等对土地的依恋，他在城市里邂逅金黄的麦田时，情不自禁地扑了进去，"用手捋了一穗，揉搓了，将麦芒麦包壳吹去，急不可待地塞进口里，舌头搅不开，嚼呀嚼呀，麦仁儿使嘴里都喷了清香"。而小说结尾五富之死、高兴背尸返乡的情节更是把读者带回了对故乡致意的旧辙，只是，如果刘高兴回到的故乡就是《秦腔》里的棣花街，他还能高兴得起来吗？

罗伟章在小说《我们的路》中替刘高兴回答了这个问题："从没出过门的时候，总以为外面的钱容易挣，真的走出去，又想家，觉得家乡才是世界上最美的地方，最让人踏实的地方，觉得金窝银窝都比不上自己的狗窝。可是一回到家，马上又感觉到不是这么回事了。你在城市里找不到尊严和自由，家乡就能够给予你吗？连耕牛也买不上，连小孩子读小学的费用也感到吃力，还有什么尊严和自由可言？"小说里的郑大宝怀着对妻女和故乡的思念，回到了青冈树漫山遍野的家乡，希望修复自己在城市打工生涯所受的心灵创伤，但是只不过短短一天多时间，故乡就在他心目中失色了，"故乡的芜杂和贫困就像大江大河中峭立于水面的石头，又突兀又扎眼，还潜藏着某种危机。故乡的人，在我的印象中是那样纯朴，可现在看来，他们无不处于防御和进攻的双重态势，而且防御和进攻没有前和后的区分，它们交叠在一起，无法分辨。无论处于哪种态势，伤害的都是别人，同时也是自己"。少女春妹在外打工被骗失身，回到故乡不但没有收获安慰，反而徒增轻贱，这些由"乡村的贫困和卑微造成的褊狭与自私"无情地集中投向一个十几岁的少女，巨大的压力已经让她丧失掉女人最本能的母性，甚至想摔死自己亲生的孩子。贫苦形成了乡土"可怕的人性泥沼"，当"水乳之地"再无法提供庇佑和慰安时，进城与返乡都不过是"在路上"而已。

21世纪里反复处理这种进城与返乡的新乡土体验的还有刘庆邦、孙惠芬等。刘庆邦的《到城里去》和《回家》两篇在题目上构成对立的小说又各蕴反讽。中篇《到城里去》如一部新时期农民进城的小史，在乡村妇女宋家银身上投射着从陈奂生到高加林到底层写作的不同阶段对于城市的各种想象，而她的丈夫杨成方从临时工到拾荒者的身份落差也勾勒出农民在匆遽的现代化进程中与城市几番遭遇的另一线索。《回家》里的梁建明在夜色浓重中鬼鬼祟祟地回家,并不是因为做了什么丑事,"只是外出做工没挣下钱而已,只是回家不够风光而已",在城里备受打击的他回到家里却发现,家乡的价值观已经城市化、货币化了,"没办法,现在的潮流就是这样,好像只要出去,就是目的,就是成功,不出去就是窝囊,就是失败",和前述《我们的路》里的春妹与大宝一样,对于梁建明而言,"返乡"之皈依家园的精神诉求成为虚妄,所以再度进城时,面对母亲要他过年回家的嘱托,他心底的回应是:"我再也不回来了,死也不回来了!"长篇《红煤》是刘庆邦城乡辩证的另一名作,这部小说的情节与路遥《人生》非常相似,但是因为时代背景的递变,主人公宋长玉已经不能像高加林那样在人生失意后退守乡村,而失却大地支撑的他也在恶之路上越走越远。

孙惠芬稍显不同,虽然知道乡土现实的境遇不容乐观,她对于故土依然保有温婉的乡情,从而悲悼于乡土静美荒芜的感怀也就更显哀痛和伤感。孙惠芬自言其创作可以分为对乡土的"叛逆""守望"与21世纪的"超然"三个阶段,所谓的"超然"并非像某些作家那样超离现实预设诗意,而是指"能够超越因个人奋斗而累加的复杂情感,能够更多地关注人物和当下现实的关系,更多地关注社会的变革,以及社会变革带来的城乡之间纷繁而驳杂的深层关系"[1]。在这个意义上,她的"歇马山庄"系列最动人的不是那些进城务工农民城市生活苦难的奋斗史和挣扎史,而是促使农人们之所以为此的那心灵深处的"风暴"。如《吉宽的马车》里的主人公申吉宽是一位懒汉,但是他的懒并非"懒惰",

---

[1] 舒晋瑜:《孙惠芬:这是一次黑暗里的写作》,《中华读书报》2011年2月2日。

而是心性，他沉湎于悠闲的乡土景致，醉心马车上的乡野游荡，在打工狂潮裹挟故乡的时候，他坚持"有一种生活，你永远不会懂"。从某种意义上，他的马车和懒散正是他抵御时代之"变"的武器，但在心爱的女人嫁作商人妇后，这最后一个"懒汉"也向城市和喧嚣的时代举起了双手。而尤让他始料未及的是，城与乡并非此岸与彼岸判然可分的，"要是我们知道根本不存在彼岸，我们为什么不能一直安然地停留在此岸"？吉宽的感慨证明了孙惠芬的写作在根子上也没有脱开21世纪文学乡土的两难。

　　21世纪文学已经进入第二个十年，如果说，在第一个十年中，乡土文学最大的价值就是呈现出了上述两难的困境的话，那么其向未来的深化与拓展便应致力于如何在这种两难中呈现出不同原乡区域的异质性来。梁鸿的《中国在梁庄》以丰富微观的细节展现出现代化进行时中乡土的真实样貌，在主流的社会主义新农村建设的叙事之外，留存下了角度独特的时代档案。读梁庄的故事时时可以让读者想起前述的某些小说，就此，似也可以说中国在三秦西路，中国在歇马山庄，中国在老君山等。但我们想进一步追问的是，除了叙述声口的不同，进城或返乡的经验中是否还有"在地性"意即乡土之"土"的细微差别？不认同现代化均质逻辑、统和逻辑思路的乡土守成主义者又该提供怎样独特的价值支点呢？阿帕杜莱在《全球文化经济中的断裂与差异》一文中提醒我们，在全球化的潮流当中，文化并非只趋向同质化，反而在各种流动与断裂的因素当中往往可见到异质性的产生。在文化霸权主义的同构型扩张中，也可以看到区域文化的独特性被保存和重视。说白了，我们期待的是，由"常"为"变"后的乡土想象在两难与之后是否会呈现多元缤纷的面向呢？

严重剧透

——中国内地原创推理小说近况杂谈

话得从2007年说起,这一年发生的两件事情,或将在21世纪中国本土推理小说发展史上为人铭记。两件事一喜一悲:喜的是致力于推广华人原创推理的杂志《岁月推理》在创刊一年之后又于2007年初推出主要面向青少年读者的姊妹刊《推理世界》,很快由月刊改为半月刊,并陆续与内地几十位一线推理小说家签订供稿合约,漂亮地完成了对松散地潜伏在各大文学网站的推理好手的收编,与《岁月推理》一起成为推动中国推理小说前行的最大策源地。悲的是以"网维"系列、"小艾"系列和"罗修"系列而赢得众多关注的小说家罗修因心疾发作于2007年5月1日在苏州去世,年仅27岁。罗修是21世纪成长起来的众多青年推理小说作者中的旗帜性人物,2001年他在"推理之门"网站以模仿柯南和金田一起步,后又创作有向奎因致敬的《网维侦探手记》,而《狐仙传》和《女娲石》等长篇则显现了他将传统志异悬疑的文化资源融入现代推理框架的努力。罗修之死无疑是本土推理的重大损失,不过可以告慰逝者的是,他以生命践行的推理写作"自有后来人",一批更新锐的写手在对他的阅读和缅怀中成长起来并悄然完成了对前辈的超越。与此同时,《推理世界》的期发量已过十万,以新星出版社的"午夜文库"为代表的域外推理小说领域成为众多出版机构争相耕耘的新热土,由各种机构举办的各种推理文学奖项层出不穷、欲迷人眼,岛田庄司、劳伦斯·布洛克等大腕纷至沓来开展访华之旅,甚至预言"中国一定会成为推理小说大国"[1]……毋庸置疑,这一切都让推理小说成为21世纪中国类型文学创作的一个热点,也值得所有先入为主地认为中国推理只会拾日系和欧美推理文学牙慧的推理迷们重新正视本土蓬勃生长的新锐力量,他们的精彩和欠缺应该得到必要的检视和总结。

这些新锐力量包括周浩晖、雷米、鬼马星、庄秦、御手洗熊猫、言桄、徐然、何家弘、王稼骏、文泽尔、水天一色、吴谁、宁航一、杜撰、普璞等,以70后和80后的后生为主,也有何家弘这样50后的法学教授。根据创作风格,可将他们划为四类:坚持本格和新本格写作的,这类群下作者最多,可以周浩晖和雷米为代表;主打浪漫推理、贯彻情感诉求的写作者,以鬼马星为代表;以远宁和水天一色等代表的拟旧小说;文泽尔自成一类,以玄学主义和解构推理取胜。

周浩晖被不少网络读者允为当下内地"推理第一人",享有"中国东野圭吾"的美誉,这位清华大学环境工程专业出身的高才生的确展现出了过人的逻辑能力和缜密细致的思维习惯。他最著名的"刑警罗飞"系列始于《凶画》和《鬼望坡》,成熟于《死亡通知单》三部曲,后继有《邪恶催眠师》,其中以《死亡通知单》影响最大,在各地都不乏读者。《死亡通知单》以一桩十八年前悬而未决的爆炸案为由头,又以代号为Eumenides(希腊神话里的复仇女神)的神秘杀手接连发出的"死亡通知单"来营构全书,悬念重重地铺展罗飞与杀手及其弟子的斗法。小说

---

[1] 《岛田庄司:中国会成为推理小说大国》,《中国新闻出版报》2010年2月1日,第8版。

的立意与阿加莎·克里斯蒂的《无人生还》和东野圭吾的《彷徨之刃》类似，当法律的力量无法对犯罪者施以应有的惩戒时，杀手即以践踏司法的形式对有罪之人施展一桩又一桩"正义"的谋杀，作者也试图借此表达对之前一味强调诡奇的创作偏向的超越，以期获得更实在的社会反思立场。但就大处而言，《死亡通知单》尚称不上是社会派推理，因为作者的构思重心还在警匪道高一尺魔高一丈的斗智斗勇上，小说里接二连三的时钟诡计、爆炸诡计，矿坑杀人、机场杀人、不在场杀人轨迹和身份谜团等都构思得像模像样，但也一一落在资深推理迷的意料和推算之中。换言之，与作者野心勃勃的整体布局相比，小说中作为本格推理核心的诡计设计相对平常，而且细节处理往往语焉不详，个别情节还不免天真，比如罗飞用亲吻牙模标本的方法来判断死者是否是自己十八年前的女友，其情坚贞，其理却不通，大约可以与《笑傲江湖》里蓝凤凰的水蛭输血法相比。周浩晖在接受采访时，曾用故乡淮扬菜的"大味必淡"喻指人生[1]，认为30来岁还是波澜壮阔的年纪，平淡的人生境界容得日后去悟。这或许是他当下的小说还在一味地铺陈华丽的死亡、一味地以氛围制胜的原因所在吧，真要成为东野圭吾那样的一代宗师，除岁月的锤炼之外，文风大约也得谨守"大味必淡"之道。

　　雷米的风格与周浩晖类似，其相比于后者的优势在于专业身份，他是中国刑事警察学院主讲刑法学的教师，故在诸如法医鉴定、弹道轨迹、现场痕迹等刑侦细节的拿捏上有独到之处，在题材的选择上也颇有真实案例可本，而不至于闭门造车。雷米自言走上推理创作之路是受了FBI国际研究所行动科学部主任罗伯·K.雷勒斯《疑嫌画像》一书

---

[1]《周浩晖：我是中国最好的悬疑小说家》，《中华儿女·青联刊》2007年第11期。

的启发，书中对于异常杀人者进行的心理分析大大弥补了高科技的刑侦技术手段的不足。雷米的代表作是《心理罪》，这一系列的主人公方木擅长对犯罪分子进行心理画像，这也决定了小说在情节设置上分外强调罪犯行凶的隐秘心理动机，进而把小说的聚焦点从"罪犯是谁"转移到"为什么犯罪"上，就这点而言，雷米有些像比利时人乔治·西默农。比如第一部开篇的那个嗜血的"无组织力的连环杀人犯"因严重焦虑的精神障碍而在精神病院留下了日后被警方获取的关键病历；又如第三部《暗河》里开篇的绑架案，策划者对被绑架人极尽羞辱的录像带恰恰暴露了她近乎癫狂的嫉妒心，进而给案件的侦查留下了破绽。在对这些犯罪事件的推理中，刑侦技术让位于对犯罪人特别行为的辨识、标记和梳理，警探方木也因其神奇的"读心术"而被读者津津乐道。雷米对于推理写作的困境与瓶颈有着自己的认识，在他看来，《嫌疑人X的献身》等日系名作并不值得推崇，因为推理小说绝非等同逻辑游戏，如果一个诡计的设计仅在逻辑上说得通，在现实中却无法实现，这个诡计就是失败的。但是坦白说，雷米自己也没有解决好这个难题，《心理罪》写了多桩连环杀人案，尤其第一部中图书管理员模仿史上臭名昭著的连环杀手花样百出地接连犯案，但小说终章的揭秘仅点出凶手及其沦为杀人犯的心理动机，对他如何完成谋杀则草草带过，作者的力有未逮只因小说里设计精巧的谋杀在现实中几乎是不可能的。

不只周、雷二人，几乎所有坚持本格推理的本土写手都或多或少地存在将悬疑凌驾于逻辑之上的偏好，他们总能构想出华丽的杀戮，吊足读者的胃口，末了却只给出牵强甚至悖理的解说。究其原因，除了想象力与实证力的不匹配、整体尚处于"学步"阶段等因素之外，在笔者看来，还与两点相关：其一，与中国发达的"异"的叙事传统相关。虽然在由祛魅为价值追求的启蒙大潮所鼓噪起的文学现代转型中，说狐谈鬼被视为迷信封建而遭到弹压，但遍观新文学的发展，诡奇灵怪的关于"异"的种种叙述兜兜转转，兀成大观。21世纪崛起的中国本土推理写手自然也会将"异"的叙事元素点缀到创作中。其二，与内地推理原创文学置身的网络文学场域的机制相关。推理写手绝大多数都是网络写手出身，而内地的网络文学的发展有相当强的代际性，从痞子蔡掀起的纯情文学开始，到今何在等人的戏说经典，再过渡到《诛仙》等玄幻文学一统江湖，然后是盗墓小说盛极一时，穿越小说后来居上……置身其间的推理小说欲在上述的网络文学大鳄间分得一杯羹，就势必向网络读者的阅读趣味倾斜，向蔡骏、天下霸唱、李西闽等市场号召力巨大的主打悬疑、恐怖招牌的小说家看齐，如此便不免让推理成为悬疑怪谈的附庸。

推理小说界一向女性人才辈出，中国内地涌现的推理新势力中同样不乏女辈，如鬼马星、徐然、远宁、水天一色等几位都有巾帼不让须眉的创作力。所谓的"浪漫推理"是出版方对鬼马星小说的推介语，被奉为典律的范达因的"二十则"中有"不可在故事中添加爱情成分"和"侦探不可摇身变为凶犯"两则，而鬼马星的代表作《迷宫蛛》不但大谈爱情，神探陆劲自己居然就是一名冷血杀手，这样说来，"浪漫推理"的标签倒也恰如其分。不过，与佐野洋的"婚恋推理"不同，爱情在鬼马星笔下并非推理因果链中必不可少的一环，而是让小说具有偶像剧般的质感、散发一种娇嗔气的"萌态"的策略。如此，《迷宫蛛》等小说的唯美细腻确与血腥狰狞的男作者的作品划开一道界限，并赢得不少女性读者的青睐，她们甚至专版讨论陆劲该由黎明还是倪震扮演更合适，其负面效应则是小说的推理部分线索繁复而纠缠，犯罪伎俩密集而平淡，细节粗糙而不耐推敲。

远宁走的是另一条路子。2012年她凭借《看朱成碧》获得《推理》杂志举办的第一届华语推理大奖赛的首奖。《看朱成碧》是远宁致敬高罗佩《大唐狄公案》的同名系列之一，小说采取双线结构：一线是狄仁杰微服私访黔州，通过对白虎邪神一案的侦破洞察黔州刺史洪雪来屯兵造反的真相；一线是谢瑶环明察秋毫，揪出白马寺中意图加害武则天的真凶。"看朱成碧"本出自南朝王僧孺《夜愁示诸宾》诗："谁知心眼乱，看朱忽成碧。"后武则天在《如意娘》里袭用，即："看朱成碧思纷纷，憔悴支离为忆君。"小说以之为题，看似为照应武则天女皇暮年萧索寂寞的凄凉晚景，其实更为暗示瑶环断案的关节所在——白马寺中欲加害武后的是掌事和尚七苦，他的真实身份是被武后废掉的太子李忠的私生子，因其色盲不辨红绿而留下破绽。远宁是中文专业出身，整个狄公系列虽未刻意仿拟明清公案小说的风貌，但文字雅洁，书卷气较浓，在众多的现代推理风作品中确能脱颖而出。当然，与高罗佩相比，远宁尚有不少可待完善之处，比如，她的构思格局可以再放宽宏一些，不必总围绕武后为谋王位而除掉的那些个李氏宗亲做文章，对唐代典狱、刑律、习俗、民风的描写也可再闳富大气。另外，或许因作者受《神探狄仁杰》等影视剧的影响太深，她的小说显明的剧本化，影像固然可以为小说带来不一样的机巧，但过于依赖影像则势必带来语感与叙述的钝化。

对于本土推理而言，文泽尔的出现是一个现象。这位旅居德国多年、理学出身的小说家至今仍保留几分神秘，甚至连他的真名都不为人知，他喜欢被称为"私人图书馆馆长"，因为他在武汉组建了一家私人会员制图书馆，也因为他学者性情的骄矜自赏，当然后者是据他小说风格的揣测。2007 年,文泽尔接连出版了《冷钢》《千岁兰》和《特奎拉日升》三部系列长篇,这一系列写得中规中矩,基本是细致的犯罪推理,但他讲求知识密度、注重玄学思辨的气质已初露端倪。以《冷钢》为例,探员文泽尔在侦破"镰刀罗密欧"月圆夜杀人迷案的过程中,表现出对莎翁戏剧、凡尔纳小说和天文学知识的熟稔,凶手行凶的那把利刃又带出对日本刀相关资料的旁征博引,而作者在创造人物生活的城市——自由意志市时,字里行间又满溢着与博物学和地理学知识相关的学者式的考究,有些地方甚至让人想起"超人"小栗虫太郎。他杂学家般的滔滔不绝对那些把维基百科和百度当作基本知识来源的同行而言简直就是场灾难,然而,他的野心并不止于此,以 2010 年的《荒野猎人》和 2012 年的《穷举的颜色讲义》为标志,文泽尔开始践行一种或可称为后设推理的写作方式,借此将本土推理小说的思维激荡推进到一个新的高度。《荒野猎人》一开篇便宣称"没人在这本书中被谋杀",然而"这本书中有令人备感惊异的谋杀方式",显然,作者已经厌倦了"从尸体开始"进行感官刺激的老套。他借鉴"童谣咒语"的思路在同一密室内接连设计了四次发生在四季的"不可能犯罪"诡计,并严格限定工具等条件的运用,公开标榜对读者智力的挑战。在叙事上,小说采用了日记体,主体部分是作家对密室诡计的四段体验的独白,解密部分是诡计设计者的复盘独白。在主体部分,作者有意大摆疑云,大段大段穿插关于邪教、巫术与黑魔法的史料和对它们的考证,读者在阅读时一定知道这些精心的知识储备不过是障眼法,而作者竟一意喧宾夺主,除了要说明人在困境与惑乱中总是不问因果问鬼神并借此压榨出主人公人性的弱点之外,大约更与作者炫技的偏好相关。再来看《穷举的颜色讲义》,所谓"穷举"即要把古往今来推理小说惯用的诡计列举穷尽,小说分白、红、橙、橘四色,用推理作家对话的方式,将设局与揭秘同步展开,分别讨论"雪地脚印消失""谋杀血液消失"等诡计的可能。整个系列罗列周详,细节庞杂到近乎失控,有的诡计设计繁复,非极强的科技含量和物理思维不能,充分彰显了作家在推理创作上的天赋和厚实的知识累积。但问题也随之而来,当文泽尔洋洋自得地把推理小说置换成逻辑与物理术语的形而上学,以此显示他对惯用悬念和包袱的传统架构章法的不屑为之,他便难逃一种得鱼忘筌之失,即丧失掉博尔赫斯所指的经典推理小说的"美德"[1]——毕竟推理小说中的知识是为推理服务,而不是为炫耀知识将推理贬为噱头。在《白色讲义》开篇,他曾借人物之口说:"故作高深是最令人厌恶的作家质量。"对于某些时候的文泽尔,这句话一样适用。

以上讨论基本是把推理小说框限在类型小说的范畴内,关于21世纪本土推理的近况尚有两点可以补充:其一,纯文学中的推理创作;其二,纪实类的推理作品。

内地纯文学与推理的关系其来有自,尤其是85新小说一代,马原、余华、格非等均曾借推理之瓶装过先锋之酒,21世纪以来,涉笔推理题材较多的纯文学场域的作家有麦家、龙一、须一瓜、田耳、畀愚等人,代表人物首推麦家,他以谍战推理小说《解密》《暗算》《风声》《风语》等独步文坛,其中《暗算》曾摘得第七届茅盾文学奖。麦家的这些小说与他曾在部队从事情报工作直接相关,他对密码的熟悉使他得以开拓一方别人很难涉足的题材空间。在情节设置上,他频繁借

---

[1] 博尔赫斯:《博尔赫斯全集·散文卷(下卷)·博尔赫斯口述》,王永年等译,浙江文艺出版社,1999年,第6页。

用推理小说推崇的"密室"空间：《暗算》里天才云集的701所，《风声》里日伪华东剿匪总队阴气森森的裘庄，《风语》中五号院里的"中国黑室"等；他擅长利用作者与读者的信息不对称来构设迷津，以多声部的复调"第一人称叙事"从容施展叙述性的诡计；至于抖包袱、设悬疑，抽丝剥茧，娓娓道来等更不在话下。然而，私淑博尔赫斯的作者显然不想止步于此，在编码与译码的技艺之外，他更向往对人性的"解密"，侦破偶然性与荒诞对命运的"暗算"，这大约也是一个纯文学作家从事推理文学创作的不可承受之重吧。

至于纪实类的推理文学，种类繁多，水平良莠不齐。笔者在这里推荐温州法医张志浩的《我是法医》，这本书不但有权威专业的法医鉴定知识的讲解，更写出一种掩藏在案情之后的伦理之痛，即作者作为法医的职业伦理和他作为有血有肉的普通人的人性伦理，这二者之间并不叠合的撕扯感。遵从法医的职业伦理，被检视的肉身一定导源于某种致死或致伤的必然，比如为庆祝儿子金榜题名而大宴宾客的父亲，为什么会在宴会后几小时中毒身亡；究竟是雷击还是漏电让回家的工人横尸荒野；和女友共进晚餐的男子是死于先天性癫痫还是女友精心策划的谋杀；正给学生上课的化学老师缘何暴卒……这一切疑问都会在法医客观超然的解剖刀下彰显谜底。然而，对于这些血肉模糊的个体肉身，对于关爱他们的家人来说，这些非正常的伤亡让法医见证了生命承担的悖论。那位父亲竟是在宰割蛇肉时被蛇牙划破了手指，导致蛇毒入侵血液而告别了让他骄傲的儿子；那位原一再叮嘱学生注意防毒的化学老师随手把用完的氰化钾倒入废液池，将自己送上了不归路……我们在法医的故事里读到的就是这样一个个生命的小破绽，然而也正是这小小的破绽，让人世的悲喜在一瞬间逆转。关于生命，所有可言说及不可言说的秘密、想象、尊严与企望又岂是一个医学的必然所能结案的?

对于尸体,法医是有力的;对于不确定的生命,他却无能为力。这也许才是法医这个行当最锤炼人心志的所在。扩而大之,推理小说的创作大抵也要如此担当尸与思的辩证。文泽尔说:"文字的尸体,不再改变。作为尽职的谋杀者,我们只好想尽办法,让它能够死得有趣一些。"[1]中国本土的推理文学任重道远,文泽尔们正努力迎头赶上。

---

[1] 文泽尔:《穷举的颜色讲义》,新星出版社,2012年,第5页。

关于2005—2012年长篇小说生产与传播的调查报告

长篇小说的"井喷式"格局无疑构成了21世纪重要的文学景观，本文拟就这一现象，结合相关数据和调查问卷，就长篇小说的生产方式、传播渠道、受众群体、阅读市场等做出观察，以期从长篇小说的接受角度为当下中国文学生活的调查提供一份支撑性的材料。

本文所使用的数据主要来源于四部分：第一，由中国新闻出版研究院组织实施，于2011年9月启动，2012年4月完成的《第九次全国国民阅读调查项目报告》。第二，由中国出版业著名的专业调查机构北京开卷信息技术有限公司根据其"全国图书零售市场观测系统"发布的2007—2011年度图书市场和读者阅读情况的追踪调研报告。第三，国内代表性的民营图书公司和出版社发布的各类出版资讯，以及一些出版类刊物的阅读调查。第四，来源于山东大学文学与新闻传播学院中国现当代文学研究所2012年2月做的《关于"文学阅读与当代生活"的调查问卷》。这次调查利用大学生寒假返乡的机会展开实施，覆盖范围广，涉及阶层多，共回收问卷2091份，为当代中国人的文学生活提供了多样性的信息反馈。

一 长篇小说数量的激增与网络小说的跨媒体出版

在 2010—2012 年我国图书零售市场增速整体放缓的大背景下，文学图书零售市场依然保持着较高的增长态势。第九次全国国民阅读调查项目的数据显示，"文学"和"日常生活"类图书是 18—70 周岁国民最喜欢的图书类型，比例接近三成。而文学图书中，小说的拉动作用尤其明显，第九次全国国民阅读调查结果公布的 2011 年读者最喜爱的十本图书中，除了《史蒂夫·乔布斯传》之外，其余九本全部是长篇小说，占据前四名的是古典四大名著，此外还有《简·爱》《天龙八部》《钢铁是怎样炼成的》《平凡的世界》和《围城》。

而据北京开卷信息技术有限公司发布的《2010 年开卷全国读者调查报告》显示，小说不但是读者最喜欢阅读的图书类型，也是购买最多的类型，不论是在地面调查还是网络调查中，"提到率均在 50% 以上，遥遥领先于其他类型图书"。（参见表 1、表 2）

《关于"文学阅读与当代生活"的调查问卷》的反馈数据同样显示，读者最喜欢的文学体裁是小说，比例接近半数。（参见表 3）

因应读者的需求和阅读习惯，相比于十七年（1949—1966）总共 260 余部和 20 世纪八九十年代平均每年几百部，21 世纪以来长篇小说每年发表和出版的数量均过千部，近年的个别年度甚至以倍数级趋势递增，比如据国家新闻出版总署统计，2009 年长篇小说实体书出版达 3000 余部，相比于 2008 年实现成倍增长。2011 年 10 月 17 日《人民日报》报道，我国"仅 2010 年，小说类新书数量就有 4300 多部，首次发表和出版的长篇小说 2000 余部，长篇小说总量达到前所未有的 3000 余部，是

表1 2010年开卷全国读者调查报告·读者最喜欢阅读的图书类型

排名	地面调查		网络调查	
	类别	提到率（%）	类别	提到率（%）
1	小说	54.2	小说	67.7
2	生活休闲	26.7	生活休闲	28.7
3	经济/管理	18.6	散杂文/诗歌	19.8
4	历史/地理	16.1	经济/管理	17.9
5	散杂文/诗歌	16	历史/地理	14.2

表2 2010年开卷全国读者调查报告·读者购买最多的图书类型

排名	地面调查		网络调查	
	类别	提到率（%）	类别	提到率（%）
1	小说	43	小说	55.9
2	生活休闲	24.5	生活休闲	27
3	教辅	18.4	散杂文/诗歌	18.7
4	经济/管理	16.7	经济/管理	18.4
5	散杂文/诗歌	13.7	教辅	15.8

表3 关于"文学阅读与当代生活"的调查问卷·您最喜欢的文学体裁

体裁	频率	百分比（%）
诗歌	154	7.4
小说	1014	48.5
散文	221	10.6
戏剧	35	1.7
纪实文学	180	8.6
戏曲	60	2.9

世界上产量最高的国家"。[1] "世界第一"的华丽数据背后是全媒体时代长篇小说生产与传播系统的转向与新变迥异于20世纪八九十年代。

对数量的激增贡献最大的是大量由网络发表转为纸质实体书出版的类型化长篇小说。从20世纪末痞子蔡（蔡智恒）的《第一次的亲密接触》由北京知识出版社首印50万册、成为畅销一时的图书起，十余年来，网络小说从纯情到玄幻、从盗墓到穿越的一波波写作浪潮，不但在互联网上风生水起，更成为搅动常规出版的一股迅猛势力，成为很多民营图书公司和出版社新资源开掘的富矿。以中国民营书业颇具竞争力的中南博集天卷文化传媒有限公司为例，据该公司提供的"书目一览"[2]，博集天卷自2002年成立至2012年以来，依托网络资源策划出版有"职场小说、女性言情、官场社会、军事小说、悬疑推理"五种类型小说，共推出包括市场反响极大的《杜拉拉升职记》《浮沉》、蔡骏"天机"系列在内的小说300余种，其中长篇小说又占到90%以上。而已并入国内最大网络文学运营商盛大文学有限公司的华文天下和聚石文化两家图书出版公司背靠大树好乘凉，至2012年策划出版的网络长篇小说实体书均在百种以上。

网络小说的跨媒体出版之所以方兴未艾，一个根本的原因是虽然数字阅读的比例逐年上升，并呈现较快的增长势头，但《第九次全国国民阅读调查项目报告》显示，纸质读物阅读仍是七成以上国民偏爱的阅读形式，有11.8%的数字阅读接触者在读完电子书后还曾购买过该书的纸质版。

---

[1]《精品力作，姹紫嫣红开遍——我国文化产品创作充满活力空前繁荣》，《人民日报》2011年10月17日，第1版。

[2] http://www.booky.com.cn/book/all.aspx（访问时间为2012年3月）。

二 作为畅销书的长篇小说

作为考察读者阅读状况的晴雨表,畅销书与文化体制的改革、文化观念的转型、文化市场的成熟、出版产业化的趋势、审美风尚的嬗变和大众消费心理有着深在的密切的联动关系。通过对畅销书单中入榜长篇小说的分析,为我们了解读者的文学趣味和审美偏好提供了一个依据。

以 2011 年的数据为例,在北京开卷信息技术有限公司发布的《2011 年 1—11 月畅销书市场分析》中,有两部小说入围综合排行榜的前十,分别是排名第七的郭敬明的《临界·爵迹 2》和排名第十的杨红樱的童话小说《笑猫日记·绿狗山庄》。(参见表 4)

表 4 2011 年 1—11 月开卷虚构、非虚构、少儿类畅销书综合排行榜 **TOP10**

排名	书 名	出版社名	作 者
1	朱镕基讲话实录(第 1 卷)	人民出版社	《朱镕基讲话实录》编写组
2	朱镕基讲话实录(第 4 卷)	人民出版社	《朱镕基讲话实录》编写组
3	朱镕基讲话实录(第 3 卷)	人民出版社	《朱镕基讲话实录》编写组
4	朱镕基讲话实录(第 2 卷)	人民出版社	《朱镕基讲话实录》编写组
5	史蒂夫·乔布斯传(简体中文版)	中信出版社	沃尔特·艾萨克森
6	蔡康永的说话之道	沈阳出版社	蔡康永
7	临界·爵迹 2	长江文艺出版社	郭敬明
8	好妈妈胜过好老师:一个教育专家 16 年的教子手记	作家出版社	尹建莉
9	幸福了吗(附光盘)	长江文艺出版社	白岩松
10	笑猫日记—绿狗山庄	明天出版社	杨红樱

而据开卷对虚构类出版物[1]的专项统计[2],约四种类型的长篇小说占据榜单的前列,其中销量最大、占据份额最多的是由青春文学健将们执笔的长篇,除了《临界·爵迹2》之外,郭敬明这一多部玄幻小说的前两部和他的"小时代"系列全部入围,韩寒的《1988:我想和这个世界谈谈》、江南的"龙族"系列也体现出巨大的市场号召力。第二类是名家的长篇新作,如贾平凹的《古炉》等。第三类是21世纪以来在文学类图书中始终风头不减的长销畅销小说,包括路遥的《平凡的世界》和钱锺书的《围城》。第四类是以正式授权出版的《百年孤独》为代表的引进国外版权的名作。

2011年度这种由80后作者领衔、多元化阅读并存的长篇小说的市场格局也几乎是对21世纪来作为畅销书的长篇小说基本走向的概括。从2000年作家出版社推出韩寒的《三重门》,到郭敬明和张悦然的横空出世,再到郭妮、饶雪漫、明晓溪、笛安等的集束出击,青春文学十年多的接连发力构成长篇小说市场最中坚的板块,而其中郭敬明又有令人惊叹的市场表现。开卷2007—2010年的统计数据显示,除了2009年张爱玲的遗著《小团圆》成为当年畅销长篇小说榜单的榜首外,其他年份榜首均为郭敬明一人把持,分别是2007年的《悲伤逆流成河》、2008年的《小时代1.0折纸时代》和2010年《小时代2.0虚铜时代》[3]。这个现

---

[1] 北京开卷信息技术有限公司对图书零售市场的监控采取的分类方法是将图书分为虚构类、非虚构类和少儿类三大类别,其中虚构类即指小说故事等,包括本土出版和引进版权的小说出版物、漫画绘本等。

[2] 《开卷解析2011年哪些书最畅销》,《出版参考》2012年第1期。

[3] 数据分别见 http://www.openbook.com.cn/Information/2140/318_0.html、http://www.openbook.com.cn/Information/2140/323_0.html、http://www.openbook.com.cn/Information/2140/1032_0.html(访问时间为2012年3月)。

象集中体现了王晓明先生提出的 21 世纪以来"最有购买力的人群的年龄和阅读趣味"[1] 的变化，以中学生和低年级大学生为主力的青春小说消费群体也是对畅销书产业贡献最大的群体。

再以 2005—2010 年 5 年的虚构类畅销书排行榜的榜单[2]为例（参见表 5）。2004 年出版的《狼图腾》创下 21 世纪畅销小说的纪录，这本由长江文艺出版社北京图书中心的金丽红、黎波、安波舜团队打造的长篇，两年的发行量即突破 200 万册，并成为当时向海外输出版权最多的图书。《狼图腾》的策划出版已经成为中国书业整合营销的经典案例，对于近年长篇小说的生产产生重要的示范影响。[3] 余华的《活着》和《兄弟》的入榜，则体现了在纯文学领域内富有声名的作家也是大众阅读视野关注的对象。值得提到的还有王晓方的《驻京办主任》，这本小说的入围显示了从 20 世纪末由《国画》带动的官场小说的出版和阅读热潮一直未消退，据 2009 年《决策》杂志联合新浪网、山东省胶南市委党校对官场小说的阅读调查，党政机关公务员构成了该类小说最大的阅读群体，比例接近三分之一。[4]

---

[1] 王晓明：《面对新的文学生产机制》，《文艺理论研究》2003 年第 2 期。
[2] 《出版商务周报》2010 年 10 月 29 日。
[3] 相关数据和资料参见安波舜：《〈狼图腾〉编辑策划的经验和体会》，《出版科学》2006 年第 1 期；周百义、章雪峰：《〈狼图腾〉走向世界的启示》，《中国编辑》2006 年第 6 期；裴永刚：《〈狼图腾〉是如何图腾的？》，《编辑学刊》2007 年第 6 期。
[4] 《悦读官场》，《决策》2009 年第 11 期。

表5　5年虚构类畅销书排行榜 TOP30

排名	书　名	出版社名称	作　者
1	狼图腾	长江文艺出版社	姜戎
2	杜拉拉升职记	陕西师范大学出版社	李可
3	达·芬奇密码	上海人民出版社	丹·布朗
4	小时代1.0折纸时代	长江文艺出版社	郭敬明
5	小时代2.0虚铜时代	长江文艺出版社	郭敬明
6	追风筝的人	上海人民出版社	卡勒德·胡赛尼
7	杜拉拉升职记2：华年似水	陕西师范大学出版社	李可
8	张爱玲全集·小团圆	北京十月文艺出版社	张爱玲
9	悲伤逆流成河	长江文艺出版社	郭敬明
10	不能承受的生命之轻	上海译文出版社	米兰·昆德拉
11	暮光之城：暮色	接力出版社	斯蒂芬妮·梅尔
12	活着	上海文艺出版社	余华
13	围城	人民文学出版社	钱锺书
14	幻城	长江文艺出版社	郭敬明
15	莲花	作家出版社	安妮宝贝
16	暮光之城：新月	接力出版社	斯蒂芬妮·梅尔
17	输赢	北京大学出版社	付遥
18	1995—2005夏至未至（新版）	春风文艺出版社	郭敬明
19	遇见未知的自己	华夏出版社	张德芬
20	驻京办主任	作家出版社	王晓方
21	蜗居	长江文艺出版社	六六
22	暮光之城：月食	接力出版社	斯蒂芬妮·梅尔
23	暮光之城：破晓	接力出版社	斯蒂芬妮·梅尔
24	失落的秘符	人民文学出版社	丹·布朗
25	兄弟（下）	上海文艺出版社	余华
26	悲伤逆流成河（百万黄金纪念版）	长江文艺出版社	郭敬明
27	藏獒	人民文学出版社	杨志军
28	临界·爵迹1	长江文艺出版社	郭敬明
29	鬼吹灯之精绝古城	安徽文艺出版社	天下霸唱
30	亮剑（第3版）	解放军文艺出版社	都梁

三 长篇小说阅读渠道的变化和影响读者选择的因素

长篇小说在21世纪的热度在刊物上也有所体现，不少文学大刊都为刊载长篇小说特辟了园地。如《收获》不但每期正刊都推出一部长篇，还从2001年起设立"长篇小说专号"，每年推出两期，每期推出4部；《当代》从2004年增设双月刊《当代长篇小说选刊》，每期刊载2—3部。另外，《十月》《作家》《钟山》《江南》《小说界》等老牌文学刊物也纷纷定期出版长篇小说的增刊或专号。不过，根据相关调查的数据，虽然期刊依然是长篇小说传播的重镇，但是读者最主要的接受渠道还是来自图书零售市场的单行本。

从大的背景来看，根据"全国国民阅读调查"对2007—2011年期刊阅读指标的统计，从2007年到2011年，基本是一路走低，阅读率的指数从2007年的58.4%下降到2011年的41.3%，图书的阅读率则从2007年的48.8%上升到2011年的53.9%。具体到长篇小说的阅读，《关于"文学阅读与当代生活"的调查问卷》显示，通过单行本阅读长篇小说的比例是38.1%，通过网络在线阅读的比例是29.2%，以期刊为渠道的只占15.6%。调查还显示，相比于20世纪八九十年代，纯文学期刊的知名度和影响力普遍下降，知名度最高的两种选刊型刊物《小说月报》和《小说选刊》，其听说率也不过是13.6%和11.6%。（参见表6）

关于"文学阅读与当代生活"的调查中对读者阅读影响的统计显示，人际影响中来自朋友同学等亲密社会关系的评价对读者的阅读判断起到的影响较大，约占35.4%，其次是学校老师，占21.9%。媒体影响中影视等强势媒体对长篇小说的阅读与接受起到了重要的推动作用。虽然仍有53.7%的读者认为"影视与文学结合的现状"有待提高，但每

表6 关于"文学阅读与当代生活"的调查问卷·您是否听说过以下文学刊物

刊 名	百分比（%）
收获	8.3
十月	11.2
当代	9.8
人民文学	11.6
小说选刊	9.5
中国作家	4.7
中篇小说选刊	4.7
小说月报	13.6
诗刊	6.1
星星诗刊	3.8
诗探索	1.0
散文	8.0
随笔	4.9
中国戏剧	2.9

年都有数部与影视同期推出的长篇小说构成当年的阅读热点，如《亮剑》《我叫刘跃进》《蜗居》《山楂树之恋》等都入选了开卷年度虚构类图书的排行榜。这种"影视同期书"现象引起不少文学本位立场的批评家的担忧，但其借力打力、互动传播的效应对读者阅读与接受长篇小说形成的影响着实不小。

"公投"经典与21世纪新文学的典律构建问题

——以"华文'世纪文学60家'"为例

经典一直是学术界言人人殊的话题,而在讲究"隔代论史"的本土文化语境里,中国现当代文学学科对于20世纪中国文学典律构建的种种努力,与其说是一种正名化的宣示,毋宁更昭示一种"正典"化的焦虑。同时,经典诠释亦是文学史教学中最重要的环节之一,正如佛克马谈到的,教学中对经典的探讨不会消失,而且"进行选择的职责落到了教师们的肩上,他们通过观察经典在过去已经发生的变化以及解释为什么会发生这种现象,或许会以一种历史的视角来观照他们意欲干预经典的构成的尝试"[1]。又因为现当代文学"正在进行时"的性质,其典律构建所召唤的读者参与意识要远比读者学习古典文学的意识强得多,"经典"建构也呈现出远比古典文学面向多元、复杂的态势。

进入21世纪以来,借助网络的力量,一股以公众投票的方式建构现代文学经典的风气蔚然兴起。这种带有全民参与性质的经典筛选模式,不但结果让人瞠目,更对既往精英主导的经典认证体系构成了极

---

[1] 佛克马、蚁布思:《文学研究与文化参与》,俞国强译,北京大学出版社,1999年,第61页。

大的挑战，也为新形势下的现代文学教学提出了新的课题，因为"确立经典是非常有意思的，但是更令人兴奋的是观察不同社会文化下不同的经典之间的区别，并对这种差别给予解释"[1]。

一

虽然以布鲁姆为代表的正统学者坚称经典一定显现着某种永恒的伟大的光辉，具有统合性和示范性的意义，是天才作家最华美的展示，但是随着学界文化研究的潮起，越来越多的质疑指向这种本质主义的精英经典论。在文化研究者看来，任何一种经典都并非自明的，而是被特定阶层建构起来的，所谓的经典并不比非经典具有"更多的绝对价值"[2]，只不过前者更符合经典树立者的立场、趣味、态度和教养而已。而更多的学者则试图在本质主义和建构主义之间保持一种平衡，既认同经典认证中存在着通约性的价值参照，也反对将经典做固化凝滞的理解。如童庆炳先生曾指出，一般文学经典的建构至少应包括如下要素："（1）文学作品的艺术价值；（2）文学作品的可阐释的空间；（3）特定时期读者的期待视野；（4）发现人（又可称为"赞助人"）；（5）意识形态和文化权力的变动；（6）文学理论和批评的观念。"[3] 通过对这些要素的考察，有助于我们梳理出经典累积生成的线索。

---

[1] 佛克马：《所有的经典都是平等的，但有一些比其他更平等》，见童庆炳、陶东风编《文学经典的建构、解构与重构》，北京大学出版社，2007年，第19页。
[2] 西蒙·杜林：《高雅文化对低俗文化：从文化研究的视角进行的讨论》，见童庆炳、陶东风编《文学经典的建构、解构与重构》，第162页。
[3] 童庆炳：《文学经典建构的内部要素》，《天津社会科学》2005年第3期。

具体到中国现代文学而言，从赵家璧发起《中国新文学大系》到日后种种标明"大系"的丛书，从"鲁郭茅巴老曹"到沈从文、张爱玲的被发掘，从革命史观到启蒙史观再到人文史观的治学视角的调整，建构与重构经典的努力未尝稍歇。尤其是20世纪90年代，对于百年文学的经典化进入一个高潮：1994年，王一川等发动对20世纪中国文学大师重排座次的活动，引起巨大争议；1996年，谢冕先生和钱理群先生主编的《百年中国文学经典》出版；1999年，香港《亚洲周刊》邀请海内外14名知名批评家、作家推出"20世纪中文小说一百强"；在大陆，由人民文学出版社和北京图书大厦组织评选了"百年百种优秀中国文学图书"；同样是1999年，由台湾《联合报》发起，经过众多学者多轮筛选，评出了"台湾文学经典"，共30部作品入选；2000年，上海作协与《文汇报》联合发起了全国百名评论家推荐90年代最有影响作家作品的活动……这些形形色色的评选，虽然依据的评判标准或侧重政治社会意义，或强调审美独立品格，但都是以专家学者的思路为主导来建构的，故彼此之间差距虽大，其所依附于精英立场是无疑的。

进入21世纪以来，事情发生了变化，那就是对20世纪中国文学的经典筛选越来越看重大众读者公投的力量，其原因有三：一、随着国内学界文化研究渐成气候，其"非精英化"和"去经典化"的学术理路势必会把研究的视角导向"历来被精英文化学者所不屑的大众文化甚至消费文化"[1]，而引入大众的视角，作为重构经典的维度，可以有效对抗纯学院场域操纵下经典诠释话语权的垄断；此外，福柯的话语分析方

---

[1] 王宁：《文学经典的形成与文化阐释》，见童庆炳、陶东风编《文学经典的建构、解构与重构》，第196页。

法也吸引了相当一批学者去探求文学经典形成背后的文化权力及运行机制。二、大众传媒与出版机构出于经济动机的热情参与。被追认为经典的作家和作品无疑拥有了布尔迪厄所谓的巨大"象征资本",其向经济资本的转化也较非经典来得迅速和高效。赵家璧当年促成《中国新文学大系》的出版功德无量,但他个人的出发点显然更多商业的考量。而在文化产业竞争白热化的21世纪,关于文学经典的话题始终能在传媒中保持一种热度,各家出版社也都反复操作文学经典的选题,期待唤起读者参与意识的同时也取得市场上的收益。三、网络无所不在的渗透力也确保了一个普遍参与的民主票选的技术平台,使得广域人群的参与成为可能。

在众多公投20世纪文学经典的活动中,影响较大的有"华文'世纪文学60家'全民网络大评选""中国作家实力榜""当代读者最喜爱的100位华语作家"等,我们且以"世纪文学60家"为个案,来透视21世纪以来现代文学经典建构的诸多话题。

2005年9月由新浪网读书频道、北京燕山出版社联袂推出的"华文'世纪文学60家'全民网络大评选",采取了专家、网上读者评分在综合分中各占50%权重的原则,以期"既体现文学专家的学术见识,又吸纳文学读者的有益意见","反映20世纪华文文学发展的实际情形,体现文学研究专家的普遍共识和读者对20世纪华文文学作品的阅读取向"。[1]这次评选由北京燕山出版社牵头,由白烨、倪培耕、陈骏涛、贺绍俊为总策划,先确定了100位作家及其代表作作为候选名单,然后,约请25位专家(丁帆、王中忱、王晓明、王富仁、白烨、孙郁、

---

[1] 《世纪文学60家》出版前言,北京燕山出版社,2006年。

吴思敬、陈思和、陈晓明、陈骏涛、陈子善、张炯、张健、张中良、孟繁华、於可训、贺绍俊、程光炜、杨匡汉、杨义、洪子诚、赵园、谢冕、雷达、黎湘萍）组成评选委员会，在100位候选人名单的基础上进行书面投票，以得票多少为序，产生"世纪文学60家"的专家评选结果。之后在新浪读书频道上展开了为期两个月的"全民网络大评选"，评选结果于2005年12月16日揭晓。最后，取专家与读者打分的平均分排出"60家"的座次（见表1），出版方于2006年1月推出系列图书。

表1

排　名	作　家	网友得分	专家得分	综合分
1	鲁　迅	100	100	100
2	张爱玲	97	100	98.5
3	沈从文	96	100	98
4	老　舍	94	94	94
4	茅　盾	88	100	94
6	贾平凹	92	94	93
7	巴　金	90	94	92
7	曹　禺	84	100	92
9	钱锺书	99	80	89.5
10	余　华	92	85	88.5
11	汪曾祺	76	100	88
12	徐志摩	89	85	87
12	莫　言	80	94	87
14	王安忆	77	94	85.5
15	金　庸	98	70	84
15	周作人	74	94	84
17	朱自清	93	70	81.5
18	郁达夫	83	78	80.5
19	戴望舒	66	94	80
20	史铁生	79	80	79.5
20	北　岛	81	78	79.5

（续表）

排　名	作　家	网友得分	专家得分	综合分
22	孙　犁	62	94	78
22	王　蒙	78	78	78
24	艾　青	60	94	77
25	余光中	73	78	75.5
26	白先勇	64	85	74.5
27	萧　红	61	85	73
27	路　遥	86	60	73
29	闻一多	67	78	72.5
30	林语堂	87	54	70.5
31	赵树理	55	85	70
32	梁实秋	71	67	69
33	郭沫若	65	70	67.5
33	陈忠实	68	67	67.5
35	张恨水	70	64	67
36	苏　童	75	58	66.5
36	冰　心	82	51	66.5
38	穆　旦	52	78	65
39	丁　玲	47	78	62.5
40	顾　城	95	29	62
41	舒　婷	69	51	60
42	张承志	51	67	59
43	王　朔	72	45	58.5
44	刘震云	58	58	58
45	韩少功	57	54	55.5
46	阿　城	56	54	55
47	张　洁	44	64	54
48	三　毛	85	22	53.5
49	铁　凝	53	51	52
50	张　炜	40	60	50
50	李劼人	22	78	50
52	宗　璞	33	64	48.5

排　名	作　家	网友得分	专家得分	综合分
53	郭小川	36	58	47
53	柳　青	36	58	47
55	施蛰存	42	51	46.5
56	张贤亮	49	42	45.5
56	刘　恒	27	64	45.5
56	高晓声	46	45	45.5
56	李　锐	40	51	45.5
60	徐　訏	43	45	44

二

细审这份榜单，有三点问题值得思考。

第一，专家"共识"与读者"取向"间依然存在着巨大的价值分野，但也显现出某种调和。

"世纪文学60家"中，专家评分最低的是三毛，而读者评分最低的是李劼人（巧合的是都是22分）。顾城读者给的得分是95分，而专家给的只有29分。造成这种巨大分歧的一个重要原因在于佛克马和蚁布思所谓的"文本的可得性"[1]上。三毛和顾城都是读者较为熟悉的作家，而李劼人虽然在文学史上的地位逐年走高，但对于大多数读者而言依然是相对陌生的名字。换言之，读者接触三毛与顾城文本的机会远大于阅读李劼人。再一个原因则在于双方对所谓纯文学与俗文学各有偏向的侧重，这属于不同读者"期待视野"的差距。

与差异相比，更值得注意的是专家与读者之间的调和性意见。这种调和性不只体现在鲁迅、老舍、王蒙、刘震云等完全一样的得分上，

---

[1] 佛克马、蚁布思：《文学研究与文化参与》，俞国强译，第493页。

更有意味的在于对穆旦、徐訏的评价上。穆旦排名第38,而且读者与专家之间票数相差不大;徐訏排名第60,读者与专家看法几乎一致(43对45)。这种趋同证明了经典的"可诱导性"[1]。早些时候,穆旦正是"重排大师"举动中被推举为20世纪新诗第一人的诗人,或许正是这种巨大的舆论效应潜在地对读者的经典判断进行了有效的诱导。徐訏近年来一直是现代文学界关注的热点,虽然学界更多强调其书写的现代意义,不可否认的是诸如《风萧萧》《鬼恋》等名篇的通俗色彩很合大众读者的脾胃。金庸名列第15位,也不全赖读者之力,专家也打出了70分,可见金庸的经典地位不但深入大众读者的心,也深入学界,这或可称为反向的"经典诱导"。

第二,专家组成的地域性对于经典的认定有相当大的影响和导向。

评选活动名为"华文'世纪文学60家'",但入选者不外大陆台港三地,别的区域的华文文学作家无一入围,而纯粹为台港作家身份也只有金庸、白先勇、余光中、三毛四位。对比20世纪末"20世纪中文小说一百强"的评选结果,更显出一种结构性的差异来。造成这种现象与专家评委会的组成有关,25位成员都是大陆知名学者,且只有黎湘萍先生专门致力于台湾文学研究。而不少网友在投票时也质疑这点,如有网友说:"对港台文学似乎太轻视了,台湾的王文兴、朱天文、吴浊流,香港的西西、李碧华也是很不错的作家,台湾一批优秀的诗人也没有列入候选。"[2]

或许专家的评选并非出于"轻视",而只是因为不熟悉或者出于某

---

[1] 佛克马、蚁布思:《文学研究与文化参与》,俞国强译,第63页。
[2] http://comment4.news.sina.com.cn/comment/skin/default.html?channel=dushu&newsid=112-3-194500#page=1(访问时间为2012年9月)。

种学术惯性，但多少有区域中心主义之嫌。在现代文学的区域性和板块性得到学界充分阐释的今天，对现代文学经典的再确认也理应充分考量大陆之外丰饶的文学资源，正如有的学者所言："当我们说到中国文学时，我们必须考虑到这样一个事实：纯粹的单元的'中国文学'是不存在的。除了内地的中国文学外，还存在着各种各样的中国文学：在香港和台湾产生的中国文学，以及在新加坡以及世界其他各地产生的中国移民文学。因此，重构经典以准确、及时地描绘出一个混杂的、多元的、不断变化的、称之为'中国'的想象空间的全部已成为我们面临的一项紧迫任务。"[1] 同时，这也关涉票选经典的操作问题，再有类似的推选，是否可以借鉴《亚洲周刊》的做法，在专家评委的遴选上注意吸纳华语各区域的优秀学者，而主办方也可以呼吁所有华语地区的读者来参与，以期在更宏阔的视野中呈现出 20 世纪文学经典化的复杂多样来。

第三，"世纪文学 60 家"尽管强调要将专家的"普遍共识"与读者的"阅读取向"做一个结合，但读者并没有提名权，实际上是预先对读者的"阅读取向"做了规约。

"世纪文学 60 家"的主要发起人之一的白烨先生说到策划活动的初衷时表示："这些年网络写作、青春写作的势头很猛，这种情形对文学阅读施加影响之后，就在一定程度上使得中国现当代文学中的很多作家与经典作品被遮蔽了。我曾经看到一个以在校中学生为对象所搞的文学阅读调查，调查表明现在许多中学生对中国现当代作家都不甚了了，

---

[1] 王顺珠：《文学经典与民族身份》，见童庆炳、陶东风编《文学经典的建构、解构与重构》，第 211 页。

所列出的喜爱的中国现当代作家中，有相当一些是青春写手和网络写手，如郭敬明、韩寒、痞子蔡、安妮宝贝、刘墉等。"[1] 显然，白烨希望通过这样的推选起到为经典去蔽的效果。那如果没有25位专家的预选，直接由网民票选，又会是什么样的结果呢？

2005年4月由新浪读书频道联合贝塔斯曼书友会联手举办的"当代读者最喜爱的100位华语作家"评选恰提供了对照。这次评选先由主办方从1300位作者中甄选出600位作者，再由评审团（评审团来自社会各行各业：10位著名作家、10位教授学者、10位出版人、10位社会名人、10位大学生、10位白领、10位企业家、10位媒体、10位博客作者、10位书友会会员）从600位初选名单中复选出300位候选人名单，然后开始网上票选。评选结果于2005年5月17日揭晓，入选的现当代作家包括安妮宝贝、安意如、巴金、柏杨、北岛、毕淑敏、冰心、蔡骏、沧月、曹禺、池莉、冯骥才、古龙、顾城、郭妮、郭敬明、郭沫若、海岩、海子、韩寒、几米、贾平凹、江南、金庸、老舍、李敖、梁羽生、林清玄、林语堂、刘墉、刘心武、鲁迅、落落、毛泽东、茅盾、明晓溪、痞子蔡、钱锺书、琼瑶、饶雪漫、三毛、沈从文、史铁生、舒婷、树下野狐、王蒙、王朔、王安忆、王小波、闻一多、席娟、席慕蓉、徐志摩、叶圣陶、亦舒、易中天、于丹、余秋雨、郁达夫、曾炜、张炜、张爱玲、张恨水、张小娴、张悦然、郑渊洁、周国平、周作人、朱德庸、朱自清。

虽然这次活动命名为"最喜欢"，实际正勾勒了读者心中经典的线条。可见，一旦赋予读者自由取舍的权力，那结果会与专家所选的大

---

[1]《评选"世纪文学60家"鲁迅稳居榜首》，《北京娱乐信报》2005年11月7日。

相径庭。且典律化本来就属于一种选取性、排他性的文学运作，由于专家与读者在文学理念上的歧见和审美参照系的差异，任何有偏向性的文学典律的构建都很难被各方认同。从这个意义上说，经典标准的设定是一个问题，而经典"给谁读"或者说"谁在读"的问题同样值得关注。

文学史教学从本质上讲也是典律建构的一个筛选和累积的过程，学院派的经典传承最有效的手段就是通过教学重建学生的经典认证体系。白烨先生发起的言论中已表明，"世纪文学60家"评选的初衷是为纠偏包括中学生在内的青年人的阅读取向。只是，票选经典的结果可以很简单地传达给学生，但是面对里面的交锋和分歧，做出周全的回答却不那么简单。

教学中，老师确实要在创新与沿袭、泛读与精读、史与论中维持一种微妙的平衡，既要对在目前大众化、市俗化特点越来越明显的文化环境中，学生对经典与畅销的混淆，对实力与影响力的等同有同情性的理解，又要把文学史落实于真正的文学形象的呈现和阐释，容纳进文学的超越，对消费心理的阅读保持警惕。在很长一段时间里，鲁迅与张爱玲孰高孰低的论证不会消失，对于金庸、三毛文学史正名的努力也会始终维系，80后作家已经成了选修课的内容，进入文学史的时间可期。中国现当代文学史作为还进行着的、我们可以参与其间的历史时空，也许对于经典建构过程的阐释比结论性的何谓经典的判语更为重要。

倾听"孤独之声"

——2015年短篇小说综述

爱尔兰作家弗兰克·奥康纳在他著名的讲座《孤独之声》中对短篇小说做过这样的解释，只注意到短篇小说体式的简短是一种"本质的错误"，短篇小说的根本意义在于它负载了那些"没有说出来的话"——那些底层的发自社会边缘的"孤独之声"。借用他的观点，我们可以把对短篇小说的阅读理解为对"孤独之声"的倾听，何况在当下长篇沙文主义观念的弥漫之下，执着于短篇小说的写作者本身发出的其实也是一种"孤独之声"。

如果把年度短篇小说创作的风尚视作风向标，敏感的读者可以借此发现潮流的涌动，那2015年显然不是一个合适的年份，在我们试图提炼和整合这一年度短篇小说的情况时，发现找不到特别恰当的具有统摄意义的词汇，诸如乡村／都市、当下／过去、严肃／戏谑、现实／浪漫、滞重／轻逸等这些我们习惯的二分法的切入角度都不难寻到对应的作品，但这个对应与2014年或2013年相比并未提供太多新质。换言之，2015年短篇小说延续了一种惯性，有让人眼前一亮的佳作，各代际的作家有较为平稳的发挥，对短篇小说文体的敬畏感也在慢慢地修复，但整体上酝酿审美新变的内力并不充沛，在小说技艺与精神畛域的突破上也显得较为平常。不过，这种波澜不惊也许是短篇小说的常态，在当下的文体格局中，短篇的突围确实要比中长篇更艰难，也更需要创作者自身的定力。从这个意义上讲，2015年度的短篇小说还是切实参与了21世纪文学的演进，也为未来文学质变的发生做了必要的量的累积。

"纪念"文学的超越

2015年是富有纪念意义的一年，首先它是中国人民抗日战争暨世界反法西斯战争胜利70周年；其次就新时期文学而言，它还是1985先锋浪潮30周年的纪念年份。不少刊物都推出了相关的专号或专栏，抗战叙事和先锋叙事成为2015年短篇小说重要的书写向度。

在参与宏大历史、描写壮阔的时代方面，短篇小说也许先天有着文体的劣势，但这反而促使了用心的作家独辟蹊径，在某一特别的切入点上持续发力。某种意义上，短篇小说诉诸的阅读效应好比点燃一枚爆竹，阅读的过程仿佛引信的燃烧，短暂而迅捷，随后的爆响和由其引动的内心的回声才是更重要的。对于书写抗战而言，短篇小说容量的承载度决定了它不可能全景化地呈现历史，因此找到这声爆响及其回声至关重要。在这点上，麦家的《日本佬》、南翔的《特工》、裴指海的《士兵与蚯蚓》、刘照如的《蓝头巾》等作不约而同地把视线拉远，重心不再是硝烟弥漫的战场，而是经历了战争洗礼的人在抗战胜利后漫长的岁月里无法卸脱的阴影，换言之，它们对于抗战的纪念并未停留在胜利民族盛大的狂欢上，而是更深地写出了战争对人心难以修复的摧残和各种始料未及的伤害，整体显示出从"抗战"文学向"反战"

文学的某种跃升。

《日本佬》里的父亲德贵因为日军侵华时被鬼子抓去做过挑夫，会几句日本话而被村里的人戏称为"日本佬"。到"文革"时期，政治审查的风头渐紧，父亲给日本人做挑夫的经历成为他自己阶级身份的隐患，后来更是被人揭发曾救过一个落水的日本儿童，父亲因此被打成了"反革命"和"坏分子"，性情刚烈的爷爷觉得屈辱服毒而死。小说通过一个孩子的视角展现了民族气节和恻隐之心在一个变异的时代里如何成为势不两立的对峙，战争种下的仇恨又如何不断发酵成民族内部甚至是家庭内部的撕裂力量，这些对于今天的读者依然有着深刻的警示意义。

南翔在《特工》中塑造的那位令人尊敬的大舅，命运和"日本佬"庶几相似。他放弃银行的职位，投身抗战的烽火，做了一名共产党的特工。"皖南事变"时因遭到国民党审查被迫发表脱党声明以掩护身份，这却恰恰成了后来政治严苛时代他无法解释清楚的"污点"，从而备受折磨。小说中曾帮大舅从日本人那里脱身的维持会长"在抗战胜利之际，被国民党以通敌罪名，匆匆审讯之后枪毙"；另一位清华的高才生，服务于八路军无线电技术部门的熊大缜因被怀疑为特务而遭冀中军区锄奸队的战士粗暴砸死，直到几十年后才获平反。从这些人物身上，作者焦灼地质询着以战争之名行使"粗暴正义"的正当性，也真切地把战争中卑微的人的命运还原出来，对历史之荫翳和战争本身不义一面的反思达到了相当的高度。小说中，表哥追问"我"与大舅的对谈有哪些内容可以写进"历史的教科书"，"我"的回答是"真正重要的讯息都进不了历史教科书"，而文学恰恰应该容留这些被宏大的历史叙事掩盖或遗忘的讯息。

裴指海的《士兵与蚯蚓》是又一篇反思战争中的"粗暴正义"、诘问人性的小说。八路军某独立团女兵李菊红因为被一名厌战的日本士兵释放而遭到组织怀疑,在反复审问无果后还是被决议处决,奉命执行任务的保密股长在最后关头出于良知,放了女兵生路。小说中女兵感叹想做一条蚯蚓,而那名厌战的日本士兵也想做一条蚯蚓,藏进泥土里,谁也找不到。别尔嘉耶夫在讨论战争的本性时曾谈到,"人的生存不是为着战争,战争的生存却是为着人",然而"当国家和民族的强盛被奉为最高价值,即被视为比人更具有价值时,战争的准则就已确定"[1]。在战争的准则和人之间,股长站在了柔弱如蝼蚁蚯蚓的人的一边,在那一刻,人性的善意洞穿了战争的铁幕。

中国文学界2015年的另一项盛事是纪念30年前那场狂飙突进的先锋文学运动,当时运动的参与者如今大都已成文坛的旗帜人物,他们对于后来者尤其是70后的一辈有着重要的示范意义,在文学阅读的趣味上更是形成一种笼罩性的影响。在2015年,一批新锐的作者不约而同地以短篇小说致敬经典,表达自己对先锋文学的私人纪念,也为我们考察先锋这一词汇在不同时代语境中内涵与外延的变化提供了样本。

"你向来是那种循规蹈矩的作家,你坚信一加一等于二,并这样运算了一辈子。你根本不知道这世界另外的那些面目。"这是王秀梅的《见识冰块的下午》中作家王伟对另一位作家朋友的话。加西亚·马尔克斯关于冰块的预叙在这篇小说中以被郑重"命名"的方式再度登场,并开启它咒语般的魔力。小说里的王伟是马尔克斯的私淑弟子,在和搭便车的女人的对谈中,他不断用超验和玄学来对抗叙述者基于经验之谈的理解,并配合女人的叙述在槐花洲的真实和幻魅中来回穿行。如

---

[1] 别尔嘉耶夫:《人的奴役与自由》,徐黎明译,贵州人民出版社,1994年,第134页。

果这场旅行发生在三十年前，它一定会令读者感到迷惑，不过，毕竟现在的我们早已经见识过"冰块"，对真假虚实无缝切换的叙述也不再陌生。因此，小说里在旅行中被频繁提及的"时间"与"死亡"，反而如行旅中的界碑一样具有了过于清晰的指示意义：这不是一篇关于槐花洲的小说，而是借槐花洲向经典叙述的内核或者说向经典叙述本身致敬的小说。

第代着冬的《加西亚·马尔克斯死了》是又一篇以马尔克斯为由头的小说。"多年后，当她坐在窗明几净的宽大房间里梳理过往岁月，仍然很难相信，自己为何有足够的勇气，去爱国家里参加他们的聚会。"就像小说中的这个叙述的段落一样，作者近乎刻意地把马尔克斯和他的作品镶嵌在故事中，并使得两个痴情的单恋者不无俗套的爱情故事额外具有了一抹文学的光晕，芷兰和在结尾才正式出现的卡车司机的儿子则仿佛是《霍乱时期的爱情》里的阿里萨和费尔明娜的化身，他们对爱的等待也带着"苦巴旦杏的气味"。

《黄昏里的男孩》是余华20世纪90年代的短篇名作，而对这个世界的荒诞有着敏锐感知的陈集益在2015年以同样的题目，写下自己关于暴力的理解。六个来自吴村的偷树孩子被山庙村的人抓住，饱受囚禁和虐待，而山庙村的偷树人也曾被吴村人抓住凌虐甚至折磨至死，于是暴力的种子借着复仇的意志不断发酵。就在孩子们倍感恐惧的时候，一场突如其来的泥石流冲垮了山庙村。小说不断渲染山庙村那座破败庙宇里骇人的神像，还有神像威严的眼神给予孩子们的心理威慑。最后的灾祸是神灵的诅咒还是人性暴力的象征，小说并未点明，也正留下供读者沉潜回味的空间。陈集益坦陈自己受惠于余华，这篇小说鲜明的表现主义气质也的确闪烁着余华前期小说的那种锋芒。考虑到余华本人在 21 世纪的转向，尤其是他的暴力书写开始更多地带有及物性因而与他曾经标榜的"虚伪的作品"拉开距离，陈集益的这种致敬方式就更凸显其执拗的一面，他笔下的男孩和他们的恐惧虽然假托了两个村庄的恩怨，但其间关于暴力的呈现和思考却是本质层面的，有着强大的隐喻力。

陈鹏近年致力倡导先锋写作，不但见于他主编的刊物，也见于他本人的创作。他的《苏童来了》是一篇颇有趣的小说，一如题目所示，20 世纪 80 年代的先锋代表人物成为小说情节关键的推动力。小说通篇布满后设的技巧，将苏童某年到云南活动的事实与虚构的叙事融在一起，将致敬当年的文学英雄与致青春同步并行，在不无伤感的追怀里巧妙地容留先锋文学的基本"装置"：多线叙事、空白和残缺、一面被讲述一面被拆解的故事、无明确因果链的死亡，此外，还借人物之口给读者普及了一番当年先锋潮起的来龙去脉，可见作者对先锋文学的拳拳之心。

在 2015 年致敬前人的名单上，我们还可以列出朱山坡的《旅途》，它有点像余华的《十八岁出门远行》，一个独自出门的孩子遭到了外围世界的言语暴力，不过结尾处父亲的出现解救了少年的困境，也扭转了小说之前凛冽的风向。再比如蔡骏的《眼泪石》和徐则臣的《摩洛哥王子》，这两个小说情节和风格截然不一，但都有一种童话般的质地，让人想起王尔德著名的《快乐王子》。还有阿乙的《亡命鸳鸯》，它让我们跨界地联想到阿瑟·佩恩的电影《邦尼和克莱德》。此外，还有值得读者致敬的残雪，她的短篇新作《菜贩易致行》，写了一个进城菜贩的成长史，依旧混合着暴力、谜魅和各种不可解的暗黑的悬疑。三十多年来，她也许是唯一的矢志不渝地沿着当年道路而不轻易改变的行走者。

当然，致敬经典未必一定要跟在经典之作后亦步亦趋，对于先锋写作而言尤其如此，就像弗雷德里克·R.卡尔说的，"每一个先锋都是一颗用于自杀的炸弹"，因为"一旦被现在所融会，它就失去了自身的价值"。[1] 对于今天的先锋写作者而言，当年最让人着迷的先锋作家的写作姿态和时代的紧张关系已经和解了，当先锋文学不但被文学史经典化，甚至成为纯文学最为倚重的文学资源和可资标榜的象征资本时，要"再度先锋"，就非常有必要从被审美和意识形态体制化的新常态里激活先锋文学作为体制的异质性存在的基因。从这个层面来说，弋舟的《平行》、李浩的《消失在镜子后面的妻子》、曹寇的《在县城》、赵志明的《村庄落了一场大雪》、瓦当的《织女牛郎》、魏思孝的《废物》等具有鲜明的异质锋芒的小说也是在以自己的方式致敬先锋。

新时代"零余者"的自证

新文学的草创时期，在俄罗斯文学"多余的人"文学形象的启发之下，以郁达夫的《沉沦》《茑萝行》、成仿吾的《一个流浪人的新年》等为代表的现代小说塑造了一批中国的青年"零余者"形象，他们无论在物质还是精神上都处于困窘失衡的状态，在与现实的紧张对峙中最终收缩为疏离时代甚至是自绝于时代的悲剧人物。如果允许我们比附一下的话，在2015年的短篇小说中，我们看到了一些新的"零余者"，他们在这个全球化的时代进退失据，既不能适应资本掌控的市场逻辑，又无法抗拒这种强大逻辑对自我身份的征用；既不愿沉陷在被操纵的机

---

[1] 弗雷德里克·R.卡尔：《现代与现代主义——艺术家的主权1885—1925》，陈永国、傅景川译，中国人民大学出版社，2004年，第207、14页。

械性的快适伦理之中,又找不到锚定自己情感的真正归属;他们有的犬儒,有的沉默,有的找寻,有的离去,来路依稀而前途未卜。

他们有不同的名字。在马笑泉笔下,他们被称为"荒芜者"。小说《荒芜者》探讨的正是一群对生活和事业都不再抱任何期待的人,以及他们在都市生活的碾压之下罹患的情感匮乏和职业枯竭症。叙事者的身份是一位报社的编辑,在三十岁之后他渐渐对一切失去了兴趣,在抑郁和讽世之间,他选择以"荒芜"命名。在遇到另一位女"荒芜症"患者后,他发现隐藏在生活中的荒芜者是为数不少的存在。荒芜者们开始组织自发的聚会,他们中有副局长,有民营企业家,有银行高管,当聚会引来安全部门的注意时,那个上门调查的警察在最后确认自己找到了合适的组织。小说中的"荒芜症"有点类似萨拉马戈笔下的"失明症",任何阶层和身份的人都可能是它寄居的对象,只是它不具备传染性,它根植在人性的倦怠之中,又被这个匆促的快节奏的时代激活,即便在健康的人那里也未必不隐伏"荒芜"的病灶。

周嘉宁的《你是浪子,别泊岸》中的小元是外人眼中的"浪子"和"流浪儿",因为她的经历在"所有人的经验之外"。小说中互文性地提到了霍桑的小说《威克菲尔德》,里面的威克菲尔德先生是一个以隐匿自我的方式抗拒被庸常生活同化的零余者,他不明所以地离家出走,二十多年来隐居在自家附近。小元和她的父亲身上都有威克菲尔德的气质,小元的多年漂泊和一直"生活在别处"的状态,与她父亲在"持续而稳定的不快乐"中出于"庄严的责任心"而认真地生活,实则是一体两面的——如果说生活之岸本身也代表着一种日常化的体制力量,有其"自来的残忍",别人安之若素,他们则对自己被预设的人生有敏感的不适。某种程度上,小元比她的父亲走得更远一些,她认真而倔强地在孤独和亲情间小心翼翼地协调自我，虽然她并没有考虑清楚自己是拒绝了世界还是被世界拒绝。

储福金的《棋语·靠》继续以棋语为隐喻，写了一个想要与不相干的生活保持距离，守住心性却不可得的人。小说中的张好行，下围棋喜欢"靠"住对手，贴身肉搏，为人却谦和淡然，与世无争。可是周遭变换的世界却偏偏要缠靠住他："文革"中，因为下棋的同伴议论伟大副统帅，他莫名其妙地被关押调查；"文革"后，他因为会修理小电器而与颜姓女人产生了让人烦恼的绯闻；结了婚，妻子想收养一个孩子，为了妻子这个心愿，对人生本无所求的张好行送上了性命。正是树欲静而风不止，张好行无论如何超然物外，都不可避免地被"生活的实"如影随形地缠上。

同样充满隐喻色彩的还有邓一光的《与世界之窗的距离》，小说写了四个都市边缘人的搭伴婚礼。在盛大的婚礼现场上，作为主角的他们仿如局外人，"在来宾中面无表情地游走"，听着客人们高谈阔论那些"生活在城市里的人们关心的话题"，并且更深地感受到："人们只是感到孤独，借他人的热流驱散恐惧。"婚礼的地点是天鹅堡，据说这里的建设以意大利某小镇为蓝本，它携带着投资者看中的强蛮的文化附加值，把赤裸裸的商业行为偷换成异国风情的生活观念。天鹅堡的一湖之隔就是大名鼎鼎的"世界之窗"，它代表人类占领城市的欲望，本质上又是一个赝品充斥的仿像。就这样，被构造的消费观念和虚拟的景观剥夺了现实生活的魅力，使得现实相形见绌。小说以"与世界之窗的距离"为题、以对婚礼的描述为中心的用意，也许就在告诉我们，在都市里日渐变成行为艺术的婚礼流程不也是一个幸福生活的仿像吗？四个年轻人以遵守游戏规则的方式嘲弄了规则，他们从自己的婚礼上逃逸出去，更深地拒绝了这个仿像丛生的世界，心里响起让人心碎的歌："我们在这里，我们会一直在一起，守住我们的初始之心。"

房伟的《巨灵》塑造了一个有些另类的零余者：肥仔楚文杰因为肥胖的身躯，也因为父亲的早逝和母亲的抛弃而变成了一个靠出租房屋养活自己的宅男，他在色情电影和玄幻小说中过着如饕餮般又自足的生活，直到按摩女欢欢出现。欢欢改变了他的日常节奏，甚至让他有投入生活的念想，然而在一次偶然中他撞破欢欢另有所爱，绝望的胖子引刀砍向自己，在幻灭的最后仿佛看到他最喜欢的威风凛凛的巨灵神从天而降。这是部重口味的小说，情节说不上新鲜，但它借肥仔肉体的巨大和对巨灵神的崇拜，在胖仔的灵与肉之间建立了一种巧妙的关联，投射出一个被世界抛掷的人深在的焦虑和对自我的虚幻拯救。

我们都知道加缪曾经把《局外人》的主题概括为一句话："在我们的社会里，任何在母亲下葬时不哭的人都有被判死刑的危险。"零余者形象最大的意义也许就和局外人一样，他们意识到人和生活的分离，意识到"世界本身所具有的、使人的理解成为不可能的那种厚度和陌生性"[1]，但他们并不打算随顺地和这个世界达成默契，他们的荒芜、漂泊，抑或死亡也因此都成为时代另类的自证。

故事的德性与短篇的纵深

对于今天的小说家而言，"小说在故事终结处开始"的观念几乎已经成为常识。不过，故事性毕竟是小说区别于其他文体的优势所在，因

---

[1] 郭宏安：《多余人抑或理性的人？——谈谈加缪的〈局外人〉》，《读书》1986年第10期。

此,"故事终结"并非一定要在小说中放逐故事,而是指转变讲述故事的方法,既能保持故事的强度、弹性和召唤力,又能突破传统那种闭路叙述的老套,使得小说更开放、更有洞穿文本的能力。

2015年以故事命名出版或发表的作品集就有赵松的《抚顺故事集》、颜歌的《平乐镇伤心故事集》、宝树的《时间狂想故事集》等,此外,朱岳的《说部之乱》、冯骥才的《俗世奇人新篇》等也是由一个个的故事组成。

《抚顺故事集》是在读书界引起较大反响的一部作品,早在几年前,这部书就在网络上被不少读者传播阅读,它在2015年度的正式出版并备受关注,与其说是一个文学话题,毋宁说更是一桩关乎文化记忆的事件。不过,这部小说集对文学本身而言,也自有价值。赵松用散文体的笔法和人物志的方式勾勒出抚顺这座东北老工业城市三十多年来沧桑的人事物理,仿如中国版的"小城畸人",散点透视却出色地链接起一个大的变革时代和被其裹挟的几代人的命运,对人物有同情之理解,也有练达之批判,它是对某种近于格式化的城市记忆书写的反动。《平乐镇伤心故事集》有类似的一面,颜歌多年致力于"平乐镇"的书写,这座小镇以她的故乡郫县为原型又被其飞扬的想象力不断建构,不过近来她更愿意以方言讲述小镇居民那些具有现实况味的故事,无论是被"奥数"梦挑起的父母虚幻的虚荣(《奥数班1995》),还是在茶社里晚景凄凉的老人的喟叹(《三一茶社》),这些都显示了作者对现实经验的倚重,与她出道时热衷的"架空"叙事形成了有趣的对照。如果说《抚顺故事集》和《平乐镇伤心故事集》来自记忆和现实的辩证,那么《说部之乱》则来自想象和智性的辩证,一个个像博尔赫斯的小说一样闪烁着奇诡光芒的短故事,让人脑洞大开,有时又目瞪口呆,它们野蛮的活力印证了朱岳的小说观念：小说不是某种价值和意义的必然载体，而是帮助人类"体会世界作为谜的一面"[1]，这种探索是对现代汉语小说非常有益的补充。

大众对于短篇小说有一个约定俗成的判断，即短篇小说受制于容量，最适宜写横断面，而不适宜在具有跨度的时空中纵向地表现人生。其实未必如此，很多精彩的短篇依然能在短小的篇幅中纵向地写出一个人命运的跌宕沉浮。当然，短篇小说的纵向不可能像长篇那样事无巨细地徐徐展开，它有自己的处理方式：比如借助对叙事时序和角度的操控，获取讲述故事的纵深感；又比如通过剪裁出几个富有情境性的断面，然后以横写纵、由点及面地串联起较为完整的人生线索。2015年，在这一点上给人留下较深刻印象的短篇小说有王蒙的《仉仉》、刘心武的《土茉莉》、黄蓓佳的《长夜暗行》和普玄的《牙齿》。

王蒙和刘心武两位老当益壮。《仉仉》在质地上有点类似王蒙三十年前那一系列非常有影响力的"东方意识流"小说，《土茉莉》也遥指当年的"伤痕"叙事，不过二者都更有一份人至老境所赋予的从心所欲不逾矩的洒脱。《仉仉》从某外国语学院教授李文采跟外国文学的机缘写起，在他对同学仉仉混合着爱慕与知己之感的回忆里，反思政治运动的疾风暴雨中人性的高贵与卑污，以及个人无法掌控的前途和命运。跨越半个多世纪的爱情、文学之遇，交织着忠贞与背叛、迷惑与同情、忏悔与遗憾，还有在垂暮之年对所有问题的了悟，这一切繁而不乱地被统摄于人物的意识之中，辅以一种可在内心与物外自由出入的叙述视点，它们在文本中协作建立的不但是历史时空的跨度，更是内在的

---

[1] 朱岳：《了解这个世界的方式》，《方所：NO.25》。

心理跨度。《土茉莉》同样是一部回返之作，小说通过两位中学老师从"反右"运动到"文革"再到新时期的一段交往历程，展示了政治挂帅的"极左"年代里人与人之间那些被侮辱和损害的信念、友情和善良，也展示了人性被胁迫后滋生的恶及其后果。小说里的数学老师和美术老师本都是痴迷专业、心无旁骛的人，却在"文革"中迫于压力而互相攻讦，给彼此心灵留下不可弥补的伤害。他们此后一直在混杂着惭愧和愧疚的情绪中彼此密切关注着对方，最后数学老师的潦草而死所带给美术老师的震撼与对悖谬人生的感喟，正象征了三十余年来镂刻在那代人身上且时时隐隐作痛的那道伤痕。

黄蓓佳的《长夜暗行》将主人公大魏三十年的情感经历通过李玎、林娟、范金花和西贝拉等几个女性串联起来，是一篇较为典型连接横断的切片，展现纵向人生的短篇。大魏从故乡到海南掘金再到澳洲定居的人生行旅也相对完整地呈现了他那一代人改革开放三十年来的人生轨迹。大魏是一个新移民，但小说并未在原乡焦虑或失根的放逐这样常规的思路上发力，而是从性这一看似轻逸的角度来塑造他，将他在婚恋中的性无能和由此激发的人生进取心对照起来，他在正常情感状态中的"不能"和在异族女性面前的雄起戏剧化地放大了他生命的暗点，所谓的"长夜暗行"或者说这种朝向自我出发点的努力，让人看到大魏对情感和命运韧性坚持的另一面。

普玄的《牙齿》写了一个钢铁厂老板的个人奋斗史，而这个奋斗史也是他用拔掉的牙齿征服女人的情史。牙齿成为朱南挂对付经商路上遇到的各种沟坎的撬杆，也在累积着日后工厂崩盘时被女人追讨的能量。小说本身是闭合的，情节的逻辑线也很清晰，其人生纵向感是通过撬牙这个不断"重复"的情节来建立的，而撬牙本身又具有怪诞的艺术性，它在进一步塑造故事性的同时也促使读者去思考牙齿这个故事之核与人物命运沉浮间的隐秘和隐喻。

归来者、守土者与大时代的背面

曾有评论者统计过，2013年以"回乡"为题的短篇小说多达十余篇，这或许因为对故乡的返回，"显示了一种深刻的思维构型与心理需要"，"它关乎个体的记忆与历史，成为现代人自我追溯识别、认同赋值及统一调谐的核心"。[1] 在 2015 年，这一现象依然延续着，余一鸣的《稻草人》、田耳的《金刚四拿》、刘玉栋的《回乡记》、黄咏梅的《病鱼》、甫跃辉的《乱雪》、陈再见的《回县城》、蔡东的《布衣之诗》……未必一定以"回乡"命名，但都隐含着一种归来者的视角及思考。只是在 21 世纪乡土社会本质性的解纽和转型之下，故土对于人们情感抚慰或焦虑疏解的功能急剧衰减，不但不能帮助那些城市的归来者追溯到确证的身份，反而额外赋予他们新的挫败感。返乡者的身份不少都被设计为知识分子，但是回到故乡的他们再也不是"盗火"而归的普罗米修斯，面对当下的乡土，原乡／启蒙的二元视角也早已失效。

《稻草人》和《金刚四拿》是两篇可以参照对读的小说，前者关注的是农村的空巢老人，后者的主人公是由城返乡的乡村青年，但着力点还在农村的老人身上，二者哀恸与忧戚的调性是一样的。《稻草人》里的中学副校长雷风景清明返乡，同族的副乡长雷风光想让他劝说在山上老村居住的奶奶下山，雷风景却发现奶奶在山上编织了一个又一个

---

[1] 李丹梦：《2013 年短篇透视："生命"与"常人"的竞逐》，《文艺争鸣》2014 年第 2 期。

的稻草人，复现了她记忆的乡村世界，其中有雷风景逝去了的独子禾禾和弟媳小静。老村的亡灵仿佛被奶奶用稻草人招魂，在独自一人居住的山屋里，她灌注了一个村落的生息和尊严。而雷风景在儿子死后，和妻子一起早已成为另一种被掏空灵魂的稻草人。逝者仿若再生，而生者如丧精魂，两种稻草人，折射失独家庭与空巢化的乡村之痛，无论立意还是笔法，都相当见功力。田耳的《金刚四拿》说的是罗家垭有民俗，村人死后要精选八大壮汉抬棺，是为八大金刚。青年罗四拿外出打工浪荡多年，回到故乡，在大爹的葬礼上指挥村里几乎仅有的老弱病残的男人上阵抬棺，组成十六金刚。这篇小说在语言上有着田耳一贯的劲道和幽默，但在骨子里却处处弥散着苍凉之气，四拿城市打拼的溃败在村人的回忆里影影绰绰地拼凑出他破碎的拉斯蒂涅之梦，而在做金刚的行当上找到的自信则更反衬当下农村的荒芜，一句"今天你不抬人家，明天也没人抬你"几乎道尽了一切。

刘玉栋《回乡记》里家一遭遇的是另一种乡村之惑。家一的身份是某行业报纸主编，老父在村里被撞，期望他回来能讨个公道，他却发现自己的能耐根本不能摆平乡间的新权贵，宗族的血缘与道德凝聚力在崛起的资本面前不值一提。"回乡"在这里再一次成为知识分子无力救赎自我的梦魇，或者说焦虑的放大器，因此，小说中家一的回乡经验有着寓言性的概括力，它不但指向乡村的病态，其实也指向城市生活的病态和人性的病态。陈再见的《回县城》描写了一个"深漂"在高房价压力之下不得不带着妻儿回老家的故事。在深圳，主人公感到生活"成了一张黑色的浊气的让人厌恶而想逃离的画面"；而在县城，他又被迫要"一边藏起自己的窘迫一边又制造出某种虚伪的光环"。小说并未停留在"逃离北上广"，而是进一步观察青年人逃离后的精神困境。

这种困境，用黄咏梅《病鱼》中的说法，表现为归乡者需要处处倒"空间差"，处处协调分裂的身份。《病鱼》是一篇有着复杂况味的关于两代人命运的小说，其隐线且不论，主线中的叙述者"我"与满崽在小说里是一种互为镜鉴的关系。"我"带着一副事业有成的面目风风火火地回到老家，可是在这个看似成功的身份背面是城市打拼的种种辛酸还有遭遇婚变的隐痛。满崽是"我"儿时的旧友，在一连串的人生变故后堕落为吸毒盗窃的混混。二人再次相逢时，"我"的"伪"和满崽的"恶"彼此刺痛着对方，也让"我"过年回家收获安稳的期待落空。

蔡东的《布衣之诗》处理的也是一个归乡、失乡的题材。孟九渊和父亲告别老屋再无乡可归，小说接下来呈现了这个痛点如何涟漪一般层层荡开，关涉起城乡失衡、拆迁、都市浮生者的落定和情感危机等一系列与我们痛痒相关的问题，不断将故乡"留州"河边安静的孤雁，旧家院中恋旧的疣鼻天鹅与孟九渊和赵婵夫妇在深圳生活的委屈对照。像蔡东其他的作品一样，《布衣之诗》有着内敛和诗性的品质，叙述迂缓又别具骨力。一介布衣之身的孟九渊还是在作别故乡时获得了一直找寻的救赎，只是留州已不可留，他在痛失时的颖悟也让人唏嘘感叹。

归乡者之外，还有尴尬的守土者。傅秀莹的《定风波》、马金莲的《一抹晚霞》、安昌河《欢乐的芬达》都试图通过对守土者的塑造挽住故乡或故家最后的一抹温暖。只是《定风波》里的团聚不能凭善良和义气从资金周转的窘境里脱困，而弟弟的欠款不还更是在家族伦理的内里给他冷冷的一击；《一抹晚霞》里的回族老人夫妇虔敬地坚持礼拜的仪式，也近乎仪式般地守着走空了的老宅；《欢乐的芬达》在强拆的故事外壳之下，描述来福旺老人对旧宅和故人执拗的情感，终以玉石俱焚的方式成全自己生命的诺言。日渐凋敝变异的乡村不可避免地成为依托城镇化进程推动的大国崛起的注脚，批评者当然可以苛责上述小说应对现实的无力，但它们可贵地站在时代的背面，站在了弱势的一方，其立场本身是关情的，而非去历史化的。

因爱之名的"非常"与"常"

爱情依旧是文学常写常新的话题。有意思的是，2015年让人印象深刻的关于爱情的短篇小说，其人物多具有一种"痴气"或执拗，尤其是在女作家笔下，爱情混合着某种阴郁的欲念或者固执的坚持，像鲁敏的《坠落美学》、陈谦的《我是欧文太太》、林白的《汉阳的蝴蝶》、周洁茹的《离婚》、盛可以的《小生命》、夏烁的《蓼湖饭店》、文珍的《觑红尘》、金仁顺的《纪念我的朋友金枝》、祁媛《美丽的高楼》、于一爽《死亡总是发生在一切之前》、张慧雯的《夜色》等都是如此，其中《坠落美学》《我是欧文太太》和《纪念我的朋友金枝》都出现了让人始料未及的暴力或者干脆就是死亡，这样的处理固然是以某种刻意的方式增益了小说的情节，但好在并非仅仅是解决情节危机的方便设计，它们是爱情在极端状态下被嫉妒和情欲催生的不可控因素，是人性幽暗和盲动一面面对"无穷无尽的恶意之洋"[1]的过度防卫。此外，作者在讲述这些非常态超强度的故事时，都试图在以叙事的控制规避其主旨向猎奇化倒去。比如陈谦的《我是欧文太太》，小说读来令人疑窦丛生，丹文怎么变成了欧文太太，她的前夫是否是她所杀，小说并未有坐实的暗示，不过丹文这个敢爱敢恨的形象却非常鲜活地在文本中建立起

---

[1] 文珍：《觑红尘》，《创作与评论》2015年第3期。

来。与之相似的是《汉阳的蝴蝶》，小说也是大量留白，王劲风和刘铁阳，刘铁阳和刘铁阳的小姨，李小榴和王劲风，几组关系小说全都语焉不详，只让读者觉得大学时的懵懂情事在二三十年后再去看，似乎渺不可寻又似乎坚贞无比。

男作家笔下也有非常态的爱情，较有代表性的是张楚的《略知她一二》和葛亮的《不见》，前者写的是大三男生和宿管阿姨的不伦之恋，小说对少年混合着恋母意识的病态情欲表现得细腻又有野气，不过故事整体上并无新意，或许也正因此，作者才在"非常"上用力，阿姨冰箱里放着不明原因死去女儿心脏的细节让人惊诧，又让人想到迟子建的《世界上所有的夜晚》。《不见》从大龄"剩女"杜雨洁的交友入手，以推理小说的笔法展开了一个被侮辱与损害者变态式的复仇故事。葛亮用张爱玲《茉莉香片》中性格也有些扭曲变态的聂传庆来给小说中的变态男命名，显然有致敬的成分。不过，跟张爱玲"反传奇""反高潮"的艺术观念相反，《不见》中的聂传庆绑架市长女儿并将之囚禁为性奴等情节却分明溢露着传奇式的趣味。

张爱玲说过："既然是个写小说的，就只能尽量表现小说里人物的力，不能代替他们创造出力来。而且我相信，他们虽然不过是软弱的凡人，不及英雄的有力，但正是这些凡人比英雄更能代表这时代的总量。"[1] 耽溺于非同寻常的故事表现，有时未免就要为人设"力"，反而少了对平凡人生悉心体会和咂摸的情味。这样看来，其实是非常故事好撰，常态故事难工。2015年对常态爱情的书写也有不错的作品，比如讲述都市白领女性爱情的斯继东的《西凉》、邱华栋的《降落》和东君

---

[1] 张爱玲：《自己的文章》，《张爱玲文集》第4卷，安徽文艺出版社，1992年，第174页。

的《某年某月某先生》等都较有特色。

《西凉》中叫饭粒的女孩儿渴望情感的抚慰和心灵的归属，但却碰不到一个合适的人，她靠养猫养鱼排遣孤独。因为一次偶然，她对故乡是西凉的快递小伙产生了情感的寄托，并进而对西凉这个地名有了特别的牵记。小说以"西凉"为名，在距离的遥远与情感的切近之间形成一种反差，快递员和饭粒那种萍水相逢之下的信义和爱也因此显得坚实而又温暖。与之类似的还有邱华栋的《降落》，这篇小说是邱华栋"十三种情态"系列作品之一，聚焦点也放在了都市女性的爱情隐痛之上，就像作家自己阐释的，题目"降落"就是进入这个故事的密钥，小说通过一个女白领和两个不同生活观念的男人的相处，来探讨爱情的飞扬与降落的辩证。小说中的两个男性，一个是客机飞行员，一个是野外摄影师，对于薛媛而言，他们都意味着一种"在远方"的状态，不过前者是物理距离而后者是心理距离。薛媛面临的爱情选择题，看着简单，却关联对生活本质的远方与苟且、诗意与日常、飞扬与安稳的多种理解。

和《降落》类似，东君的《某年某月某先生》里也写到一个女白领与一个摄影家的不期而遇：一个以为罹患绝症的女DJ在一座山中邂逅了一位带着亡妻骨灰盒旅行的摄影家，他们相处一个月后，各自带着对生命和情感的领悟作别。某日，某先生在一个禅修班遇到了女DJ，听她讲述了这个故事，然后像第一个故事一样，女DJ不辞而别。相比《西凉》和《降落》，这个小说隐含着一种恍惚之感，就像题目所呈现的，不确定的时间与不确定的人带出了不确定的记忆与不确定的感情，但是唯其不确定，反而有一种更广泛的指涉性，两个相似又彼此缠绕的"艳遇"故事，绕开了感官的沉溺抑或欢愉，而遥指关乎克服生命本然孤独的理解。

卡佛曾悲观地说过:"我开始写东西的时候,期望值很低。在这个国家里,选择当一个短篇小说家或一个诗人,基本就等于让自己生活在阴影里,不会有人注意。"他也曾自信地说过:"用普通但准确的语言,去写普通的事物,并赋予这些普通的事物以广阔而惊人的力量,这是可以做到的。写一句表面上看起来无伤大雅的寒暄,并随之传递给读者冷彻骨髓的寒意,这是可以做到的。"[1]这是属于短篇小说的孤独和尊严。我们也希望这篇挂一漏万的综述可以帮助读者倾听孤独者尊严的心声。

---

[1] 雷蒙德·卡佛:《卡佛自话》,《大教堂·附录一》,肖铁译,译林出版社,2009年,第233、238页。

故事，重新开始了

对于任何一个曾沐浴过先锋文学的余泽而有志于小说创作的新手作者而言，对故事的戒备恐怕已经成为一种先在的常识，所谓"小说在故事终止处开始"的说法就是这种戒备意识的集中显现，这一说法形象而明确地顺应了那个大势——自从小说经历了"故事"与"话语"两分的叙事学转向，小说家们关怀的重心便由前者过渡为后者了。事实上，就中国本土先锋文学思潮嬗变的轨迹来看，我们知道，"故事"其实并未远离，20世纪90年代以后更是全面回潮，但是当"写什么"又一次代替"怎么写"去接管小说时，那个时刻被后来的很多文学史家和批评家描述为一个先锋文学精神终结的时刻，似乎在意味着更具现代性和探索意识的先锋文学理解中，传统的故事既已被打倒、拆解或置换，就再也不可能构成驱策文学向前的资源。这一理解导致了两个至今仍有相当影响的结果——其一，以故事驱动的小说在艺术性上要弱于以叙事驱动的小说成了被广泛认可甚至是具有自明意义的写作观念；其二，除了像莫言这样的"庞然大者"，即便一个小说家擅于写故事，他也绝少以此自矜，似乎讲好故事并非荣耀——并最终形成了我们开头说到的那个认识效应。

然而，最近几年事情却有了变化。先是2015年，赵松的《抚顺故事集》出版，在读书圈引起不小的关注；同年，以故事命名的小说集还有颜歌的《平乐镇伤心故事集》和宝树的《时间狂想故事集》；随后两年，以"故事集"为名的各类纯文学作品越出越多，比如较有影响的《青鸟故事集》《丙申故事集》《驻马店伤心故事集》等；此外，还有为数不少虽不直接以故事为名，但一看便摆明了要讲故事的小说集，如朱岳的《说部之乱》、阿丁的《厌作人间语》、冯唐的《搜神记》、刘汀的《中国奇谭》、赵志明的《中国怪谈》、盛文强的《海盗奇谭》，以及化身"说书人"身份的张大春的《春灯公子》等。当然，仅以"故事"来命名作品可能说明不了太多，放眼世界，诸如《尼克·亚当斯故事集》《九故事》《东方故事集》《小夜曲：音乐与黄昏五故事集》之类的名号也所在多有。但是这一回，中国故事的复归并不羞涩，不但大张旗鼓地亮出本尊的旗号，而且值得注意的是，从张大春、李敬泽到弋舟、冯唐再到赵志明、郑在欢，这些故事的讲述者不但囊括了50后到90后的完整代际，还各各有着文坛宿将或新锐的名号，在文学圈子里代表着有相当影响的文学品位，他们不约而同，重建小说与情节的友善关系，重塑对故事的敬畏和尊重，这恐怕不能简单地以巧合来解释，虽然还不完全明朗，但至少意味着21世纪关于小说理解的又一次深刻转向：故事，真的重新开始了。

一

该如何理解这些小说家对故事的召唤？我以为有如下两点重要的因由：

其一，在一个经验加速贬值的时代，对故事传统的激活是重新赋予小说活力与独特"光晕"的内在理路。

有必要从一篇经典的文章谈起，那就是本雅明在 1936 年发表的《讲故事的人——论尼古拉·列斯克夫》。在这篇雄辩的文章中，本雅明从人类的现代体验与文类演变等多个角度，探讨了小说与故事的文体差异。本雅明认为，介于古代史诗与现代小说中间的故事，其灵思的源泉是人类"口口相传的经验"，然而在经验持续贬值的现代社会，故事这一古老的技艺日渐式微，小说在现代的兴起便是"讲故事走向衰微的先兆"。相比于故事对于经验分享的倚重，小说则"诞生于离群索居的个人"，"写小说意味着在人生的呈现中把不可言诠和交流之事推向极致"，显示的是"生命深刻的困惑"。本雅明所谓经验的范畴，指的是"人类跟世界的精神和心理的联系，发生在认识尚未进入的领域"，而经验出现贬值的原因是现代技术和传媒从根本上改变了人们经验交流和传播的方式，其表征便是"消息"的出现，它的"不辨自明"和强大的因果律逻辑恰恰与"讲故事的精神背道而驰"：消息传递到人们耳边，"早被解释得通体清澈"，然而其价值也就昙花一现，"它只在那一瞬间存活，必须完全依附于不失时机地向那一瞬间表白自己"；故事却不会如此轻易地"耗散自己"，它在时过境迁后仍会"保持并凝聚其活力"。也正是基于这个认知前提，本雅明在文中才高度赞美列斯科夫，还有豪夫、爱伦·坡和斯蒂文森等这些"以讲故事的方式"从事小说创作的"智者"，他援引高尔基的话说道："列斯克夫是一位深深扎根于人民的作家，完全不受外邦的影响。"[1] 列斯克夫那些手工艺人般的精彩而犀利的小说很多改编自俄国民间童话和传说，对于本雅明而言，它们既是

---

[1] 本雅明：《讲故事的人：论尼古拉·列斯科夫》，见汉娜·阿伦特编《启迪：本雅明文选》，张旭东、王斑译，生活·读书·新知三联书店，2008 年，第 96、99、100、101、111 页。

一曲挽歌，也是一抹"灵韵"。

　　本雅明或许不会想到的是，经验的持续贬值在几十年后会以几何级倍数加速，令他神伤销魂的"印刷资本主义"还只是微弱的先声，网络新媒体技术的日新月异不但让"天涯若比邻"成为事实，而且正如阿帕杜莱指出的，新媒体创造的一代人是"无地域感的"，更进一步，甚而是模糊了现实与虚拟边界的。本雅明曾愤怒相向的"消息"在今天被浓缩为字节和流量，以影像为中心的新媒体景观先是带来了震惊，继而是震惊餍足之后的疲累。通常而言，新媒体是以叙事的方式来描绘现实的，"它们的体验者与转化者从中获得的是一系列要素（如人物形象、故事情节和文本形式），由此能够构建出想象生活的剧本——既包括他们自己的生活，也包括他乡的、他人的生活"[1]。看起来，这似乎与本雅明描述的讲故事的人与听故事的人"相约为伴"的情谊相似，但其实二者有本质的差别：听故事的人想把故事嵌入记忆，使自己也成为伟大故事传统链接中的一环；而新媒体的叙事为自我想象提供的资源多是均质或者仿像的。

　　也正是在这一点上，格非在一个演讲中认为当下信息叙事的本性是消费性的，它的"即用即弃""即时性"和常被滥用的特点，"构成了对传统故事和小说的双重反动，既是对传统故事的祛魅，同时也是对小说的祛魅，完全变成了一种消费品"，因此，他提醒同行要摆脱对"传媒信息的依赖"。[2] 格非自己反抗这种消费性信息叙事的路径之一便是

---

[1] 阿尔君·阿帕杜莱：《消散的现代性：全球化的文化维度》，刘冉译，上海三联书店，2012年，第37、46—47页。

[2] 格非：《故事的祛魅和复魅——传统故事、虚构小说与信息叙事》，《名作欣赏》2012年第4期。

重返故事的传统之中,在《江南三部曲》《隐身衣》和《望春风》等近作里,他一次又一次地放低姿态,转变叙事的口吻,告诉读者"若不嫌我饶舌啰唆,我在这里倒可以给各位讲个小故事"[1]。

凭借《无尾狗》《寻欢者不知所终》而引起广泛关注的"中间代"小说家阿丁在2017年底推出的小说集《厌作人间语》的跋语中说:"对于有志于文学写作的青年人而言,有一个会讲故事的姥姥很重要。"当然,这里的"姥姥"并非实指,"她"的本质是"古老却不朽的文学传统"[2]。顾名思义,《厌作人间语》是一部向《聊斋》和以其为代表的志异传统的致敬之作。阿丁从一个"小说本位主义者"向"讲故事的人"的叙述姿态的转变,让我们看到了本雅明赞美的列斯科夫的智慧在今日之投影。无独有偶,同为70后小说家的赵志明在《我亲爱的精神病患者》《万物停止生长时》《青蛙满足灵魂的想象》之后,也对传奇和笔记小说表现出格外的倾心,从《无影人》中的"浮生轶事",再到最近的"中国怪谈",他努力实践着"说好一个简单故事的激情"[3]。再比如,素来以先锋性著称的弋舟在2017年出版了他的《丙申故事集》,收录了他在丙申年写作的五个短篇。对于这个小说集的命名,弋舟说得很清楚,"故事集"在这里"的确是一个强调",它关乎小说的义理,"现代小说以降,我们的创作因了'现代'之名,都太闪烁着金属一般的现代华彩了,现在,我想是时候了,让自己去抚摸古老'故事'的那种包浆一般的暗光"。弋舟在这些小说中写了不少故事,如《随园》一篇更在今人与古人间游弋,而弋舟最看重的则是故事消逝后"留下的气息",他说:"这

---

[1] 格非:《望春风》,译林出版社,2016年,第24页。
[2] 阿丁:《除了人我现在什么都想冒充》,见《厌作人间语》,作家出版社,2017年,第234页。
[3] 《"说书人"赵志明:好好说故事是基本功》,《文学报》2016年8月26日。

种对经验的'恍惚化',巩固了人类将现实上升为艺术的那种能力。"[1]可以说,弋舟在容留了先锋文学文体探索精神的同时也接通了达向故事的暗道,他既强调了自己"居于幽暗"的现代式的写作情境,又有对传统资源的辩证而具有反讽性的重构,这似在遥致本雅明,"讲故事"在今天依然能成为一门睿智的技艺。

其二,近来小说创作中的"故事转向"呼应了讲好"中国故事"的时代诉求,也呼应了当下中国人新的生活状况。在这些小说集中,小说家在故事有头有尾的闭合逻辑抑或一波三折的情节强度之外,还格外强调了故事中包含的时代巨变之下作为个体生命体验的复杂,以及故事里的个人与时代共振的精神频度。他们相信,在"非虚构"写作不断攻城略地的当下,故事所携带的非凡想象力和虚构力有着不逊色于"非虚构"甚或是更胜一筹的指涉时代的能力。

"非虚构"文学兴起的大背景其实亦可推衍到前述本雅明对于过量"消息"所带来的经验困境之中。波德里亚有一个著名的判断,当人们据以生活的日常被庞大的符号系统所表征,生活的现实反而成为一个模仿的过程,他说:"今天则是政治、社会、历史、经济等全部日常现实都吸收了超级现实主义的仿真维度:我们到处都已经生活在现实的'美学'幻觉中了。'现实胜于虚构'这个符合生活美学化的超现实主义阶段的古老口号现在已经被超越了:不再有生活可以与之对照的虚构。"[2]而《人民文学》杂志发起的"人民大地行动者非虚构写作计划"的初衷即要以"行动"和"在场"破除"仿真"的幻象,以达到"深度表现社会生活

---

[1] 《来自事实逻辑的经验与表达》,《兰州晨报》2017年5月13日。
[2] 让·波德里亚:《象征交换与死亡》,车槿山译,译林出版社,2006年,第108页。

的各个领域和层面，表现中国人在此时代丰富多样的经验"的效果。这里所蕴含的潜台词恰恰是，虚构文体"深度"表现的乏力让其无法真切地介入时代，因此，"非虚构"的兴起是对疲软的虚构文学的纠偏。但是问题在于，就像王安忆敏锐地观察到的，"非虚构"虽然是对当下现实的见证和强攻，是破除信息时代文化仿真逻辑的抵抗，但它的文学效应与它所抗拒的信息一样具有本雅明所谓的易损耗性，"非虚构的东西它有一种现成性，它已经发生了，它是真实发生的，人们基本是顺从它的安排，几乎是无条件地接受它，承认它，对它的意义要求不太高。于是，它便放弃了创造形式的劳动，也无法产生后天的意义。当我们进入了它的自然形态的逻辑，渐渐地，不知觉中，我们其实从审美的领域又潜回到日常生活的普遍性"。[1]

我们可以举一个有趣的例子，曾获得第二届华语青年作家奖"非虚构提名奖"的80后小说家刘汀给他最新的小说集《中国奇谭》的后记起名为"新虚构：我所想象的小说可能性"，这篇后记以重申小说虚构之本质的方式对非虚构的大行其道做出了微妙的回应。在刘汀看来，非虚构作品的动人之处，并非它念兹在兹的"真实"，而恰恰是它虚构的部分，"也就是用文学的叙事手法去建构、描述和呈现的部分"。与大部分人的看法相左，刘汀认为"在经过了几十年对真实的孜孜追求之后，小说的虚构性正被人们重新打捞起，再次找回它的位置感"，"那些扎根于现实的故事，借此突破地表和日常逻辑，在我们的经验世界里伸展枝条，绽放花朵，结出果实"。[2] 刘汀对于非虚构之虚构部分的

---

[1] 王安忆：《虚构与非虚构》，《人民政协报》2010年3月6日。
[2] 刘汀：《中国奇谭》，作家出版社，2017年，第257页。

观察固然体现了他的敏感,而他对虚构力量可以超越"日常生活的现实焦虑"的判断更是赋予他笔下脑洞大开的奇谭怪论一种想象力的自信。

冯唐在写作《不二》时即预告自己有"子不语"三部曲的写作规划:"在成长之外,我决定写我最着迷的事物。通过历史的怪力乱神折射时间和空间范围内的谬误和真理。"[1]《不二》《天下卵》和《安阳》三部皆取历史的传说为素材加以后现代理解的点染,注重故事的"丰腴、温暖、诡异和精细"。其近作《搜神记》秉前人志怪之名,写时下人事物理,"小说集里所有的故事,描述的都是这些似乎'我眼有神,我手有鬼'的人,这些人用兽性、人性、神性来对抗这个日趋走向异化的信息时代"[2]。在我看来,冯唐的《搜神记》是一部以"异"抗"异"之作,他以对志异叙事传统的激活,来抗击被科技理性掌控的当下人类被虚拟和异化的荒诞,即其自谓的"借助神力,面对 AI"。冯唐在这些小说中,用他一贯荤腥不忌的笔墨来"保持人类的尊严",那些一再浮现的关于肉身的语汇其意义是双重的:首先,眼耳鼻舌身意这是机器无福消受的人之为人的确证;其次,故事即是小说的肉身,是小说与时代发生关系最忠实也最本真的中介。

二

据上言之,"故事"的归来对于今日小说家而言意味着在"写什么"和"怎么写"之间终于又建立起一种自洽式的平衡。具体来看,时下层出不穷的"故事集",从素材上约略可分为二类:一是依赖笔记、传奇、

---

[1] 冯唐:《不二》,香港天地图书有限公司,2011年,第280页。
[2] 冯唐:《搜神记》,中信出版社,2017年,第15页。

野史和传说之类的"故事新编"。二是具有现实指涉的当下故事,其中又可细分为两类,一类以地域人物志的方式书写,一类是具有强烈反讽色彩的奇谭怪说。

第一类我们可以《青鸟故事集》《厌作人间语》和《中国怪谈》为例。

李敬泽的《青鸟故事集》是一部再版的作品,原名为《看来看去或秘密交流》,书名的变化关乎对小说文体边界和故事之德性的再思考,这本写"物"之"交谊"的书跨界性很强,有些篇章恨不能就是博物随笔或史学考辨,然而不要忘了,《山海经》《博物志》这种博物学的书本来就是中国小说重要的发源。因此,在我看来,《青鸟故事集》至少包含了三个层面的意义:其一,借鉴美术史家巫鸿讨论中国古代美术时曾谈到的观点,"对世界上任何艺术传统、特殊经验的探索只有在全球语境中才有意义",而在"全球美术史的上下文中对中国美术的性格和经验进行思考",不是要寻找某种固定不变的"中国性",而是"在千变万化的艺术形式和内容及社会环境中寻找变化的动因和恒久的因素",[1] 与此类似,我们的小说家也非常有必要在全球化的语境中激活中国传统叙事资源,并寻找到其中"变化的动因和恒久的因素",呈现中国本土小说观念和经验的成长过程和创造性转化的方式。《青鸟故事集》即是如此,它提供了中国志怪式的博物热诚与布罗代尔的《十五至十八世纪的物质文明、经济和资本主义》这种历史年鉴学派著作的奇妙化合,让我们看到了中国故事的生长性。其二,小说集一再涉笔讨论中西交流中的理解、误会、错位和偏见,紧密呼应我们今天这个全球化时代的

---

[1] 巫鸿:《全球景观中的中国古代艺术》,生活·读书·新知三联书店,2017年,自序第4—5页。

诸多问题，尤其当中国从一个被动的回应者一跃而变成参与全球秩序建构的主动者，这种时代转换中自我与他者关系的新鲜经验恰为新的"中国故事"的生长留下空间，这大概也是从"秘密交流"到分享经验的"故事"这个转变的缘由之一吧。其三，《青鸟故事集》每一篇都涉及大量古代历史、地理、风物的记载，他们有的翔实可考，更多的却是一面之词，对于后者"历史学家至此无路可走，孤证难以取信，传言也非治史的依凭，文学想象恰可在这些断片的缝隙里游刃有余。越是不足取信的传闻，甚至是带有偏见的一面之词，则越容易构建起文学叙事的龙骨"[1]，故事的魅力正于焉而生。

阿丁的《厌作人间语》和赵志明的《中国怪谈》所录小说大都直接脱胎于前人的志怪之作，尤其是《厌作人间语》与《聊斋志异》有高度的对应关系，巧的是，阿丁的《蛩》和赵志明的《促织梦》都改写自《聊斋》的名篇《促织》。阿丁说自己并非"《聊斋》重译"，而是要"重塑《聊斋》"，因此他特别强调在阅读这些据《聊斋》而敷衍成篇的现代故事时，要注意他的"内心投射"，也即他所谓的"心中之鬼"[2] 是如何将一粒粒《聊斋》的故事种子浇灌成一则则现代寓言的。《乌鸦》一篇改写自《席方平》，在蒲松龄那里，他着重写了阳间和阴司一丘之貉的残暴，但也赞美了席方平"何其伟也"的复仇意志，而到了阿丁笔下，席方平数次转世，历遍冥界，却不过空忙一场。这个小说投射出的阴郁气息不由让人想起他的《无尾狗》等前作，也让人想起余华的《第七天》。

《中国怪谈》在写作观念上与《厌作人间语》是很相类似，所谓的

---

[1] 盛文强：《海盗奇谭》，中信出版社，2017年，第6页。
[2] 阿丁：《除了人我现在什么都想冒充》，见《厌作人间语》，第235页。

"怪谈"，也即超验性的传统故事，在小说中成为作家借以表达对现代人之迷惘和危机之认识的重要凭借。相比之下，赵志明比阿丁走得更远一些，有点类似鲁迅所谓的"取一点因由，随意点染"。比如《庖丁略传》一篇，前半部分还随着庄子的记述亦步亦趋，到了后半部分情节突转，而庖丁肢解自己的那个荒诞的结尾分明已是卡夫卡的《饥饿艺术家》和《在流放地》的复现。或许如赵志明自言，这类"故事新编"未必是其未来小说主攻的方向，但他对故事和小说之互为表里的关系的体认对其创作的滋养是显而易见的。

詹姆逊曾谈到这样的观点："当过去时代的形式因素被后起的文化体系重新构入新的文本时，它们的初始信息并没有被消灭，而是与后继的各种其他信息形成新的搭配关系，与它们构成全新的意义整体。"[1] 在信息化和消费主义的铲平逻辑之下，本土叙事智慧遭遇的挑战无疑是巨大的，志怪、传奇作为中国小说的发源，其在当下的生命力也当作此理解。阿丁和赵志明对鬼魅故事的热衷，意不在其如何摄人心魄，而在于可否在当下信息过量的语境中借助这些资源尝试与变异的社会沟通对话。

第二类可以《抚顺故事集》和《中国奇谭》为例。

赵松在《抚顺故事集》之后推出了一本解读志异的小品集《细听鬼唱诗》，虽为赏析之作，在意趣上与《厌作人间语》和《中国怪谈》确有不谋而合之处，也彰显了他本人对志异文类这一构成中国古典文学重要叙事传统的心领神会。《抚顺故事集》收录的作品大多写于作者对古典

---

[1] 参见伍晓明、孟悦:《历史—文本—解释:杰姆逊的文艺理论》,《文学评论》1987 年第 1 期；弗雷德里克·詹姆逊:《政治无意识》,王逢振、陈永国译,中国社会科学出版社,1999 年。

笔记小说发生兴趣之前，虽然名为故事，但并不着意强调情节的强度和能见度，甚至我们在阅读一些篇章时还会有一种游离，不过其在叙事上的克制和冷静，以及那引而不发的伤悼和悲怀之意，都约略可见这位自称"野生"的写作者写作观念上的后撤，如果对比他的第一本小说集《空隙》来看，尤其可见其文风的变化，他由自己的"故事集"上溯到对整个志异传统的回返，其间线索是可循的。具体而言，《抚顺故事集》采用的是地域人物志的书写方式，小说集单篇看来是志人小品，整体上又是对抚顺这座东北老工业城市三十多年来沧桑之变的观照，全书笔意节俭却出色地链接起一个大变革时代和被其裹挟的几代人的命运。其难得之处在于，它以"故事"延展了那种已近于格式化的城市记忆书写的套路——纪实影像风的非虚构，或是关于东北老城底层苦难的竞写，提供了一种新的经由地方经验获得中国经验的可能性。"抚顺故事集"这个简单的貌似中性的命名之下，未必不隐含着作家面对大时代的立场和襟怀。有趣的是，赵松也谈到了对信息过量的警惕，他说："信息泛滥的时代导致大量公共经验产生，通常是聊了一件事儿，你知道我也知道，这时候个人经验就变得更重要，因为我的体验和趣味跟你不一样，我的信息组合跟你也不一样。"[1] 这些话就像本雅明声音的回响，也再一次佐证了好的故事讲述者对于个体经验的拯救之功。

前文已论，《中国奇谭》对"奇谭"的刻意标榜隐含了刘汀力图证明虚构有不逊色于非虚构的现实观照能力的写作意图。小说集收录的十二个故事，皆以"炼魂记""换灵记""归唐记""制服记"等"记"的

---

[1] 界面新闻：《赵松：人生是很容易乏味的写作可以带来戏剧性》，http://www.jiemian.com/article/1304693.html（访问时间为2018年1月）。

方式命名，既然是"奇谭"，自然少不了诸如灵魂交换、穿越古今的怪诞。德国的汉学家莫宜佳在她的《中国中短篇叙事文学史》中谈及六朝志怪时认为："六朝志怪小说中所描写的自然界或是在异域他乡所见到的神祇、妖魔，实际上存在于人类的本体之中。在自我的存在中寻找'异'的存在带来了一个重要转折，一个个个性化的过程。它导致了对于黑白分明的道德理念的背弃，而转向表现人类个性中的矛盾层面。"[1]我以为，刘汀的故作"怪论"也不妨作如是观，就像作者强调的，这些"稀奇古怪的故事说到底也不过就是我们的日常生活"：《炼魂记》的老洪与老老实实的现实主义小说笔下那些困顿于凡庸生活而无力超脱的角色一样，潦草地生，荒唐地死，独结尾冶炼灵魂的一幕让小说有了更寒凉的一面；《制服记》里的警察，他从警服到城管制服到囚服的更衣记，记录下他被体制异化的人生加速下坠的完整过程；还有那些拆迁的故事、权钱交易的故事等，刘汀借助故事的超验和巧合所携带的形式能量确实让它的"新虚构"有着与当年的"新写实"殊途同归的表达效果。在李敬泽、陈晓明、李洱和邱华栋关于此书的封底推荐语中，四位不约而同地称赞了刘汀架构故事的能力，这也是刘汀找到的让小说"保持并凝聚其活力"的方法。

写作《故事》的罗伯特·麦基说："故事并不是对现实的逃避，而是一种载着我们去追求现实的载体，让我们付出最大的努力挖掘出混乱人生的真谛。"[2]如果说以现代主义为代表的小说之所以要放逐故事是

---

[1] 莫宜佳：《中国中短篇叙事文学史》，韦凌译，第99页。
[2] 罗伯特·麦基：《故事：材质、结构、风格和银幕剧作的原理》，周铁东译，中国电影出版社，2001年，第15页。

出于对陈旧叙事成规的不满,因为是故事使小说获得情节秩序的支撑,要变革这个文体秩序,就必须从破除故事入手。但在经历了现代主义和后现代主义种种"后设"叙事的实践之后,小说再度召唤故事时,对故事的理解当然也势必经历一个螺旋式的上升,或者说,小说家有了一套新的讲述故事的方法,既能保持故事应有的情节密度、弹性和内爆力,又能突破单一线性封闭叙述的老套,使小说的文体属性更鲜明,也更开放。因此,对于故事的再度开始,我们且谨慎地乐见其成。

移动互联媒介视野下的微信文学及其可能

2010年7月16日,搜狐董事局主席兼CEO张朝阳发了一条微博:"微博的突然火爆非一日之功,乃互联网互动产品十年积累之大成。论坛是集体的,去中心的;邮件是个人的,但却是点对点的,延时的;博客是以个人为中心兼顾集体的,但却是非即时的;短信是近乎即时的,但只是点对点的。PC互联网产品的左冲右突,演化和普及,手机作为信息工具的流行,十年的功底造就了这样一个以个人为中心兼顾群体关系的随时随地近乎即时的互联网互动产品,这是技术进步和用户行为演化从无数个可能性中选择出来的正果。不容易啊,请大家珍惜。"作为中国互联网发展最早的参与者和见证者,张朝阳这个局内人对论坛BBS、博客、手机短信和微博等新媒介的媒介传播特性可谓概括精准,评点到位,只是他没有预料到,一年半后,一个新型社交媒体会以更强势的面目,咄咄逼人地杀入移动互联应用领域,而且比微博更深刻地改变了社交生态和传媒生态。这就是2011年1月21日由腾讯公司推出的为智能终端提供即时通信服务的应用程序——微信(WeChat),据统计,截至2015年第1季度,微信已经覆盖中国90%以上的智能手机,活跃用户达到5.49亿,各品牌的微信公众号超过800万个。

和微博一样,微信也是一个去中心化的具有自媒体特性的社交软件,但与微博传播的弱连接关系相比,微信具有更强的生活属性和用户体验的黏性特质，使其用户既具有丹尼斯·麦奎尔定义的私人型受众的特征，又兼具面向公共的可能，而且其内容平台也不像微博或短信那样受字数的限制，这为相对的深度阅读创造了条件。也正是基于这样的传播特性，我们以为，微信比之于之前的即时互联媒介形态，更适合承担"互联网+"时代现代媒介技术与传统文学形态的耦合。换言之，相比于短信文学和微博文学，微信对文学的外延和本体的渗透都要有力也深入得多，其影响也更广泛。具体可从如下几个方面讨论：

其一，微信进一步促成短文学的流行，且更有助于短文学文体深度的建构。

笔者以为，微信文学不只是指那些直接用微信创作和分享的段子式的文本，更重要的是在其所参与塑造的传媒语境中，微信诱发出的文学形态和观念的某种质变，短文学和超短文学的流行即与此相关。

美国的艺术理论家曼诺维奇提出过一个"微媒体"的概念，他认为在移动互联的时代，以手机等便携微媒体为依托的数码艺术会呈现出"微艺术"的特质，导致巨量"微内容"的产生，在潜移默化中改变着受众信息接收的惯性，并培育和塑造出与微媒体传播属性匹配的新审美观念[1]。"微艺术"在文学上的对应即是短文学的相对流行。微信之前，短信和微博都为短文学做了媒体形式上的预热，并且颇制造出了几个热点的话题，比如2004年，千夫长以4200字的短信小说《城外》获得18万元的版权收入，一字千金，引起社会热议，不过，这也是短信文学不多的高光时刻，它和微博文学都在短暂炫目之后成为新媒体文学扩张版图简单的注脚。它们一时新鲜而不能持久的缘由当然首在其媒

---

[1] 参见黄鸣奋：《论泛网络时代的微艺术》，《厦门大学学报》2011年第4期。

体功能的式微，尤其是曾经风头占尽的短信，另一个重要的原因则是字数精短由特色而为噱头后造成的审美同质化。一则短信70字和一条微博最多140字的限制，使得依附其的文学创作都必须在"微"和"短"字上用力，借助对汉语句式的灵活和词汇应变的能力，短中求险，微中求奇，高妙者或许有"微尘中显大千，刹那间见终古"的功力，平庸者为短而短，便不免成为无深度的文字书写游戏。

　　微信本身也适合传播"微内容"，不过它并无字数的限制，这使得借助其创作和分享的写作者可以在字数之外有更多更深入的关于文体意识的思考。一个有趣的现象是，近两年来，致力于超短篇写作的作家越来越多。超短篇当然不是被新媒介新塑造的文体，但确实可以被其所助推。首先，超短篇篇幅短小，但并不一定如微博和短信那般有刻板的字数要求，一两千字，几十字不拘，正好匹配微信微内容传送的篇幅特点；此外，超短篇的写作与微信之间还存在着一种精神属性的匹配。比如蒋一谈的文学实践，包括近来他备受关注的所谓受"截拳道"启发而写作的短句集《截句》和超短小说集《庐山隐士》，既有受莉迪亚·戴维斯等西方作家启发的成分，也与移动互动时代人类置身的媒介环境密切相关。在我个人看来，这些作家使用"超短篇"而不是沿用过去微型小说、小小说等常态的概念，不只是求新那么简单，微型小说或小小说，包括前述千夫长等的短信小说其实都隐含着一个相对闭合的叙事逻辑，巧合、包袱这些故事化的情节依然构成骨架。但是超短篇不一样，我在阅读这些作品时常会想起阿帕杜莱的一句话，他认为当今世界有一个"精神分裂"式的核心问题，即"一方面召唤出理论去解说无根、异化及个人和群体之间的心理疏离，一方面营造着电子媒介下亲密感的幻想（或噩梦）"，微信的展示往往基于一种自况性的分享，它其实构成了阿帕杜莱判断的一个表征，而超短篇小说以符合其传播特性的方式对这个表征做出了自己的观照。

在这个意义上说，微媒体的写作确乎是"破碎"的，对这种碎片化，我们除了站在传统立场上的不习惯和震惊体验之外，我想，更重要的是要重视这种媒介经验与我们今天这个全球化数字化时代的社会在精神和文化层面的那种有机的共振关系。后现代主义大师巴塞尔姆说过，碎片是他信任的"唯一形式"，当"碎片形式"又嵌入到碎片的传播介质中，会产生怎样的化合反应呢？钱理群先生在谈及鲁迅杂文时有一个大胆的观点，他认为，鲁迅当年的杂文"就是今天的网络文学"，他那些被现代传媒所培育和塑造的杂文，"自由地出入于现代中国的各种领域，最迅速地吸纳瞬息万变的时代信息；然后做出政治的、社会历史的、伦理道德的以及审美的评价与判断，做出自己的回应；然后又借助传媒影响，而立即为广大读者所知晓与接受，并最迅速地得到社会的反馈。随着现代媒体对现代生活日益深刻的影响，杂文就真正深入现代生活中，成为其有机组成部分。可以说，杂文作为媒体写作的一种方式，不仅使鲁迅终于找到了最适合他的写作方式，创造了属于他的文体，而且在一定意义上，逐渐成为鲁迅的生活方式"[1]，因此，"说不定网络文学作者中将来就会出现一个鲁迅"——对于微信文学，我们也不妨借鉴这样的观照态度。

其二，微信的技术平台使得文学与以视觉为中心的其他艺术样式之间的边界变得更加融混，超文本文学也许会成为微信文学的新常态，并带来对文学正文本和副文本关系的新理解。

---

[1] 钱理群：《鲁迅杂文》，《南方文坛》2015年第4期。

2011年，美国女作家詹妮弗·伊根凭借小说《恶棍来访》连获包括普利策小说奖和国家书评奖在内的多项美国文学大奖。其中普利策奖颁奖给它的理由是，它体现了作家"对飞速发生的文化变迁有着炽热的好奇心"。如果了解伊根的创作，便会明白，这里的"文化变迁"更多指向的是作者对新媒介文化的敏感。《恶棍来访》如磁带一样分AB两面，共13章，用让人耳目一新的叙事结构讲述了13个既相互关联又彼此独立的故事。其中最有趣的是第12章，这一章叙述21世纪20年代一家四口的故事，由76张PPT组成，这使得这个以传统方式出版的小说带有了鲜明的超文本的电子文档的特色。一年之后，伊根又推出了富有实验精神的小说《黑匣子》，从2012年5月24日至6月2日，先由《纽约客》杂志小说版的官方"推特"每晚连续推送。然后又在《纽约客》的科幻小说集刊中以纸质版的方式再度刊行，有意思的是，为了凸显其"推特小说"的身份，杂志使用了手机中的常用字体，并在排版时刻意模仿手机屏幕的宽度，分框分栏排列，赋予纸质文本的阅读一种"屏读"的体验。

事实上，正是微信等媒体的技术功能使得文学创作和阅读的界面范式充满了更多的可能，也为自由跨界带来了便利。不过，目前国内的微信文学在跨界上大都还停留在图文并陈的阶段，图像对于文字仅起某种简单地印证、强调和具象化的效果，即或有视频和音频的嵌入，也尚未完成对文本真正的整合，像詹妮弗·伊根那样凭借超文本、跨媒介的处理展开的对文学边界延展和重塑的实践，更是少之又少。当然，伊根的实践也带来一个问题，即如何理解跨媒介和超链接形成的融混文本的正文本和副文本的关系，尤其当副文本的形式突破文字可以千变万化时，主/副、文字/视像的二元理解会有怎样的变化也值得观望。

其三，微信定向和交互的传播特性对网络文学推广的渠道建设有重要的意义，也可以帮助传统文学期刊在大数据的基础上更清晰地区分分众读者，明确刊物定位。

首先，微信自媒体的定向性和交互性使得网络文学的传播出现新的形态。网络文学的顶尖写手可以借由微信公众号的个人平台做到过去必须依赖大型网络平台才能做到的传播效果。不少知名作家，如南派三叔等都开设了自己的微信公众号，大致包括付费阅读、读者交流专区和读者评论区等三大版块，有的还设置了打赏功能。这些公众号在体系的完备上不逊于网络文学的门户网站，而在便捷和互动上更胜一筹。

对于纯文学场域而言，文学期刊、出版机构、作协系统抑或民间文学团体也都可通过公众号展开各种推送，找到目标分众读者。《小说月报》是国内较早开设微信公众号的刊物，这家本来在大众读者中就很有人气的选刊，其公号经过两年的运营，订阅量稳步上升，在文学圈内外颇有口碑，并且它通过对文学热点话题的参与、经典作家和新锐作家的推介，凝聚起创作、批评、编辑和阅读的四种合力，扩大了刊物的影响。作为中国作协的第一刊，《人民文学》不但有自己成熟的公众号，还开发了"醒客"阅读 App 这个文学作品的数字阅读平台，而其新媒体推送内容中除"赏读""对话""社讯"外，还有意设立"近作短评"，引入普通读者的批评声音，很好地促成了编读的互动。期刊之外，河北省作协的"新文论"、诗人黄灿然的"黄灿然小站"、作家玄武主持的"小众文学"、山东大学当代中国文学生活研究中心的"文学生活馆"等公众号也都较有特色，并在相当程度上承担起对大众文学审美趣味的导向和培育之责。

综上可见，目前方兴未艾的微信文学确实佐证了新媒体技术下文学形态与内涵的嬗变，我们乐观其成。当然，对于微信文学的媒介特质所带来的问题，我们也应有必要的检视，比如信息过载、短文学交互增值的悖论等都值得思考。不过最大的问题可能在于，就像短信文学的来去匆匆，新媒体代际更新迅速的大势下，我们尚不能预料下一个取代微信的即时互联工具会带来怎样的让人耳目一新的传播革命，其时微信文学的命运又将如何呢？

第二辑

《创业史》中的女人们

——十七年文学伦理精神的一个个案考察

  她们长久掩映在梁生宝公而忘私的夺目光辉形象里,掩映在梁三老汉朴质执拗的老农情态里,也掩映在蛤蟆滩"三大能人"郭振山、郭世富和姚士杰作为反面典型的范式意义里。然而每次读完《创业史》,引起我心灵持久震颤的却总是她们——《创业史》里的女人们。吸引我目光的是她们悲剧性的婚恋和曲折的命运。虽然依据最俗常意义的道德界分,她们又可分为两个小小的阵营,好女人秀兰和改霞与坏女人翠娥和素芳,可她们无一例外地承负着情感之苦。她们在小说里的呢喃心语被"人民"意识形态特定的粗率阅读趣味轻易疏忽了。也许柳青塑造这些女人们的本意只在映衬主要人物的伟岸或卑劣,但却无意间呈示了那一时代道德秩序与女性生存的真实图景,也为我们回返探求十七年文学的伦理精神提供了生动的个案。

一　国家伦理笼罩下的个人之痛:好女人秀兰和改霞的故事

  所谓国家伦理通常指拥有强大的体制性屏障和稳固的制度性保证的社会主体伦理形态,它具备超越别种阶层伦理的宰制力和统摄力。

新中国成立后十七年的国家伦理脱胎于战争年代的"革命伦理",其核心精神是"全心全意为人民服务",基本品质包括大公无私、勤劳质朴、诚实忠信等,整体体现为一种意识形态化的自我牺牲的禁欲主义价值理念。依托这种国家伦理资源建立的社会伦理秩序也具有同等的统合性和完备性,在这种伦理秩序中,社会的公共伦理规范、社会成员的公共美德与日常生活准则以及社会风俗习惯是高度同构的,而且由于其建构的法权保障和以人民之名义的道义立场的神圣性和宏阔性,便为种种两难的道德处境提供了终极的解释。换言之,在这种大一统的伦理秩序中,属己的个体自由伦理被取消了,个人实现其道德潜能的唯一途径便是融于人民的整体意愿之中,或如刘小枫先生所言:"个体命运的在世负担已被这种事业伦理背后的历史进步的正当性理念解决了。"[1] 秀兰与改霞的爱情之痛便在此意义上获得了崇高的升华。

　　秀兰和改霞都是包办婚姻的承受者。秀兰七岁便被梁三老汉订了出去,与未婚夫杨明山连面也不曾见过,更没有感情基础可言,然而在普及婚姻法的大潮中,改霞退了婚,生宝拒绝了童养媳,唯独秀兰的包办婚姻得到了保守与进步势力的一致认可,原因在于杨明山是个志愿军战士,他所投身的革命事业亦具有无上的光荣,这荣耀也披及了秀兰、秀兰的家庭和秀兰的婚恋。而杨明山在战场负伤立功之后,他的英雄形象和国家赋予其的道义光芒更是为这桩无爱的婚姻平添了庄严的合法性。秀兰对未婚夫的爱无疑是真诚的,可这爱与其说是情感的依恋,毋宁说是对英雄的敬重,她献身爱情的对象与其说是杨明山,毋宁说是杨明山所代表的革命事业。在秀兰整个婚恋的过程中,她自

---

[1] 刘小枫:《沉重的肉身——现代性伦理的叙事纬语》,上海人民出版社,1999年,第224页。

己的选择始终是被排除在外的，先是父亲替她择定了女婿，后是国家伦理的绝对正当性替她认定了女婿。当秀兰的朋友们看到杨明山长相平庸的照片而为她惋惜时，当她必须不顾旧乡俗去自己还未过门的婆婆家时，她内心都涌出了许多苦楚，但是当她念及自己是"光荣的志愿军的未婚妻"时，所有的苦楚便涣然冰释，个体性的痛苦经验被国家伦理的巨大感召力轻而易举地化解了。

改霞在小说中似乎时时在流露自己的个性意识，她抗婚三年，冲破了包办婚姻的罗网，以致引起梁三老汉等老派村民的不屑，同时她十分羡慕秀兰，柳青这样写道："改霞从心眼里偷偷羡慕秀兰：爱人是朝鲜前线立了战功的英雄，自己在家里安心得意学文化。有这样的爱人，大概走路时脚步也有劲，坐在教室里也舒坦，吃饭也香，做梦也甜吧？"然而这段描述显然使得改霞事先反对包办婚姻的动机有了相当含混的意味，其似乎在昭示这样一个问题，改霞抗拒的不是不合人性的包办婚姻制度，而是她包办婚姻的对象并不是"思想前进的、生活有意义的青年"，换言之，如若改霞的夫家也是志愿军战士，她不但不会抗婚，反会幸福无比。看似自主的决断，实则早有意义的指引，埋设在改霞心底的依然是国家伦理强大规约下的超验准则，她对生宝的爱慕也体现了这一点："刚刚萌生了爱情要求的改霞，那时候对生宝是这样爱慕。要不是两人觉悟高，要不是两人的品格都好，他们可能在生疏的渭原县城里什么没人的角落，抱住亲嘴哩。但他们仅止于热烈地谈论土地改革，其他的杂念，在他们对革命狂热的思想上找不到空隙。""土地改革"的宏大叙事代替了缠绵的情话，"亲嘴"被视为杂念而见放于恋爱之外，最私密的情感交流如此般被置换为上进青年相互砥砺的恳谈会，国家伦理巨大的宰制力彰显无遗。深恐个体性的爱干扰了对方投身的革命事业，这是造成两人误会的根结所在。最终两人因缘错失，抚慰他们各自心情的是建设国家的热情，一个扎根农村工作，一个"奔赴祖国工业化的战线"。

好女人秀兰与改霞的故事已然呈露了在个人情感与集体责任之间自我意识的分裂，但是这种分裂的创伤在为国献身的精神激励下一劳永逸地弥合了。她俩在遭逢情感的困顿时，有的只是片刻的踌躇而没有选择与决断的艰难，爱与不爱都有统摄性的道德律令来提供确当的依持。

二　乡村伦理浸润中的道德归罪：坏女人李翠娥和素芳的故事

如前所述，十七年的国家伦理体系中蕴涵着相当浓重的自我克制的禁欲主义价值观念，正是在此层面上，国家伦理与民间传承的礼教伦理构成了共谋的关系，虽然二者在"禁欲"的内涵所指上不尽相同，意向达成上更是相去千里。

作为民间文化构成基本维度之一的民间伦理具有滞后性和超验性的特点。生存于民间的大众既是传统礼教伦理的载体，又是其生成体。"五四"新文化运动虽然在解构儒家精英伦理上功效卓著，但对深广久远的民间伦理却也无可奈何，不唯如此，中国政治革命和民族革命所特有的"农村包围城市"的道路和由此滋生的民粹主义倾向又强化了对民间伦理尤其是乡村伦理的认知心态。由战时的革命伦理脱胎而来的国家伦理虽然拥有强大的法权保障，但若要在广大的乡村获得农民发自内心的认同便必然要从民间攫取为其所用的道德资源，而国家伦理与民间伦理在"克己"问题上的态度同一性为二者的融合提供了契机。

国家伦理与乡村伦理共谋主要体现为政治素质过硬的人也必然是民间认定的道德理想主义的化身,如《红旗谱》里的朱老忠,如梁生宝和好女人秀兰与改霞;反之,政治立场落后的人或阶级敌人,首先也是亵渎民间道德的伤风败俗之辈。女人的失贞与淫荡是最为民间伦理所不齿的,而对李翠娥和素芳的道德归罪正萌于此。

李翠娥是国民党军的穷前下士白占魁的婆姨,又是姚士杰的情人,她的放荡成就了村民视之为"卑贱"的口实,更由于其投怀送抱的对象是奸诈的姚士杰,翠娥的放荡在道德败坏之外更平添了一种在政治上的自甘堕落。然而,支配翠娥的实际上不过是石里克所谓的"自我实现的伦理观"[1],她的放荡是有原则的,柳青写道:"在全部蛤蟆滩、下堡村和黄堡镇同她发生过关系的男人里头,只有姚士杰真正对她有一股不可抗拒的男性诱惑力。她情愿将她卑贱的身子,让姚士杰爱怎样摆弄就怎样摆弄,她只要讨得这个富有的强人的欢喜,她就心满意足了。"这里面不无为爱在所不惜的莎菲式的勇毅味道。后来当姚士杰拒绝了她精心的求欢要求之后,李翠娥确然感到了一种不乏真挚的情感的痛楚。

素芳"鄙弃白占魁的婆娘李翠娥和随便什么男人都搞",然而她却没料到加诸自己身上的非难比她鄙弃的李翠娥有过之而无不及,她的悲剧遭际与其说是姚士杰诱奸造成的,不若说是被村民的乡村伦理意识合围压迫致成的。素芳十六岁时被流氓引诱失身,然后又被作为结种的工具娶进了拴拴家,"她是多么不满足于仅仅做拴拴生娃子的工具啊!和拴拴在一起的淡漠无情,没有乐趣,使素芳感到多么委屈啊"。她看上了生宝,却遭到了对方的"鄙视",当她把亲手做的毛袜子给生

---

[1] 石里克:《伦理学问题》,张国珍、赵又春译,商务印书馆,1997年,第77页。

宝时，生宝却不客气地这样申斥："素芳！你老老实实和拴拴叔叔过日子！甭来你当闺女时的那一套！这不是黄堡街上，你甭败坏俺下河沿的风俗！就是这话！"梁生宝这番言语已完全站在了民间伦理的立场上，仿佛一个宗法族长在训斥失节的族人，而素芳无意中遭逢的身体之痛也成为生宝攻击她的理由，只是因为失贞仿若海丝特·白兰的红字标记，在民间伦理中是无可辩驳的原罪。生宝自己摆脱了童养媳，冲破了封建包办婚姻的枷锁，却又不自觉地成了维护别人包办婚姻的帮凶。此中的根结在于，如果生宝陷于与素芳的暧昧情感纠葛中，他会丧失其在民间的道义支撑，从而妨害他献身国家伦理的纯洁和清白。对生宝求爱不得，不但铸成了素芳新的道德罪过，亦强化了村民对其名声不好的心理认知，而生宝却借此给自己的道德光辉又添亮色，以致才十几岁的少年欢喜思量："多亏生宝哥的品格，对素芳婶子表示冷淡、躲避；要不然，下河沿这个选区，不知会变成什么乌七八糟的地方。"直到被姚士杰抱住的那一刻，素芳心里被蔽抑的个性意识复苏了，"老老实实爱劳动的拴拴，什么时候那么亲热地抱过她呢？世界上还有不卑视她，而对她好的人啊！不打她，不骂她，不给她脸色看，而喜爱她，她的心怎能不顺着堂姑夫呢？"被姚士杰诱奸的素芳竟将之视为一种自我价值获得认同的标志，当姚士杰给她五块钱时，她拒绝了："她觉得接了钱，她就太下贱了，太肮脏了。她简直不是人了。她生活里需要另外的一个男人，而不是出卖自己。"这是十七年文学中罕见的让人备感心酸的一幕，也是作者至有才情的一笔，它真实映现了在国家伦理与民间伦理联手挤压之下个体自由伦理的扭曲和枯萎。

"坏"女人素芳的故事在《创业史》中通过欢喜和素芳的视角讲了两次，可见柳青对这个小人物倾注了颇多的情感，而且言谈间分明流露出对她的惋叹和同情，从而与他着力塑造的道德理想英雄梁生宝有了唯一的一次价值疏异，也让我们得以窥测到作家真实的伦理态度。

  在十七年中，无论国家伦理还是乡村伦理都是他律的，它们联手强制性地提供给社会成员所应遵循的道德纲要和行为准则，使全民的道德生活有了一个可共享的价值—意义体系，普适于社会、集体、家庭与个人等各个层面上的纠结。殊不知，在个体情感等微观层面，共契的他律道德固然重要，自律的个人私德也必不可缺，正像韦伯所言，没有一样道德可以同时用来调节"性爱关系、商业关系、家庭关系和政治关系"，因为这些不同的关系依据的是"一些完全不同的善恶报应原则"。[1] 在《创业史》里，个人私德或曰个体自由伦理或者主动让位于神圣的国家伦理，或者被国家伦理和民间伦理合谋压制，总之完全被放逐在外。倘若对个体情感的掠夺和排拒也是一种犯罪的话，那小说中最完美的道德理想主义的化身梁生宝便堪称主谋，改霞和素芳的情感之痛与他直接相关，同时他也是默许妹妹秀兰的婚姻和鄙弃李翠娥的众多村民中的一个。此中曲折，让人深思。

---

[1] 韦伯：《学术与政治》，冯克利译，生活·读书·新知三联书店，1998年，第105页。

从"医院"到"产院"

——"大跃进"时期现代性问题的一个个案考察

一

20世纪50年代中期,随着国家对农业、手工业、资本主义工商业改造的结束,社会主义革命的伟业宣告完成,党的工作重心转移到社会主义建设上来;第一个"五年计划"战果辉煌,预示了现代化的美妙前景,拟议中的第二个"五年计划"并未付诸实施便被一个更宏大的思路取代。"大跃进"在1958年正式登场,一直延续至1960年。作为一个全党动员全民参与的政经一体的现代性方案,"大跃进"一方面极大鼓舞了国人建设发达社会主义的热情,另一方面其内蕴的空想色彩和"左倾"偏向最终使建设大业陷入困境。不过无论结果怎样,作为支撑起一段历史时空的"大跃进",在近代以来的种种现代性实践中堪称别具一格,也给后来人留下了丰富的反思和阐释空间。

本文所要做个案分析的两篇小说为丁玲的《在医院中》和茹志鹃的《静静的产院》,分析并不局限于对其写作的具体时期、艺术水准等文学史意义的评价,而是关注二者在"大跃进"这一特殊语境中遭逢的不同政治命运所折射出来的革命性与现代性的复杂纠葛。"革命"一词所涵容的强烈的历史目的论和历史进步主义色彩鲜明地体现了其自身的现代性意义，或者说革命性是现代性的一个体现，但是由于革命在价值目标和实现手段上的特异性，以及其作为时代递变的最为强大显在的功能性力量的颠覆意义，它时常上升到一种与现代性相类似的"元话语"地位，甚至遮蔽了后者的锋芒，这在20世纪的中国表现尤为突出。本文所谓现代性与革命性的复杂纠葛，并不把二者视为两个相对的价值场域，但尤其重视作为一个"主能指"的革命性是怎样膨胀，又如何代替现代性而成为表征这一特殊时段现代意旨的唯一合法性概念的。

1958年《文艺报》第二期发起了对包括丁玲在内的五位作家作品的再批判，早在延安时期便饱受非议的《在医院中》又一次成了丁玲反党的有力证据，也成为那一时段的反面范本。一年后，茹志鹃在"大跃进"精神鼓舞下动笔构思了与《在医院中》情节颇为相似的《静静的产院》，并于次年以《静静的产院里》为题在《人民文学》上发表，反响热烈，广受好评。

《在医院中》和《静静的产院》相同的情节元素表现在二者都可以被读解为关于现代性传播与接受的寓言故事，无论是医院还是产院，都是现代文化结构的产物，这不但因为其所涵容的健康、卫生、科学等概念是现代性在世俗生活中最直观的展现方式，更重要的是如福柯在《临床医学的诞生》中所论，作为一种"科学话语"的现代医学其实是与社会政治高度同构的，它的兴起同时意味着某种知识—权力机制的建构生成，即医生通过在文法上对疾病的重新组织而拥有了相当的规训权力[1]。两篇小说的主人公陆萍和荷妹都是产科护理人员，都掌握了一定

---

[1] 福柯：《临床医学的诞生》，刘北成译，译林出版社，2001年，第2页。

的科学卫生知识，都试图凭借现代的医学知识获取确认某种价值的权力。在象征的意义上，她俩都是现代性话语的代言人，都在一个相对落后保守的环境里传播这种现代话语，或者用黄子平先生的说法，她俩到医院和产院之后都试图去"完善"那里的"现代性"。[1]

《在医院中》，受过职业看护训练的陆萍常常为了病人的"生活管理，和医院的改善与很多人发生冲突"。她讲究器具的消毒、讲究为患者消炎、讲究替新生儿换洗，她还为病人"要求清洁的被袄，暖和的住室，滋补的营养，有次序的生活。她替他们要图画、书报、要有不拘形式的座谈会，和小型的娱乐晚会……"。总之，在力所能及的范围内，她想完成对医院现代性氛围的营构。

《静静的产院》则上来就是一派现代性气息浓郁的场景，随着谭婶婶"扭亮了电灯，一刹那，这一间办公室兼产房立即变得那么宽敞高大起来，一切东西都好像放着光一样"。为了进一步凸现"现代性"的力量，作者接下来又特意点到了河边的电动抽水机和俱乐部的无线电收音机，就连打球的青年突击队员也是在电灯之下。在这篇小说中，电灯是一个核心意象，作者多次涉笔，它不但是现代性的象征，甚至对现代性的迎与拒的态度也是通过开关电灯的细节表现的。不过，荷妹与谭婶婶更直接的对立反映在是否该教产妇做产操和是否铺设自来水管道这些新生事物上，谭婶婶认为"乡里人坐月子，就讲究吃，睡"，荷妹带领产妇做体操是"不管三七二十一，就把医院里的规矩搬过来用"。她还以不能和大医院一样的标准为借口婉拒了荷妹铺设自来水管道的提议，而荷妹却自己动手铺好了管道，用一种行动的力量展示了现代

---

[1] 黄子平：《"灰阑"中的叙述》，上海文艺出版社，2001年，第163页。

性的巨大冲力。

由上可知，除去要应付复杂的人事关系外，医院中的陆萍直可视为产院中荷妹的前辈，她亲历亲为之举亦不逊于后者，按理，其献身现代性的努力本应在"大跃进"现代性乌托邦思维熠熠发光的时候获得肯定和鼓励，结果却恰恰相反。错误在于现代性本身吗？显然不是，否则无法解释《静静的产院》对同一话语的大肆张扬，而且从张光年对《在医院中》再批判的文章可以看出——在这篇题为《莎菲女士在延安》的文章里，作者以自己当年在延安医院的经历现身说法："那雪白、宽敞的窑洞，阳光从宽大的窗户透射过来。舒适的病床和洁净的被单。我们的病房是温暖的。"——批判者并不否定陆萍所营构的医院的现代气息，也溢露出自己对于现代性标榜的卫生与健康的亲和感。问题的症结并不在这里。在"大跃进"的酝酿期里对《在医院中》的再批判，显然说明了当政者对于其中现代性话语的警惕和焦虑，但这种警惕和焦虑在《静静的产院》中得到了有效的疏解，甚而已经治愈了，这一情形究竟是怎样发生的？从"医院"到"产院"，现代性是如何在后革命阶段获得其合法地位的呢？我以为，根本在于"产院"用"革命性"对"医院"的"现代性"进行了有效的置换。

二

1958年"大跃进"之所以出台，在中国史家分析中至少有如下诸决定因素："一五计划"的超额完成，助长了人们急于求成的意识，毛主席明确指出反"冒进"束缚群众热情，建设应该趁热打铁；对人改造世界的主观能动性做了唯心的夸大，忽视了经济发展的规律。西方史学家则注意到,除了上述因素之外,用"大跃进"代替"二五计划"还在于领导者对"一五计划"照搬苏联模式的警觉。毛主席在1958年3月的成都会议上的讲话明确表示了对硬搬苏联制度的厌弃,正是这种不加分辨地生搬硬套使得"一五"在取得辉煌成果的同时,也显现了一定弊端,主要表现为:新的精英阶层和官僚阶层形成,城乡差别拉大,重工业和轻工业比例失调。为了纠正这些偏颇,预设中的"大跃进"是以农业的现代化为起点的,希冀用农村工业化的实现来清除单一城市工业化造成的弊端,并设计了农村公社这一既可以促进现代经济发展,又能加速向共产主义跃进的基本社会单位。同时,"大跃进"也符合毛主席"不断革命"的思路,借此能解放蕴藏在群众中的巨大生产力,防止一切退回资本主义的危险。可见,"大跃进"试图构建现代图景的过程是依自不依他的,与中国晚清以来在西方船坚炮利之下被迫接受现代性的方式截然不同,它确保了现代性的纯洁和中国本土色彩,从而在根本上杜绝了既以西方为敌又以之为师的尴尬地位,也在根本上杜绝了资产阶级意识形态借现代性为名侵袭社会主义肌体的任何机会。而陆萍与荷妹在现代性态度上的同一性却并未获得相同的民众态度回应的根本原因便潜隐在"大跃进"这个特别的思路中。

第一个原因,也是最重要的一个原因在于二者的身份差异。"医院"里的陆萍是"上海一个产科医院毕业的学生",她的爱好是文学,她在医院中的两个朋友,一个是与她同样织着"美丽的幻想"的黎涯,一个是"历史不明""常常写点短篇小说或短剧的外科医生"郑鹏。在丁玲有意无意的暗示和读者约定俗成的阅读经验中,这三个互为朋友的人都带有小资产阶级知识分子的味道。问题出来了,正如莫里斯·梅斯纳分析的:"对毛泽东和毛泽东主义者来说,经济目标不能与社会目标和政治目标相分离，虽然没有任何人怀疑掌握现代科学和技术的必要性和愿望，可是毛泽东主义者关切的是由谁，如何掌握现代科技这个问题。"[1]长久以来，知识分子都是现代化叙事理所当然的行使者，但完全依赖知识分子阶层来实施现代性方案，会加速专业精英的形成，并且他们由于他们的专业知识以及在社会和经济上享有的特权而脱离群众，最终导致他们的业务活动与官方主导的意识形态分道扬镳，这显然与"大跃进"的初衷和其中潜伏的民粹主义思想是背离的。而"产院"里的荷妹则完全无此担忧，因为她是"养猪场场长张大嫂的二丫头"，是根正苗红的农民阶级的一员，不独她，小说中如彩弟的学会了开车的丈夫等人，没一个不是农民。这正是毛泽东所倡导的解决办法，即工农群众自己掌握现代的技术。这种设计的初衷是，靠工农主体的"自强"方式不但能达成民族的强盛，也可有效规避知识领域内自建构专家阶层形成所可能带来的隐患。"又红又专"一直是新中国指引青年人品德建构的目标和要求，而"红"是"专"的前提和基础，换言之，德性品质的完善要求优先于专业技能的功利目标，但具体到"大跃进"的时代语境中，现代化建设凸显了对技术专业人才的需求，荷妹代表的农民阶级天然优胜于资产阶级的道德品性已经使得其具备了"红"的潜质，再通过科学学习获取"专"的技能，一种"红"与"专"有机结合的范式便可实现。陆萍科班出身的专业素养肯定要强于荷妹，但是因为在德性品质上的缺失使得其走上的是所谓的"白专"路线，与荷妹恰恰背反。

第二个原因是是否拥有自觉的革命名义。这里有两个限定，首先必须是自觉的。《在医院中》陆萍去医院是违背其本意的，小说中如此

---

[1] 莫里斯·梅斯纳：《毛泽东的中国及其发展》，张瑛等译，社会科学文献出版社，1992年，第249—250页。

表述:"可是'党','党的需要'的铁箍套在头上,她能违抗党的命令么?能不顾这铁箍么,这由她自愿套上来的?"说是自愿,却分明透着满腔的不情愿,尽管陆萍工作起来主动性蛮高,但这句话被再批判者捉住把柄,作为反党证词观,作者也确难辩驳。而荷妹到产院虽然和陆萍一样也是"派来的",但从她初到产院的笑容和立即投入工作的饱满劲头可以见出,她对党的指派是深深服膺的。再者,改善医疗条件、培养卫生习惯等虽纯系技术层面的问题,但必得以革命为旗,方出师有名。尤其关键的是,只有"革命"才能将现代性的巨大异己力量化为为己掌控的力量。《静静的产院》这样描述谭婶婶面对现代性的巨大焦虑:"她觉得一切东西都在变化。今天听见某人的儿子会开汽车了,某人的姑娘调去学拖拉机了,明天作兴潘奶奶成了先进工作者,后天又会有个什么呢……田野里大沟小河挖成了网,抽水机日夜地响着,电灯也有了,后天又将来个什么呢……谭婶婶突然清楚地感觉到,现在过的日子,是一天不同于一天,一天一个样子。她不安起来了。"这段对"落在时代的后面"的心理恐慌的刻画在整个时代的文学中也难得一见,只是当她一念及杜书记教育她的话:"我们做工作叫作干革命,我们学习也叫作干革命"时,对"仿佛滔天的巨浪"的现代性力量便立刻充满信心,恐慌和焦虑迅即冰释。在后革命阶段里对"革命"话语的标榜,正显现了其无所不在的价值统摄力,它已经从现代性的一个从属概念膨胀为一个可以表征一切现代意义指向的元话语。而且,"革命"一词在新中国的语境里已经被深刻伦理化了,用它来代替较为西化的"现代性"显然会获取更大的心理认同。陆萍尽管敬业,却根本缺失对"革命"的依附,村民对她始终隔膜。谭婶婶对荷妹虽有抵触,但在杜书记的启发下骤然获得了一种庄严的使命感,转而对荷妹心悦诚服。

是否对未来的光明前景做出期许和承诺是第三个原因。虽然《在医院中》以人"在艰苦中成长"的调子结尾也堪称乐观，但是毕竟有前途艰险的寓意，与《静静的产院》"这里，这个静悄悄的产院，和全中国一起，和各个农村，各个城市一起，正走向明天——明天啊，将是一个多么灿烂、从古未有的明天"这样崇高升华式的光明承诺相比，《在医院中》的乐观还是显得犹豫和多虑了。"大跃进"的宏大现代叙事主旋律宁愿高昂得近于夸饰，也断然拒斥任何迟疑的异调弹出。另外，两部小说的景物描写亦可见出悲乐不同的氛围渲染：《静静的产院》开头一段水墨画一样清新的景物描写被当时的青年人视为写景佳句而反复摘引；而《在医院中》开头那肃杀的冬日场景，不但被批评者抓住了冬天不可能有"苍蝇在那里打旋"的常识性错误，而且在阅读感觉上确实无法给人愉快之感。在那个斗志昂扬的时代，平实的描写都意味着保守，更何况丁玲用那么枯冷的笔墨。

正是具有了过硬的阶级身份，无可辩驳的革命口号和对未来的美好期许，现代性化身的荷妹成功地启蒙了面对现代性进退维谷的谭婶婶，《静静的产院》同样是一个范本，一个后革命阶段现代性合法宣教的范本。而《在医院中》与另外四部作品在"大跃进"的酝酿阶段被旧案重翻，既有"丁、陈反党集团"案和反右倾余风批及的缘由，恐怕更有为"大跃进"思维清除异类、统一思想的深意。质言之，陆萍宣传的现代性并没有错，错误在于这个现代性是由她来宣传的。然而任何叙事的解救只能是想象性的解决，且往往会对痛苦造成遮蔽和掩埋。亢奋于"大跃进"乐观里的谭婶婶很快就会被灾难性的现实刺醒，只是时代已经不允许再记录下她在日常生活里体味到的现代性迷梦的酸涩和惶惑了。

"皆大欢喜"

——20 世纪 50 年代杨天成三毫子小说的伦理视镜

20 世纪五六十年代香港一众"三毫子小说"写手中,杨天成是总要被后来的各种回忆文章和文史资料率先提到的名字。杨天成,原名杨世英,笔名有罗亭、陈洪、青阿哥等。1949 年来港,在《成报》发表连载小说《难兄难弟》后,获环球出版社聘用,遂成为"环球文库"的重要作家。他的名字被特别标举,一来因其创作数量大,风格趋近,主题多元,擅长把不同素材处理得机枢各具;二来他的作品多次被改编成电影,如《冷战夫妻》《一后三王》《一味靠滚》《一家之主》《五月的红唇》等;三来与他 20 世纪 60 年代出版的一套 30 册的春情婉丽的《二世祖手记》分不开,这套书因情色的点缀而备受市民青睐。

本文拟以杨天成出版于 1958—1960 年的六部"环球小说"(《漠野恩仇》《花花世界》《生死恋》《皆大欢喜》《玉女擒盗记》《弹性女儿》)为例,通过对小说文本的细读和人物角色设定与女性形象的分析,探讨其欲望叙事与道德焦虑的辩证,借以思考"三毫子小说"含混暧昧的伦理视镜和于焉而生的快感想象。

一

六部小说皆以大幅的女性面容或躯体来做封面，而小说里的男性人物则委身一隅或在后景中，这种香艳的封面设计是廉纸小说一贯依赖的招徕手段，虽然画面未必与小说情节有实际关联，但也透露出女性的身体与身份往往是此类小说投射欲望、撰构情节与都市想象的焦点。

事实上，形形色色的时尚女郎霸占新兴大众媒介的重要位置素来是都市现代性重要的符号表征，而且如方家所论："在青年男女奔赴大都市寻求名声和财富的故事中，总隐藏着一种潜在的危险，因为城市充斥着自由流动的躯体。城市中的危险意识常常以明显的性别化的方式呈现，因为性构成了首要的不安因素，女性的存在本身便构成了很多与都市生活相关的道德忏悔的基础。"[1]

杨天成的《花花世界》说的正是一对青年到香港寻梦的故事：在一系列的插科打诨、误打误撞后，尤健和施图泽两个初履香港的内地青年搭救了一个叫淑华的贤良女子，他俩为追求淑华展开爱情竞赛，末了才知淑华乃是某棉纱大王的出逃女儿。小说里的淑华贤淑识体，委身下层而全无骄矜，她的出现让尤、施二人的生活显得"踏实和温暖"，然而也让"一双生死之交的好友，为了女人闹得几乎反目，可见女人为害之烈"。有趣的是，与淑华的贤淑而高不可攀相映的，小说里还有一个叫阿骍的年老色衰的阻街女郎对尤、施二人如影随形。杨天成似在暗示，女人的"为害"与女人的端庄或冶荡无关，女人本身即意味着一种不安。当然，小说好人有好报的结局和对淑华的刻画还是可以见出

---

[1] 张勉治：《善良、堕落、美丽：20世纪二三十年代的电影女明星和上海公共话语》，张英进主编《民国时期的上海电影与城市文化》，北京大学出版社，2011年，第146页。

作家在"花花世界"中对传统道德感的某种强调。

与《花花世界》形成参照的是《玉女擒盗记》，这个有着推理外壳的小说写的是"弱质玉女"找出危害家族真凶的故事，舜英的巧妙设局是揭开隐情的关键，而她设局的关键则是把自己化装成某夜总会的西班牙歌女安妮，巧施美人计引愿者上钩。换言之，"欲女"诱惑乃是"玉女"擒盗的逻辑前提。小说在真相揭开之前，铺写歌女安妮的美艳和邪性，似要强化民国以降，歌女舞女形象在中国文化政治和公共空间中的属性——她们既是催生现代商业文化和消费主义的急先锋，又每每承担公众对其造成社会风纪颓堕的指责。而舜英的"假扮"之举则在享乐主义和道德主义间建立起一种平衡，也为读者留下相当暧昧的阐释动机。

《弹性女儿》提供了又一位舞女的形象，这个小说在导读文字里开宗明义地提醒读者："有人把销金丧志的舞场喻为火山，有人把舞女看作破坏社会风气的蠹虫。"而这个小说希望让读者能在"银灯蜡版、柔管腻生的风月场"的背后，一窥蕴藏其下的"辛酸残忍的故事"。故事的女主人公宋小琳自幼父母双亡，养母待她刻薄，养父更是觊觎她的肉体，她逃出家庭，旋即又被诓入小舞院做了舞女，自此欢场浮沉，渴望爱情却一再被骗，最终含恨而死。小说情节老套，线索单一。不过，小琳人生跌落的经历显现了杨天成力图提供对歌女舞女相对固化形象的另一种理解和这种理解的被迫消解。小琳被骗入舞场后曾对做舞女百般抵抗，但在一个年长同行的开导下，她明白了"如果有自爱，舞女也是职业女性，又有什么卑贱呢"的道理，并努力过一种有尊严的舞女生活，但接下来发生的一系列事情证明了这种想法的虚妄。与其说小琳死于遇人不淑，毋宁说她死于坚守一个女人道德底线的心志和所从事的被公众普遍指认为"不道德"的职业这二者间的分裂。吊诡处在于，她的道德主体性不断遭到践踏，而践踏她的人恰是她服务的欢场所培植出来的享乐快适主义的消费者。另外，小说里还有一幕饶有意味：某日，小琳因为自己的姐妹被打而心绪不佳，故对一个慕她名而来的生客颇不耐烦，终于惹怒客人，小琳鄙夷地要把客人的钱退还表示自己不在乎这一点，客人反唇相讥："你不在乎这八块八，你不必来这里做舞女……我和你说的是商业道德！受了别人的代价就得给别人以应尽的义务，这是你的责任，不是在不在乎钱的问题。"这一幕表明，小琳虽完成了"职业女性"的身份确认，但内心里还是抵触着客人所谓的"商业道德"，所以也做不到她的"职业"伦理要求的屈意承欢。这加重了小琳的道德负担。小说取名为"弹性女儿"，其实小琳在道德上给自己的弹性余地很小，然而小说所呈现的彼时香港复杂缠绕的道德状况却堪称是一个弹性较大的空间。

这种弹性在另两部小说《生死恋》和《皆大欢喜》的对比阅读里看得更清楚，《生死恋》是杨天成这六部小说中道德焦虑感最强的一篇，整个故事的悲剧皆由男主人公摇摆的道德选择造成；而后者正相反，它调侃了所有的道德准则，在轻喜剧的风格中洋溢着一种卸脱道德负累的轻逸。

《生死恋》说的是作家周绍良邂逅了从美国访港的美女秦若兰，二人坠入情网。后来若兰借故离开，等她再度归来，周绍良才知悉若兰竟是多年来扶掖他的伯父的续弦，二人的情缘成了孽缘。绍良自谴，却又苦于相思，终于还是背着伯父与若兰恋火重燃，二人逃到澳门共筑爱巢。绍良看到报上消息说伯父散尽家财寻访妻子，一日更在澳门街头遇到老迈潦倒的伯父，又觉得自己良心过不去，于是找借口离开了若兰，又把伯父引到他和若兰的住处。在负罪感的啃啮之下，绍良心脏病急发而死，留下失爱的若兰和几乎被真相击倒的伯父。这个小说在一个接一个的巧合之下，着意将绍良和若兰置于两难的情境，一面是"在脑中根深蒂固地盘踞着的""伦常观念"，一面是"不受任何阻挠和任何破坏"的对爱的追求，让人不禁想起别尔嘉耶夫的名言："道德意识永远存在着无法摆脱的如下的悲剧冲突……对冲突的任何简单的规范化和理性化的解决都是完全不可能的。善的实现要通过矛盾，通过牺牲，通过痛苦。善是悖论性的。"[1] 杨天成对这一道德悖论感的书写固然因为依赖太多的巧合而打了折扣，但其表达的伦理关怀倒也不失几分真诚。

再来看《皆大欢喜》，这个小说通篇贯穿各种骗人的小把戏：高中毕业生柳金和丽虹想冒充巨富之家的千金小姐骗男人钱财，恰遇到了妄想充大款钓女的一对活宝职员尚恕和单荣。双方几番试探，总以女人的精明和男人的蠢笨告终。柳金和丽虹识破尚恕和单荣的面目，转而靠打麻将算计姑妈和在赛马场上略施小计卖马经赚钱。小说中四个主人公虽然都是无伤大雅的小骗小闹，但女人为了筹钱，男人为了把妹居然都不必顾忌任何道义准则，其无形中对道德的消解力与前一篇形成了鲜明的对照。

二

杨天成在几部小说中借由女性形象展开了种种道德议题，或紧或松，或宽或严，他的游移不定让人困惑，也正是引发我们思考的起点

---

[1] 别尔嘉耶夫：《论人的使命》，张百川译，学林出版社，2000年，第213页。

和焦点。致力于小说修辞研究的学者詹姆斯·费伦启发我们，对作品的伦理解读不一定要聚焦于作者的伦理意图，不同的道德观念在各个叙述层次的冲突与角力，"坚持众多事实的不兼容性和寻找对这些事实的一种真正解释及其相互关系的不可能性"[1]，这或许可以帮助我们获得更多的关乎那个时代的道德讯息。

杨天成小说所体现出的含混的道德视镜在通俗文学中并不鲜见，比如作为"五四"启蒙思想家的代表，茅盾在论及鸳鸯蝴蝶派等通俗派别时便做出了颇为矛盾的评价。他既认可《礼拜六》等出版物所宣扬的并不是什么"旧文化旧文学，只是现代的恶趣味"[2]，又指控他们是"封建的小市民文艺"[3]，原因自然也与鸳鸯蝴蝶派小说的道德含混相关。而随着对文学现代转型研究的深入，越来越多的学者倾向于认为，都市通俗小说家用他们"去神圣"的世俗化实践逃逸出了梁启超等先驱者"小说革命"的设计初衷，其实是为中国小说现代性的生长寻找到另一条路径。唐小兵说得好："鸳鸯蝴蝶式通俗文学在表意上可能会认同传统的、前现代的价值和观念，但在运作上却是对现代平民社会的肯定，对等级制和神圣感的戏仿和摈弃。指责通俗文学的'恶趣味'，显然只注意到了其具体表达的内容，而对这一文化形式，亦即'具有社会象征意义的叙事行为'，所包含的巨大的平民化、调节性功能却完全忽视了。"[4]

---

[1] 詹姆斯·费伦:《作为修辞的叙事：技巧、读者、伦理、意识形态》，陈永国译，北京大学出版社，2002年，第23页。
[2] 茅盾:《真有代表旧文化旧文艺的作品么？》，转引自魏绍昌、吴承惠编《鸳鸯蝴蝶派研究资料》，上海文艺出版社，1984年，第43页。
[3] 茅盾:《封建的小市民文艺》，转引自魏绍昌、吴承惠编《鸳鸯蝴蝶派研究资料》，第47页。
[4] 唐小兵:《漫话"现代性"：我看鸳鸯蝴蝶派》，《英雄与凡人的时代：解读20世纪》，上海文艺出版社，2001年，第270页。

也正是在这种远离"宏大叙事"的日常情景叙事中，小说作为"叙事陪伴"的伦理功能方真正得以彰显。

依照刘小枫的分析："在前现代的社会，规范伦理主要是由宗教提供的。在现代社会，叙事纷然，叙事技巧杂陈。叙事艺术（小说）的发达本身就是一个现代性事件。现代人听故事（小说）、看故事（电影）太多，叙事已与现代人的日常生活伦理分不开。"[1] 民国初年言情小说蜂起，鸳鸯蝴蝶派登上文坛，在种种"纯情""哀情""苦情""艳情"的名目下，虽然难脱炮制之嫌，但是却真正建立了一种叙事，使刘小枫说的"叙事伦理"成为可能。我想，杨天成的创作以及其他"三毫子小说"之于20世纪50年代香港的意义也不妨置于这种思路的观照下。

我们在前面通过细读文本罗列出的杨天成小说种种道德的不确定或说弹性，倘若换一个角度，也可以把它们理解为一种耦合，即他尝试用文学的方式尽可能照应庞大的市民群体复杂多面的道德倾向和景况，以期达成让各方"皆大欢喜"的局面。

《漠野恩仇》是这六部杨天成小说中唯一一部不是以香港为背景的小说，说的是长白山麓里两兄弟依仗一身本领为一村落抵御盗匪以及弟弟与村落首领女儿的爱情的故事。无论是毙匪还是恋情，小说处理得都稀松。有趣的还是小说里一再点缀的传统伦理符号：两兄弟一个叫"在仁"，一个叫"在义"，他俩将民丁分成"道""德""仁""义"四班训练，兄弟俩行走江湖凭的都是一个"义"字，二人之间也是兄弟怡情，如此等等。当然不必对此做过分阐释，但至少可以见出杨天成这样的南来作家一种略显天真的道德化的乡愁。

---

[1] 刘小枫:《沉重的肉身——现代性伦理的叙事纬语》，第6页。

而当他把视线投向香港进行"在地化"的书写时,如前所论,摇摆的道德感便开始随处可见,香港忽而是欲望争逐的蜡版舞台,忽而又是良心发现者自忏难安的木楼或公寓,港岛20世纪50年代混杂的空间胪列,也分延出不同的文化逻辑,如此,杨天成的忽松忽紧不也构成彼时香港"化解对立而转为接纳"[1]的文化风尚的例证吗?

三

杨天成的创作延续至20世纪60年代,而本文观照的几部小说集中于1958—1960年这三年,尚不足以从较长的时间脉络中爬梳出其小说伦理叙事松紧嬗变的大体轨迹,但有一点比较突出,即他的道德观念虽然时新时旧,但呈现其故事的具有道德属性的空间配比是不均衡的,灯红酒绿的风月场、白领小资的咖啡屋、豪门巨富的大公馆出现的频率要远远高于湾仔木楼租房出现的频率,而空间配比的不同,意味着空间生产的话语的权重也不同。就如列斐伏尔在《空间的生产》中提到的,空间不仅仅是社会关系演变的静止的容器或平台,对于空间的征服和整合,已经成了消费主义赖以维持的重要手段。杨天成对都市物欲消费场所的青睐是否也意味着他的创作走向也必然是倒向由这些场所象征的道德谱系呢?

我期待未来阅读尚无缘读到的《二世祖手记》,我所检索到的有关这套书的讯息也着实有限,除了前述的该书有大胆的情色描写外,另一则关于此书的描述引起我的思考,据说该书是以第一人称视角撰著

---

[1] 吴宏一:《从香港文学的跨地域性说起》,《文艺研究》(香港)第3期,2006年9月。

的一班浮浪少年游走花街柳巷的欢场纪实，甚至有人称之为20世纪60年代香港的"嫖界指南"[1]。倘如此，显然为我们讨论的杨天成三毫子小说的伦理视镜提供了可资讨论的新话题。

"嫖界指南"云云是当年胡适评价《九尾龟》的用语。说来话长，上海最早的妓女花榜便是由文人作家出面张罗谋划的，但选举结果只在文人小圈子内流传。1897年李伯元在上海创办《游戏报》，专做风流的情色文章，"记注娼优起居"[2]，开上海滩小报之先河，他本人也被称为"小报界之鼻祖"[3]。从1897年起，《游戏报》举行了数次花榜选举，首届选举备受关注，《游戏报》的发行量因此激增。李伯元的创举，引来别家报馆纷纷效尤，如《花天报》《闲情报》《娱言报》《采风报》等，其景状之盛较诸今日的选美有过之而无不及。李伯元的耽溺花丛不只表现于此，他在创办《春江花月报》时，曾将《论语》改写为嫖经，结果被当局以"侮圣"的名目将报馆查封。据包天笑在其《钏影楼回忆录》中的描述，当时许多报馆本身就与妓院相邻，报人妓人，往来纷纷。更有人每晚必去妓院，甚至连写作也搬至妓院中进行。至于叫局吃花酒打茶围，更是寻常之至。

形成强烈反差的是，与他们放荡沉醉的行为相比的是他们对于世风日下所表示出的沉痛道德关切。李伯元《文明小史》的评语对于追求社交公开、女性自主的风气如此揶揄道："女人见了男人，不知羞耻，便说是受过文明教育，何上海一隅，受过文明教育者之多耶！"而包天

---

[1] http://hk.apple.nextmedia.com/realtime/news/.../51678260（访问时间为2013年11月）。
[2] 鲁迅：《中国小说史略》，东方出版社，1996年，第231页。
[3] 孙玉声：《李伯元》，转引自魏绍昌编《李伯元研究资料》，上海古籍出版社，1980年，第18页。

笑素来秉持的原则是"提倡新政制,保守旧道德"[1]。这一行为与表述之间的巨大反差历历显露出道德暧昧的图景。揆之于吴趼人撰写《恨海》、包天笑迻译《三千里寻亲记》这些表彰节烈忠孝的文字,他们对旧道德的维护与信奉确实发自本心,而不纯是自我撇清。然则,花场流连的事实对于他们重建"旧道德"使命感又实实在在构成了反讽和消解。

杨天成的《二世祖手记》是否也可作如是观有待进一步的阅读,他的小说展现出的道德抚慰与情色快感的奇妙组接,及两者之间的隐秘转化已然构成了 20 世纪 50 年代至 60 年代香港国语流行文化的重要组成部分,则是不争的事实。

---

[1] 包天笑:《钏影楼回忆录》,山西古籍出版社,1999 年,第 501 页。

第三辑

两个女人的史诗

——评严歌苓的《小姨多鹤》

严歌苓的《小姨多鹤》延续了她 21 世纪以来中国传奇书写的思路。小说塑造了两个伟大的女性——日本女人"小姨"多鹤和中国女人"母亲"小环,这两个因为战争而奇怪地把命运缠扰在一个男人身上的女人,也是继扶桑、小渔、王葡萄等一脉而来的能替人疗伤的"母兽"[1]。而且,与《第九个寡妇》一样,这部作品除了对女主人公能包容一切的温厚之力的赞美之外,另有一种历史观照的视野。《小姨多鹤》,俨然是两个女人的史诗。

多鹤的另一种身体叙事

严歌苓在接受采访时多次阐说自己的创作并没有什么先验的女性立场,她爱把女性作为主人公只是因为"自己是女人,观察女性当然就有优势"[2],然而从此前的《第九个寡妇》《一个女人的史诗》到这部《小

---

[1] 《2006,我们阅读严歌苓》,《新闻晨报》2006 年 3 月 19 日。
[2] 严歌苓:《我追求写作的"浓后之淡"》,《中华读书报》2008 年 6 月 18 日。

姨多鹤》，她的一系列作品却正暗合了嵌入世界和历史的女性主义写作的诉求。不过，暗合不同于迎合，这尤其体现在她特别的身体叙事上。

靠身体叙事来确立性别的精神立场是20世纪90年代以来很多女作家创作的逻辑起点，问题是容涵过强女性意识和社会意识的作家反而愈益裎露了其弱势处境，这其实是一种女性写作的吊诡。2007年诺贝尔文学奖的获得者多丽丝·莱辛曾经是20世纪60年代风云突起的欧美女权运动中的风云人物，但就在获诺贝尔奖之前，她却严厉批判起女权运动来，认为女权运动过于以意识形态为根据，浪费了女性的潜能，她甚至把自己当年亲身参与的活动形容为"看我的屁股的运动"。而21世纪以来林白等曾经标榜"私人写作"的作家的转型，也已隐现中国当代女性身体叙事的困境。

这样的叙事困境对严歌苓来说并不存在，因为她虽然执着于对女性命运的探勘，但前提是她并不把女性作为"第二性"，她说："我不接受女性是第二性的说法，女人不能因为她防御的位置、生理的位置不同就被称为第二性。实际上我认为女人从生理上来讲是更加有力的，……而我的小说中既从生理，亦从心理上来说服读者。我们不能因为防御及整个系统的被动就把第二性的头衔冠之以女人。"[1] 她也写女性身体的遭际，比如《扶桑》和《天浴》里的女人通过肉体进行的救赎与交换，但是这样的身体叙事与充满挑逗意味的符码诱惑和撩拨姿态十足的欲望闪现决然不同，她关注的焦点不是身体和自我，而是身体里伏藏的韧性和悲悯的力量。这种力量在不同的情境里可以化身为母性、妻性、情人性、女儿性等，这些性情不是被塑造、被规训的，而导源于女性

---

[1]《2006，我们阅读严歌苓》，《新闻晨报》2006年3月19日。

自足的天性，它们的流露不是为了抗辩，不是为了争取，而是为了庇护，为了宽恕。陈思和先生也正是在这个意义上才把《第九个寡妇》里的主人公王葡萄称为"民间的地母之神"[1]。

在《小姨多鹤》中，多鹤的身体依然构成了叙事的动力。她是当年日本人在满洲的垦荒团仓皇溃逃路上留下的孤女，被张俭的父亲买去做张家传宗接代的工具，在接下来漫长的几十年里，这个"陌生族类"和她的男人张俭以及张俭的妻子朱小环组成了一个特殊的家庭——"她活这一辈子，母亲不是母亲，妻子不是妻子"。"小姨多鹤"的称谓暗含了她名分的尴尬，但对这个韧劲十足的女人依凭身体次第展开的母性、情人性和妻性无妨。在获得张俭的爱情之前，为了讨生存的多鹤默默忍受了自己的角色，为张家生产本是被迫，但后来却成了她的意义："世上没有多鹤的亲人了。她只能靠自己的身体给自己制造亲人。"那一次，她被张俭有意无意地舍弃在外，过了一个月的流浪生活，支持她找回去的唯一动力就是两个幼小的双胞胎儿子，而回到家中，她的第一个动作就是抱起孩子给他们喂奶："多鹤一再把乳头塞进大孩二孩嘴里，又一再被他们吐出来。她的手干脆抵住大孩的嘴，强制他吮吸，似乎他一直吸下去，乳汁会再生，会从她身体深层被抽上来。只要孩子吮吸她的乳汁，她和他们的关系就是神圣不可侵犯的，是天条确定的，她的位置就优越于屋里这一男一女。"她要用身体证明自己天赋的母性的权力。日后，她执拗地给三个孩子说着夹杂日文的话，在只有母子四人可以分享的小天地里安享做母亲的欣悦；她用宽厚容纳大儿子的敌视甚至踢打；后来回国的她，位置卑贱，却鼎力支持儿女。

---

[1] 陈思和：《第九个寡妇·跋语》，作家出版社，2006年。

作为情人的多鹤是渴望爱并一旦付出就全身投入、情欲旺盛的女人，她既得配合张俭的秘密幽会，"心和身子天天私奔"，又得小心翼翼地维护小环微妙的自尊。她既能因为张俭的一次疏忽在意两年，也能在张俭入狱后，每晚专心专意地陷入相思。回国后，她又回来把病重的张俭接到日本治疗，终于以正式妻子的身份把绵远润泽的情人性化成浑厚丰盈的妻性。

多鹤仿若一片"雌性的草地"，像她用一种沉默的执着改变一家人的生活习性一样，她所有女性的质素也是隐忍而充沛淋漓的，野火烧不尽，春风吹又生。

小环的另一种历史观

就故事而言，《小姨多鹤》与《第九个寡妇》非常相似，后者是王葡萄藏匿自己出身不好的公公，而前者是小环和丈夫一起掩护多鹤的日本人身份，而且两个小说的时间背景大致重合，新中国成立几十年来标志性的政治事件在二者中都有反映。比如在《小姨多鹤》里，我们时不时就会读到这样的句子："小环并不懂得什么地平线坐标点，她只是站在一九四八年的秋天，一阵敬畏神灵的呆木。""小彭那还欠缺最后定型的、男孩气的身躯，跳下自行车，站在一望无际的繁华绚丽的灯光里，站在漫漫的雨里和刚走出饥荒的一九六二年里。""他坐在秋天深夜的一九六八年里，两手捧着被樱桃酒膨胀起来，又被夜晚凉意冷缩的头颅。""多鹤在一九七六年的初秋正是为此大吃一惊。"……这样清晰的时间刻度，标示出一种巨大的历史力量。而严歌苓所要书写的，正是王葡萄、小环们对于这横暴的历史之力的承受和担当，这是一种迥别于"新历史主义"的新的观照历史的态度。

人们通常所谓的"新历史主义"写作基本是沿着两个向度展开的，一是以偶然性代替必然性来解释事件的成因，一是以民间史代替阶级斗争史来建构一种新的历史叙事。女性主义与新历史主义的缠扰，让历史叙事沿着第三个向度展开，"多数'新历史主义'和女性主义的文学或历史著作之间的差异，表现在它们对性别之间的关系和冲突，对妇女以及历史的主动性和权力在'历史'中的地位的不同看法，表现在对这一切与传统上属于男人的政治和经济领域之间的深层的或者因果的联系的不同看法"[1]。比如徐坤的《女娲》写李玉儿从童养媳到太祖母的一生，以寓言化的陈述再建一种母系的家族图谱。也有反其道而行之的，认为女性不一定要靠参与权力角逐的方式来确证自身，比如王安忆的《长恨歌》，王琦瑶通过营构一种绵密的物质性细节来隔绝开时代的烟尘，在政治风云多变的年月中，难得厮守一方女性的天空。王葡萄和小环与王琦瑶有相似之处，不同的是，严歌苓并不试图去构建新的历史叙事，而是在人和历史的遭遇之中寻求一种对抗异化的穿越性的精神。

在《第九个寡妇》里，王葡萄不断在门缝里瞥见街上乱哄哄的队伍，一条条人腿匆忙而过，她搞不清楚这是哪一支队伍哪一个阶级哪一出运动，也不屑于去搞清，她用一种朴素的人性荣辱观来回应历史多变的荣辱。小环与王葡萄有异曲同工之妙，她信奉一种"凑合"的人生哲学，"她天天叹着'凑'，笑着'凑'，怨着'凑'，日子就混下来了"。这种"凑合"不等同于"好死不如赖活着"的生存信条，这是一种

---

[1] 朱迪思·劳德·牛顿：《历史一如既往？——女性主义和新历史主义》，黄学军译，见张京媛主编《新历史主义与文学批评》，北京大学出版社，1993年，第205页。

积极的"凑合",小环并不逆来顺受。尤其在洞悉了多鹤悲惨的身世之后,她竭尽全力去维护家中一男二女的特殊平衡,甚至不惜牺牲自己的声誉来保护多鹤和丈夫免受时代异动的侵扰;当张俭被捕之后,又是她凭一己之力支撑起几近崩坍的家庭;她用一种纯粹中国式的"怨"与"仁"来感召全家人,化解了多鹤族性中酷烈的基因,让她放弃自杀的念头。小环很容易让人想起许地山 20 世纪 30 年代的名作《春桃》的主人公,那种健朗强韧的人生态度尤其相像。她们没有介入历史的野心,也无逃匿历史的虚妄,而是用一贯的达观再加一点善良的世故,涉入旋涡密布的历史之河,唯其自然,反倒比那些直指性别政治的重述历史之作来得有力,来得入心。

严歌苓这种历史观的形成与我们前述的她的女性观有关,即她根本不相信"女性是第二性"这个女权主义命题的起点,所以自然也就不存在构建女性主体历史的焦虑。在她看来,历史的暴动对人的冲决是无分男女先后的,承担历史的态度比性别更重要。所以,她同样塑造了二大、张俭这样富有民间情义的优秀的男人。事实上,把多鹤与小环分而论之只是一种叙述上的权宜,二者实际上是两体一面。或者说,在严歌苓那里,对女性的身体叙述和历史观照本来就是同源的。以小环而论,她在战争中丧失了生育的能力,但她是全家最稳的一块基石,不但对多鹤的三个孩子视若己出,对于丈夫张俭和情敌兼家人多鹤也在倾注着一种母爱——"她觉得自己在张俭那里不光光是个老婆,她渐渐成了一个身份名目模糊的女人。好像所有的女人的身份名目都糅合到一块儿,落在她身上——姐、妹、妻、母,甚至祖母。"把这浑然不分的母性加诸一个事实上无法成为母亲的女人身上,严歌苓的用意不言自明。

最后简单谈一下小说的语言。严歌苓的小说一向以叙述的灵动著称，而近来她又在人物对白上用力甚多。读过小说后，小环那泼辣凌厉富有质感的东北女人的声音仿若回荡在耳边，全家的困厄总由小环或谑或闹、半真半假的话来化解。联想到《第九个寡妇》里王葡萄一口土得掉渣又血肉感十足的河南官话，让人不得不佩服严歌苓这个"语言的舞者"[1]的魅力，不是所有的名家都能这样鲜活无拘地出入于不同方言之间并将之形神毕肖地描摹出来的。再比如小说里的多鹤，相对于小环而言，她几乎是缄默的，但是作者却在有限的语言里就烘托出她对爱的痴气和执着，如她呼喊二孩张俭的名字，从"俄亥""饿孩"到"二河"，后来到监狱探视张俭时，她看着地面叫出一声"二河"，相信所有读者的心都会为之一痛的。恐怕不能仅用才气来解释，为了写作《第九个寡妇》，定居国外的严歌苓曾在河南农村驻留好几个月，而这次的《小姨多鹤》同样是酝酿了二十多年的故事，严歌苓并为之三赴日本找当年的老人访谈，仅就这样的写作态度也足够我们表达敬意。

---

[1] 黄万华：《语言的舞者——严歌苓小说语言论》，《吉首大学学报（社会科学版）》2007 年第 5 期。

《蟠虺》里的技术、精神与情怀

对于熟悉刘醒龙的读者而言,《蟠虺》应当会为他们提供陌生而又别致的阅读体验,因为这是一部让读者惯性的期待视野落空的小说,是一部充分解放故事的美学势能的非典型性的刘氏小说,甚至可以说是对评论界关于刘醒龙小说的固化理解真正提出挑战的小说。如果说《弥天》《圣天门口》《天行者》和《政治课》等名作仿佛连绵而起的宏毅慎重的高地,《蟠虺》则兔起鹘落,更像一座兀自而立的绝壁,与前者隐然呼应,气相却决然不同。也难怪刘醒龙自言"这也是迄今为止在我的写作历程中,最具写作愉悦的一部",他同时还对写作此书的动机做了如下的阐释:"小说的使命之一便是为思想与技术都不能解决的困顿引领一条情怀之路。"[1] 那么,吸引我们的是,在《蟠虺》中情怀到底是如何为思想与技术纾困的,小说里的技术、思想与情怀对于作家的自我挑战性到底又在哪里?

---

[1]《刘醒龙论网络垃圾与国家重器》,《中华读书报》2014年5月28日。

"曾侯乙尊盘"密码与叙述性诡计

作为一个惯常被批评界指认为具有典范意义的现实主义作家，刘醒龙曾经老老实实地承认："我不习惯写那种异峰突起的东西。我在写作中比较喜欢水到渠成，自然而然，徐徐进入。看似随意为之，其实精心布局。"[1]其实此言未必，他的小说固然精心布局，但并不少异峰突起。在他的第一部长篇《威风凛凛》中，甫一开头便宣布了赵长子的死讯，让接下来的整部小说成为一桩对往事抽丝剥茧的盘查；又如《往事温柔》中开篇那一封迟来的信件所酿成的情感波澜和制造的疑问同样巨大，而后者也成为小说叙事的重要推力。这些刘醒龙小说里偶尔为之、相对异质的元素让我们约略看出他对悬念设置的偏好。

此偏好多年来隐而不彰，但制造悬念的冲动在积累和沉淀之下势必期待集束喷涌，而《蟠虺》便是这个等待多年的机会，是这个悬念爱好者热烈的找补——相比于前面提到的杀戮疑案与爱情谜团，《蟠虺》里围绕着国宝"曾侯乙尊盘"构设的悬念要庞大而繁密得多，上则关乎历史与科技，下则系于野心与阴谋，旁及楚学与玄学，市井与俚俗，加上学识渊博的考古宗师、情比金坚的痴情女子、技艺精湛的青铜大盗、雄心勃勃的政治狂人，兼之龟甲卜卦、墓室陷阱、死人传书、山歌留信等这些都被冶于一炉时，小说想"自然而然，徐徐进入"已然不可，而刘醒龙采用推理的笔法才是"水到渠成"。悬疑对小说意味着什么？博尔赫斯在一篇演讲里说过，富有悬念的推理小说是应该得到捍卫的文体，因为无论如何变化，它仍然默默地保持着一种"美德"。在博尔赫斯看来，这种美德包括智性、对人物塑造的重视和情节完整性的强调，

---

[1] 刘醒龙：《我相信善和爱是不可战胜的》，《文艺报》2011年9月19日。

其意义是"在一个杂乱无章的时代里拯救秩序"[1]。而众所周知，无论多么形而上学、多么玄妙不可解的东西，博尔赫斯总能借助迷宫般的叙事和推理的手腕讲得风生水起。可见，如果不硜硜自守于通俗与纯文学的所谓分界，推理确实是丰富小说"美德"、建立小说迷离又诱人的叙事暗道的好手段。也许正因借助了这个"美德"，《蟠虺》被读者誉为"中国版的《达·芬奇密码》"。

说到《达·芬奇密码》，神学家、巴黎神学院的贝尔纳·塞布埃教授写过一本《给读者讲解达·芬奇密码》的小册子，认为《达·芬奇密码》能在全球掀起风潮的原因不只是因为它是一部精彩的知识悬疑小说——类似的小说并不鲜见，更重要的是它能水乳交融地融汇虚实，"用媒体的话来说就是'合成'之物，它非常巧妙地把虚构的故事和精确的史实融合在一起……因此某些虚构的情景似乎倒更像是史实"[2]。小说中涉及的画作、宗教派别、地名、物名无不有据可查，也因此，小说那些虚构的悬疑因为有了现实的指征和附着而开始具有建构"现实"的力量，真幻的边界就此瓦解，惊悚被渡引到读者熟悉的现实艺术场景中，自然也就引动读者别一种的审美化的战栗。不知道刘醒龙是否具体受到《达·芬奇密码》的启发，《蟠虺》给予读者的阅读体验与之非常相似，它以实带虚，又以虚击实，并十分大胆且巧妙地建立起小说与刚刚过去未久的现实政治热点新闻的关联，让虚构的故事陡然具有了切入现实的纵深。

现藏于湖北省博物馆的曾侯乙尊盘，1978年出土于湖北随州擂鼓

---

[1] 博尔赫斯：《侦探小说》，《博尔赫斯文集》第6卷，王永年等译，浙江文艺出版社，1999年，第46页。

[2] 贝尔纳·塞布埃：《给读者讲解达·芬奇密码》，袁俊生译，重庆大学出版社，2013年，第2页。

墩，素来被视为春秋战国时期最精美细致的青铜重器。依据1979年6月26日中国机械工程学会传统精铸工艺鉴定会的《曾侯乙墓青铜尊盘铸造工艺的鉴定》报告，一般认为曾侯乙尊盘是用失蜡法的工艺制作的，但近些年来考古学界质疑失蜡法的呼声也很高，不少重量级的学者撰文认为曾侯乙尊盘是用范铸法而非失蜡法制成。必须承认，上述专业知识是笔者在阅读这部小说的过程中，止不住好奇而查询相关资料的所得。我还按图索骥，用百度地图一一搜索过小说中那些重要的地点：东湖公园"老鼠尾"、江北监狱、九峰山公墓、黄鹂路、白鹭街、水果湖、中北路等，它们现实中确凿可寻。当这些实际的地点与小说人物的活动空间建立起越来越紧密的对应关系，围绕着曾侯乙尊盘的那些隐秘和虚实，也就越发撩拨着读者的探知欲。

　　《蟠虺》在情节设置上的"大胆假设"和"小心推理"让人叹服。小说的主人公曾本之是考古界青铜重器方面的权威，他提出曾侯乙尊盘是用失蜡法铸造的观点，并在弟子兼女婿郑雄的支持下称霸学界多年，但内心深处却始终自我怀疑。一封"去世"多年的老友的来信终于让他冒着令自己学术声誉毁于一旦的风险，去揭开尘封心底二十余年的一段往事。敢于把考古学界未有定论的争鸣作为构设"曾侯乙尊盘密码"的重要引子，显现了刘醒龙的敏锐和对青铜器知识的厚实储备。小说在层层推进中，借人物之口用了很多的篇幅来探讨曾侯乙尊盘铸造法研究争议的焦点和各自的学术理据，具有相当的学术含量。但因为这些学术争议密切关联着人物命运的走向，更引出现藏于湖北省博物馆的曾侯乙尊盘乃是被人偷梁换柱的赝品的惊天秘密，所以它们在小说中的频繁出现，不但不显得烦琐和枯燥，反而成为读者解码时的重要倚赖。于是我们看到，一方面，作家想象力的锋芒赋予小说越轨的笔致，不断挑战甚至是挑衅读者基于常识的判断；另一方面，富有学术深度的征引和穿插，既构成对前者的自圆其说，也如在虚实间造桥，让狂放的虚构落到尽皆合理的实处。

学术争辩引起的悬念之外，刘醒龙亦体现出对推理小说叙事套路的谙熟，他对"叙述性诡计"的巧妙运用所营造的悬疑即是明证。所谓叙述性诡计，是指推理小说中作者通过叙事人称、叙事口吻、结构安排、文字技巧等读者习焉不察的手段，有意制造假象来误导读者，延迟真相大白的时间点，以保持悬念足够的张力——叙述性轨迹曝光的那一刻往往也是读者的错愕达到高峰的一刻。《蟠虺》中，曾本之先后收到两封用甲骨文写成的信，一封信写的是"拯之承启"，另一封写的是"天问二五"，信纸所用是二十年前发黄的旧宣纸，落款是死去二十多年的旧友郝嘉，印章也确是郝嘉当年用过的。两封信究竟出自谁手？又该各作何解？这是小说中的重要悬念之一。曾本之得信后，百思不得其解，便请同事也是知己的马跃之帮忙参详。在第一次看信时，小说写道："马跃之十分怀疑，一九八九年夏天去世的郝嘉果真能够变成鬼魂，二十年后将重新介入人间事务，要'拯之承启'什么？用现代汉语来说，他要'开始拯救'什么？"看第二封信时，小说又写道："与第一封信相比，马跃之对第二封的好奇心，比先前增加了好几倍。如此强烈的好奇心，足以支持他用发现高古丝绸的热情与精细，来看透这张薄薄的信笺里隐藏着二十年来，从生到死的那些不为人知的秘密。马跃之明白，曾本之找上他，除了彼此之间的信任之外，也是因为整个楚学院，没有谁比他更适合分析研究这甲骨文书信。"

这两段话便是小说中一处典型的"诡计"，因为仅从这段话中所能获知的信息是马跃之与曾本之惺惺相惜，前者非常关切后者收到的"死人"来信。而事实是，两封信恰恰出自马跃之之手——他深恐多年老友陷入为名声所困和小人所用的僵局，便以死人郝嘉的名义发信提醒！两段话中马跃之的"十分怀疑"和"强烈的好奇心"云云，显然便是作家有意制造的障眼法，因为按读者的阅读常识判断，小说对马跃之看信反应的叙述已经充分撇清了他的嫌疑，这无疑给读者试图破解甲骨书信悬疑的努力带来额外的难度，自然也会在真相揭晓的那刻让读者发出呀的惊呼！

由上面的分析，我们大约可以知晓为什么刘醒龙会说《蟠虺》是其几十年写作生涯中最令他愉悦的一部了，这愉悦来自兴趣和尊重——他对曾侯乙尊盘和楚学历史有多年的修为和喜好；来自智性——他可以在专家和读者最熟悉他的现实品格之外开出一条生路；也来自一点自得——他终于能借由一个特别的题材炫技一把，飞扬一把，证明他并非只会"用灵魂和血肉来面对文学"[1]，虽然，"灵魂和血肉"依然构成这部小说的骨骼。

精英知识分子的精神自救

《蟠虺》推重悬疑，但本并不止于揭秘，借曾侯乙尊盘密码，小说真正想探求的乃是精英知识分子的人格密码。刘醒龙多年秉持民间立场，亦曾表态"从不写大人物，只写小人物"[2]。但《蟠虺》既写了大人物，立场也从民间位移到精英，这恐非素材的调整那么简单，彰显的更是刘醒龙对世风之下精英知识分子尊严扫地的怪现状的正面强攻，

---

[1] 刘醒龙：《威风凛凛·后记》，上海文艺出版社，2014年，第300页。
[2] 李萍：《刘醒龙：现实主义作品都是正面强攻》，《深圳特区报》2011年11月25日。

是他从基层知识分子(《凤凰琴》《天行者》)到青年知识分子(《痛失》《政治课》)一路写来关怀视点由民间而庙堂逐渐上移聚焦的必然。

小说刻画了三代精英知识分子形象,包括老一辈的曾本之、马跃之、郝嘉,中年一辈的郑雄、郝文章,还有青年后生万乙。其中老一辈的郝嘉着墨虽少,寄托遥深。他自杀的1989年是中国当代思想界和知识界的分水岭,他的自杀也因此就带有了利奥塔意义上的"知识分子之死"的隐喻味道:从20世纪90年代起,中国知识分子开始告别全能主义的公共平台,回到学院和研究机构,日趋细化的知识分工让他们的身份逐渐从齐格蒙·鲍曼所谓的"立法者"过渡为专业知识的"阐释者";再加上市场经济冲击下知识阶层的再度边缘,以及后现代社会因为公共信仰元话语的解构而导致的知识分子存在的合法性与自明性的丧失,这些都加重了精英知识阶层的危机意识。反映在小说中,便是那些甘心与青铜重器为伴的君子究竟如何"固本"(本之,不识时务者),守住良知和知识的底线的困惑,以及该如何在世风的逼迫下"飞跃"(跃之,识时务者),完成知识结构和人格境界的更新完善的困惑。

曾本之是作家着力刻写并带有明显偏爱的人物,他的形象具有相当的典型性,其作为德性主体和知性主体的焦虑,在小说中是通过三件事情体现的:其一,身为青铜考古界的泰斗和"曾侯乙尊盘是失蜡法铸造"的学术观点的奠基者,他的权威地位遭到了学界内部越来越强烈的质疑,自己也开始学术观念的根本调整。其二,他追慕院士的头衔和荣耀,但当发现女婿郑雄和老省长以院士为饵企图收买他时,断然拒绝了晋升的诱惑。第三,他苦心孤诣、想方设法寻回曾侯乙尊盘的真品,还历史与人民一个清白。

在我看来,这三件事情所欲投射的是体制内努力保持公共品格的知识分子在现实中的境遇。曾本之的身份是湖北楚学院的前任院长、专家，这意味着他应当是按照严格的学科分工建制的学院派的一分子，在学科专业标准的规训下，进行高度专业化的知识生产，并按照学术的等级评价制度，以学术成果博取更高的权威，而院士便是体制内最有吸引力的象征性文化资本。这种知识生产的结果是容易形成知识分子内部与外部的双重断裂，即"在其内部，原先统一的知识场域被分割成一个个细微的蜂窝状专业领地，不同学科之间的知识者不再有共同的语言、共同的论域和共同的知识旨趣。在其外部，由于专业知识分子改变了写作姿态，面向学院，背对公众，他们与公共读者的有机联系因此也断裂了，重新成为一个封闭的、孤芳自赏的阶层"[1]。曾本之对此有着清醒的警惕，他并没有切断自己对公共关怀发言的通道，一再强调对"历史的负责"，并在体制内高张着独立的学术品格。而能做到这一切即源自他的"本之"，所谓"君子务本，本立而道生"。"楚地的青铜重器只能与君子相伴！"这句为曾本之念兹在兹的话，仔细咂摸，不正是以德性统领知性、以价值理性制约工具理性的明证？或有人谓，中国的知识分子传统素来不缺德性，曾本之将道德凌驾于学术之上的意义又何在？要者，曾本之的德性并非以一套话语，而是切实的生命实践。他和郝嘉、马跃之等友辈为曾侯乙尊盘所做的一切，学术的考量还在其次，去伪存真、慕古怀远、传承道义的基本良知才是第一位的。换言之，曾本之对自己提出的曾侯乙尊盘失蜡法铸造观所进行的理性的、试错的质疑，不妨视之为知识分子的一种技术化的自我批判，他并未止于此，而是借由这种技术化的批判自觉递进到更深一层的道德批判，让自己从一个学术

---

[1] 许纪霖:《中国知识分子十论》，复旦大学出版社，2003年，第38页。

的"阐释者"再次回到了为世间"留一点大义忠魂"的"立法者"的岗位上，找回了一名精英知识分子被压抑的尊严。

　　与曾本之形成鲜明对比的是他的弟子兼女婿郑雄。这个人物与《政治课》里的孔太顺有几分相似，本性并不坏，但在权力的进阶之路上被权势所惑而迷失本心。郑雄的特点是风流倜傥，口才出众。小说写到，楚学院的楚学研究之所以能蜚声全国，第一凭靠的是曾本之扎实的学问与学说，第二便是郑雄的一条三寸不烂之舌。如果不是曾本之拦着，他早就去中央电视台开讲楚国兴衰了。郑雄身上这种很强的类似媒体知识分子的印记再次显现了刘醒龙对当下精英知识分子分化的洞察。20世纪90年代以来的中国"一方面是严肃的、批评的公共空间的真实消亡，另一方面却是虚假的公共生活的空前繁荣：遵循商业逻辑的媒体知识分子活跃其间的公众消费文化的膨胀和以技术专家面貌出现的专业知识分子为主宰的媒体盛况"[1]，媒体知识分子即便讨论的是公共话题，所遵循的多半是隐蔽的市场逻辑；即使有文化生产，满足的也往往是大众或媚俗或附庸风雅的消费欲望。郑雄本可以继承老师衣钵在专业上有所成就，他偏要跃出学术之外，紧贴政治，虽然在媒体抛头露面的机会被导师拦阻，他依然能长袖善舞地利用学识的光环营造自己在公众心目中文化官员的魅力。他对历史和青铜重器，全无乃师的敬畏之心，所以才能信口恭维新省长是"当代楚庄王"，又与老省长和熊达世等人沆瀣一气，图谋用曾侯乙尊盘做个人宦海驰游的献祭。他对曾侯乙尊盘失蜡法铸造观点的坚持，表面看是尊师重道，内里则是借学术霸权铲除异己的官场算计，最终落得聪明反被聪明误的可怜下场。

---

[1]　许纪霖：《中国知识分子十论》，第39页。

"知识水平的整体提高，能否使人天然具有出淤泥而不染的品质？如果现实状况是否定的，青年知识分子们又将如何抗拒那口名叫腐败的大染缸？"[1]这个触动刘醒龙写作《政治课》的问题又一次幽灵般浮现出来，虽然小说中也用傲骨铮铮的郝文章和万乙两个相对脸谱化的人物来证明青年知识分子内部的邪不压正，但是郑雄困陷于政治和学术歧路中的"痛失"，还是让他的岳丈曾本之的精神自救有了一抹悲壮的意味，也赋予小说更尖锐的批判性。

接通历史的另一种方式

一般而言，文学创作处理的历史题材有三种样态：原生态、遗留态和叙述态。[2]原生态历史是指真实存在过、无法还原的历史真实或历史本体；遗留态历史指保留下来的器物、典章史料等；叙述态历史则指文学对历史的叙述，也即海登·怀特所谓的"作为文学虚构的历史文本"。作为一位对文学的历史感兴格外看重的作家，如何使现实接通历史，又如何让历史照进现实，这些之于刘醒龙，不只是一种创作理念，更是一种庄严的使命和写作伦理，是为自己作品赋予合法意义的基本和必需的前提。

《蟠虺》之前，刘醒龙对历史的处理绝大多数是用叙述态的，以最具史诗气相的《圣天门口》为例，小说中的两条历史线索——天门口晚清以来的近现代历程与从盘古开天辟地讲起的《黑暗传》——形成一种相互对应又互相解构的关系，后者的终结是前者的开始，而前者正在

---

[1] 卜昌伟：《刘醒龙推出〈政治课〉》，《京华时报》2010年3月30日。
[2] 参见王爱松：《历史真实：可能性及其限度》，《江海学刊》2003年第1期。

进行中的那些新鲜事实在后者的掩映下被证明不过是不断搬演的旧事,这种异时同构最终让两条叙述态的历史线扭结在一起,并对官修的所谓正史形成了压迫性的张力。在关于《圣天门口》的访谈中,刘醒龙说过这样一段话:"我向来坚信,民间那些口口相传的历史才是那个时代人文精神的体现。如果你说的历史是指这样一种历史,我就回答说:'是。'如果所指的是某种印刷成文的范本,我就要回答:'不是。'一部好小说,理所当然是那个时代民间的心灵史。做到这一点,才是有灵魂的作家。我写《圣天门口》,是要给后来者指一条通往历史心灵的途径。"[1] 这里,刘醒龙对"印刷成文的范本"的否弃清晰地表达了对庙堂式的叙述态历史的不信。

在《蟠虺》里,刘醒龙找到了另一种让历史照进现实的方式,即通过对遗留态历史的阐释及青铜重器真伪的分辨重建对大历史中那些清明价值的敬畏。这是刘醒龙在"大别山之谜"系列小说之后,为楚文化的发扬提供的内蕴着强烈历史情怀的又一样本。

尊,《说文解字》解作:"酒器也。从酋、廾以奉之。《周礼》六尊:牺尊、象尊、著尊、壶尊、太尊、山尊,以待祭祀宾客之礼。"这是一个象形字,双手捧着酒坛,献礼祭拜。故可引申为尊严、敬重、尊贵之意,如《大戴礼记·本命》篇云:"贵贵尊尊,义之大者也。"曾侯乙尊盘的设计思想体现了春秋时期讲究"尊严"的礼治和文化精神,以及楚地的审美风尚和铸造技艺。小说里,曾本之给郝文章写第二封信时,讲了一段史:春秋时期楚国多次征伐随国,后两国结盟。公元前506年,吴国伐楚,楚昭王逃到随国避难,吴国兵临城下,要挟随国交

---

[1] 术术:《刘醒龙:写作史诗是我的梦想》,《新京报》2005年7月1日。

出昭王,岂知随对吴说:"以随之辟小,而密迩于楚,楚实存之。世有盟誓,至于今未改。若难而弃之,何以事君?"吴国引兵而退。这则出自《左传》的本事,随国的信义反证了大国的不义。多年后,曾侯乙尊盘在随地出土,在曾本之看来,这尊盘不仅是春秋时期青铜工艺妙到巅毫的见证,更是德性与信义历千年而不衰的见证。在笔者看来,这处征引和这个细节的意义还在于,它再一次反思并回答了几年前刘醒龙在《圣天门口》开头提出的那个问题:谁最先被历史所杀?《左传》和曾侯乙尊盘都可视为遗留态的历史,它们潜藏着中国文化诡奇而壮美的基因,在小说中形成了互为支援的阐释。随国弱小,然能在几千年后凭借曾侯乙尊盘为世人所知,并在史书留下信义的一笔。相较之下,强霸的楚国倒是先被历史所杀!小说中如此借尊盘说历史还有多处,如比较秦楚两国的青铜重器:秦国的凝重霸道,楚地的奇美浪漫;楚人多以青铜为艺术的原料,而秦人则以青铜做兵器的铸材,结果是"大老秦得到江山,却存活得很短。大老楚失去了威权,却在文化中得到永生"。随之于楚,楚之于秦,大小、强弱的国力之判,被转化为武力与文化软实力的辩证反思。在《圣天门口》对暴力血写的历史给予深切拷问之后,《蟠虺》里又一次直指了历史也是现实的症结。

小说中,马跃之给曾本之用甲骨文写的信,开启了小说里人格与精神救赎的大幕。这固然是小说里的悬念,后面又借曾小安之口道,这种救赎是"要用甲骨文作底气才可能",实在地点出了正义的历史对于现实人心和人性的烛照之用。刘醒龙说过,"历史的品质几乎就是心灵的品质"。在一个神圣、尊严和优雅的意义日渐消散的时代里,与时光"歃血为盟"的青铜重器的君子品质是曾本之们艰难固守的道德愿景,也是刘醒龙挥之不去的历史的乡愁。

游牧者周洁茹

——周洁茹香港小说读记

翻看周洁茹的作品，空间感的突出是最直观的感受。从旧作《到南京去》《到常州去》，再到近来的《到广州去》《到香港去》，还有以"旺角""新界""尖东""佐敦""金钟"等香港地名命名的那些小说，清晰地标识出她对空间的敏感和对空间所表征的政治文化身份的多重指涉意义的敏感。多年来，周洁茹由中国到美国，由美国又到中国香港的旅居着，这大约是让她的写作保持"从这里到那里"的节奏的根本缘由。不过，有意味的是，在美国客居的数年，她几乎中止了写作，零星的几篇据她讲也是回国探亲时完成。而移居香港显然触发了她写作的第二春，在十几年前作为"70后"最初的代表与棉棉、卫慧等共同引领风潮之后，周洁茹又凭借一系列的香港故事宣告归来。让我们好奇的是，香港的空间景观究竟是如何触动她、让她重拾文字旧业？在我个人看来，也许她游牧者的精神属性同香港这座城市是相洽的。

也斯在论及"如何阅读香港的都市空间"时，曾借鉴日本建造师矶崎新和浅田彰的建筑空间分类法，认为香港固然充塞了固定的建筑，但也不乏大排档、临屋等游牧式建筑，兼之历史和人文意识匮乏，城市的文化脉络不清，这使得整个城市的建筑物都带有"游牧化的倾向"[1]，建筑背后的文化寓意无法被固定和附着而是不断流动，而置身在这一游牧化空间场域中的人自然要面对人与空间的理想关系、人际关系与空间影响等命题。周洁茹强调"在香港写小说"而不是"写香港小说"的目的或正与此对应。那一个游牧者与一座游牧的城市彼此间会形成怎样的激发和召唤呢？

别一种的"我城"与"失城"

周洁茹把随笔集《请把我留在这时光里》的第一辑写香港的人与事的部分命名为"我的香港"，这个名字与后面写美国部分的"新泽西在纽约的旁边"和"加利福尼亚的春夏秋冬"构成了有趣的对比，虽然它们文风一致，但"我的"一词还是泄露出对香港独具一格的心理亲近。可是，周洁茹又多次坦陈在香港多年而没有爱上香港，而且"我的香港"记录的也多半是她和朋友们一种疏离的情状。"我城"还是"失城"，痴缠抑或惶惑，这背后错综缠绕的香港意识及其复杂嬗变已是我们勘察香港文学与香港意识的惯性视角。作为新移民的周洁茹，她的写作也是如此密切地联动着"我城"与"失城"的感喟，但是她所强调的"在地性"毕竟与西西这样的前辈移民体验和黄碧云这样港生港长的本土体验不同，她所置身时代的政治文化语境的巨变更是为她提供了新鲜的材料，让她在前人之外，写出了别一种的"我城"与"失城"经验。

《新界》从叙事者一个"非常鬼"的梦开始写起。这个在现实中住

---

[1] 也斯：《香港文化十论》，浙江大学出版社，2012年，第86页。

在新界小豪宅的叙事者没有言明身份，但是从她的邻居要么是"优才专才，回流海归"，要么是等待永久居留权的投资移民来看，她大约也是一个类似的移民者。她每晚的梦都以房子开头，那是些巨大然而破败的城堡一样的房子。这里，梦境中的房子让我们觉得似曾相识，就像有学者观察到的那样，香港本土的女性写作者很多都围绕着"房子"展开写作，"她们都试图通过对'房子'的寻找和营造来明确自己和周围环境的关系，明确自己在整个外部世界中的位置。这至少说明一点：香港作为一座过去的殖民地孤岛，长期以来在文化上的多元与政治上的驳杂，确实已经在不知不觉中造成了香港人，特别是一些具有更高精神追求的女性作家的内心创伤。而正是在这个意义上，香港的回归便是双重的：它既是地理政治上的，也是精神上的"[1]。对于"九七"之后的新移民而言，比如《新界》的叙事者和作为隐含叙事者的周洁茹，"回归"及所谓"大限"显然不再构成房子意象隐喻的焦点，但房子依然标志一种所属关系，依然是一种身份意识的确证，因而也依然是一种寓言化的空间——小说中，"巨大而破败"的房子投射出叙述者一种深切的焦虑来，这种焦虑，如后文呈现的，来自她对陌生环境无法"落定"的惊惶，邻居的冷漠、无礼和无法解释的令人恐怖的声响都在加重这种惊惶。

那个"非常鬼"的梦也和房间有关，梦中的叙事者发现她的床前有另一个房间，这个房间里地板漂浮，让她一个同样是移民的朋友踩踏不稳而摔死。醒来的叙述者将房间比作婚姻来解释这个漂浮的空中

---

[1] 白杨：《淡出历史的香港意识——世纪之交香港文学的主题与叙事策略》，《文艺争鸣》2006年第1期。

地板，地板是婚姻的基础，当基础不牢稳时，婚姻就会崩坍。和我们预想的一样，这个诡异的梦在小说后半段里落到了实处，叙述者所住楼宇对面的屋苑发生了一桩夫妇双方自杀的事件。这桩死亡事件在新闻媒体的解读里是妻子患重病无力工作，丈夫遂舍命陪妻子。但是在叙事者的理解里，财困与情困都不是根本，那种由失城带来的失重感才是症结所在。当然，叙事者对此并没有点明，而是技巧性地使用了对照：各种出租房屋周转快速，连顶层的楼王也得顺利卖出，新界豪宅人气愈来愈旺，佐证了移民潮流的壮大。内地大量新贵阶层的涌入，伴随着的恰是旧居民"失城"的局促。并且如前所述，也对叙述者这样资格较老的移民构成了惊惶的困扰。因而梦境也好，现实的死亡也罢，都是在新的资本视角下对"我城"与"失城"感受隐喻化的传递。

除了"优才""专才"计划和投资渠道之外，内地赴港移民中还有一类是根据港府每日150个配额的"单程证"来港定居而暂时未获得永久居民证的人士。这类移民以妇幼和老人居多，在财富、知识和工作技能上都无法与新贵移民者相提并论，他们在香港的寻梦故事有着更细民式的卑微和素朴的况味，也更多记录下这座城市对他们的傲慢与偏见。《佐敦》里的阿珍便是这一类型的移民代表。丈夫瘫痪在床，一对儿女正当学龄，因为还没有拿到身份证而无法工作的阿珍每次到过渡学校接送孩子时，总要经过学校门口长长的台阶，那是"全佐敦最长的台阶"。这里的台阶既是写实的，当然也象征性地写出阿珍要移民必须跨越的漫长的坡度。整体上，小说并没有像内地很多的底层写作那样过多罗列阿珍生活的苦辛，而把重心放在她的善良和对未来的坚持上。小说里对底层小人物间相濡以沫的情感的描写让人印象深刻，比如阿珍对和她有着类似甚至更悲惨命运的阿芳的怜惜和关怀，还有给予街角素不相识的拾废品老人的温暖，都直指人心。同样让人印象深刻的是阿珍倔强的坚持，在生活最困窘的时候她到社工中心请求援助，可当社工施舍般地把她领到堆满善心人捐赠物品的贮藏室时，阿珍却坚决地拒绝了："最坏也不能拿综援。阿珍对自己说，香港人会说你对香港没有贡献，倒要过来用我们香港的福利，一辈子顶着这个名，抬不起头。"在小说结尾，丈夫的身体神奇般地好转起来，她拿到了身份证，找到了工作，孩子们被政府安排去了新的学校，她终于不必再走那整个佐敦最长的台阶。可是，那台阶并没有真的消失，虽然阿珍希望融入香港的心情是迫切的，她向香港人证明的努力和阿芳的死去都提醒她也提醒我们，真正被香港接纳让它成为"我城"的前路依然漫长。

"失城"与"我城"除了表征港人和移民者香港意识的嬗变，其实也可以借鉴来观照内地人对香港的想象和感受，尤其是从"九七"到当下二十年的变化。在"九七"之前，民谣歌手艾敬的《我的1997》颇能代表内地人对香港回归的憧憬和喜悦，歌中唱道："1997快些到吧，我就可以去香港。"这首歌以及由港台艺人共同参与的《东方之珠》等被广泛传唱的歌曲一起在"九七"前后共同渲染出香港回到祖国怀抱后与内地共繁荣的美好前景，无数的内地人都像期待着"到香港我们自己的土地上走一走、看一看"。2003年"非典"风波后，港府启动内地游客赴港自由行，歌中梦想成真。然而近些年来，由自由行催生的"双非"孕妇、"双非"儿童、奶粉限购、低团费旅游陷阱、水客与反水客之争、"占领中环"等一系列事件既撕裂了香港社会族群，也加重了部分港人与内地游客的隔阂。在回归的"亲密期"之后，很多内地人都会纳闷，香港到底是一座"我们的城市"还是一座"让我们迷失的城市"？周洁茹用小说《到香港去》记录下一个内地母亲匆匆香港之旅的困惑和失落，使得这一题目本身成为内地人对"香港想象"具有反讽意义的重塑。新手妈妈张英到香港去的目的很纯粹，就是要给儿子"背奶粉"。小说一层层地勾勒出张英在香港的心理紧张，这紧张既来自导游因为她不进店购物而报以的冷眼，也来自对香港想象中的亲切和置身其间的陌生的反差，更来自她的买奶粉这一行为在社会舆论的发酵中施于她的无形压力。在星光大道，张英看到"对面是高楼，或者山，灯光打出来的大广告，像是电视里常见到的，又熟悉，又陌生"，她"忽然恍惚，不知道自己是为了什么来"；在便利店，看到店员收款的速度，她慌慌张张，"总疑心自己的慢会妨碍到别人，给别人带来麻烦，招人讨厌"；在超市买奶粉时，她"只记得后背上的洞，眼神刺出来的"；等到了出关的时候张英觉得"这一辈子都不会再去香港了"。张英的"失城"经验并不是一己的，众多南来北往的内地游客游荡在香港街头，张英看到一团北方游客"昏暗灯光下走着路的细碎的影子，心里竟有点难过"，她深深感到"南方人或者北方人，到了香港，全都是大陆人"——这里清晰浮出的地域意识投射出难以融合的身份边界感。

周洁茹在上述这些小说中，时而由移民者的视角观察内地客，时而由内地客的视角观察香港这座城，形成一种既能容纳适当审视和批判的距离，又能体贴地写出切身之感的自由的叙述视点，这不得不说与她游牧者的自我定位密切相关。

后情感主义的肉身之困

在《到香港去》中，张英发现，香港的地铁拥挤异常，然而神奇的是，"没有人互相碰到，每个人都缩着肚子，屏气敛息的，人与人之间就有了一条缝"。这个发现不禁让我们想起钱锺书《围城》里那个著名的比喻:"天生人是教他们孤独的……聚在一起,动不动自己冒犯人,或者人开罪自己,好像一只只刺猬,只好保持彼此的距离,要亲密团结,不是你刺痛我的肉,就是我擦破你的皮。"这种小心翼翼的距离保持微妙地维系着个人不被侵入的边界,也透露出现代人对亲密无间关系的逃避。然而,正像阿帕杜莱在《消散的现代性》中所指出的那样,当今世界有一个"精神分裂"式的核心问题,即"一方面召唤出理论去解说无根、异化及个人和群体之间的心理疏离,一方面营造着电子媒介下亲密感的幻想(或噩梦)"[1]。对香港的新移民而言,这个"精神分裂"式的悖论难题更为直接也更为迫切,他们急需缝合因为迁移而造成的生命感觉的破碎化,可是却又发现自己无力地沉陷入一个后情感主义的伦理时代中,情感成了快感的附属,而非必须。

《到广州去》里被安置在香港的女主人公身份是别人的小老婆,随着她的男人找到第三个、第四个年轻女人,她在家里的地位变得可有可无,而且非意愿移民让她的生活显得冗余无比,空空荡荡。一直到当年初恋的情人重又出现,她才心火重燃,要到广州奔赴一场意愿的约会,去勇敢"爱一回"。这篇小说有趣的地方在于,吊人胃口的幽会之旅似乎只是一个幌子,作者将更多的笔墨放在女人这场赴会的一路囧途上,用了诸多细节铺陈她在深圳车站买票、进站、上车的种种尴尬,以及穿着酒店拖鞋狼狈逃回深圳又无端受人奚落的窘迫。与张英"到香港去"目的明确却事事茫然相对应,女人"到广州去"也有着明确的目的和茫然的行动,她在广州唯一坚持的是拒绝了男人求欢的要求,

---

[1] 阿帕杜莱:《消散的现代性:全球化的文化维度》,刘冉译,第37页。

这里对性的逃避其实是女人确证自己生活意义的裹衣，这个坚持充满了暧昧，也使她逾越常规的违逆之举有了一种戏剧性的禁忌感。这一不解风情的举动当然让期待的甜蜜幽会无果而终，而这不但击破了她在想象中不断膨胀的情感泡沫，实际上也让她陷入一个更大的茫然之中。因此，小说有意写她一路的蹉跎和受挫，即在呈现一个意识紊乱的主体如何在自身的迷昧和放大的环境之困中一点点地挫败的心路历程。与"到香港去"一样，"到广州去"最终也成为对行动主体意志的嘲弄，香港于她，固然是空空荡荡的存在；内地于她，原来也已形同陌路。

然而，即使看透这一点的女人，依然无法获得生命的圆融。《旺角》中的女人有两个情人：警察情人"死都不肯说爱她"，另一个肯说爱她的情人其实只为了性。在旺角的黑夜里游荡的她忽然明白：现实里所谓的"执子之手"不过是感官争逐的前奏，她在生活里找不到一支可以让她安稳的爱情制成的锚，所以才放纵身体。可是问题在于，"肉身一旦走上性漂泊之途，个体偶在与其灵魂的关系就变得相当脆弱"[1]，女人仿佛但丁《神曲》里那些漂浮在"林勃狱"中的亡魂，不受审判，可永无落定之处。不同的是，她还拖着一副总是让她感到空虚的"沉重的肉身"。《旺角》这个题目，很容易让我们想起王家卫的《旺角卡门》，想起他的电影画面里那些精神失重的眩晕感：前后景以抽格的方式瞬息万变地游离和流动，而焦点中的人物则置身在物理性的时空之外，成为孤单的被悬置者。《旺角》与《到广州去》的两个女主人公都没有名字，她们其实更像一个女人的两面，甚或只是一面，因为无论是否交出身体，结局都是一样的：当虚无感叠加在情感的空窗之上，以身体

---

[1] 刘小枫：《沉重的肉身——现代性伦理的叙事纬语》，第88页。

作为抵押，只能收获快感；而把持身体，则连进入游戏的资格都不具备。此外，这两个小说对女性情绪和情感状态的关注与她出道之初的写作有着内在的呼应，只是，彼时她更多是见自己，而现在则见自己也见众生。

回到我们开头的"游牧"这个词上来，我以为，以此概括周洁茹并非一种附会的界说。周洁茹在香港生活多年，总的看来，她关于香港地理的叙事当然是为香港都市空间形象的添砖加瓦，但也未尝不是对这些空间以及空间与人关系的私人注脚。德勒兹提醒我们，游牧者不等同于一般的迁移者，他甚至可以在同一位置上不动，只要他"不停地躲避定居者的编码"[1]。而周洁茹香港故事的意义或也正在于此，对于内地和香港，她都是一个在场的"他者"。她无意在已成传统也是包袱的后殖民经验中打转，而是在定居中保持对香港空间的解域化关系的观照，保持对体制化和惯性化写作的抗拒，保持其身份跨界的优势和敏感。周洁茹说："就冷漠到残忍的人与人之间的关系来说，这一点确实也是没有地域的界限的。所以对我来说，香港人也是人，香港小说，其实也就是人的小说。"[2] 这句话透露出她作为 21 世纪香港的新移民写作的自信和自觉，也让我们对她未来香港小说的越界性充满了期待。

---

[1] 德勒兹：《游牧思想》，《今日先锋》第 9 辑，天津社会科学出版社，2000 年。
[2] 周洁茹：《在香港写小说》，《文艺报》2015 年 7 月 20 日，第 2 版。

上海故事的"面子"和"里子"

——滕肖澜小说读札

"上海这个地方,有些讲不清。宽容的时候很宽容,刻薄的时候又很刻薄。许多根深蒂固的东西,像轮船靠岸时抛下的锚,牢牢在海底扎着;又似奶糖外的那层饴纸,看着无关紧要,可真要没了它,又觉得怪。"滕肖澜在《美丽的日子》中写下的这段话与其说是对小说里以卫老太为代表的上海老弄堂百姓生存哲学的概括,毋宁更昭示一种海派叙事的文化根性。外人读张爱玲、读《长恨歌》,读的是曹七巧、王琦瑶们跌宕起伏的人生,而上海作家要张扬的却是用细密繁复的生活细节营构出的这座城市的世俗感性,那日复一日、点点滴滴的"贴肤可感"的"美丽的日子",那敷衍里不乏夷然、世故中又溢露天真的人生态度,某种意义上正是海派文学的根本所在。《美丽的日子》以给残疾儿子寻妻为主线,写了两个女人不动声色的较量,最终上饶女子姚虹用一种更执拗更狡黠的市民智慧迫使上海姆妈卫老太接纳她,两代女人为了圆同一个"上海梦"可谓百折不挠、忍辱负重,在让读者唏嘘感叹的同时,也触到了上海摩登光鲜之后日常与琐屑的"里弄"。所谓沪上风华,销骨铄金的无边风月是一面,柴米油盐的家长里短是另一面。

我以为,滕肖澜小说的意义亦于焉而生,作为 21 世纪以来渐渐崛起的上海书写者的后辈,她一方面对"上海味道""上海故事"念兹在兹,旗帜鲜明地亮出自觉接续海派叙事的立场,引得文坛内外侧目,并以获得鲁迅文学奖为标志,为上海故事挣得了"面子";另一方面又凭借自己的领悟和骨血里的一种传承,避开了都市写作那种习见的"时尚叙事"的恶趣味或矫情怀旧的媚俗风,避开了全球化与后殖民想象里的奢靡或颓败的定性标签,把烟火气俨然、更富日常况味的市民生活纳入上海形象的版图之中,拓宽了上海都市文化空间的维度,也贴近了普普通通的上海百姓,细细感知属于他们的尊严、善良、痛痒和悲情,对他们的处世哲学报以悉心的体恤,拉近了生活上海与文学上海的距离,借此丰富了上海故事的"里子"。

情场如战场

张爱玲有句名言:"我的作品里没有战争,也没有革命,我以为人在恋爱的时候是比在战争或革命时更朴素也更放恣的。"[1]她也曾用"飞扬"和"安稳"来辨析历史大叙事与"男女间的小事情"的区别,以为大多数的凡人比英雄人物更能代表时代的总量。在这一点上,滕肖澜算得上张爱玲的私淑弟子,婚恋题材不但构成其小说的大宗,那些"朴素与放恣"处也每每令人印象深刻。不过,滕肖澜并没有像张爱玲那样践行"反传奇"的写作观,她对于故事的强度和曲折度有着超乎同侪的偏好,每一个故事一定不止一个曲折,必要节外生枝或横起波澜,甚至不惜用一些撒狗血的影视剧桥段,因此她其实是以"传奇"的方式来处

---

[1] 张爱玲:《自己的文章》,选自《流言》,北京十月文艺出版社,2006年,第15页。

理家常，即其自言"把假的东西往真里写"，这倒应了张爱玲操刀的一个电影剧本的名字——"情场如战场"，不说杀机四伏，也是心机遍布，寸寸险境。

最能代表其"传奇"风格的作品当属2015年发表的《又见雷雨》，一桩数年前的车祸牵引出周、张、郑三个家庭的情感畸变，围绕着复仇，几对男女恩怨纠缠，处处设防又处处妥协，在排演话剧《雷雨》的过程中，周游、张一伟、刁瑞、郑母等人仿佛被剧中角色附体，愈想挣脱却愈发陷入命运的深井，直至最后的陨灭。这篇小说写得相当大胆，与其说它在致敬《雷雨》，毋宁说它在模仿《雷雨》，人物的情感遭际、错乱的血缘关系，乃至情感和故事的细节都可以在曹禺那里找到对应。其实，曹禺在《雷雨》发表之后曾有反思，以为这部剧"太像戏了"，技巧上"用得过分"。而滕肖澜敢于将《雷雨》内嵌到小说里，并以之撑起整个小说的情节，不但不掩藏，反而用近于抄袭的方式谋求小说人物与剧中人物间的对位，这很像险中求胜之招，她有意用过分的"像戏"增益原作《雷雨》中的悲情，进而反哺小说，把"浩瀚的人生"与"浓缩的世情"放在"戏如人生"和"人生如戏"的常态框架里。因此，小说整体虽然尽在我们通过《雷雨》建立的阅读期待之中，但每个人物行动背后的情感逻辑和一点一点被揭开的岁月的隐秘，还是会激起人们的感叹。滕肖澜以"传奇"化的策略如此般在一个人尽皆知的剧情里继续维持着故事的强度，确实显现了她讲故事的不凡本领。如果说有什么更多要求于这个小说的，我以为是周父这个形象比之于剧中的周朴园在丰满度上要减损不少，曹禺笔下的周朴园并非后来人们评价的一个始乱终弃者，小说里的周父最后虽然也散尽家产以求自忏，但其背负的灵魂之罪还是有点浮。

滕肖澜写"情场如战场"的小说还可以举出《倾国倾城》《小么事》《海上明珠》《叶儿随风去》《你来我往》《蓝宝石戒指》《月亮里没有人》《十朵玫瑰》《美女杜芸》等篇什,这些作品中的女人渴望情感的归属和爱的滋润,可又被现实生活锻造得敏感多疑,不得不带着防备去爱,甚至将爱情作为谋求利益的工具。如《小么事》中的顾怡宁在与沈旭的交往中见识了爱情如何成为权力争逐的砝码,当她后来如法炮制时,变质的爱情却成了心头之痛。《倾国倾城》里的庞鹰,在一众钩心斗角、心怀阴鸷的职场女人中保持出淤泥而不染的品性,末了却被证明也不过是职场厚黑学中为人利用的一枚棋子。《月亮里没有人》中的于胜丽与工厂副总刘文贵发生了私情,这个貌似憨直的女孩也在一次次的伤害中学会耍弄心机。总的来看,滕肖澜的这类小说可以用她另外一篇小说的名字来做一个概括——"规则人生",作为一个对笔下人物充满理解之同情,并力图把他们情感的痛痒写出来的作家,她无意美化爱情之于生活的浪漫意义,在遍布各种规则和潜规则的现实人生中,恋爱的男女必须保持某种警觉的战斗式的韧劲,和各路规则贴身肉搏,饶是如此,爱情也会被迫屈从于其他的力量,其自身也存在着被生活中"自来的残忍"所异化的可能。而且,在这些故事构造的婚恋"三角"模式中,一定有一角代表着上海诱人的光晕。

《爱会长大》《大城小恋》《美丽的日子》《百年好合》《姹紫嫣红开遍》等代表的则是另一种的"情场如战场"。在这些小说中,滕肖澜细腻叙写男女情事,在爱的经历中讲人的成长,把青年男女情爱体验的千回百转写得丝丝入扣,尤其擅长营造"打是亲,骂是爱"式的中国婚恋情境,读来给人宛然目前之感,显现了作家提摄生活细节和情趣的能力。比如《大城小恋》,写的便是家庭出身反差很大的刘言和苏以真"轰轰烈烈的爱的过程，那些若即若离的小儿女心思，那些只有相爱的人才能体会的细枝末节，那些令人感动的瞬间，那些使人伤怀的片段"。这个小说的特别之处还在于，滕肖澜并没有给这则有着童话质地的爱情故事圆满的结尾，小饭店的老板刘言爱的真诚与炽热无可置疑，但在一个阶层固化的时代，仅仅凭靠爱情无法填补他和金融女白领苏以真之间巨大的身份鸿沟。移民新加坡的苏以真在和门当户对的新男友举行盛大的婚礼后偶然还会记起她和刘言交往的甜蜜片段，这记忆携带着某种难以自控的隐秘的资本意志，苏以真对它的服从恐怕不能被单纯地理解为对贫贱之爱的背叛。滕肖澜对此有清醒的认知，苏刘二人的恋爱就像"雪地里的玻璃房子"，晶莹然而空幻，所以她坚持用有情人难成眷属的结局将故事拉出费心预设的框架，选择遵从生活真实的情恋逻辑，这样的处理倒是有几分"反传奇"的笔力与深刻。

在题为《寻找上海味道》的创作谈中，滕肖澜曾提到处理日常性的素材该怎么处理"重口吊鲜"与"慢火烘焙"的关系，并表示好的小说应该是被文火一点点熬出来的[1]。这说明她自己其实始终在协调传奇性与家常性、飞扬与平淡、故事的强度与密度的关系，也对自己之前某些为文造"奇"之处做了反省。因此，笔者也格外珍惜《美丽的日子》《爱会长大》和《大城小恋》这类小说，恋爱与那些世俗的心机"放恣地渗透于生活的全面"，像《美丽的日子》里卫老太和姚红的锱铢必较，《爱会长大》陈程母亲对董珍珠的旁敲侧击，诸如此类，何尝不是一种溢满人间情味的生活智慧？每个有生活阅历的读者读起来都应会有会心之感。

---

[1] 滕肖澜：《寻找上海味道》，《文艺报》2014年7月28日。

"上海梦"的另面

郜元宝在讨论夏商的《东岸纪事》时,有一个很有洞见的观点,他指出:"70后、80后新生代作家展现自己一代人的生活,几乎无例外地先要斩断与祖辈父辈的联系,这也遮蔽了20世纪90年代以来上海市民的真实生活图景,结果和偏于'怀旧'及'欲望叙事'的都市小说一道,汇入各种文化政治力量催生的想象空间",这种想象上海的方法"不仅使上海成为孤岛,还把偶尔映入眼帘的周边乡镇一厢情愿地涂抹一层上海情调和上海色彩"。[1] 在这一点上,滕肖澜和夏商一样,应该算是新一辈沪上作家中的异数,她也极少写那种架空式的定型化的上海经验和上海想象,反而特别重视生活沉淀出的上海情缘。比如她的长篇《城里的月光》可以与《东岸纪事》参看,同样也在一个较长的时间脉络里讲浦东上海市民的经历,三十年浦东的巨变,小说都有折射,不过滕肖澜还是习惯性地把这个故事笼在一个屋檐之下。另外,她还有多篇将时线拉远的小说,皆从父辈的上海情结讲起。滕肖澜对这类素材的偏爱,大约与她自己的经历有关,她在接受访谈时多次提及父母到安徽插队的知青身份和从小跟着外婆在浦东成长的记忆,父母一辈被放逐外省的经验成为其写作重要的触发点,也因此,她对外乡人憧憬的"上海梦"和底层上海市民心头的"上海梦"格外关注。《月亮里没有人》中有这样一幕,于胜丽带着吃撑了的父亲从自助餐厅出来,父亲止不住呕吐,有人看到了说:"乡下人好腻心的。"于胜丽听到了,忍不住

---

[1] 郜元宝:《空间·时代·主体·语言——论〈东岸纪事〉对"上海文学"的改写》,《当代作家评论》2013年第4期。

反唇相讥："侬才是乡下人。"又如《我的爱，和我一样》中的苏华，父母留在了插队的新疆，她一人考回上海读书，面对在火车站讥讽父母是"外地人"的工作人员，她偏执地一定要讨一个说法。类似的细节在别的作品中也不断出现，几乎构成滕肖澜小说一个标志性的情境。对于胜丽和苏华们而言，在上海讨生活关联着荣耀的市民身份，关联精致体面的生活，尤其是关联一种位于城市序列最上层的尊严和自矜。但这个上海安居梦的实现过程并不是那种充满冒险和艳遇的野心勃勃式的，而是伴随着焦灼和波折，甚至不无屈辱。

不妨从《去日留声》说起。滕肖澜说，写作这个小说就是为了呈现知青与知青子女回到上海后的状态，尤其是作为外来者再度融入城市时那种"过分自尊或是自卑，敏感、多疑，缺少安全感"的心态。小说里的文老师年轻的时候支内从上海到了安徽，他形容"离开上海的上海人，就像丢了灵魂的躯壳，跟行尸走肉差不多"。他毕生的梦想是让一对儿女回到上海，一家人能在上海团聚，为了达成这个梦想，他把女儿过继给内弟以获得其留在上海的机会。文老师性格乖张，与子女相处时喜怒无常，这些背后既隐伏着把女儿过继出去的歉疚，又混合着对女儿成为上海人的骄傲。这个小说最有意味，也最能体现作者用心的地方有两处：一是文老师荣退上海，但是他感慨系之的更多还是自己在安徽工厂那段岁月里的旧人旧事，"卯金刀"和"小宁波"两个工厂旧友引发了文老师的思旧之情，但他本人因为回到上海，仿佛也就此获得了一种命运的豁免权，他和旧友的今昔之比坐实了他的"上海梦"并非虚妄——文老师这个形象可以视为滕肖澜对父亲的致敬。二是女儿文思清希望留住在银行工作的丈夫老祝，老祝却选择了出国去找移民的前妻，在老祝的描述中，前妻热爱旅游，从事制片人的工作，弹得一手好钢琴，而且体态妖娆，似乎更能代表上海摩登、风情、向世界敞开的一面，老祝对她的念念不忘隐含着他与文思清一家不同的"上海想象"。不过，小说的结尾处，老祝告诉文思清打算回国，回到一个安稳的、家常的上海——这无疑是对文思清这样的知青子女上海梦的一个抚慰。

类似的构思我们还可以举出《上海底片》，小说通过对毛头、王曼华与叙述者"我"少年时代一段往事的勾勒，试图呈现留摄在上海底片上的不一样的城市形象。"我"第一次遇到毛头的场合是希尔顿饭店，其时毛头在饭店里打工，说一口流利的英语，而"我"却是陪父母一起去见从美国衣锦还乡的大伯。希尔顿饭店，还有在美国功成名就的伯父当然代表上海形象中的"西方秩序"，这秩序让"我"和父母都感到一种如坐针毡式的身份落差。后来，"我"再次邂逅毛头，才知道他一面在希尔顿打工，一面利用职业便利做一点兑换外汇的勾当。而"毛头"喜欢的王曼华和文思清一样，父母也是留在安徽的上海知青，对她的父母而言，上海不仅仅是故乡，还"是一座闪着金光的宫殿，因为离得远，便尤其觉得贵重，像凡人与天堂的距离"，但在王曼华这里，上海人与出入希尔顿的客人间似乎有着同样的距离，因此她不惜以肉体作为自己去往美国的敲门砖。相比于前面的老祝，这个小说给了王曼华一个更寒凉的命运，在出国前夕她被楼上落下的花瓶砸死了，像是一个辛辣的讽刺，映照出其留洋梦想的脆弱。这让我们想起罗丽莎在其《另类的现代性——改革开放时代中国性别化的渴望》一书中提出的那个判断，改革开放后的中国人对现代性的追求伴随着对财富和权势占有的动机，而这种迫切感是"是源于一种担心自己可能被排斥于现代性之外的恐惧"。王曼华的父母怀着这样的恐惧把女儿送到上海，王曼华自己又怀着这样的恐惧希望到比上海更现代的外国，但结果是悲剧的。二十年后，"我"带着留驻了王曼华当年风姿的底片从海外回到上海寻梦，又遇到了已经做了一个殷实家庭幸福父亲的毛头。这个结尾隐含着对简单平实的生活理念的肯认，并暗示，在王曼华这张叠印着美国、上海与安徽某小城三个空间的"底片"上，上海还是容纳她最合适的舞台，至少是构成叙述者上海想象的最重要的部分。

也许并非出于自觉，但《去日留声》也好，《上海底片》也好，包括前面的《大城小爱》，滕肖澜在这些小说中对上海这座巨型城市中"国际背景"与消费主义的处理方式，确有一点基于对一代具有特殊出身背景的人重建的意图。把滕肖澜小说中出现的上海地名做一个统计，就会发现，她很少写金茂大厦、东方明珠、外滩3号那些地标性的摩天大楼景观，也不太涉及中产阶层聚集的消费场所。同样，她笔下女孩吃穿用度的品牌也是一般家常性的，而不是炫耀式的高端奢侈品的密集展览。如她自言："上海人眼里的上海，并不是直升机航拍下的那个不夜城。真正的上海人的日子，航拍是不屑于拍摄的，是略过的。只有身在其中，才能体会到上海人的不易与艰苦。"[1] 在这一点上，可以说滕肖澜写的是"上海梦"的另面，是作为知青回城子女理解的上海精神的底子。有人称之为"小上海"的书写，但我以为，就她的关怀视野而言，她写的还是大上海，写的是与这座城市保持共振的大多数普通人的生活愿景，通过和他们感同身受、休戚与共，她将脱历史化的"上海梦"重新语境化了。

也因此，我以为滕肖澜的写作既是日常的，也未尝不是历史的，

---

[1] 滕肖澜：《关于〈美丽的日子〉》，《小说选刊》2010年第6期。

前提是我们不把历史意识抽绎为具有宏大指向的若干重大事件。滕肖澜以她出色的实践证明了深扎于生命根性的创作冲动，对个人记忆的回顾，以及对庶民人生经验的整理依然可以达至某种具有深度的领地，被她反复呈现的日常生活也被重新赋予一种整体意义。正如列斐伏尔在其《日常生活批判》中曾做过的提醒，日常生活是人类实践总体性的一种体现，而非社会系统中相对独立、无关宏旨的一个子系统："日常生活是一切活动的汇聚处，是它们的纽带，它们的共同的根基。只有在日常生活中，造成人类的和每一个人的存在的社会关系总和，才能以完整的形态与方式实现出来。在现实中发挥出整体作用的这些联系，也只有在日常生活中才能实现并体现出来，虽然通常是以某种总是局部的不完整的方式实现出来。"[1] 滕肖澜说："哑光比夺目的光有时更让人心动。生活的每一道鞭笞都在他们身上留下印迹。他们是纤弱的，也是顽强的。所以，这些印迹既是细致入微的，也是深邃厚重的。"[2] 在魔都耀眼的霓虹闪烁之下，滕肖澜专注的却是弄堂深处的灯火，辅以她丰饶警切的文字，还有那一种宛转关情的态度，让读者不免暗叹，海派文学，果然又见传人。

---

[1] 参见刘怀玉:《论列斐伏尔对现代日常生活的瞬间想象与节奏分析》,《西南大学学报（社会科学版）》2012 年第 3 期。

[2] 滕肖澜、张丽军:《只有平视，才能看清笔下的人物——与女作家滕肖澜对谈》,《朔方》2015 年第 3 期。

为赋"历史"强说愁

——《茧》与被构造的历史焦虑症

据说,《茧》的写作历时有七年之久。从 2009 年至 2016 年,除了发表《动物形状的烟火》等几个零星的短篇,张悦然确实中断了此前强旺的创作势头,显然为这部要"深入地"描写 80 后成长的长篇小说做了充分的蓄势。对她本人而言,这是一部疗救之书;对 80 后整体而言,它也隐含着张悦然期许的某种正名意味。但读完这个小说之后,一种更深的困惑却向我袭来:向时间脉络里探寻以确证来处并建立 80 后写作的历史感,这样一种破茧成蝶的强烈意图,为何却不免成为作茧自缚?

一

在接受《北京青年报》的"北青艺评"栏目采访时,张悦然明确表达了《茧》就是要重建 80 后与他们试图逃逸的大历史之间的关联,以因应批评界对 80 后"脱历史化"写作的指责[1]。在小说中,这种"重建"具体是通过对父辈之罪的解密与救赎展开的。小说的两个叙事者李佳栖

---

[1] 《张悦然:我们早慧而晚熟 出发虽迟终会抵达》,《北京青年报》2016 年 3 月 22 日。

和程恭无意中了解到他们的爷爷在"文革"中的遭际，李佳栖的爷爷李冀生与他人一起在昏倒的程恭爷爷脑中钉入一枚铁钉，导致后者后来成为一位植物人，而施害者与受害者的家庭都因此饱受折磨，一直延续到第三代李佳栖和程恭身上，让他们混合着朦胧爱意的友情因之蒙尘，并在种种误会迁延之下，成为他们成长之路上必须拔除的一枚钉子。

据张悦然说，小说中施害的暴行来自从父辈那里听到的"文革"故事，我不知道这个故事是否就是酝酿小说的起点，但这是值得读者注意的一点。虽然，她不是特别地大张旗鼓，但在小说中"文革"确实成了具有象征意义的一种情节装置，并始终为李佳栖和程恭偏执的思想与行动提供一种可获同情理解的理由。因此，尽管小说语言有着张悦然一贯的繁复唯美，细节也堪称丰盈动人，但在最根本的叙事动力和情节模式上，《茧》仿佛回到了新时期初的"伤痕文学"老路，孜孜不倦地向读者展示的是上辈人不堪回首的"文革"经历如何发酵成后辈心灵中的一道内伤。

小说中的李佳栖是一个固执的寻父者。她的父亲李牧原因为洞察了自己父亲"文革"中的罪过而一意成为家庭的叛逆。在大学担任教师的他，1989年心生颓唐，辞职做了一名国际倒爷，终日奔波在去俄罗斯的国际列车上，但最终生活潦倒，在一次酗酒后车祸身亡。通过对父亲旧日同事和学生的走访，李佳栖一点点拼凑出一个20世纪50年代出生的知识分子在20世纪90年代迅即到来的商品大潮中进退失据的样貌，并通过他折射出那段急遽转折时期动荡变换的时代主题如何塑造个体的意义又如何消解这种意义，而这也成为小说中铭记历史的又一个关节点。

从小说的叙事推断，李佳栖应该出生在20世纪80年代初，是作者的同龄人，没有直接的"文革"经验，对于20世纪八九十年代之交发生的事情也只有非常淡漠的记忆，但这都不妨碍她对家族过往历史的痴迷。小说中李佳栖的男友唐晖不满女友这种对父辈往事的嗜痂之癖，给她讲了这样一段话："你非要挤进一段不属于你的历史里去，这只是为了逃避，为了掩饰你面对现实生活的怯懦和无能为力。你找不到自己存在的价值，就躲进你爸爸的时代，寄生在他们那代人溃烂的疮疤上，像啄食腐肉的秃鹫。"唐晖并不懂得，李佳栖如此苦心地将自己楔入父辈的历史不仅仅是逃避，更隐含着对历史阐释权的争夺，按照霍尔的理论，"过去不仅是我们发言的位置，也是我们赖以说话的不可缺失的凭借"，因此"建构历史的第一步就是取得发言的位置，取得历史的阐释权"。[1] 为了让父辈隐秘的历史拼图完整，李佳栖先后找到过父亲当年的同事殷正和学生许亚琛，在处理这两个板块的追忆材料时，张悦然像王安忆当年在《叔叔的故事》里做过的那样，让这两个男人一面在现实中虚构自我的高大与成功，一面又在与李佳栖的对谈中被她探寻历史的凛冽欲望压榨出灵魂之下的虚伪来——你看，情形已经相当清晰，既然爷爷李冀生对历史讳莫如深，父亲李牧原背负继承的原罪草草死去，父亲的同事和弟子对当年的闪烁其词或羞愧难当说明他们也不是合适的往事记录者，那么作为第三代的李佳栖自然就有义务为家族的声誉做一个了断，证明小说里发生的这场"话语高地"的争夺战，从20后到70后都不是理想的人选，只有她才是从"文革"到90年代初那段历史合格的解释者。

---

[1] 参见单德兴、何文敬主编：《文化属性与华裔美国文学》，台北"中央研究院"欧美研究所，1994年，第121页。

然而吊诡之处也正在这里，一个缺席者居然比亲历者有了更多直面历史真相的动力和权力，而她追寻真相的过程又依赖对亲历者的观察和记录！还有，不要忘记我们前面的提醒，作为小说关键事件的铁钉伤人案是张悦然从父辈那里听来的，而且，小说对"文革"中所有场景和情境的描写，毫无新意，可谓前人之述备矣。这样的后果便是，在创作层面，小说以父辈的二手"文革"经验作为故事之核，也作为其"文革"想象最根本的构件；在文本层面，小说又告诉读者父辈的"文革"历史充满了隐瞒和敷衍，这事实上消解了李佳栖探寻真相的努力，也构成让作者本人很难转圜的悖论关系，她自己其实并没有寻找到那根"迎击、对抗历史阴影的"绳子。在这一点上，张悦然强调的所谓历史感倒真有点像小说中唐晖说的那样，不过是"啄食腐肉的秃鹫"。

二

《茧》的写作并非个案，最近两年出版的70后和80后作家的长篇小说还有不少有着类似的症候，即一面试图赋予小说历史的深度和厚度，以向外界证明他们不是先天的历史虚无症患者；另一面，这种历史的深度和厚度又面目可疑，小说中展现的历史之伤更像是对前辈写作者人生经验的某种寄生。

比如，我在阅读《茧》时，时常会想起70后代表作家徐则臣的《耶路撒冷》。两部小说在叙述结构和逻辑上有不少相像的地方，比如二者都用"赎罪"作为发动小说的最基本的叙事动力，也都采用了多线叙事，在现实和过去的来回穿插中串起一系列重大的时间节点，以达至把历史感郑重地嵌入到文本之中的效果。还有，和《茧》类似，《耶路撒冷》里京漂青年的"时间简史"深植于父辈的往事之中，小说中的假证贩子易长安说过这样一段话："我的脸上有个父亲，心里一定也有，身上一定也有。我们身体里都装着一个父亲，走到哪儿带到哪儿，直到有一天他跳出来；然后我们可能会发现，我们最后也是那个父亲。"这里的"父亲"，与《茧》里的李佳栖要拼凑出的"父亲"一样，也可以被解读成一个膨胀的历史隐喻，暗示读者：70年代以后出生的人，其历史观念和理解是被父辈所预制的。《耶路撒冷》同样也写到了"文革"，初平阳的导师顾念章，其父母在"文革"初被迫害致死，而花街上秦奶奶、初平阳的爷爷等普通百姓也遭遇了屈辱的受难。但是在我个人看来，"文革"往事和塞缪尔教授追忆父母作为犹太人在"二战"中的海外漂泊经历是整个小说中最生硬的部分，这两部分有意为之且用力过猛，更像是为了加重小说的历史感而下的注脚，游离在文本的整体之外，无法与小说中那些鲜活的70后一代人的成长记录形成实质的关联和呼应。作为一个与作家基本同龄的读者，我在阅读初平阳、易长安、杨杰、秦福小等人的故事时感同身受，尤其是初平阳撰写的"我们这一代"的专栏，激起我内心强烈的共鸣，但在读到"文革"和"二战"的两段时，代入感被一种显得煽情的视觉感替代。显然，对于"连'文革'的边儿都没沾上"的作家来说，如何回返这两段大历史确实是件尴尬而又艰难的事情，而小说采用的是情节剧式的处理，无论是顾念章的父母还是塞缪尔教授的父母，他们的故事固然惨痛，但也顺畅得近乎熟练，和我们阅读过的、观看过的很多作品都差不多，甚至不如它们曲折。

当然，与《茧》煞有介事地展开与"文革"旧事的对话不同，《耶路撒冷》里关于"文革"等历史事件的提及只占很小的篇幅，但我们想追问的是，如果说，作为"新时期"这一概念生成的背景，"文革"俨然已成为当代文学大历史叙事的最后一道界碑，那么其生也晚的70后和80后作家一定要于"大历史终结"的时刻在这道界碑上镌刻下属于他们代际的印痕才能刷出自己的历史存在感吗？写作具有历史刻度的重要事件是否是纾解他们历史焦虑感的唯一路径？或者说，借助对"文革"等重大历史事件的一种修辞化的想象，他们的历史感就一定能够丰沛起来吗？还有就是，他们是否真的如前辈们批评或自我感知到的那么匮乏历史呢？当70后和80后不约而同地为赋"历史"强说愁时，他们说的到底是什么？

有必要从头说起。稍微熟悉当代文学史的读者都不会忘记"去历史化"的文学理路曾是包括先锋文学在内的20世纪80年代的文学要素之一，也是20世纪90年代文学思潮重要的组成部分，虽然不无谤议，但批评界主体对这一思潮还是持谨慎的乐见其成的态度。诸如"新历史主义"等概念固然有其弊病，但因其拆解了宏大叙事的神圣性，使得文学从形而上的、被严重意识形态化的历史观下逃逸出来，重启日常叙事的另类历史，并恢复了"私人生活"的合法性，就像海登·怀特在《历史主义，历史与修辞想象》中阐释过的那样，历史并非一种实际的物质客体，而是一种基于文本建构的精神现实，指涉历史的不同的表达方式都会令叙述对象产生变形，从而赋予人们不同的历史理解。这种"去历史化"思潮的高潮发生在1998年，先是《作家》杂志推出了"70年代出生的女作家小说专号"，使得"70后"作为文学概念正式浮出水面，面对卫慧、棉棉等提供的刺激又香艳的都市消费景观，批评家陈晓明在《"历史终结"之后：90年代文学虚构的危机》一文中将她们命名为"历史失忆的文学精灵"，并宣称她们只有当下的生活，"没有坚固的历史纽带"[1]。然后便是韩东和朱文发起的"断裂问卷调查",韩东在《备忘:有关"断裂"行为的问题回答》中,鲜明地表明了与正典化的文学史和文学秩序"不共戴天"的态度,主动割断了与历史的纽带,鼓噪着对宏大历史的"弑父"快感。其实,"70后作家"和"断裂问卷"都是被20世纪90年代的政治文化语境孵化的产物,也是新时期以来历史化叙事不断缩减的一个必然逻辑,但是它们带有冒犯感的冲力使得运载它们的轨道开始变轨,"去历史化"的合法性转而被质疑历史感匮乏的批评声音取代。站在今天来看,新时期文学对大历史的反叛和质疑就像是一场叶公好龙的活剧,当卸脱了历史重担,个体轻盈舞蹈时,他们并未听到预期的掌声,取而代之的是指指点点甚或是严厉的斥责。

有两个值得玩味的现象,或能帮助我们更好地理解这一点:其一,批评界对被命名为"新生代"的一批具有异质风格的60后作家、对70后最早的一批作家还有80后作家用了很多类似的批评语言,而"历史感缺失"或"与历史脱节"则是对他们的共同判语。比如,陈晓明在前述同一篇文章中评价韩东等作家时,说他们"天然与历史隔绝,他们的个人记忆中不再存有经典历史",与批评卫慧、棉棉等的用语高度同一。但颇为反讽的是,韩东后来写了《扎根》《小城好汉之英特迈往》《知青变形记》等系列作品,回顾父辈和自己的"文革"经历,显示了他处理"经典历史"素材的能力,也显现出他与他的代际之间不可割裂的精神联系。同样的例子我们还可以举出50后作家徐星,徐星在20世纪80年代的写作充满了异质性和反叛精神,但近来他致力于历史题材尤其是"文革"纪录片的拍摄,这说明他与50年代出生的同辈作家依然

---

[1] 陈晓明:《"历史终结"之后:90年代文学虚构的危机》,《文学评论》1999年第5期。

是一个命运的共同体，共享历史经验和人生记忆，如果说他当年的《无主题变奏》是以"变奏"的方式暗含对历史的回应，近来的工作则是对"经典历史"的正面强攻。在韩东和徐星身上，我们可以清晰看到，他们并非"天然与历史隔绝"，他们亲身参与的往事和记忆已经内化为一种历史无意识，即便其本身并无写史的自觉和担当意识，以今天批评界的眼光判断，不可否认他们的写作依然有着鲜明的历史维度。

其二，如果将不同代际作家之间的彼此评价做一个比较，我们会非常戏剧性地发现，历史感有时会轻易地转换为一种可被时间量化的象征资本，老同志因为出生较早就幸运地携带了更多的历史资源。北岛有篇写给自己女儿田田的散文，题目就叫《女儿》，其中有几句写道："田田胸无大志。问她今后想干什么？她懒洋洋地说，找份轻松的工作就行。这好，我们那代人就被伟大的志向弄疯了，扭曲变态，无平常心，有暴力倾向，别说救国救民，自救都谈不上。人总是自以为经历的风暴是唯一的，且自诩为风暴，想把下一代也吹得东摇西晃。这成了我们的文化传统，比如忆苦思甜，这自幼让我们痛恨的故事，现在又轮到我们讲了。"[1] 某种程度上，当下文学界的话语秩序是被50后和60后为中坚力量的作家掌控的，他们对于70后和80后作家缺乏历史感的批评隐含着对历史的某种悬置理解，70后和80后成长的时代无法吸纳沉淀到文学的历史话语之中，就像北岛说的，前辈总是以为自己经历的历史才是唯一有意义、值得阐释书写的历史。在这种批评秩序下，虽然他们在奖掖后进时声称"一时代有一时代之文学"，但又把"历史感缺失"的观念灌注进后辈头脑中，并被后者内在化地接受。

---

[1] 北岛：《女儿》，见《失败之书》，第126页。

还是以张悦然为例。《茧》的写作其实有迹可循，2008年11月，张悦然在自己的博客中贴出一篇题为《我已不能让青春连着陆地》的博文，其中说道："80后的最初的文学创作中，充斥着各种外国品牌、乐队和导演的名字。他们还从中得到一种情绪，垮掉的、孤独、颓废并且厌倦的情绪。这种情绪没有成为我们的精神力量，倒是成为不求上进的借口。……整个青春期，鉴赏力代替了创造力，制造出繁盛的幻觉。"又说："我总有一种担心，若干年后回顾过去的时候，这些青春的记忆是否会让我们觉得羞愧。因为所有的热爱，都没有根基，也没有给过精神力量。它们像某个名牌的十年二十年回顾画册，展现着一年又一年的流行风尚。而偶尔有过的激情，也显得如此莽撞和苍白，像一些被线绳支配的小丑。"从某种意义上讲，这可以算是张悦然作为一个样板作家对80后写作种种恶趣味的反思，清晰地表明了她对过去那种无论是"玉女忧伤"还是"生冷怪酷"写作风格的不满，虽然没有明言，但是一种面对历史的虚无感弥漫在字里行间。在文章里，她还表示了对70后的某种羡慕以至于嫉妒。张悦然在文中反复渲染着她父亲所在大学里那些70后的大学生和20世纪90年代初的大学校园生活，在强烈的代际落差中感慨着时代嬗变中80后孤独的出场境遇。在她看来，70后一代人有着强烈的集体归属感和对"未来""远方""梦想"等词汇单纯的确信，对比之下，就更显现出80后耗尽青春经验后的"虚妄和空泛"。仅仅70后就让她如此感慨，那么面对60后，面对她父亲一辈的50后，结果就更可想而知。可见，张悦然这种沉重的历史匮乏感是在代际比较中不断增生，焦虑也不断放大。

三

在关于《茧》的创作谈《生命的魔法,时间的意志》中,张悦然自己指出这部小说可以被解读为一部"成长小说",而她本人也在和小说一起成长着。与经典的成长小说叙事模式不同,《茧》虽然结尾落脚在未来,但其成熟意识的获得是靠递进的回忆完成的,整体上是一次漫长的回溯。在程恭和李佳栖的倾诉中,一些他们这个年纪的人经历的重大社会事件也一点点浮现,世纪之交、"非典"、济南标志性的水灾等,并且小说有意将人物个体性的遭际挂靠在这些事件之上,比如程恭与陈莎莎充满了绝望和虐恋色彩的爱情就发生在"非典"期间的封闭病室里。不知道张悦然自己是否意识到,这些情节和记忆未尝不构成一种微观历史,而且正是这种记忆构造了80后的代际意识和身份认同。

就此,我们也可以说,《茧》里面的历史包括"在场的历史"和"不在场的历史"。当写作到"在场的历史"部分时,张悦然其实又回到了自己谙熟的老路上,童年的疼痛,青春残酷物语,情感的炽热与阴郁,偏执到变态的人性,以及很有辨识度的恋物叙事,所有这些张悦然前期小说标配的元素,《茧》中无一缺漏。最显见的一点是,小说的两个叙事声部——程恭和李佳栖——没有任何差异,讲述的节奏、口吻、情调一模一样,都是张悦然最擅长也运用最多的一种叙事语态,连起码的性别差异,她都没有做出一点区分。这还不是问题的关键,关键在于这样的处理又把小说导入到一个很大的悖论之中,张悦然一再强调小说是写80后对"历史阴影"的角力,在这个过程中,李佳栖和程恭,"一个被掏空,一个被腐蚀",也就是说,二者在成长之路上的种种偏执与迷惘有一个可以解释的"历史之因","不在场的历史"决定了"在场的历史"。倘若此说成立,那么张悦然此前作品塑造的人物那种种迷离乖张的表现是否也有着同样的"历史之因"呢?如果是,那张悦然此前的写作就不是没有历史感的;如果不是,那《茧》里李佳栖们的故事了无新意,其追寻真相的动机晦暗不明。

因此我以为,80后写作若想真正弥补历史的匮乏感,并不一定要向"不在场的历史"索取。这当然不意味着80后就不能写作他们未曾经历的时代,而是说需要思考如何更好地去处理历史与现实的关系。法国著名的记忆史研究的专家皮埃尔·诺拉认为,一代群体需要通过历史的复活而"重新定义自己的身份",因此"记忆的义务使得每个人都成为各自历史的史学家",他指出,记忆的历史并不是要研究原因,而是要考察其结果;它并不是要研究记忆或纪念的活动,而是要考察这些记忆行为和纪念活动留下的痕迹;它并不是要研究事件,而是要考察它们的历史建构,研究其意义的消亡与重现;它并不是要研究实际发生的过去,而是要考察人们对过去的不断利用;它并不是要研究传统,而是要考察传统得以构建和传播的方式[1]。《茧》的问题在于倒果为因,对于程恭和李佳栖成长之困做出了过于删繁就简式的解释,他们背负的历史之爱与罪与罚与其说是对宏大历史事件的微观回应,毋宁说是对前辈经验的投机,或者说是前辈仪式化的"诱因记忆"对他们的询唤,于是,钉在程恭爷爷脑子里的那枚钉子成了80后作家向60后和50后作家入伙的投名状——看,我终于也写到了血淋淋的"文革"!质言之,因为被构造的历史焦虑症,《茧》其实是以一种沦陷的方式来展

---

[1] 皮埃尔·诺拉:《历史与记忆之间:记忆场》,韩尚译,见阿斯特莉特·埃尔、冯亚琳主编《文化记忆理论读本》,第103—113页。

开的想象自救。

　　有没有真正的自救方式？在博文《我已不能让青春连着陆地》的结尾，张悦然说自己意识到自己是一个"被拣选的见证者"。对于80后一代而言，在意识形态化的大历史已经解纽的时代，作为一名资质卓然的作家，她确实是一个"见证者"，所以，她应该做的是挣脱强加给自己的大历史之"茧"，留下她们这一代人不可被剥夺、不可被强制阐释的记录，这是属于她的历史。

归乡者、悬置者与时代病人

——小昌小说论札

在很多场合，小昌都强调过他作为一个"80后写作"的"迟到者"的身份。的确，大约在2010年才开始尝试小说创作的小昌，错过了他的同行和同辈那些蒙"80后"之名的高光时刻，无缘分享那些世俗的荣耀和商业回报，但也得以免于某种固化的审美趣味和写作观念的裹挟。因此，在我看来，"迟到者"于他反而是种优势，至少可以让他在自己择定的写作路子上从容地走下去，并补充别人所无的生活经验，他笔下那些困陷在时代深处的年轻人我们也许能在别的作家笔下找到类似的形象，但是他赋予这些形象的微观情感和体验深深镌刻着自己的印记。童年的乡土记忆、富士康的工作经历、大学教师的职业身份都构成他写作的资源或者塑造其写作的态度，让这个"迟到者"在他所属代际的创作潮流中始终保持着一种和而不同的样貌。也正因此，小昌的写作时间虽然不长，但在崭露头角之后迅速地成长为广西文坛最具潜质、最具辨识度的年轻作家之一，并让我们对他未来的创作充满了期望。

陌生的归乡者与失效的记忆共同体

　　从鲁迅的《故乡》《祝福》开始，归乡者一直构成现当代文学史上乡土叙述的重要声部，而 21 世纪以来，随着中国乡土社会出现"本质性"的解体和转型，更是出现了一大批以归乡者为叙事主体的小说，以《归乡记》为名的小说就有数篇。小昌在处理乡土经验时，也往往依托归来者的视角，较为有代表性的是《小河夭夭》《泡太阳》《飞来一只村庄》等三篇。

　　一般而言，以归乡者视角来叙述乡土暗含着某种权力的秩序，归乡者多是自城市携带某种或正或反的现代价值观念而来，在乡间居停的过程中，他们以自己的眼睛扫视故土，并往往凝结着对故乡精神状貌的质询和批判，此即所谓的"看"与"被看"模式。但是在小昌这里，"看"与"被看"始终是一种双向的关系，归乡者看故土故人，也被故土故人所打量，他在上述小说中不断处理"故人相遇"，可故人间的陌生感却层层累积，他看不懂故乡人，故乡人也不明白他，这使得归来者在自己的土地上变成了陌生人。而且我们分明可以感觉到，小昌笔下的归乡者深陷于一种无力感之中，他们都是从城市败逃而来的青年，也清楚地知道并不能在故土收获安慰，因此，除了对亲情、爱情和友情某种想象的拯救，归乡的行旅所带来的绝非疗救或情感的代偿，而毋宁是更深一层的自我分裂和更深一层的放逐感。

　　有评价认为《小河夭夭》写当前农村人的生存状态和精神状态，但无意把这些信息朝着深刻主题的方向发展，我的看法却恰恰相反，看起来，小昌好像是绕过了三农问题中那些最尖锐的内核，信笔游走在家庭琐事的边沿，然而这些家庭琐事投射的讯息不正深刻映射着农村的伦理危机吗？在有着长久的"伦理代宗教"的文化体系的乡土社会，生活方方面面都带有强烈的人伦实用色彩，伦理的触须牢牢系于社会道德生活的最基层即家庭伦常的层面，进而积淀为规约人们日常生活的一种"习惯法"。但在现代性为主修辞的全球化浪潮的席卷之下，能够对乡土生活提供"礼治"和信用的伦理体系已经崩坍，以致出现大面积的伦理颓势，乡民们失去了借以维系生活整体性的依持，乡土道德的畸变也随之层出不穷，这或许是乡土现代转型必要的代价，威胁的却是人在伦理秩序中的归属感。小昌以归来者的眼睛专注这一切，其实正体现了他的敏锐。《小河夭夭》中设置了一条主情节线，即堂弟小磊和丹丹随意而又潦草的婚姻，丹丹看不上小磊，带着孩子逃回娘家，又被夫家的人设计把孩子抢回来。两个其实并没有长大的年轻人，在外面世界的诱惑和家族观念的控制下，既想做主又做不了主，近乎游戏地结合生子又分开，夫家和娘家的抢子，各自都充满算计，在他们身上已经完全看不到婚姻在乡土礼俗中的意义，也看不到为人父母的责任和自律。与之相比，《飞来一爿村庄》有着更具隐喻力的表现，归乡者洪顺约请同宗的洪仁和洪义兄弟一起吃饭，两兄弟虽然一富一穷，但对乡土的溃败和剧变一样感同身受且无力超脱，那些作为乡土精魂的东西烟消云散之后，"仁义"就势必成了反讽的注脚。而且在小昌塑造的归乡者身上，城市生活并未赋予他们荣耀的相比于乡村身份的位阶优势，在礼治的伦理观被实利的伦理观取代之后，无权无钱的归乡者在乡下也成了不体面的存在。《小河夭夭》里，对叙述者"我"有所寄望的丹丹，在后来失望地发现，城里归来的这个哥哥并不比她更有见识。"我"对丹丹不幸的婚姻处境除了道义上的支持，再无力提供更多的什么，而且在丹丹求助的时候，"我"灰溜溜地逃走了。这是一个拯救失败的故事，甚或连拯救都称不上,"上过大学"、在城里工作的那点"出息"在归乡之后显得苍白无比。而在《泡太阳》里,"我"要辞掉老师的工作,考一个公安局的副科长,才有和做了乡长的旧友重续友情的可能。

由此我们也就理解为什么小昌一定要在这些小说中安排那么多絮叨甚至到任性地步的闲笔,因为他看似漫不经心的叙述实际上始终关联乡土畸变最尖锐的部分,比如,他在《小河夭夭》和《泡太阳》中都写到乡村空巢化后,年事已高的老人排着队倚着墙晒太阳,他们被村里人称为"敢死队",因为不定期地他们中就会有一个死去,把空位留给新来者补充。小昌笔下那些承担叙事功能的回乡青年也总能捕捉到这种畸变沉积的痛点,如点穴一般,由一点而及全身,可见,他的叙述之轻和之散并非对巨大之物的抵消或化解,而更类似一种迂回,有点像卡尔维诺阐释过的思路,当生存的沉重构成一种胁迫时,为了避免被它约束,可以"从另一个角度去观察这个世界,以另外一种逻辑、另外一种认识与检验的方法去看待这个世界"[1]。因此,小昌的叙事是轻逸而非逃逸,他态度的松弛其实是一种有意为之的控制,是对预设悲情的写作惯性的拒绝,何况他也不是用卡尔维诺那种飞扬式的轻逸,其叙述者的目光还是不离令他陌生的乡土,他只是小心地祛除这个过程中人们通常会有的焦灼和痛切——焦灼和痛切本身并不是问题,然而一旦煽情化,就会成为廉价的文学良心秀和对底层写作的媚俗,对此,我们都应该不陌生——而故意代之以絮叨,在这种调性的反差中将自己的观察更富有张力地传递出来。毕竟,文坛并不缺乏对乡土现状正

---

[1] 卡尔维诺:《美国讲稿》,《卡尔维诺文集·寒冬夜行人等》,萧天佑译,译林出版社,2001年,第322页。

面强攻的以重击重的作品，小昌无意再为之添砖加瓦，而且那样也并不符合他的叙述者的年纪和阅历。这样看来，小昌的以轻击重既是一种小说的方法论，也契合了青年归乡者的微观视野。

　　有意味的是，在小昌笔下，那些对现在的故乡感到惘然又倦怠的年轻人无一例外地都在尝试用记忆对抗消逝，用对记忆的重演召唤旧日的朋友与分裂的自我。之所以如此，是因为，首先"回乡"叙述模式本身便预设了"昔我往矣"与"今我来思"的比照，而记忆是贯穿其间的部分；更重要的是，在价值和信仰缺位的背景下，记忆成为确认自我归属和身份认同的重要甚至唯一的倚靠，归乡者希望借助与朋友一起共在的记忆，尤其是对那些少年时代细节的打捞，以建立一个记忆的共同体，将他们从虚无中救渡出来。为此小说对记忆的凭吊设计了一些具有仪式化的场景：在《小河夭夭》中，叙述者"我"回乡的目的之一是要把自小玩大的几个朋友强哥、丽姑等约在一起，举行一场水闸边的聚餐；在《泡太阳》中，"我"备好酒场，引来夏海滨和杜文坛两个旧友喝酒；在《飞来一爿村庄》中洪顺、洪仁和洪义三兄弟则在酒后一同敲开了大雁儿家的门。然而，就像三篇小说接下来所展示的那样，归乡者与朋友借助野餐或酒宴结成的记忆共同体不但脆弱，而且注定是要破产的。《小河夭夭》中直接让聚餐变得走样的是开着汽车、带着招摇的女助理前来赴会的强哥，强哥告诉叙述者的是："真搞不明白，你现在怎么喜欢上这个了。"《泡太阳》中因为之前的芥蒂，使归乡者和两位发小的酒场不像是谅解，而更像是心照不宣的掩饰。而在《飞来一爿村庄》里，三兄弟找上大雁儿的门，可是大雁儿早已不是当年的纯真少女，并隐约透露她和村里的黑老大有着暧昧的关系。作为乡村剧变的一部分，强哥、夏海滨和大雁儿以各自的方式瓦解了归乡者的牵记，暴露出归乡者一厢情愿地构建起的记忆共同体内部离心力的强大，根本是他所无力调控的。

记忆重塑机制的失效，等于耗尽了归乡者归乡的行为意义。《小河夭夭》的结尾，叙述者决意返城，在远眺村子时，眼神聚焦在一个"小白点上"，那是二爷坟头上的白幡，一个死亡的象征。在《泡太阳》的结尾中，叙述者也固执地问起被夏海滨撞死的疯子沙武，同样是一个关于死者的收束。我不知道这是否是一种巧合。拒绝遗忘的归乡者无法在故乡复原记忆，而当他回城时，他携带着的却是死亡的讯息，也隐喻般地宣告了乡土记忆的终结。

穿行于虚无与悬置者的自证

小昌在多篇创作谈中都谈到过对生命无聊感的体会，比如他说："活到现在，大部分时间都在学校里度过。学校生活真是无聊透顶，当然其他生活多数也是无聊的。无聊是种宿命吧，至少对我而言是种宿命。……记得有一次，朋友们喊我去踢球，我也很有热情，换了鞋上场了，大太阳在头顶上闪耀着。我站在队友中间，突然恍惚了，把球传出去有什么意思，要不就射门，射进了又有什么意思。所有人一瞬间褪去质地，只剩一副轮廓。球在脚下，我呆住了。很多人喊我快传呀，快传呀。我的球很快被抢走了。我一屁股蹲在地上，感到了从未有过的巨大失落。玩不到一块儿去了，他们和足球都让我感到厌倦。我灰溜溜地离开了足球场，后来再也没去踢过。我感到无聊，幻灭感接踵而至，幸好有文学。文学让我觉得有那么点意义。"

他讲述了一个富有情境感的时刻，并告诉我们选择写作，在某种程度上即是来回应无聊的宿命。他的说辞还是一贯轻松，携带着一点调侃，可是如果幻灭和虚无真是其写作发生的起点，便不得不说，小昌在一开始的创作即带有本质性的向度，也具备一种相当有勇气的创作品格。坦白说，写作虚无毫不新鲜，而且已然构成 80 后写作的重要面向，在现有的 80 后写作积累中，我们可以看到大量处理虚无体验的作品，不过仔细分辨就会发现，这些虚无体验基本是在两个路向上展开：一是历史虚无主义，某种程度上历史虚无主义构成了 80 后写作的发生学背景；一是青年亚文化的青春创伤记忆，那种类似为赋新词强说愁的孤独和迷惘。小昌的虚无书写和二者都有关联，但又都不相同，他更偏重于在存在主义的视阈中看待虚无，把虚无视为一种存在的本源性情境，而非与年龄和代际相关的某种情绪展示的装置或道德的溃败感。存在主义神学家保罗·蒂利希在《存在的勇气》中表达过这样的观点，我们必须将生命的幻灭、恐慌和由此引起的焦虑体验，看作可称之为"执勤的自我肯定的表现"，因为"没有带预感的恐惧，没有驱迫性的焦虑，任何有限的存在物都不可能生存。按照这个观点，勇气是这样一种状态：它欣然承担起由恐惧所预感到的否定性，以达到更充分的肯定性"[1]。因而我想，小昌创作中大量处理虚无经验，也应放在这一理解的框架下考察，即我们必须理解他在描述混沌生活中那些无法被所谓的正能量收编的负面情绪和思想时，是在描述一个存在的充实感不断被损耗的缓慢过程，还是敢于置身虚无的核心，把个人的空虚呈现为某种丰富的和普遍的时代症候。

小昌有个小说叫《幻病者》，叙述者总是幻想自己可能会得上各种

---

[1] 保罗·蒂利希：《存在的勇气》，成穷、王作虹译，贵州人民出版社，2009 年，第 21 页。

疾病，并不断在医院做各种体检，此外，就是约会各种姑娘，而当一个女孩告诉他在他之前她有个黑人男友时，叙述者又开始担心自己会染上艾滋。没有明确目的感的约会，总是出状况却查不到病因的身体，叙述者希望借前者拯救后者，到末了却发现从灵魂到肉体的焦虑越来越深。如果我们把"病"作为物的世界的隐喻，把"爱情"作为意义世界的隐喻，那这个小说可以被解读为物和意义共同将人导向虚无的故事。就小说本身而言，《幻病者》有点主题先行，也谈不上精彩，不过它在小昌城市题材的作品中具有某种总括的意味，他笔下的虚无形象几乎都被悬置在物的世界与意义的世界之间，无论在哪一端都找不到可以填满空虚的"充实"。他这类作品数目不少，包括《我梦见了古小童》《被缚的卡夫卡》《三座椅》《找个美死人的地方奔跑》《车辆转弯》《老头》《没有人是一座孤岛》《猫在钢琴上昏倒》《大侠》等。

就像他前面谈到的，在足球场上的某个瞬间自己突然被巨大的失落感击中，小昌在小说中也很擅长在常人习焉不察的地方洞察到荒诞和虚无，并通过对这种情境的提纯使某一生活即景的切片陡然具有一种纵深。比如在《车辆转弯》中，虚无感的触发来自汽车在转弯过程中扩音器传出的"车辆转弯，请注意安全"的提醒音。小说中的"他"在凌晨某刻被这个声音笼罩着，他拿起一副哑铃想砸向那个声音，可是"连声音的出处在哪里都不知道"，"只是听上去感觉让人荒谬极了"。他被这个声音逼迫着下楼去寻找声源，可怎么也找不到。在寻找声音的过程中，他惊扰了一对幽会的男女，这让他想起了自己那个已经分手的情人。他来到情人家门外，设想进入房间会如何，而等他真的走进去，房间里却空无一人。他沮丧地跑出女人的家门，向自己家奔去，又一次听到"车辆转弯，请注意安全"的声音一句一句，如影随形。和《幻病者》一样，《车辆转弯》中的"他"被代表物的世界的无意义的声音扰动着，他想寻找异性的陪伴来作为抵抗获取某种意义，却一无所获。这篇小说其实可以换一个名字叫"幻听者"，它用表现主义的风格写出了生活中常充塞于耳边的声音如何转化为城市生活寄居者的异化力量——值得注意的是，小说的开头和结尾恰恰用了寄居蟹的意象。

与之类似的还有《没有人是一座孤岛》，从题目上看这个小说即有一种隐喻的诉求。邓恩的这句布道词常被用来表达独立个体之间的共在和关情，以因应人本然的孤独。但在小昌这里，他更像是在提供一个反证。同《车辆转弯》一样，小说中的人物没有名字，第三人称代词"他"和"她"可以被随意替换成"你"或者"我"，暗示这不是一个人的遭遇，而是所有人。"他"和"她"是一对住在酒店的夫妻，他想一人出去走走，便留她在酒店里。小说接着向我们呈现出，她和他，她和小姨，她和他的母亲，她和邂逅的男人之间的交流悖论，一面是渴望沟通，一面是隔阂和心防，无论在哪一种关系中，她都无法找到确实的支撑，而且她越陷入人际交往的链接之中，疏离感就越强。"没有人是一座孤岛"之下，却如王家卫的电影一般，成了"每个人都是一座孤岛"，彼此的距离感无从填补。就像西美尔指出的那样，距离心态"最能表征现代人生活的感觉状态"，人们"对于孤独，既难以承受，又不可离弃，即便异性之间的交往，也只愿建立感性同伴的关系，不愿成为一体，不愿进入责任关系"。[1]

在关于虚无的表述中，小昌普遍采用一种低姿态的叙述视角，并且故意流露着对形而下之物尤其是性与肉体的偏好。比如，他在很多小

---

[1] 西美尔：《桥与门》，转引自刘小枫《现代性社会理论绪论》，上海三联书店，1998年，第334页。

说中都描写过一个叫万青青的女人，并不放过时机地提及叙述者对这个女性的意淫。另外，那些承担虚无情境的男性叙事者往往身份不明，也不受世俗或体制的束缚，并且经常嘲弄主流的价值观念，看起来跟一些新生代作家和70后作家写作虚无的路子相似。但是小昌并未停留在个人化的失败或沮丧上，在他笔下，形而下的沉迷并不是一种恶趣味，而更像是点燃虚无感的一枚引信，虽然他并不具备深广的哲学意识和思辨能力，可他关注的始终是引发形而下行为的那个背后的形而上的动机。而且就像前面说的，叙述者并不能通过欲望的满足获得充实的生命感，他写形而下的行为是在内部瓦解身体沉溺的幻觉。另外，在这类作品中，他通常把情境置于故事之上，使得每一则小说都带有寓言的质地。有论者以为，小昌如此处理，会削弱现实感。的确如此，仅从阅读的层面而言，它们散漫甚至是支离，普遍代入感不强。不过，我想这或许正是小昌的苦心所在，他曾表达过，自己"想成为那种具有某种精神向度的一类作家"，因此，我更倾向于将他对肉身的书写和情景化的结构方式理解为通往精神之路的入口。

站在更高的要求上，也许可以苛责小昌的作品只是穿行于虚无，却没有洞穿虚无的力量和勇气。但是就像尤金·斯诺说的："在我们这个时代，虚无主义已经变得如此普及而且到处弥漫，已经彻底而深深地进入了今天所有人的脑海和心灵，以致不再有任何抗击它的'前线'；那些认为自己在抗击它的人经常使用的武器就是它的，结果是他们自己对抗自己。"[1] 万青青和围绕在她身边的各种男人都在以"自己对抗自己"，

---

[1] 尤金·斯诺：《虚无主义：现代革命的根源》，转引自余虹《虚无主义：我们的深渊与命运》，《学术月刊》2006年第7期。

而小昌则在以他们布成面对虚无的文学"前线",从虚无内部推动我们对此的反省,这种直觉和自觉在青年一辈作家中是相当珍贵的品质。

丽丽的堕落与"反扑青春"的另一种讲法

作为一个正在成长的青年作家,小昌也面临着一个"致青春"的经验转化问题,他自己称之为"反扑青春",在前面两类作品中,我们其实也都能提炼出不少源于作家个人经历的青春元素,比如对第一人称叙事的偏爱,对校园某个片段的感怀,对青春诗性一面消逝的伤悼,对代际流行文化的记忆等,较为典型的如《浪淘沙里有个万青青》和《我梦见了古小童》。同很多"致青春"的作品一样,这两个小说书写的也是理想和爱情的陨落,不过,对于陨落故事的具体讲法,小昌有着自己的考量。

以《我梦见了古小童》为例,这个小说的结构与情节同前面提到的《幻病者》很相似,第一人称的叙事者"我"也常觉得自己身体有各种不适的症状,并且同样把对女孩的追逐作为填充生命感的手段,"我"和古小童多年来保持若即若离的关系,这期间则是"我"从学校到工厂到读研再到工厂的潦草生活。在这个被不少人称为"后校园"叙事的小说中,面目并不清晰的古小童对于叙述者而言,一直象征着某种对抗生活体制化的力量,象征着让人生活在别处的念想,她是叙事者与外在世界之间的缓冲,也是一个被不断客体化的感官反应场,叙事者总是会在人生的各种低潮期找她,并通过对她身体的沉入获得某种想象的抚慰。然而在现实情境中,古小童的人生轨迹却是加速下坠的,她的男友换来换去,但生活毫无起色,最后委身在相亲节目中,成为一个不自觉的哗众取宠者，显示了消费社会对青春巨大的吞噬力。小说结尾，"我"看到古小童的节目，在夜里梦见她并再次联络上她，她期待和我一起去丛林跑步，可"我该怎么给我老婆说呢"？这末了的一句提醒了读者生活秩序的坚固，联想到小说开头写到的，"我"在看电视时"像一个得了病的老人""有些颓丧"，暗示着"我"已经被生活规训成庸碌的同路人，因此，"我"与她自由的奔跑也许只能是一场梦而已。整体上来看，小说中的叙事者并非一个价值完全紊乱的主体，但他确实是一个无力者，在从青春到后青春的转变中，他依赖古小童来为人生赋意，却不能允诺或回馈给古小童什么。小说的时间脉络相对清楚，可是个人的成长却一直是被搁置和延宕的。另外，虽然加强了情节和细节的比重，这个"反扑青春"的故事因为形式上刻意的芜杂和散漫，在阅读上也并不像一般的"致青春"写作那样诉诸读者的共鸣，小昌似乎依然珍视轻慢与否定性的叙述姿态隐含的批判思路和可能达至的那种本质化的表现力。

2016 年 3 月，小昌在《青年文学》第 3 期发表了中篇小说《南门丽丽》，再一次借用一个女孩从工线上的"王丽丽"到"南门丽丽"的陨落故事"反扑青春"。有意味的是，这个小说不但线索清晰，人物也不再面目不清，青春残酷叙事必然附带的抒情气质弥漫全篇，甚至连故事的主副线情节都让人似曾相识：主线是两个底层出身的青年想相濡以沫而不能的感情，副线是打工仔的血汗工厂和暴力恩怨。相比于我们前面讨论的作品，小昌在《南门丽丽》中显然来了一次意图明显的后撤，这种后撤证明了他写实功夫的扎实——小说丝丝入扣，打动人心，但也让人疑窦丛生：他何以要收敛自己的异质性，转用一个不无俗套的故事，转用一种常态的叙事方式呢？真的只是像他自己说的，他的写作无章法可寻，"打一枪换个地方"吗？

　　许子东先生有一篇著名的论文《一个故事的三种讲法——重读〈日出〉〈啼笑因缘〉和〈第一炉香〉》，通过对三个讲述女人如何贪图富贵而沉沦的现代文学名著的细读比较，指出"五四"以来爱情小说中的女性形象，"或是被拯救被启蒙的对象，或是协助男主人公平衡精神危机的媒介，她们自身的心理欲望反而很少得到重视"，在这个意义上，张爱玲的《第一炉香》"改写了女人堕落的故事"，指出女性的堕落"不仅仅是由于社会制度的罪恶，也不仅仅是因为主人公一时的道德错误，而是基于某种更普遍的人性弱点"，这样说来，即使"社会制度天翻地覆"，女性堕落的故事"仍会延续"。[1] 借用许子东的观点来看《南门丽丽》，丽丽的命运尽管延续着底层写作中"男杀人女卖身"的叙事套路，但其堕落的原因又不仅是资本权力造成的阶层固化那么简单，在丽丽的陨落中，对体面生活的追求未尝不是内因，就像李云雷所观察到的，这个关于底层青年的爱情故事对底层"并没有'关注'的意味，而只是将其中人物的生活与情感状态'呈现'了出来"[2]。何况自始至终，小说中都没有渲染叙事者小兴和丽丽在物质上的困窘，这证明小昌的兴趣并不在给丽丽的堕落找一条为生活所迫的一劳永逸的借口，他借助一个套路化的故事"反扑青春"，目的还是集中在对精神之困的探讨上。

　　细读这部小说便不难发现，它几乎集中了小昌此前写作的所有向度，且标志性的元素无一缺席：小兴不到二十岁，在乡下已经有了孩子，老婆跟网友私奔，他漫无目的地投奔城市打工；靠拳头在工厂打

---

[1] 许子东：《一个故事的三种讲法——重读〈日出〉〈啼笑因缘〉和〈第一炉香〉》，《文艺理论研究》1995年第6期。

[2] 李云雷：《我们时代的情感与精神困境》，《青年文学》2016年第3期。

出一片天地的义哥梦想是回乡放羊，后来被人寻仇砍断手指——这两个人和丽丽一起勾连乡村和城市，既映射乡土伦理的颓败，又投射城市对农民工身份的巨大胁迫。而大学生罗南总感觉自己得了不治之症，又是一个神经兮兮的"幻病者"！无论是什么阶层的人，都有自己难解的心病，他们都是被抵押给大时代的病人，而他们的病又恰恰证明了他们还没有丧失感受自身被异化的能力，可又无法在一个理性或秩序的框架中解决这种异化。因此，小昌看似"后撤"的举动里，实则隐含着更有内力的质询：比丽丽的堕落更令人触目惊心的是，小说中的每一个人在暧昧模糊的生活面前的孤立无援和无尽空虚。

让我们回到这个小说的结尾：小兴和丽丽合谋绑架了伤害过丽丽的吴主管和徐晓敏，可接下来要做什么，他们也不确定，两个人看着远处有一段对话：

> "感觉活着没啥意思，你有这样想过吗。比如从这里跳下去，摔成个肉饼。"她说。
>
> "你要是跳，我就跳。"我说。
>
> "我跳了，就怕你不跳。"她说。
>
> "我不是那样的人。"我说。
>
> 我把她搂得更紧了。
>
> "很多人在睡觉，灯都灭了，他们睡得可真香。"她说。
>
> 我说了句他妈的，就从围墙上翻身下来。在天台上四处乱找。终于找到一个破花盆。破花盆里的花已经干枯了。我双手抱起它。
>
> "你要干什么。"她问我。
>
> 我向楼下看了看，就把花盆扔了下去。

这是一个典型的小昌式的小说结尾，是意犹未尽也悬而未决，《找个美死人的地方奔跑》《幻病者》《大侠》《没有人是一座孤岛》也都用了类似的结尾方式。那个被扔下的花盆是一种"无力"解决的象征，这种"无解"让小昌的小说具备了一种对"完成性"的抵制。当然可以指责这种无力感，问题是，面对庞大的虚无或茫然，简单的"完成"，无论是积极的还是消极的，都可能成为一种遁逃之术。而在小昌笔下，那些个时代病者将要继续盘桓在意义被空耗的地带，除了幻想，他们没有隐匿之地。那个扔下的花瓶像刺向风车的长矛，没有意义，可是他要刺出。

夜晚的倾心与逃逸的悖论

——欧阳德彬小说论札

如果按照略萨的标准,凡是"没有摆脱作者、仅仅具有传记文献价值的小说",都称不上成功的虚构小说[1],那么到目前为止,因为欧阳德彬的小说尚未完全摆脱对自我经验的倚赖,他笔下的人物无论气质、性情还是经历都不免让人想起作者本尊,因而他的创作也就谈不上成熟,也远未定型。不过略萨同样说过:"不写内心深处感到鼓舞和要求的东西,而是冷冰冰地以理智的方式选择主题或者情节的小说家,因为他以为用这种方式可以获得最大成功,是名不副实的作家,很可能因为如此,他才是个蹩脚的小说家。"[2] 按照这个说法,欧阳德彬则是一个名副其实的新锐作家,他对寄居在城市巨兽里的青年人疏离和荒芜感的描写,在透射着他作为城市异质分子内心的那种焦灼,他有强烈的批判热情和控诉的冲动,其间又混合着狂暴的青春原欲和偏执的个性,泥沙俱下,冲力惊人。文学之于他,意味着对一种体面当然也是体制化的中产生活的抗拒,因此,尽管目前他的小说依然有着显而易

---

[1] 马里奥·巴尔加斯·略萨:《给青年小说家的信》,赵德明译,上海文艺出版社,2016年,第21页。

[2] 同上书,第24页。

见的粗率之处和有时过于清晰的主题，但是那种向前奔跑甚至如飞蛾扑火一般的执拗劲是让人欣喜也敬佩的，在这个意义上说，他的不成熟恰恰为他未来的文学之路提供着一股可喜的叛逆的动力，将他与他同龄的那些出手不凡然而也过早风格化的 80 后作家区隔开来。

从"茫茫夜"到"夜茫茫"

欧阳德彬的小说表现出一种对暗夜的倾心，这从他给小说的命名就可以看出来，《夜色曾经温柔》《夜茫茫》《夜来临》《夜未央》《马尾花的夜晚》，如是等，即便那些不以夜晚命名的小说也多半离不开夜半的场景，比如《独舞》。一方面，他笔下那些叫张潮的青年城市浪人似乎只有在夜晚降临的时候，才能从焦虑的生存中获得喘口气的生机，给被压抑的灵性提供一点修复的可能，对于他们来说，夜晚的深巷是城市生活的"别处"，是可以"直面命运"的舞台。另一方面，暗夜对于欧阳德彬而言，也意味着一种小说修辞上的特别语法，就像乔伊斯说过的那样："对夜的描写，我感到我不能像平时一样使用语言。那样用词就不能表达夜间事物的真相，它们在不同阶段——有意识、半意识、然后是无意识——时的真相。"[1] 我们经常会在欧阳德彬的叙事里读出一种黑白分明的对比，白昼的潦草反衬出暗夜的丰饶。在他所有以黑夜命名的小说中，我想特别举出《夜茫茫》这一篇，倒不是这篇小说相比于其他格外出色，而是它关联起一个重要的文学史角色。据欧阳德彬自己说，他写《夜茫茫》是向卡夫卡《地洞》里"孤独而绝望的个体"的

---

[1] 转引自袁可嘉：《欧美现代派文学概论》，上海文艺出版社，1993 年，第 167 页。

致敬，不过就小说的题目和主旨，他会让我们想起另一部作品，那就是郁达夫的《茫茫夜》。欧阳德彬也许未必有意，却的确在文学史的线索上做出了自己的一点回应。

1922年3月，郁达夫在《创造季刊》发表了他的《茫茫夜》，小说的主人公于质夫是郁达夫笔下众多"零余者"中的一个，他有着深重的"日暮的悲哀"，还有着不能遏抑的畸形的情欲，经过一系列无端又真诚的举动，他依然无法自我救赎，在灵肉两方面的亏欠中感受着"Dead City"的威压，终于在暗夜里沦为一具"Living Corpse"。这个小说在其时颇受争议，指斥其"挑动劣情"甚至在《沉沦》之上的声音很多。郁达夫后来写了一篇《〈茫茫夜〉发表之后》加以回应，以为自己不过写出了"现代青年"的"某一种倾向"而已，对这个小说下道德判语的批评并没有理解这个形象的现代意义。事实上，于质夫作为一个青年抒情主体和新文学史上最早的"零余者"形象之一，确实开启了一种日后被不同代际的青年作者不断建构和增值的写作范式，每一代际当然各各不同，但"零余者"——这一俄罗斯经典文学形象的中国镜像——无疑构成了一种表征青年亚文化的重要"心像"，其典型的特征是心灵上的敏感和精神上的倦怠、深刻的怀疑主义、激进又颓堕，常常言行不一。也正是出于这个缘由，我们也将《夜茫茫》放在"零余者"的谱系下来加以理解。

小说里的张潮生活在既有的社会权力秩序之下，却与现实世界格格不入，但苦于无力摆脱，他能做的不过是退居内心世界之中，获得一种暂时的平静，这种向心灵的收缩不能给他真正的精神慰藉，反而加重他对现实的失望。他耽于情欲，无论中学暗恋的女孩、初恋的女友、工作的搭档还是旅途邂逅的女人，对他而言，获取性似乎轻而易举，然而却无法借此获取生命的实在。从"茫茫夜"到"夜茫茫"，所谓"大处茫然，小处敏感"，同于质夫一样，21世纪的青年张潮也有着越轨的生活和藐视常态道德的颓废，他是人生意义的寻找者，也是寻而未果的虚无者。在欧阳德彬自己对这个小说的解读中，曾做过这样的强调："小说中的那个人，行走在夜幕下的城市，拉着姑娘的手，全然不顾别人的目光。他不想成为别人希望他成为的人，他只想做他自己。姑娘终会走，姑娘一走，他就孤单了，唯见夜茫茫，又在黑暗中，寻找一丝萤火虫的幽光，把自己照亮。"[1] 但是小说的结尾，张潮并没有寻到照亮自己的那一丝"幽光"，他在半夜里习惯地出门，在深巷的酒馆里遇到了自己单位的老周，与张潮的格格不入不同，老周应付各种事情左右逢源、游刃有余，但是他在暗夜里苍老的面相暴露出失败者的真相。换言之，无论是否适应鸟城这个庞大无比的城市的生存法则，在它面前，人的胜利不过是一场虚妄。

从"茫茫夜"到"夜茫茫"的另一相似之处在于叙述的风貌。《茫茫夜》的叙事拉杂随意，《夜茫茫》同样如此。欧阳德彬似乎并不讲究结构的精致和故事的跌宕，对于他来说，小说的魂是幽微的复杂的情绪脉动，是强烈的异质性的情感体验，是他的"快感和激情"，这尤其显示了青年写作的某种特质，因为只有青年才能强烈地保留对现实社会文化环境的界外感受。

在另一篇小说《夜来临》中，欧阳德彬几乎重写了《夜茫茫》的故事，不过进一步把重心放在了张潮与苏云、王姝等人纠缠的情感和情欲关系上。张潮的悖论在于，他并不把性与情感的义务和道德规范相

---

[1] 欧阳德彬：《逃到纸笔之间》，《西湖》2017年第3期。

联结，而是强调身体的属性，可结果是，由于失去了亲密性和责任感，他和几个女性之间维系下去的身体欲望也开始衰减。这个新"零余者"既要承受来自传统伦理话语的诘问，也将自己置身在某种后现代的尴尬反讽情境里。肉身的欲念没有灵的系属而成了断梗飘蓬，张潮会发现，越是沉溺于肉体经验，主体性的耗散就越急速，他最终成了躺在欲望废墟之上的空壳的人。

抵抗与妥协：作为隐喻的逃逸

暗夜之外，欧阳德彬写得最多的是青年人的逃逸，像午夜里的街头徘徊一样，出逃也意味着对体制化生活另一种非暴力不合作的抵抗。因此，《逃》这篇小说，对于他而言，有点总括的意味。

小说里的张潮大学毕业，他拒绝了学校的一位黄科长让他留校的善意，因为他无法忍受城市周遭那种如"众多的墙体不断推搡"的窒息，更不愿做一个体制的投机分子，于是他逃到了郊区租住。一天，他在租住地附近随意爬山，山里的蛮荒气质让他惊叹，更反衬了城市生活的喧嚷，然而当他转过一条山道，却蓦地发现在另一侧的山谷里，十几台工程车正整装待命，一个巨大的垃圾焚烧项目随时准备复工。张潮知道："当烟囱竖起、开始冒烟的时候，他会拨通搬家公司的电话，带着寥寥无几的家当逃往别处。从来不在一个地方待得太久，不断逃亡，只把故事和记忆留在身后，是他都市生活的秘诀。"关于这个小说，还有一个要补充的细节：帮着张潮搬家的面包车司机老余也时刻准备着出逃，他"来鸟城二十来年，只能住铁皮屋，根本留不下来"。

老余准备出逃是要逃回县城"老家"，在他看来，只有张潮这样的

"高学历人才"才配留在城市里。这里值得讨论的不是老余自认是"低端人群"的卑微，而是为何无法忍受城市的张潮选择的逃遁之地不过是城市的边缘郊区，他的不断逃亡的路线图，其实都是围绕着城市打转，他并没有像老余那样，想到退回自己的故乡。而与此同时，他选定的那些边缘之地也在被城市这头巨兽觊觎着，所谓的垃圾焚烧厂显然是一个骇人的意象，表征着城市化进程的魔力无远弗届，张潮跳来蹦去也翻不出它的手心。我们想起来，《夜茫茫》和《夜来临》的那个张潮也是一样，他不时要在工作的间隙逃遁到远处，但并没有想过在根本上与城市绝交，他们"走得最远的地方也不过是周边的海岛"，就像欧阳德彬在一个访谈里说的："小说中的'伶仃岛'看起来像是远离人世的伊甸园，其实主人公还是被世俗的牵绊与烦恼所围绕。逃到岛上，逃不开纷繁的记忆。不出多久，城市又会把主人公召回去，要生存，要生活，便不得不回去。鸟城用弹力绳索洞穿他的锁骨，他怎么逃，也会被拉回去。这其实就是现实与理想之间永恒的拉锯战。"[1]

于是，悖论就这样出现了：一个抗拒都市的逃亡者，却始终生活在都市的腹地，他的抵抗也是他的妥协。研究青年亚文化的学者迪克·赫伯迪格有一个观点，他认为商业和意识形态的双重收编是亚文化的必然结局，而青年亚文化不过是为社会危机提供一种想象性的解决方案，一种与其集体处境进行协商的策略，但这种解决方案还主要处在符号层面，注定会失败。[2]借用这个观点，欧阳德彬一个又一个关于逃逸的故事所提供给青年的也更像是一种符号化的、想象性的解决

---

[1] 欧阳德彬：《写小说要按自己的路子来》，《文学报》2017年3月13日。
[2] 参见迪克·赫伯迪格：《亚文化：风格的意义》，陆道夫译，北京大学出版社，2009年，第118—124页。

思路，对于张潮们而言，逃向哪里并不重要，重要的是出逃行为本身赋予他们的那种叛逆的快感。也许他们唯一不能逃向的是故乡，因为切断与城市的关联，逃逸的意义便也失去附着。我们必须记住，是城市给了他们出逃的借口，频繁地出逃是他们与城市协商的方式。

这样分析，并不是要在精神题旨的层面否定欧阳德彬逃逸叙事的价值，而是为了说明他的个人体验里包含着80后一代的代际自觉，而80后的这种代际自觉又密切关联着青年亚文化的某种普遍症候——逃离注定失败，但因为逃离者的敏感和付诸的行动，弥散在城市生活的精神麻痹才显露出它并不狰狞然而吞噬力惊人的面目来。欧阳德彬不是没有写过彻底出逃的故事，他的《山鬼》里的李唐居于深山某野生动物保护站，与城市是绝缘的。一个叫沈枫的从城市逃出的青年怀着对野外的向往来到了保护区，在和李唐的相处中，他发现这个彻底的出逃者也是一个精神失常者。小说从一开篇就不断渲染山鬼的传说，赋予沈枫的探秘之旅特别诡异的气氛。等到他到了山中，从李唐等各种人那里询问山鬼的信息时，只有李唐给了他确凿无疑的确认。后来，沈枫发现了被称为"全能神"异人的山间古堡，在看守们对主人绘声绘色的吹嘘中，他对山鬼的传说开始起疑，虽然李唐还是坚称"全能神"和山鬼称兄道弟。小说里的"全能神"一看便是对最后一位"气功大师"王林的调侃和讽刺，这自然使得《山鬼》具有了一种现实批判性。但我以为，《山鬼》最有意义的地方还是对精神失常者李唐的塑造，他疯掉的原因是因为心爱的女孩被山鬼强暴，而所谓的山鬼，小说暗示我们其实是资本大鳄和腐败分子金钱与权力的大棒，李唐只有将现实的暴力转换成鬼怪的幻魅，才能在山中敷衍地活下去。这个欧阳德彬笔下逃得最远最彻底的青年也恰恰是最悲剧的一个，张潮和沈枫们的出逃是知其不可而为之,而他的避居山中其实质不过是一场自我欺骗,是的,他的良知和灵性被山林庇护了,他抗拒了妥协,可却收获了无休无止的恐惧。而且我们不要忘了,"全能神"的古堡已经修到了保护区里,最后的抵抗之地即将倾覆。

欧阳德彬多次在小说中引用卡瓦菲斯的一句诗:"你会永远结束在这座城市。不要对别的事物抱什么希望。那里没有载你的船,那里也没有你的路。"其逃逸叙事的意义也于焉浮现,出逃者不会离开城市的原因也许就像加缪说过的——反抗不是为了胜利,而是在反抗中,我们方可存在。

温柔的夜色之后

欧阳德彬的新作《夜色曾经温柔》初稿写于 2014 年,大约与写《夜茫茫》等的时间仿佛,定稿于 2017 年夏天。我们不知道定稿相较于初稿,他重点做了哪些改动,直观地来看,这个小说对于欧阳德彬本人而言,有点总其成的意味,也隐含着其写作的一种新变。

说其总其成,是因为《夜色曾经温柔》几乎包括了我们前述探讨欧阳德彬小说致力的多个维度,比如对黑夜的倾心,蓬勃的力比多原欲与作为积极展示的颓废,巨大无比的鸟城与形单影只的个体,当然还有逃离和抵抗,诱惑与禁忌,妥协和坚持。此外,小说中的不少情节和细节也出现在他此前的作品中,这个张潮的面目让我们熟悉。说其新变是因为在这个小说中,欧阳德彬开始表现出对结构和情节的重视。小说的三线叙事并不是多么复杂的技术,但朱伊的故事、张潮的故事和陛下的故事彼此参照,林佩在小说中既承担情感功能,也在叙事上把三条线较好地扭结在一起。每一条线的故事也不再单纯凭靠情绪去串联，就像欧阳德彬自己说的，他在学着"适当地掩藏"。

坦白讲，这种新变让小说的部分叙事变得有点急促和僵硬，尤其体现于陛下的部分，他的故事和他的形象都不够丰满，但我又能体会欧阳德彬的用意，每个青年的写作者都面临经验叙事的枯竭问题，当自我的经历被抖落殆尽，写作的可持续性就迫在眉睫，不能再乞灵于对核心经验的反刍。于是我们看到，有一点不同于其他的张潮，《夜色曾经温柔》里的这一个既是一个内倾者，也熟悉社会厚黑的潜规则，他知道自己的孤立无援，也洞悉自己存在的焦虑与内在空虚的同源，他彻底地沉沦过，然后选择做一个逃离的决绝者。小说的结尾，林佩和张潮升起了木屋的锚，他们相伴着随木屋融进茫茫的深海和夜色。这是欧阳德彬此前的作品绝少有过的一个庄严的和诗性的时刻，它赋予了张潮一种悲剧性的自由。海上的木屋也许还摆脱不开那种被欧阳德彬反复说起过的卡夫卡意义上的"地洞情境"，那我们也愿它在深邃夜色里航行得更远一些吧。

对于作为80后一员的欧阳德彬来说，是到了与已成定势的写作积习告别的时候了，永生在青春的原野是我们每个人都曾有过的自我属望，但对一个写作者而言，停滞本身就意味着格式化的危险。欧阳德彬写了那么多青年出逃的故事，他自然也不肯让自己成为自己文字秩序的扣押者。我们尚无法知晓在"夜色"之后，他书写的重心会是什么，但他确实在变，我们乐见其成。

人的孤独是一场风暴

——读朱山坡《风暴预警期》

英国学者迈克·克朗在他的《文化地理学》中，做过这样的提醒："作为一种文学形式，小说具有内在的地理学属性。小说的世界是由位置与背景、场所与边界、视野与地平线组成。小说里的角色、叙述者以及朗读时的听众占据着不同的地理和空间。"[1]作为广西文坛"后三剑客"代表的朱山坡，他小说中的地缘意识一直很强。在他最新的长篇《风暴预警期》的后记中，他更是把构思的缘起指向了"遥远而陌生的南方"，他希望努力做到的是修复"对'南方'的最初记忆"。朱山坡这种强调当然不是为了呼应所谓"南方写作"的老调，而且读过小说的读者会发现，以蛋镇为代表的南方已经不只是原乡情怀式的地理学的自证，更升腾为一种象征性的具有自我承担与救赎意味的文化精神属性。在风暴即来的预警期中，小说从一个家庭成员内部召唤出南方的罪恶、诱惑、暴烈，家园颓败的意识与历史荫翳仿如低气压的气旋重重盘旋在蛋镇的上空，压得人透不过气来。与此同时，那种来自草根的鄙野然而顽韧的慈悲与爱也同时抵达。而我以为，正是在这一点上，作为先

---

[1] 迈克·克朗：《文化地理学》，杨淑华、宋慧敏译，南京大学出版社，2005年，第55页。

锋文学逐浪者的朱山坡，显现了他写作的传承与超越，对于他本人而言，这部小说也是其所有作品中距其所言"作家的最高思想境界是'悲悯'，小说的最高境界是'孤独'，表现手法的最高境界是'荒诞'"[1]的文学观念最为接近的一部。

朱山坡是一位对于短篇小说保持着出色文体敏感的小说家，他写过不少探讨短篇小说文体意识的文章。也许是为了发扬自己短篇的专长，在《风暴预警期》中，他采用了一种类似舍伍德·安德森的《小城畸人》和奈保尔的《米格尔大街》那样的结构，除去首尾的照应之外，小说的每一章都是蛋镇一个人物的小传，拆开来看是相当完整的一个短篇，但是人物之间又彼此照应彼此穿插，时不时出现在其他的章节，完成对别人故事的一种见证或补充，尤其是荣耀一家六口。小说以第一人称展开，这个叙事者被设定为荣耀收养的小女儿荣润季，她既是某些故事的亲历者，又是另一些故事的目击者或倾听者，如此便形成一种兼具自我和他人、能在家庭内部自由出入的叙事视点，这非常有助于打开荣家和蛋镇隐秘的历史空间，深入人性肌理的幽微，拓展小说的时空维度。

具体到每一章人物的小传，我们颇能见出朱山坡转益多师的能力，他一直推崇的余华、苏童、博尔赫斯等自不必说，我们甚至还在"台风带来了一个疯子"那一章读到了艾特玛托夫的"白轮船"的意象，当然他换了一种惊悚的处理方式。而当我们把这些人物一个个排列起来：柔弱又阴鸷的小莫、肥硕然而不育的海葵、吝啬的金牙医、淫邪的银兽医、装疯卖傻的赵中国、陶醉于死与诗中的段诗人、总是臆想的捕风者

---

[1] 郑小驴、朱山坡：《让写作更快感一些——与青年作家朱山坡对话录》，《作品》2011年第1期。

郭梅，还有各自沉溺不同天地的春夏秋冬四兄弟……便会发现，像舍伍德·安德森笔下的温士堡小城，蛋镇也是一个畸人汇聚之地，他们种种让人匪夷所思的行止让蛋镇成为一个以怪诞为常态的世界。因此，如果用一句最简单的话来概括这部小说，我愿意把它称为中国版的"小城畸人"。

何谓畸人？在《小城畸人》开篇的《畸人志》里，舍伍德·安德森说："正是真相让人们变得畸形……一个人一旦为自己掌握一个真理，称之为他的真理，并且努力依此真理过他的生活时，他便变成畸人，他拥抱的真理便变成虚妄。"也就是说，在一个混沌的社会体系中，畸人之畸来自对真实的恪守，畸人的非理性之举并非对原则的践踏，反而恰恰出于对自我精神尊严和生命情感的捍卫。因此，从小处说，畸人是具有反讽意义的极端修辞，从大处来说，它是一个根本化的隐喻，畸人的叙事也是深有意味的形式。

不妨以小说中两个"养活了邮电所"的人荣秋天和郭梅为例。他俩都喜欢写信，一个寄往"中央军委"，一个寄往"西伯利亚"。随着叙事的展开，我们发现在他们荒诞行为的背后有着和而不同的生命诉求。荣秋天曾经被误为强奸杀人犯关进蛋镇的派出所，释放后如愿以偿地入伍做了一名武警战士，他在一次执行任务时枪决了一名后被证实冤枉的犯人，从而陷入精神的惶恐中被部队送回家。回到蛋镇的荣秋天开始频繁地给中央军委写信，恳请重新入伍到祖国最需要的地方。而郭梅则曾经谜一般地离开蛋镇一段时间，她宣称自己到了北方，被一个叫"苏联"的男人强暴且产下一子，她用写给西伯利亚的信件维系着自己对旷远北方的期待。这两个别人眼中的精神病患者，用单纯而幼稚的方式拥抱他们认定的"真理"：一个无法走出冤狱的创伤记忆但渴望自我证明,一个怀抱生活在别处的梦想在蛋镇给自己营造了一块情感的飞地。小说中其他人亦莫不如此,荣春天沉浸在制造世界上最好喝的汽水的营生中,要对抗的不过是自己是一个伤残军人的事实;荣夏天与段诗人、李旦和虞美人在沉滞的小城张扬艺术与爱,遭逢的却是二者双重的失败;荣冬天忙于宰杀青蛙,屠戮之下是他对饥饿和贫苦的恐惧……因为自己做的事情别人无法理解,这让每一个畸人都生活在巨大的孤独中,即便终日腻在一起写信的荣秋天和郭梅,他们理解对方的情境,却没有建立真正深入的交流。

在书写这些畸人的所作所为时,作者的表达方式是从容不迫的,有时还带有一点调侃和戏谑,但是这些举止背后潜伏的秘密,那些恐惧和战栗,那些深不可测的绝望,以及被激发起来的执拗又是那么真切和入骨。这让人想起卡夫卡常用的"佯谬",纪德认为卡夫卡的小说有两个相反相成的世界,"一个是对梦幻世界自然主义式的再现(通过精细入微的画面使之可信),二是大胆地向神秘主义的转换"。畸人的意义庶几相似,作者借这些"民间的野生人物"勾画出一代人的肖像,提供了一个观察、批判这代人的恰当隐喻,小说中最动人之处之一即在这种悖谬和怪诞制造的张力,如蛙人等充满阴郁的意象显现了作者不凡的想象力。王国维曾谓"南人想象力之伟大丰富,胜放北人远甚",这样看来,小说所标榜的"南方"感的建立亦与此相关。

在阅读小说的过程中,我感受到一股浓郁的80年代气质,一来小说的时代背景被设置在20世纪80年代初;二来正像我们前面已经提到的,作为一个先锋的后裔,20世纪80年代的先锋文学是朱山坡写作非常倚重的写作资源,熟悉先锋文学的读者会在简洁的叙事和气氛的营造上辨识出余华和苏童的滋养。不过,我以为还有一点更为关键,在

70后作家群体中，朱山坡是少有的从写作起初即对文学的历史指向具有自觉意识的一位，他并不是一个简单的先锋学徒，而一直致力思考的是如何在先锋叙事的锐度与切入历史的深远间建立真正的平衡。先锋之于他，不是一个叙述装置，而更是一个拓殖性的概念。因此，《风暴预警期》的80年代气质还表现在，它借畸人叙事不断处理经验化的历史和非经验化的历史，展示了一种相当严正的而非简单拆解或颠覆的历史观念。如小说中的父亲荣耀是一名跟随张灵甫出生入死多年的国民党老兵，他一生的卑微和苟且都被这个事实所预制；他的战友赵中国也被历史的暴力规训成一个装疯卖傻的人，对自己过往的经历讳莫如深。他们性格的畸变，更多即来自历史的荫翳记忆。而荣春天等子一辈的人生其实也躲不开大历史的塑造，对越自卫反击战、改革开放初混乱的价值图景、"冷战"思维的遗留这些属于70后一代人的"在场"的历史一点点被织入人物的命运中，在他们的人生中埋下一颗颗让他们日后始料未及的种子。

此外，朱山坡与他的先锋同道最大的不同也许还在于，无论他书写多少绝望和恐怖，他也不惮于寻找人性中的善意与感恩，尽管后者经常受到前者的嘲弄和摆布。就整体上而言，《风暴预警期》是书写人的隔阂与孤独的，这种孤独的寒凉之气从个体中弥散出来，释放到家庭和小镇上，让每一个人物都被裹挟其中，但在荣耀将死和已死的时刻，他收养的五个孩子站在了一起来为他送终，这些孤独的人在一场葬礼上建立了一种不无仪式化的亲情。将荣耀与五个孩子的关系设置为养父与养子，当然是作者的有意为之——没有血缘约束的聚合为每一个孤独个体提供了更情境化的空间，同样，他们在最后的团结也具备了一种超血缘属性的人类形而上学意义。作为叙事者的"我"最终也没能离开蛋镇,从表面上来看,养父之死造成了出逃的延宕,而从深层来看,蛋镇之于"我"本就是聚集着失望与迷恋双重情绪的所在,荣耀以他的死亡提醒了"我",也许"我"心心念念要找寻的母亲并不在远方,而在每一个人的爱意和善良之中。

最后,让我们回到"风暴"这个核心意象上来,小说一开始告诉我们,在蛋镇风暴就像女人的经期,总会周期性地光顾;而在小说的后半部分,郭梅告诉我们:"台风有精子,我们都可能是台风的孩子。"这是关于风暴的两个颇为精警的比喻,它们不约而同地把喻体指向了有生殖意味的人。小说中,荣耀、何老瘪、郭梅等或者热衷预言台风,或者试图捕风,如果说人的孤独是一场风暴,那在追风或捕风的过程中,一种被孤独酿制的追寻生命意志的渴望也被释放出来。这样看来,台风带给蛋镇的,在毁灭和混乱之外,更有一种不屈的生命力和属于南方的倔强。

被他者化的自我与分裂叙事的隐喻

——读学群《坏东西》

《坏东西》是学群继《坏孩子》《坏家伙》后又一篇"坏"字当头的小说，它与前两篇之间有内在的呼应，也可独立成篇，而三篇小说总体上则构成一个有关自我与世界、自由与拘禁关系理解的中国版"恶童"三部曲。如果说在前两篇小说中，学群对于"坏"的叙事形象的塑造还带有模仿性很强的"反成长叙事"的特征（尤其是第一部《坏孩子》，很容易让人想起塞林格的《麦田守望者》等作），那么到了《坏东西》，因为它勾连了众多的现实经验，尤其是城镇化进程中资本大棒挥舞之下种种罪与罚的怪现状，不但是三部曲中篇幅最长、情感上最峻急、人物最富张力的，而且也是最具有"中国故事"属性的一篇。因此，尽管小说被放置在"先锋新浪潮"的栏目之下，尽管它的叙述是那么芜杂和缠绕，将自我心理流动与外在交代自由地融混在一起，叙事的频率和时序也常常有违常理，但我相信很多读者同我一样，读完小说之后最直观的感受是作者有一颗忧愤的炽热的现实主义之心，小说在很多层面、很多角度和细节上都比那些有着忠厚现实主义样貌的小说更及物，更切身，也更深入人心。这反而提醒我们，在一个价值含混甚至倒错的世界里，反向的修辞法或许比常态的叙述更能清楚捕捉现实的面貌，就像小说里的叙述者，总是宣称"我自己就是土匪流氓"，他试图找寻的却是混沌生活里朴素的道德愿景。

稍微熟悉文学史的人都知道，新时期以来以"坏"为常、以颓废为激进的小说并不在少数，王朔、何顿、朱文、李师江、曹寇等人笔下更是所在多有，但像学群这样以"坏"为题的还是罕见。"坏东西"隐含着自我身份的命名，这种"坏"的主体性自然也一定隐含着历史、阶级话语、信仰、文化和意识形态等身份政治的某种召唤，因此，在我看来，学群坚持奉"坏"之名，是在用一种佯谬的方式来表达他对现代人应对现代性困境之迷惘和危机的思考。因为"坏"在伦理上有近乎绝对的冒犯意味，"坏东西"身份主体的建构过程在小说中也不断表现为被社会外界的力量他者化和异化的过程，也因此，"坏"的自我身份在小说中是分裂的，换句话说，"坏东西"的"坏"其实是两种：一种是自我试图逃逸外部世界的修辞，一种是外部世界道德归罪式的排异评价。我想还是先从《坏孩子》谈起，因为它是"坏东西"的根。

发表于2014年的《坏孩子》，写的是后来成长为"坏家伙""坏东西"的那个叙述者的少年时代：本来是好好学生和班干部的少年决心做一个不遵章守纪的坏孩子，并且发现"做一个坏孩子其实过得很容易"，他选择做坏孩子的原因是有一天他发现，人"要么像一只方块字，一横一竖一撇一捺全都工工整整坐在格子里。要么从格子里溜出来，像一只老鼠偷偷摸摸——虽然你什么也没偷，只是把自己的时间从规定好的地方拿一些回来，可你还是像偷了一样"，成人按他们的原则建立了世界并要求孩子无条件服从，这激发了少年的叛逆，并以促狭和淘气作为武器抵抗成人的规矩对他的收编。在小说的最后，本来打算乘火车漫游的少年因为看不惯一个穿铁路制服的人的傲慢与跋扈而打伤了他，结果是自己被警察铐走送进了劳教所，"把我关进去的时候，他们发现，就像政治书上的那位副统帅一样，打学校里开始，我就是个坏孩子"。这个结尾，清晰地显示了"坏"的自我身份如何从一种追求异质和不驯的个性变成了被法律和道德双重排斥甚至是禁闭的他性。

到了第二部《坏家伙》，从劳教所出来的少年长成了青年，被父母托关系送进劳动局，但青年很快发现，劳动局"骨子里它跟劳教所，跟拔起后跟的鞋子一样，都是要把你装在里头，就像用袋子装一件东西。不同的地方在于：劳教所不让你出来，在这里你多半不想出来。劳教是有期限的，这里没有期限。劳教所不管三七二十一，把你关进里头算了。这边就好像在你的鼻子上牵了一根看不见的绳子。不用说，每天你得准时坐到某一层某一间屋子的某一个座位上"，这个发现又一次激起青年心中的叛逆，他在气死局长之后，又逃开警察的抓捕，到乡间的湖州过起野人般的自在生活。在这一部的结尾，从各种体制的罗网里遁出来的青年还是被熟人找到，他在草垛上睡过的阿珍怀了他的孩子，专门找到湖州来告诉他这个消息。阿珍并不试图把青年再拖回常规的生活之网，可当青年看着阿珍远去，却蓦地生出对未出世的孩子的牵挂和责任。我以为，这样结尾显现的是学群对小说中"坏"的主体身份也即对自由不受羁绊的这种生命信念的边界的思考，即便是以负面修辞掩饰的正向的生命观，也必须有一个现实承载的问题，"坏"可以帮助青年把自己泗渡到生活的远处，但依旧阻隔不了他和世界发生关系的通道。

于是，第三部"坏东西"登场了。在这一部中，在湖州隐居多时的青年半志愿半被迫地开始全面地返回外部世界之中：先是被刘义兵的沙石公司收编成霸占码头的打手，后又被王卒设计招安在自己的地产公司里做征地强拆的先锋,然后又被选为区人大代表,被报社装扮成浪子回头的先进典型,买了房,结了婚,追随妻子去美国被拒签,妻子也再无音信。倦怠的青年回到自己少年时牧牛的地方,再一次悲凉地发现:"一直是这样,总有那么一个人,叫你这样叫你那样。一会儿号子,一会儿码头,一会儿排球篮球,等下又是牛总牛代表。包括你姓什么,叫什么,都不是你说了算。这一回,老子谁也不听。老子自己来。"可是,"我去做什么?我到哪里去?"的确如此,在这一部中,尽管对刘义兵、王卒、王卒的岳父、韩小冬这些来来往往的人,青年都有抗拒,但却架不住自己的"坏"名头被他们一再征用和压榨,而且在资本势力气势汹汹的威逼之下,他居然就做了那个出卖家族祖地的帮凶。而当青年选择再次拒绝世界的时候,他发现自己已经无路可逃。一个立志将"坏"进行到底的人在和资本势力的相逢中被冲得七零八落,甚至被充满反讽地污名化,一个像黑塞《在轮下》中的赫尔曼·海尔涅一样的人物却走向了汉斯·吉本拉特的道路,还有比这更荒诞的吗?

借用弗莱德里克·R.卡尔的说法,对于先锋叙事来说,词语本身包含着"通往无限境界的去路",因此先锋的信徒总是打破习惯用语的局限性,希望达到存有仍不可见的语言弹性的那个彼岸[1]。在从"坏孩子"到"坏东西"的途中,"坏"隐含了学群对人体制化生存的反抗,因此,他让青年打破"坏"的习见,以之作为区隔惰性和病态生活的手段,然而,对"坏"做出界定的权利更多并非来自自我,而是来自约定俗成的外部力量,在小说里,先是横暴的国家机器,继而是无所不能

---

[1] 弗雷德里克·R.卡尔:《现代与现代主义——艺术家的主权1885—1925》,陈永国、傅景川译,第138页。

的金钱资本，让"坏孩子""坏家伙"和"坏东西"的主体异质性不断损耗直至消溃，"坏"这一词语伏藏的弹性依然不能构成救赎的彼岸。在这个意义上，"坏"字三部曲又具有了一种寓言般的指涉力。它在体量和影响上与匈牙利作家雅歌塔·克里斯多夫享有盛名的《恶童三部曲》（《恶童日记》《二人证据》《第三谎言》）自然不可同日而语，但这三篇小说在中国本土情境里的意义不容低估。

在叙事上，小说大量运用了意识流的手法，也许因为"意识流是最纯粹的自我表现形式"[1]。叙事者对意识中自我的分裂是有着感知的，比如在刘义兵请青年出山的饭局上，他感到，每个人都有一个另面："看起来是这样。给谁看呢？好像我们身上还有另外一个我，需要装给他们看。"这个感觉让我们想到在第一部《坏孩子》里那个关于"镜子"的核心意象："镜子是个好东西，每个人都可以在里面找到他自己，也可以把心里的一些东西交给它。镜子远大于它的边界，没有什么能把它框定。把阳光交给镜子，镜子不会贪污也不会浪费。把镜子悬在头顶，地面上的万物，就会在天顶上生长起来。把镜子搁在地上，它就会躺成一方池塘，在自己的里面养上一块天空，云朵和几颗星星。就是这样一面镜子，我把一世界的东西交给它，它却只能埋在灰中，跟一头猪做伴。"事实上，在现代主义的小说中，作为生存隐喻镜像的镜子经常出现，它代替另一个自我，意味着解脱，更可能是不可企及的东西。"坏孩子"在出走之前，把破碎的镜子安置好，在象征的意义上也是对自己不被玷染的初心的祭奠。

---

[1] 弗雷德里克·R. 卡尔：《现代与现代主义——艺术家的主权 1885—1925》，第 327 页。

"芳村这地方，怎么说呢？"

——略论《陌上》的本土叙事

在相关的创作谈里以及接受媒体访谈时，傅秀莹多次表示《陌上》在题旨和技法上是一种美学的回归，是对中国本土叙事传统的接续，她要"用中国人独特的思想、情感、审美方式、审美理想，深入中国人幽微曲折的内心世界，写出他们的日常生活、他们的喜怒哀乐，写出中国社会转型期复杂丰富的中国经验和中国精神，写出中国人在大时代洪流中的心灵细节和精神奥秘，写出有中国风格和中国气派的中国故事、中国形象和中国旋律"。这确乎一种彰显自信甚至不无野心的表态，尤其在时下创作批评界关于"中国故事和中国叙事"的讨论还方兴未艾时。通读过小说之后，相信读者自有分晓：首先，《陌上》并非一个趋时的小说，它与我们习见的 21 世纪来通行的乡土文学大相径庭，虽然，它也与它们共享同一个背景，即在城市化和消费主义的裹挟之下，乡土社会已经出现了本质化的解体和转型。但是，《陌上》既无意重弹底层苦难的老调，也小心翼翼地避免了把"新乡土"形态概念化的形塑。再者，作者的自信也确有底气，《陌上》大至叙事结构、文法文脉，小至人物说话的气口、一株庄稼的生长，传统与民间的滋养历历可见，而又能如盐入水，就拙为巧，确实显现出作者浸淫本土叙事美学的所得所用。

秩序与"薄凉"

　　《陌上》正文之外有"楔子"和"尾声"。先说"楔子"。楔子部分先是简略交代了芳村这地方三大姓刘、翟、符家各自的来历,然后重点介绍了芳村四时的节气和礼俗:破五、正月十五、二月二、寒食节、端午……从结构上讲,这个楔子当然是为统领全篇,并定下一个情感的基调,但我以为,更要者在于,就像明清长篇小说中常有的那些开端,它还意味着一种时空观的确立,用浦安迪的话来说,"起着提出小说主旨问题的特定功能"[1]。三大姓在芳村的由来强调的是中国乡村形成过程中那种依托血缘的地缘关系;而节气和礼俗包含着前辈人的生命逻辑和生活智慧,因之成为后辈人一种不假思索的"习惯法",其意义在于为前述的关系提供确当而稳固的文化秩序。两者相结合,所构成的便是费孝通先生所定义的"乡土本色"。我们也注意到,作者在写节气时是由喜入悲的,从"破五"的喜庆吉祥开始,终于十月一给亡故的亲人送寒衣的凄凉。换言之,生老病死,婚丧嫁娶这些最日常的经验构成了中国乡土最本质的存在,而悲喜盛衰的转化更是锻造了中国乡民达观、哀矜和宿命、无常交织在一起的人生观念。因此,楔子既是对文本秩序的奠基和统摄,也是对芳村礼治秩序的一个交代,而且楔子部分结尾那寒凉的调性已经预示给读者,小说的正文呈现的将是这个稳固秩序瓦解的过程。

　　我们且以第一章为例。这章开始,腊月二十三小年,翠台做好了

---

[1] 浦安迪:《明代小说四大奇书》,沈亨寿译,生活·读书·新知三联书店,2015 年,第 191 页。

早饭,想叫儿子大坡和新娶的媳妇爱梨起来吃饭。期间,她收到丈夫根来的短信,"根来说小刘家庄的老舅殁了,他得去吊个纸",而此时的翠台"抬头看看新房子的大门楼,红喜字索索索索响着"。这里,红白两事的对照和并置,再一次提醒我们什么是乡村最大的日常。待到根来回家,小说又写道,"如今的白事,人们也都潦草了。要在从前,必得正经八百地蒸供。盛在大簸箩里,由两个人抬着,去丧主家吊纸"则说明,秩序依然运行,但已荒腔走板。同样,在这一章里,翠台为了儿子结婚买车的事耗神,深感"如今这芳村,人心都薄凉了",这是小说正文中第一次出现"薄凉"这个词,而后,它不断以同义复现的方式出现:第四章,素台叹道"现如今,人情淡薄";第十六章,"夜风越发寒凉";第二十五章,大姐告诉小梨:"如今呀,哪里还有啥人情,人心凉着哩,薄着哩。"人心薄凉的背后是芳村那一套礼俗秩序的式微,大架子还在,但已经无法起到对人心的聚敛和抚慰之效。

　　对这种"薄凉"的书写,当然不是始自《陌上》。事实上,《陌上》所写并无新事。但《陌上》的价值在于,它展示了正在进行的乡土创伤经验,并以"批判式的抒情"投射出其乡愁的纠结和复杂况味。到了"尾声"部分,月亮依旧圆缺,芳村有人留下,有人离开,有人死去。"年深日久。一些东西变了。一些东西没有变",这不禁让我们想起沈从文寄寓着深广忧患的《长河》,小说以辰河上一个小小的水码头做背景,来写这个地方"一些平凡人物生活上的'常'与'变',以及在两相乘除中所有的哀乐"[1]。而这也是《陌上》所给予我们的。

---

[1] 沈从文:《长河·题记》,重庆《大公报·战线》第971期,1943年4月21日。

共相与殊相

《陌上》的主角是芳村,芳村的主角是一群女性:翠台、素台、喜针、小鸾、小别扭媳妇、春米、望日莲、瓶子媳妇、兰月老师、老莲婶子……而围绕这些女性展开的叙事也很类似,无非夫妇失和、婆媳争吵,还有姐妹、妯娌、姑嫂间的各种计较。这种写法很有风险,处理不当即会给人同题重复的单调之感,但反过来说,作者执意如此一定有自己的考量。我的理解是,傅秀莹给当下困守乡村的妇人们塑像,既重共相也重殊相,在技法上,则深谙"犯""避"之道。

金圣叹评水浒,曾有"欲将避之,必先犯之"之语,又说水浒有"正犯法""略犯法",所谓"正犯法","是要故意把题目犯了,却有本事出落得无一点一尽相借","如武松打虎后,又写李逵杀虎,又写二解争虎;潘金莲偷汉后,又写潘巧云偷汉;江州城劫法场后,又写大名府劫法场"等,而"略犯"多指细节相类。毛宗岗评三国,说其有"同树异枝,同枝异叶,同叶异花,同花异果之妙","能犯之而后避之,乃见其能避之";张竹坡评《金瓶梅》,谓其"用犯笔而不犯","妙在特特犯手,却又各各一款,绝不相同"。对此,傅秀莹应是心领神会。

《陌上》二十五章,每一章都可单独成篇,而章与章之间"正犯"与"略犯"之处历历可见。比如,第五章"小鸾是个巧人儿"说的是素台的堂妯娌裁缝小鸾的故事,丈夫占良厚道但没啥能耐,她阴差阳错下和村里的中树有了一次私情,让她自此常添烦恼。第八章"银栓把短信发错了"说的是瓶子媳妇的事,情节如出一辙,她小时被村里的老汉糟蹋过,结婚后生活艰困,一次机缘与镇里的秘书刘银栓有染,亦是平添许多烦恼。又如,小说在处理人物的情绪时多用"以心接物,借物写心"之法，第三章，翠台因心绪不宁当着儿媳的面与根来吵架，包的饺子撒了一地。此时，急雨欲来，鸡们咕咕咕挤在一处，树枝乱摇，天如泼墨，而屋里十五瓦的灯泡兀自昏黄朦胧，衬着外面的风雨，"倒添了那么一种静谧温暖"，这是人生琐屑卑微的一瞬，作者借外在风物凝定下那短暂而又强烈的情感，生活的寒凉和温暖绾结在一起，被富有质感地呈现。第五章，小鸾与占良争吵后，夜已深沉而月亮清明，小鸾在缝纫机上卖力地蹬着，咯噔咯噔的声音传得很远，与前述有异曲同工之妙。还有小说里的那些个梦境，也是"略犯法"的实践。

无论贫富老幼，小说中的每个人都有自己的委屈，有权有钱的香罗、大全媳妇和建信媳妇也概莫能外，这是她们的共相，体现了傅秀莹为这代人立命立心的诚恳和悲悯。而具体到每一个个体，作者虽不至"各各一款，绝不相同"，但也是同中见异，使得每个出场的人物都是鲜明照眼的，立得住，也让人记得深。比如小说中颇有风情的两个青年妇女，春米和望日莲，她们都有对男人的依附，都晓得如何凭借身体周旋于是非之中。但骨子里两个人的性情和对生活的期待是不同的：春米对建信不是丝毫没有主动，但更多是被自己的公婆作为保证生意兴隆的供品献给建信的，对生活，她有认命的意思；而望日莲先是情挑大全的儿子，后又和大全夹缠不清，做这一切她有自己清楚的算计，且其性格火辣，敢于对加之于身的飞短流长痛快回击。这样就写出了共相之外的殊相。

让我们回到题目，"芳村这地方，怎么说呢"，这是小说中一再出现的话，也是楔子和尾声的第一句。这个日常化的表述不但在修辞的意义上带来鲜活又体贴的口语，其实更隐含着一个基本的情感态度，人物时有悲凉之境，天地时有悲凉之声，可是作者那种不忍之心却让读者见识得分明,这个叙述姿态烘托出小说外弛内张的节奏。"怎么说呢"?不可说,写来却千言万语。我总以为芳村的故事未完,而小说里的每个故事,每个人的命运也都未完成,这种对"叙述完成"的抵制,是文本层面的,更让小说与我们时代的乡土保持着富有体温的共振。

劳动之锚与亲情的堤坝

——读吴亿伟《努力工作：我的家族劳动纪事》

在阅读台湾散文家吴亿伟的《努力工作：我的家族劳动纪事》时，恰逢贾樟柯的新影片《山河故人》在内地公映。电影选取1999年、2014年和2025年三个时间节点，讨论在市场现代性的碾压之下，被时代亏欠的个体是否可以通过对自我身份的回溯找到某种情感的确证。在2025年讲述移民故事的部分中，张艾嘉扮演的女老师告诉我们：不是所有东西都会被时间摧毁。电影的结尾，母亲在除夕夜里为也许再也不会见到的儿子包着饺子，另一大洲的儿子在大西洋岸边独自思念着已经记不清样子的母亲。就像影片中不断回响的叶倩文的歌《珍重》中唱到的那样"纵在两地一生也等你"——那不会被摧毁的就是应被"珍重"的牵记吧，在岁月和经历带来的离散中，这种亲情的牵记可以让我们找到让自己漂泊无定的灵魂依附的脉络。

我在看电影时，头脑中不断浮现吴亿伟在散文中说的话："必须尝试努力寻找一种方式，让自己从过去存活，往未来行走。"与《山河故人》一样，《努力工作：我的家族劳动纪事》也是一部在与往事的对话里确证自我来处的成长记历，一部在家园梦断之处固执地撷拾故人面影的情感档案，此外，它还是一部别致的微观家族史，一份口述的对时代"无名英雄"的记录。它以劳动为锚,将浮动不居的岁月锚在父母与儿女勤奋持家的记忆中;它以对父母人生的还原为堤坝,对漫漶的时光说不,对汹涌苍茫的抹平一切的潮流说不,也对泛滥的廉价的抒情说不!

劳动纪事的几个面向

蔡翔先生曾经谈到过,"劳动"这一观念改变了知识群体感知世界的方式,是中国左翼思想界中最重要的概念之一,对"劳动"的肯定,蕴含"一种强大的解放力量",而"中国下层社会的主体性,包括这一主体的'尊严'"也因此才可能被"有效地确定"。劳动者的主体性地位"不仅是政治的、经济的,也是伦理的和情感的,并进而要求创造一个新的'生活世界'。作为一种震荡也是回应的方式,当代文学也同时依据这一概念组织自己的叙事活动"。[1] 蔡翔先生对劳动叙事的界定基本来自中国大陆尤其是十七年的文学经验,不过他的分析对我们切入以"劳动"为关键词的吴亿伟的散文依然有相当的启发:在"努力工作"的序曲之下,散文集分为四个声部分别追溯母亲和阿姨、父亲以及作者本人的劳动经验,形成一家人对劳动复调式的感受,也使得劳动纪事有着各自的侧重和面向,以及各自面对人生尊严的理解。劳动聚合起漂泊、乡愁、现代化等诸多议题,它既是父母一辈成长、立世的原点,也成为子一辈不断践行和返回的归处。

---

[1] 蔡翔:《〈地板〉:政治辩论和法令的"情理"化——劳动或者劳动乌托邦的叙述》,《文艺理论与批评》2009年第5期。

卷一"女命"说的是母亲和阿姨。作者写到,在母亲生病渐渐耗尽工作能力,发现"自己成了全然的依附者时",她"内心的晃动不安,随时可能引爆",这一笔将劳动对母亲人生的宰制刻画得入木三分。母亲和阿姨来自嘉义布袋的乡村,七八岁时,男孩可以上学,女孩就要到邻居家帮忙照看小孩或者在市集上卖花生,这就是"女命"。《童话》一篇写其时才十二岁的阿姨被介绍到外地去做某幼儿的保姆,因为不堪忍受雇主的颐指气使,在一个午后,不辞而别一路摸索着回到家中。这是一则"变形的童话",灰姑娘没有王子,也没有金履鞋,但她有倔强的尊严和对家的信念:"即使家里再苦,也比陌生人的家好","虽然知道自己穷,但也不要给别人糟蹋看不起啊"。十五六岁时,母亲和阿姨离开故乡到高雄的外贸加工区去做工,在日复一日的劳作中,她们的人生也被定型,成为创造台湾经济奇迹的神奇光环之下无名的注脚。《电线》一篇即写20世纪70年代家庭加工蓬勃发展,母亲在家里织手套、做冥纸,阿姨在家缝雨伞、穿电线。手工成为她们"生活的区块",以"填补生活空当"。作者写到,一次去阿姨家玩,深夜醒来,发现阿姨灯下穿梭电线的手指在黑夜笼罩之下变得巨大起来,像是聚光灯打在演员身上,只是"这戏没有分场换景,一幕到底,不谢幕"。到了后来,货源少了,阿姨没了那么多活计,然而却还是惯于在黑黑的客厅里无眠。同阿姨一样,母亲也是一辈子都在找工作,"即使没有工作了,脑子里也在想找工作的事情"(《工业区》)。对于母亲和阿姨而言,人生的意义就是被劳动赋值的,因此她们找工作其实就是"找寻自己的价值"。

回到"女命"的命名,作者其实一再暗示,母亲和阿姨这一代人并没有洞察自己艰辛的劳动被资本掠夺的残酷,也没有真正依托劳动建立起自己实际的主体性,没有形成对大工业生产的批判自觉,但她们对劳动观念素朴的认知和对自我尊严的守护依旧为时代留下了疼痛的创伤性见证,无论是对着黑暗虚空无眠的阿姨还是骑着机车执拗地在加工区寻求一切工作机会的母亲,她们努力工作,几乎是以宿命的方式抗辩宿命。

卷二"大屋"和卷三"软砖头"追记的是父亲的成长史和工作史。"大屋"部分既记录下父亲"农业生涯"的童年"捡番薯""捡子弹""采黄麻""抽水窟"等的美好乡村记忆,也记录下吴家兄弟胼手胝足的谋生奋斗经历,以及这一过程中兄弟的龃龉和不可复得的大家庭的温情。对于父亲而言,承袭家传的技术,从事土木行"成了一种辨别,确认彼此关系的方式",劳动"似乎是天生赋予的任务",然而这种自为的、具有鲜明农业背景的家族合作式的劳作却在时代的流转中越发显得不合时宜。与辑题同题的《大屋》一篇以人和旧宅的对照来写物非人亦非的窘迫:祖厝本是传统的砖造辘轳把式建筑,一家人赶年景好时将这老宅改建成"一幢七层的豪华大厦",未料"以往旧厅堂中人声鼎沸的年节氛围,似乎也被这陡然扩张的水泥空间稀释开来","以血液和手艺灌养的家族树"无可避免地被时代摇晃着,祖业的传承前景未明,由老宅连接起的家族情感也不复当年,这对一向重视"回家"意义的父亲来说不啻是一种危机。在另一篇《打钟卡》中,作者记述父亲当年做粗工时用一张张的打钟卡记录自己的工作时数,他"字不出格","专心而详细地记录"考勤,确保"今天的工作不会潦草到昨天或明天去",只有休息的那一天,他会在考勤表的格子画上一条长长的横线,"那一条线打破了时间的规律,他可以安心睡觉,快意煮食。他主宰一天"。只是父亲的勤勉恭谨无法更改如"行走钢索的经济现实",土木行大环境的衰败,让他细致的考勤记录戛然而止。

作为因应，父亲变成了那个"卖卫生纸的"，所谓"软砖头"即是家中堆积如山的卫生纸卷，约有二十年的时间，父亲用这些软砖头给全家砌出一条生路。在父亲那里，工作和劳动并不具有改造世界的能动性，只是对生活被迫的回应，不过父亲却可以在自食其力的劳作中找到托付和安稳，他将劳动深深嵌入到自己和世界的关系中。《地图》一篇写父亲在车上和在路上：在车上，他是自己王国里的王；在路上，他是一个自在的悠游者。虽然现实逼迫他"只能偷渡在宣传车路线上"，可"他总能将窗外景色变回熟悉"，他看平面的地图却映射"立体的世界"，他把陌生的路径视作"崭新的可能"。他的地图显示他的飘荡，更显示他对家的牵记，"不论如何位移，总是以我们为中心，作辐射状的扩散，走到了尽头，即是回头"。在这个意义上，软砖头不但是父亲构建家庭物质生活的要件，也是修补一度倾圮的家族情感的必须。

卷四"美少女战士的预言"是作者个人成长的点滴记忆，收录的几篇散文并不直接关涉劳动，而是用了很多篇幅谈漫画、电影和童书里的形象与他人生形成的互为镜像的关系。不过，这些成长记忆叠印在跟随父母迁徙奔波的经历之上，我们依然可以看到一个"努力工作"的家庭环境给予作者潜在的滋养。因此，这一部分既是对家族叙述完整的补充，也是以文字确证自己，与父辈形成深在精神关联的方式。

副文本下的亲情叙写

吴亿伟借由劳动展示家族成员之间相濡以沫的陪伴，亲情构成了《努力工作：我的家族劳动纪事》的另一关键词。

叙写亲情，这其实是散文的一大风险。龙应台曾经谈道："最好的散文是洗净所有的语言污染，找回语文本来的灵性，把真正的生活体验融进去。"但饶是认识如此，她的《目送》和《孩子，你慢慢来》等作品也因为书写亲情而不免蹈入一种情感控制的模糊：节制泛滥的母爱，不让其成为廉价的抒情，同时又要保持冷静的叙述中潜藏的情感强度，这委实不是易事。亲情的叙写往往意味着对自我还有读者共鸣性情感记忆的召唤，在某种意义上说，这决定了亲情散文的阅读和接受的情感甬道是被预设了的。问题或许就在这里，这种预设的情感稍不留神就会成为昆德拉意义上的"媚俗"——一种可以让人获得炫耀感的绝对化的美学思想或崇高的情感类型。《不能承受的生命之轻》中的萨比娜认为："媚俗是自己一生的敌人，但是在她的内心深处难道就不媚俗吗？她的媚俗，就是看到宁静、温馨、和谐的家，家中母亲慈祥温柔，父亲充满智慧。父母去世后，她头脑中就生发了这一形象。"对此，昆德拉说："不管我们心中对它如何蔑视，媚俗总是人类境况的组成部分。"[1] 可见，对于抒写亲情的散文作者来说，真情与煽情，抑制与敞开，很难决然分开。

吴亿伟显然也要面临这样的难题，在我看来，他的方式除了常规的节制以避免让怜惜成为叙事的主调之外，还在于他在正常行文中大量穿插使用副文本，包括自己的调查手记，父亲的名片、广告贴纸和考勤表，扩音器里播放的宣传介绍，台北年度降雨统计记录，各种老照片等。这些副文本具有修辞和结构上的双重效应：在修辞上，它们以中性和客观的说明语气部分地取代了正常的追忆文字，与正文本的炽热一起形成一种冷热交织的动态节奏；在结构上，它构成写作与阅

---

[1] 米兰·昆德拉：《不能承受的生命之轻》，许钧译，上海译文出版社，2010年，第305页。

读之间不可绕开的部分，是在交流甬道中有意布下的门槛，尝试以阻滞的方式把反思性的情感代入到读写之间的共鸣状态中。有意味的是，副文本的这种双重效应对于散文集整体情感含蕴的提升又是明显的，相信每一个读者在阅读时都会被作者一家人的劳动纪历所感动，但又能分辨出这种感动与习见的诉诸天伦之乐与痛的散文不同。

且以《雨的可能》一篇为例。这篇散文在体式上相当自由，落笔从北台湾干旱少雨限水供应写起，写到父亲从南方打来电话炫耀南方的雨水丰沛，又由此追忆到当年跟着父亲从台北迁移回南方的那个雨天，接下来，笔触回旋在南部冬日的温暖和北部冬日的潮寒之间，以记忆的摆荡遥向父母当年为生计的奔波迁徙致敬，也为自己没有一个安稳的童年而隐隐惆怅。每隔若干自然段，文中便加入一条关于台北冬天降雨量的统计，从作者出生的1978年一直记录到2001年。记录显示，降雨量逐年减少，下雨的日子也越来越短。记忆中湿冷的台北终于被一条条的统计数字甩干："面对不断下降的雨量和上升的温度，我要去挽留的，渐渐被稀释、淡化。消匿。看不到什么了。"由雨触发的忆旧，最终因为雨水稀少而自行耗散了。思旧、故人、近乡情怯，这些元素散文齐备，可它并没像阅读余光中《听听那冷雨》一般满足读者那种预设的原乡期待。当作者含蓄写道："我爸有多久没有来台北了？一副南部人自居的样子是从什么时候开始的？"他已经暗示我们，他乡与故土渺不可分。作者说自己只剩下"自导自演的错乱舞台剧"，其实他在注入情感时有清醒的自我认知。

又如在卷二部分，作者大量穿插父亲从事土木行时的名片和广告，那些"房屋增建、浴室漏水、贴壁地砖、屋顶PU防水"等专业工程名词好像在塑造一个无所不能、生意兴隆的父亲，可现实中"我爸的名片通常连一盒都用不完……像已失去威力的秘籍，尘封，却不丢弃。这些名片，反映出我爸的不安"。如此，作为副文本的名片和广告成了父亲一段工作的见证，也是对他人生的一个反讽。实际上，整部散文集中无论父亲抑或母亲，不但说不上伟大，甚至更多以人生失败者的面目出现，尤其是父亲，他所从事的每一个行当开工程行、开五金行、卖卫生纸都惨淡收场，徒留给亲人一种"光芒渐晦的无力"。作者以诚实和心痛冷静地诉说这一切，关情但不报以怜悯。

在后记中，吴亿伟说："很多时候，我知道自己无法建立起一套认知网络，将所有的陌生的生活点滴雕塑成型。我望着说话的嘴，我的亲人们，我们应该熟悉，却在熟悉的过程中发现我们竟如此陌生。生活是彼此的墙。"如果我们把后记也视作一个副文本，他这段话再次对正文部分构成了一种近似于拆解的补充：在正文里，他带领我们找寻、搜访，从所有可能的细枝末节里提摄出父母过往的一切；而在这里，他又承认这种回溯可能无法形成真正的体贴。但正像我们前面谈到的，散文集中的"劳动"应是一个拓殖性的概念，它的意义边界在母亲、父亲那里不断拓展着，作者的写作当然也是一种"劳动"，他凭靠这种劳动在记忆的大地上深耕，也许可以用亲情的堤坝填补"经验的鸿沟"。

第四辑

"万物有本然，终不为他者"

——以《艾约堡秘史》为中心论张炜创作的本源浪漫主义

《你在高原》之后，张炜依旧保持了其不竭的创作力。2016年，他出版了《独药师》，将养生秘术与革命奇观冶于一炉，被评论界视为其"中年变法之作"；2018年初，他又出版了个人的第21部长篇小说《艾约堡秘史》，将写作对象对准了神秘的巨富阶层，直面财富激增时代资本累积的罪与罚，以及被层层包裹的人心最深处的爱与执念、"丑行与浪漫"。对于熟悉张炜创作的人来说，这部新作在题目上似乎就与前作拉开了距离，"秘史"不免几分暧昧的传奇风味，而著作腰封上的文字，所谓"一位巨富以良心对财富的清算，一个农民以坚守对失败的决战，一位学者以渔歌对流行的抵抗，一个白领以爱情对欲念的反叛"云云，似也在询唤出读者某种通俗化的审美定向，预示着"高原"之后张炜又一次急遽的写作转向。

然而，细读过全书之后，我们会发现，《艾约堡秘史》确是一部强攻当下的力作，但与其说它是张炜创作的某种转向，毋宁说是一种集成，它与张炜的前作之间有着很强的互文性，显现了浪漫主义观念在张炜创作中笼罩性的意义：主人公淳于宝册少见的复姓并不是第一次出现在张炜笔下，《能不忆蜀葵》中的画家淳于阳立和宝册一样也是个集"天使"与"魔鬼"于一身的人物，艺术天赋极高而终投身资本的狂流；吴沙原主政的小渔村矶滩角在狸金集团虎视眈眈的觊觎之下，岌岌可危，这不由让人想起《刺猬歌》中被天童集团逼到绝路的廖麦和他在海边最后的家园，而唐童父子充满血腥和污秽的发家之路与淳于宝册执掌的狸金集团又何其相似；还有，那有着"蓬勃丰腴的形体"，有着天真的放荡和赤诚的欲望的蛹儿和《丑行或浪漫》里那个在大地上奔跑不息的刘蜜蜡简直就像一对姐妹，而对那个在淳于宝册看来有着"世界上最坚实最肥厚的胸部"的老政委，我们同样不陌生，《外省书》里的"狒狒"、《能不忆蜀葵》里的陶陶姨妈，还有《九月寓言》里的"大脚肥肩"，她们都一样有着令男人窒息的生命激情和强悍的雌性气质，"韧壮而结实"；至于为淳于宝册自矜的自己在"流浪大学"中那些刻骨铭心的记忆，更是张炜多年来书写的重心，甚至可以说是其极富辨识度的一种叙事常量，淳于宝册的青春流浪史分明叠印着《外省书》中的史铭、《刺猬歌》中的廖麦、《你在高原》中的宁伽等人的影子，而他们倾心于野地的游荡和在游荡经历中对暴力年代的见证则源于张炜本人早年在半岛各地的行走——《艾约堡秘史》中欧驼兰到渔村是为收集当地渔民即将失传的"拉网号子"，我们知道，张炜本人在20世纪80年代便特意做过这样的收集。可见，无论主题、人物，还是结构、故事，乃至情节和细节，酝酿多年的《艾约堡秘史》都堪称张炜的一部总括之作，也是其浪漫主义文学观念的一次集中展示，彰显了作家作为一个本源性的浪漫主义文学大成者特有的质地与气度。

城市化进程的"逆行者"

张炜是新时期来创作体量最大的纯文学作家之一,单纯用浪漫主义这个概念含纳其丰茂的艺术世界确实有一种标签化的风险,何况在后现代的文学语境中,浪漫主义往往意味着一种过时老套的文学情味,自我表露的情感、田园谣曲、诗意栖居、民间风味,还有理想的乌托邦等这些,似乎都已成了过时的滥调。然而,如上所列这些浪漫主义的元素之所以会让人觉得矫情和陈腐,是因为很久以来我们对浪漫主义的理解一直就是空疏和浮泛的,仿佛文学一定要借助某些特定浪漫元素的装点才能飞扬起来,获得格外浓烈的色彩,而这恰恰是张炜所质疑的,早在1984年的一篇题为《讨论"浪漫"》的短文中,他便指出过,一味地在技巧和表达上制造浪漫不过是在"强加给读者一些东西",并不是浪漫主义的正途,浪漫主义的根本在于"一个人生命的性质:激情、想象、才情……一切都是由它决定的","这差不多等于说:这个人天生是'浪漫'的"。[1] 是的,张炜就是一个这般的天生浪漫者,浪漫主义之于他是本源性的、存在性的和创造性的,而非附加性的和外在的,浪漫主义构成了其作品的精神内驱力,也是其忧患和诗性、批判力和想象力的渊薮。若干年后,在《冬夜笔记》中,张炜再次写下了自己对浪漫主义炽热的心绪:"我们时时都在幻想,期望在今天呼唤出一种真正而非虚假的浪漫主义。一个时代没有这样的浪漫,就没有领衔的艺术和思想。而我们看到的是,前些年的浪漫彻底倒了我们的胃口,虚伪、空洞,连同可怜的媚上之态,要多讨厌就多讨厌。一个时代缺

---

[1] 张炜:《讨论"浪漫"》,《张炜文存·存在的执拗》,山东教育出版社,2016年,第8页。

乏真正的生命的激情，就不会有真正的浪漫主义……要知道一个人的激情不与顽强的坚持结合在一起，不能焕发出生命灿烂的诗性。"[1]

张炜对于浪漫主义的理解不由让我们想到他个人相当推重的英国思想家以赛亚·伯林，伯林大概是二战以后对浪漫主义讨论最深入，也将其看得最重的一位研究者，在《浪漫主义的根源》中，他详细梳理了欧洲大陆浪漫主义起源阶段的浪漫主义信徒如何对抗如日中天的启蒙理性，并且探讨了浪漫主义给予后人的遗产意义。在伯林看来，浪漫主义，而非现代主义和后现代主义，才是"发生在西方意识领域里最伟大的一次转折"，"发生在19世纪、20世纪历史进程中的其他转折都不及浪漫主义重要，而且它们都受到浪漫主义的影响"[2]，"和人类历史上大多数的重大运动不同"，其伟大之处在于，"它成功地使人的一些价值观产生了深刻转变"，而正因于此，才使得后来的存在主义等成为可能。伯林认为，浪漫主义的核心要素在于两点，其一是自由无羁的"意志"。与理性主义者相比，浪漫主义者所要获取的并非价值的知识，而是"价值的创造"。其二是"浪漫主义打破了迄今为止人类以各种方式奉行的那个单一模式，即永恒的爱智慧"[3]，它不认为事物具有固定的结构，因此，也就"不存在一个你必须适应的模式"。伯林的结论是："浪漫主义给予我们艺术自由的观念，以及这样一个事实，即在18世纪曾盛行的、过度理性和极端科学主义的分析者今天仍在阐述的那些过于简单的观点，无法用来解释艺术家个人或人类的全部。浪漫主义还给我们留下这样一个观念，对人类事务做出一个统一性回答很可能是毁

---

[1] 张炜：《冬日笔记》，《张炜文存·存在的执拗》，第281页。
[2] 以赛亚·伯林：《浪漫主义的根源》，吕梁等译，译林出版社，2008年，第10页。
[3] 同上书，第140页。

灭性的，假如你真的相信有一种包治人类一切疾病的灵丹妙药，且无论付出何种代价你都要使用它，那么，在它的名义之下你很可能成为一个暴力专制的独裁者，因为，把一切障碍留给它解决的愿望最终将毁灭那些你本来想为其利益寻求解决之道的生命。"[1]

对于上述伯林的表述，张炜一定引为同道。这些年来，无论外在世界如何翻天覆地地巨变，从葡萄园到野地，从半岛到《艾约堡秘史》里吴沙原所在的矶滩角，张炜总要给他笔下的人物寻一处抵制资本野蛮吞噬力的据点，就像他自己在山东龙口主持的万松浦书院。张炜这一执拗的写作姿态一直备受争议，批评者认为这些精神属性昂扬的土地意象是高度同质化的，围绕其的叙述和抒情也不过同题反刍，而且这些据点的抵抗意义也是高蹈和空幻的。殊不知，因为张炜的"天生浪漫"，这些据点之于他笔下那些有着敏感而巨大灵魂的抵抗者而言，并非只是一个寄托价值理想的乌托邦幻象，而更意味着一股蓬勃的创造力的负荷，就像伯林所言的，浪漫主义者鼓荡的创造意志，"最终要创造出自己关于世界的愿景"[2]。

无一例外，这些据点的坚守者都是明确的均质主义现代化进程的反对者。在《艾约堡秘史》中，欧驼兰面对陷入诡辩和焦灼而态度含混的淳于宝册，说得非常明确："我不是那种参与建设的人，而是站在反面的人。就是说我不仅不能帮助你们，还会破坏你们。"[3] 小说告诉我们，作为村头的吴沙原深受村民和欧驼兰的拥戴，这恰说明了他很看重村民现实的福祉，并非抱残守缺之辈，他也无意把矶滩角变

---

[1] 以赛亚·伯林：《浪漫主义的根源》，吕梁等译，第144—145页。
[2] 同上书，第120页。
[3] 张炜：《艾约堡秘史》，湖南文艺出版社，2018年，第306页。

成与现代文明隔绝的孤岛,他所不能接受的是狸金集团改造渔村的那种资本操作的惯性方案,淳于宝册提出的所谓的海草房保护和拉网号子博物馆的建议也不过是资本丛林之上怀旧的噱头,接受这样的方案就意味着存在了七百多年的小村子将成为被均质主义抹平的又一个祭品。小说不断强调吴沙原身上那种野地的气质,在宝册看来,他是"既难驯服又不会随时代进化的土著"[1],可就是在这个土著身上,我们看到了伯林所描绘的浪漫主义的理想者那种"准备为某种原则或某种确信而牺牲的精神状态,一个永不会出卖信念的精神状态,一个为自己的信仰甘受火刑的精神状态"[2]。而这种状态也终于从心灵深处唤醒了宝册野地里的流浪记忆和被荒凉病折磨得已经消耗殆尽的生命感觉,让他与自己一手建立的狸金集团背道而驰,与吴沙原作伴,成了矶滩角的护卫者。

在 2009 年 10 月参与中欧作家对话的发言中,张炜曾说:"在全球一体化的趋势之下,一些经济体势必要融入这个潮流之中。生活方式价值观念以及意识形态,都会在交流中发生不同程度的冲突,但无论主观意愿如何,趋同与融合仍然是主要的。而这个走向对于真正优秀的文学家来说,却是正好相反的。他们必须是全球化进程中的一些逆行者。"[3] 他的一系列作品显然也是这一文学主张的忠实实践,在他看来,只有"逆行",才能将人类从理性主义的一元论迷思中救渡出来,保持个体的浪漫和创造的活力。

---

[1] 张炜:《艾约堡秘史》,第 20 页。
[2] 以赛亚·伯林:《浪漫主义的根源》,吕梁等译,第 16 页。
[3] 张炜:《与全球化逆行的文学写作》,《张炜文存·我们需要的大陆》,山东教育出版社,2016 年,第 295 页。

"永恒的女性,引导我们上升"

在《艾约堡秘史》的新书发布会上,陈晓明发现,爱情是这个小说的立足点。确实,当淳于宝册走向财富的顶峰,他的荒凉病也越来越重,而他试图救赎自己的方式之一便是爱情,他有意吞并矶滩角,究其原因,是对欧鸵兰惊鸿一瞥的不能忘情。在陈晓明看来,相比于张炜前作中对爱情书写精神层面的侧重,那么,从《独药师》到《艾约堡秘史》,其笔下女性"体温越来越可触摸,越来越有质感"。其实,如我们前面所论,蛹儿也好,老政委也好,包括欧鸵兰等,这个小说里的女性形象都格外具有一种特别的温厚之美,与张炜前作中一系列光彩的女性人物谱形成了很好的呼应,这种蓬勃充盈的身体质感也并不是到了近作才有,《独药师》之前的那些女性,张炜固然聚焦在她们深广的精神世界,但也没有回避其欲望的潜流,更是写出了她们肉身的丰饶与诱惑。而且,张炜是由衷地颂扬女性的,他说过:"这个世界正由于还有女性在做一点对比和反衬,才使男人终算有个模仿,不至于一路滑跌到残暴粗野的最深渊。"[1] 由此又可以引申出张炜抒写爱情常用的一个特别的词——爱力,也就是"生命中专门用来爱的那种力量,因爱而产生的那种力量"。张炜说,"爱力是一种最常见的、最特殊的力量",它由两性之爱触发,而并非专用于两性之间,它"是一种仁善柔和的力量,是生命与生命之间贴近、沟通和理解的强烈欲望,它更多地属于青春的新奇和冲动、是巨大的活力之源"[2]。换言之,由女性守护和激活

---

[1] 《〈艾约堡秘史〉:对当下生活的文学强攻 对时代命题的诗性回答》,http://hn.rednet.cn/c/2018/01/13/4529249.htm(访问时间为 2017 年 12 月)。

[2] 张炜:《疏离的神情·爱力》,《张炜文存·穿行于夜色的松林》,山东教育出版社,2016年,第 616 页。

的爱力是本源性浪漫激情的一个倾泻口。

张炜对女性的尊重和塑造女性人物的方式，以及他关于爱力的表述再一次印证了他对浪漫主义的理解是本质性和纲领性的，他的女性观直接接续的是德国浪漫主义潮起阶段时的诺瓦里斯和弗里德里希·施莱格尔等人，与施莱格尔尤其相洽。

在后人对浪漫主义运动和思潮的一般性描述中，施莱格尔并不是一个特别显眼的人物，但因其别致的女性主义文学观而在艺术史和批评史上留下了不可替代的位置。伯林慧眼独具地在《浪漫主义的根源》中特别提到了他，并将其视为"奔放浪漫主义"的代表人物之一。在以施莱格尔为代表的德国早期浪漫主义的美学框架中，女人是自然的喻体和诗性的载体，当然也是浪漫主义者寻求艺术和生活理想最为倚重的爱的肩负者。同时对他们而言，爱情意味着永恒的主题，甚至是一种基本的宇宙元素。施莱格尔有一部歌咏女性的小说《卢琴德》，这是一部让人惊骇的作品，伯林将其比喻为18世纪那个时代的《查泰来夫人的情人》，它不加掩饰的情色描写令时人瞠目，但在伯林看来，它的核心乃在于"对人之间可能有的自由关系的描写"，所有的情色书写"都是寓言性的，其中的每一处描写都可被视作伟大的布道，是对人类精神自由的颂歌，把人从错误习俗的桎梏中解脱出来"[1]。这个小说最有意味的地方在于，其叙事的核心章节被命名为"男性的学习时代"，在主人公尤利斯关键的人生旅途中，数位女性施爱于她，并以自己的身体引导他成长，"从色情到爱欲，从爱欲到圣爱，走过迷惘通达澄明，越过植物般自然状态，进入诗化生命的至境"[2]。一句话，女性的教化是尤

---

[1] 以赛亚·伯林：《浪漫主义的根源》，吕梁等译，第115页。
[2] 胡继华：《爱欲升华的叙事：略论F. 施莱格尔的〈卢琴德〉》，《上海文化》2014年第11期。

利斯成为"完整的人"的根本所在。而《艾约堡秘史》中老政委、蛹儿和欧驼兰三位女性与淳于宝册之间的关系，以及宝册生命历程的轨迹与《卢琴德》不谋而合。

　　小说中，三位女性分别出现在淳于宝册人生的三个紧要隘口：老政委杏梅是狸金集团的真正缔造者，她有着泼辣的生命力和意志力，因在"武斗"中组织起比男人领头的队伍还要强悍的手枪队而名噪一时，她抽烟喝酒，枪不离身，终日穿着高筒皮靴游荡，有一双熏人的汗脚。她因为在"文革"中舍命救过一位老首长而与权力的上层搭上线，为日后狸金集团巧取豪夺的崛起提供了庇护。同时，小说又强调她身上有地母般朴拙醇厚的一面，她"一双大眼放出温柔的光，像野物的眼睛"，身上"挥发出花斑牛那样的怪味儿，像一团淤泥抹过来"。她"以一个老师的示范精神引导和怂恿"[1]，同时开启了宝册的欲望之旅和事业之旅。质言之，这是一个被暴虐的时代塑造，又凭借丰沛的像母性的大地一样的生命感抗拒塑造，并去启悟男人的人，她磅礴的爱欲携带着强劲的征服快感，也潜伏着巨大的破坏力。

　　蛹儿在甫一出场的时候，仿佛依然是一个被男性叙事者惯性锚定在客体位置上的他者，她美艳不可方物，在与淳于宝册相遇之前，是众多男人意淫的对象，她先后委身于跛子画家和瘦子官员，但借艺术和权力之名的欲望并没有真正驯服她，直到宝册慕名来访。在与宝册的性爱中，那种"不可抵御的臣服感"淹没了她，一如当年宝册对老政委的臣服。宝册似乎是把蛹儿从纷纭情欲和人生混乱中解放出来的一个男性主体，但是事实上，她远不只是一个被救者，而是艾约堡上下

---

[1]　张炜：《艾约堡秘史》，第 150—151 页。

也是宝册行将崩毁的心灵秩序的抚慰者，是一个肉身的布施者，尤其当他被荒凉病缠身的时候。宝册给她起名叫"蛹儿"，让她守着艾约堡，期待的也正是她为蝶变蓄积的能量对自己失爱心灵的抚慰。

当蛹儿将宝册生情的爱力激发出来，他恰逢其时地邂逅了欧鸵兰。欧鸵兰就像某种水生植物般"没有一丝泥尘，没有沧桑没有风霜，白细，水汽充盈。多么黑亮的眸子，牙齿晶莹。一种不甚明显的菊香从她身上扩散到整间屋子"，"她的周身都裹着青春的新异与成熟的温厚，是这二者混合而成的气息"。[1] 此外，她的身份是一个民俗学家，这让她格外具有迷人的知性魅力。就像施莱格尔笔下的卢琴德指引尤利斯一样，她开启了淳于宝册新的生命契机——如果说，老政委代表的是狂野的自然原欲与现代权力的媾和，蛹儿代表的是肉身之美与性灵之美的均衡，到了欧鸵兰这里，爱力中欲念的东西已经被涤荡干净，只留下自然的纯美和知性的芬芳。她的学者风范和艺术气度帮助宝册找回了初心，让他醒悟自己本来应该是一个"著作家"，或至少是一个诗性的阅读者，一个懂得生命别有大美存焉的人——就像《浮士德》结尾处那"神秘的和歌"所咏叹的："一切消逝的，不过是象征；那不美满的在这里完成；不可言喻的在这里实行；永恒的女性，引我们上升。"

与伯林评价《卢琴德》的话何其相似，《艾约堡秘史》的现实批判性是相当锐利的，但这没有妨碍它作为一部有胸襟的大作品的寓言化指涉，数位女性与宝册的关系也可以被"视作伟大的布道"，并向世人展示了，爱情、知性、艺术之美与精神正能量对贪欲的引导和升华，宝册往"黑暗之心"加速坠落的旅程因为蛹儿和欧鸵兰的出现而得以彻

---

[1] 张炜：《艾约堡秘史》，第91页。

底扭转。

"万物有本然，终不为他者"，据说约瑟夫·巴特勒这句话是伯林本人最喜欢的引语之一，后来将伯林的浪漫主义的演讲修订为《浪漫主义的根源》的编者将这句话放在了开篇。我以为，这句话也非常适用于评价张炜四十余年的创作，他是一个心有所本、不为时移的写作者，这不仅体现于他忧愤的道德理想，也体现于他对浪漫主义美学观本源性的体悟和感发。虽然在张炜自己的表述中，他更多用人文主义来形容自己和自己看重的创作品格，而我们知道，现代人文主义恰恰是以对浪漫主义的反思和批判作为前导的，白璧德更是把批判的矛头对准了卢梭。张炜确实继承了新人文主义的很多遗产，比如对人之德性的重建和社会伦理体系重构的吁求等，但他并没有因此轻率地把浪漫主义作为异质性的包袱，而是始终秉有澎湃的浪漫激情。他致力在浪漫主义和人文主义之间建立有效的沟通和融合，并形成其基本的精神特质，做出卓有成绩的探讨，我们理应向这位天生浪漫者表达我们的敬意。

物欲时代的玄学之光

——读赵德发《乾道坤道》

夏志清在其题为《论中国现代文学感时忧国的精神》的著名论文中认为，由于宗教信仰的缺失，中国现代小说家对中国命运所背负的道德重担使他们流于一种狭窄的爱国主义，与西方现代作家致力探讨现代文明的病原那种世界性的精神迥然不同。不过，夏志清的宗教理解中又隐含着以基督教为中心的偏向，道教对于人类和世界的终极意义并不在考量之内。有趣的是西方人的看法，英国著名的科技史学家李约瑟在他的巨著《中国科学技术史》中，给予道家高度的评价："中国人性格中有许多最吸引人的因素都来源于道家思想。中国如果没有道家思想，就会像是一棵某些深根已经烂掉了的大树。这些树根今天仍然生机勃勃。"[1] 李约瑟此论其来有自，自道家思想西传，歌德、王尔德、荣格、海德格尔等西哲将道家捧为东方智慧的代表，他们对道家典籍的参详和道义的发阐都是为人熟知的例子。

惜乎，西哲当年预警式的论说在时下这个后现代社会一一应验，

---

[1] 李约瑟:《中国科学技术史》第2卷，何兆武等译，科学出版社、上海古籍出版社，1990年，第178页。

道家思想却隐而不彰。全球化无远弗届的统合力，消费主义的蔓延所导致的均质化让本土智慧逐一式微，道家因其"无为"的玄学本色与市场经济的违和而首当其冲，其作为中国人文化基因的支撑作用已消散殆尽。而这或许正是赵德发先生写作《乾道坤道》的根由，小说以全真教南宗传人石高静砥砺身心、精进求道的经历为主线，通过他对修性与修命、无为与有作、人为与天道的辩证领悟，来呈现作为中国本土文化之根的道家思想在今天的际遇与嬗变，努力在后现代的语境中借助道家资源尝试与畸变的社会现实沟通对话，以期实践一个韦伯式的命题：如果说新教伦理催生了资本主义精神，那么道教伦理则有助于纠偏唯科学主义、唯发展主义的迷失，在全球化的时代用其玄学之光再次照拂人们被资本和欲望蔽抑了的灵心。

小说主人公石高静是一名移民美国从事基因研究的生命科学博士，他甚至参与了人类基因链的测序这样最前沿的科技攻关，他的另一身份则是坚贞的道教徒，发愿将道教在海外发扬光大。由于住持师兄邈然离世，他遵循道命放弃在美国的事业，回到自己当年出家的琼顶山，力振全真道南宗祖庭。石高静仿佛是一个将科学与玄学置于生命两端的天平，作家显然要借他来辩证地思考在高科技的现时代道教文化与科学主义的关系。小说开篇就展现了二者的交锋，石高静让师兄应高虚在迈阿密的海滩上展现他调息凝神让心律消失的神奇，却遭到了一位围观的科学主义者的质疑。这一幕很戏剧性，也饶有深意，道家的修炼本是科学主义的经验所不能解释的，却要依靠心电图这样的现代科技设备来检验，换言之，石高静得用科学的方式证明道家玄学的魅力。这就是道教在科技强势时代生存的吊诡！

为了强化石高静一己的"科玄论战"，作家又着意提炼了一个细节，让石高静患有"家族性高脂血症导致的冠心病",他之所以对求道和科学两手抓,是为避免家族遗传疾病的侵扰,不像父辈一样英年早逝。小说第六章,心疾发作的石高静在梦里与太上老子有一番对话,石高静执拗地就遗传基因的缺陷设问,老子则玄而又玄地以《道德经》的经义做解。这个梦中问答其实也总括出整个小说对唯理主义和科学至上论的反思。唯理主义的恶果,其实早已为道家所预见,《庄子·天地》篇有云:"有机械者必有机事,有机事者必有机心。机心存于胸中,则纯白不备。纯白不备,则神生不定。神生不定者,道之所不载也。吾非不知,羞而不为也。"小说里,石高静的心疾是器质性的,更是精神性的,他病愈的过程也正是一个不断去除"机心",甄破理性霸权的迷失,让自我重新融于自然的过程。更值得肯定的是,作家破除科学万能的迷信,并非为反而反,那样的执意不过是堕入玄学主义的新绝对论罢了,他期待的是科玄两者能由对峙到制衡再到交融汇通,共造宇宙万物的福祉,比如小说中一再提到大到宇宙星盘小到基因DNA的双螺旋结构与道家"之字脉"的神奇相似,便是在"众生皆具道性"的大理解中,将科学性与玄学魅性熔于一炉。

小说在谋篇布局和情节设置上借鉴了通俗小说的手法,尤其是石高静被师弟卢高极排挤,被迫在希夷台闭关修炼的几章,尤为引人入胜。石高静仿佛像武侠小说里隐居山林的侠客,他被毒蛇咬后自断手指,又自名"九指道人",无酒无饭便以松针为食,后无意中采得仙草铁皮石斛滋补,又曾潜水湖底寻找被埋没的逸仙宫旧址。再加上应高虚的坐脱立亡,江道长的神机妙算,老睡仙的半人半仙,翁崇玄的失踪之谜,这些个得道之人的不凡经历,是这部现实主义为底色的长篇张扬出迷人的玄学光泽的又一原因。鲁迅在《中国小说史略》中早就指出过,"称道灵异""发明神道之不诬"的"灵异"叙述一直蔚为大观,它们借由对幻魅、奇诡的渲染,构成中国文学重要的叙事向度,乃至是一种诗学传统。《乾道坤道》以道教和道士为对象,并对玄妙之人与事做出细致精彩的文学性书写,实在是有着向传统致意,重新接续富有人文魅性的叙述谱系的重要意义。

《乾道坤道》之前,作家还有首部以汉传佛教和佛门弟子为素材的长篇《双手合十》,说的是学僧慧昱佛学院毕业后虔心礼佛,以"平常禅"住持飞云寺却遭诸多红尘困扰的故事。将这两部小说统观,赵德发宗教写作的特质便也彰显出来。在他之前,新时期宗教写作的代表人物如张承志、北村等都有着虔信的教徒身份,代表作《心灵史》《西省暗杀考》《施洗的河》《愤怒》等也都呈现出鲜明的教义色彩,甚至直接便是宗教信仰的宣谕。赵德发则是以在家写出家,他的宗教写作是期待信仰的写作,但并非信仰的写作。或许有的读者会有这样的疑问,作家在《双手合十》中说佛,在《乾道坤道》中弘道,把佛道两家都写得博大精深,二者都是救渡迷乱之现代人心的指针,那凡夫俗子若要皈依到底是该选佛门还是道家?单从信仰的维度和个体信仰者的信靠来看,赵德发的两部长篇之间确构成一种彼此的否定;但若是从期待信仰这个角度,从建立现代性的多元信仰的语境伦理的角度来看,提倡宽容和交互理解的信仰自由又有着更现实的意义和可行性。打个不恰当的比方,赵德发将佛道等量齐观,好比金庸笔下老顽童的双手互搏,看起来是自个叫板自个,但其实是攻敌克难的一套犀利组合拳。

在《乾道坤道》中,"虚、极、静、笃"师兄四人,卢高极和祁高笃是被当作石高静和应高虚的对立面来写的。卢高极凭借擅长"高功"的本事，弃精深的道家思想于不顾，一意搞斋醮科仪借机敛财，又借乾坤双修觊觎女色，依傍官场权贵欺诈同门，十足一个现代的妖道。如果说对卢高极的刻画尚有一点脸谱化，祁高笃这个人物的训诫意义更为突出，他在琼顶山出家三年求道不成，对道家不失虔敬，投机商界致富后，便以吸毒等极端的方式来获取他在修道中从未曾获得过的悠游的高峰体验，最终因玩滑翔伞殒命。从一开始他就预知了自己的下场可悲，因为他相信"祸福无门，唯人自招"，无奈被消费主义的洪流裹挟，穷奢极欲沁入骨髓。祁高笃的纵欲与虚无无疑具有相当的典型性，而由他这条线，作者又连带出沉溺红尘的青春欲念、GDP思维下的涸泽而渔焚林而猎等，对这些怪现状的描写，虽因笔触峻急而不免浮泛，但种种触目惊心，已将这个时代信仰空位、道德崩坍的真相裸露出来。且相比于《双手合十》，慧昱最终功德圆满地升座为飞云寺住持，可以安心地弘扬佛法；《乾道坤道》的石高静性命双修，固然治愈了家族遗传疾病，心境也达到圆明自在，但逸仙宫住持的位置却被卢高极设计霸占，正应了道高一尺魔高一丈，作家没有因"道"的出场而让一切变得一劳永逸。这种处理，让这部洋溢着人文魅性又别具体恤之情的小说有了一个分外现实又冷峻的尾声，作家确信宗教是能够提供抗拒物欲时代和自我颓堕的可靠力量，但未来真的是任重"道"远。

告别道德化的乡土世界之后

——刘玉栋晚近小说论

2010年发表的长篇小说《年日如草》仿如一座界碑，把刘玉栋不短的创作历程做了相对鲜明的区分：在《年日如草》之前，他凭借《给马兰姑姑押车》《葬马头》《火色马》《我们分到了土地》等脍炙人口的名篇，不但成为接续齐鲁乡土美学文脉的又一名忠贞的"地之子"，也成为全国70后作家的领军人物之一。然而，巨大的声誉也给他带来持久的困惑，他曾把自己一组童年叙事、讲述故乡齐周雾小村的小说组接成一个小长篇，命名为《天黑前回家》，在出版时书前引用了波兰女诗人希姆博尔斯卡的《乌托邦》中的一句诗："似乎这里只有离去的人们，/他们义无反顾地走向深处。"究竟是"天黑前回家"还是"义无反顾"地"离去"？刘玉栋的困惑其实是他在童年乡土叙事的真醇和现实乡土境遇里的痛感这张力结构下的必然。当然这种困惑还包括对自己被"风格化"和"标签化"的反思与抗拒，他的文学世界是否只能在"道德化的乡土"中转圜？因此在我看来，《年日如草》的写作对于刘玉栋而言，有种总括和清算的意味，他把自己关于乡土之"常与变"的思考，对于乡土现代化进程中由乡而城的农民命运的关注贯注其间，为自己诗性盎然的乡土写作唱响了一曲骊歌，也是挽歌。《年日如草》之后的四年，刘玉栋的写作有了明显的变化，虽然题材上还是以乡土为主，但在叙事和题旨上已截然不同于前期。而更大的变化则表现在整体的审美风貌上，如果说他前期的作品可以用前述的道德化的乡土来概述，那么近年来，他在多个向度上展开的审美实践和更深层面的精神思考，越来越难以让人做出清晰的风格界定。这些作品虽然并没有像《给马兰姑姑押车》那样获得全国性的影响，但体现出的破壁的意图和"对人的内在困境和幽暗世界的真实开掘"[1]的写作信念，还是让人对他的创作前景充满期待。

乡土之痛与乡土之魅

刘玉栋前期以"雾村"为主的乡土系列小说大都保有温暖的调性，童真的叙述视角和回溯式的呈现复原出深刻而甜美的乡土记忆，这些小说的妙处在于，他不只是歌颂乡土娴静的景致，更是留摄乡土温婉的灵魂。然而21世纪以来，农村的剧变远超出人们的预估，乡土中国已然出现本质性的解体和转型，这对以书写乡土成名的作家提出极大的挑战，就像阎连科说的："你所熟悉和写作的资源——写作中必须依赖的那块土地，在社会转型中发生了巨大的变化，这种变化不仅是物质的，更是精神的；不仅是日常生活的，更是人的灵魂的；不仅是土地、村落、山河、林地这个地理空间的，更是人的思维、思想和伦理道德这个内在空间的。现在，面对这个转型，给我，甚至是我这一代作家带来的困惑是，你所熟知、熟悉的土地和乡村，是过去的，不是现在

---

[1] 刘玉栋：《创作自述》，见《公鸡的寓言》，山东文艺出版社，2005年，第17页。

进行时的；属于你的那个'本土'和'乡村'，是昨天的而非今天的。"[1]这样的情势之下，刘玉栋的乡土写作自然也需在回忆和温暖之外，艰难地正视当下乡土异变的现实，把一种对故土的情感体恤转换为质询性的精神探求。

2014年春，刘玉栋在《鸭绿江》发表了中篇小说《风中芦苇》，迅即被《小说选刊》转载。熟悉刘玉栋的读者会知道，这篇小说其实是对他2001年发表于《长城》的旧作《干燥的季节》的重写。《干燥的季节》和刘玉栋同期的其他作品一样，故事性并不强，更类似一幅乡村生活的剪影。小说的线索也较为单一，围绕王喜祥在干旱时节里抽干水塘卖鱼期间与乡长的儿子刘全起的冲突来写，结尾于王喜祥愤怒地欲要磨刀报复，可是池塘都没有水了，能去哪里磨刀呢？小说已经涉及乡土之恶，只是这"恶"的主谋是干旱的天气、是刘全这样仗势欺人的村长之子，虽然也提到了"女儿红"里的小姐、收集资款的催款队等乡土社会中虎视眈眈的异质力量，但限于点到为止。而且小说依然用了不小的篇幅去写鲤鱼跃出水面，红色的尾巴在夕阳中点点闪耀等诗情洋溢的场面，这些静美如画的描写固然凝结了乡愁的悲情，却也中和了小说里农人的忧愤。

在《风中芦苇》中，王喜祥和刘全的过节不再是故事的主干，而成了小说的一个声部。整篇小说起于小樱回乡祭母的亲情苦旅，她的回家触动罹患绝症的父亲自杀，然后如湖心荡开的涟漪般，一波波地向外扩展，串联起雾村的各色人物，也借此深入当下乡土的肌理深处。与《干燥的季节》相比，我们发现，不但小说的结构变得开阔，其对乡

---

[1] 程光炜等：《乡土文学创作与中国社会的历史转型——"乡土中国现代化转型与乡土文学创作学术研讨会"纪要》，《渤海大学学报》2010年第1期。

土之恶与痛的呈现也更深刻冷峻、更内在化了。这首先表现为,《风中芦苇》里的"恶"不再是具名化的人和物,虽然在王久贵和王喜祥的部分,小说沿用了《干燥的季节》的情节,如催款队的威逼导致王久贵的瘫痪等,但除了基层政治威权的威压,雾村之"恶"更像一种持续发酵的场,让村民无一例外地困陷其中:小樱母亲的死、父亲二九的颓败、秀才陈元的懦弱、村妇春香的贫困,连耀武扬威的刘全和刘丫头也各有不堪说破的心事——他们既是施暴者,也是被惩罚者。其次,雾村已彻底变得诗意难觅,取而代之的是"河的两岸,是一些枯黄的野芦苇,稀稀拉拉的,淡灰色的天空下,风吹过芦苇,特别荒凉"。小说类似这样的对于初冬时节凋敝乡村的描写还有几处,它们不由让人想起鲁迅在《故乡》里渲染出的意境,而"风中芦苇"也由此成为定格乡村与乡民之痛的征象。

这样看来,《风中芦苇》所采取的复调多声的结构方式,与其说是技术上的考量,不如说是小说题旨与表达的预制。雾村的每一个人都以第一人称去表述他们的凄惶和困顿,这让弥散乡间的疼痛的心声免于了被代言的隔膜和被曲解的风险。这些"风中芦苇"的陈述也许就是弗兰克·奥康纳所定义的"孤独之声"——那些真正底层的边缘的沉默者的声音。

在另一篇以"还乡"来结构故事的小说《还乡记》中,叙述者"我"被设定为已经在城市里小有成就,但尚保留着农民本色的某报纸主编。然而有意味的是,这个由乡而城的知识分子尽管掌握媒体的话语权,却无法替被乡村恶少撞伤的父亲主持公道,只能以自欺欺人的犬儒方式走完苦涩的回乡之旅。"我"对乡村之恶的无力又一次让人想到《故乡》,如果说"五四"启蒙一辈是深感现代性话语之于麻木恣睢的乡土国民性的隔膜的话，世事轮转，当当下的知识分子面对现代化的负面力量对于乡土伦理的侵蚀再一次变得束手无策时，这悖论性的轮回逼迫我们不得不正视乡土现代转型中的复杂多向，岂是一个"农村现代化"的标签便可以说明得了的呢？

同时，直面乡土之痛，让刘玉栋回溯性的作品也有了与前期不同的样貌，最直观的便是，他通过对异动时期农民命运的观照使自己的写作真正历史化了，而我以为，这是70后作家告别经验写作、走向成熟的标志之一。其实，在刘玉栋前期那些引人注目的小说中，历史感就不曾缺席，只不过这种历史感是与他丰饶的童年记忆缠绕在一起的，而第一人称的儿童叙事给坚硬的历史事件披上了一层柔软的斗篷，使读者不易觉察它们粗粝磨人的属性。在近作《锅巴》中，他不但去掉了那层斗篷，所处理的历史事件也分外坚硬，那便是20世纪50年代后期的"大跃进"和紧接而起的农村的大饥荒。小说里的大春在各种"运动"的裹挟下，满怀革命热情，却终被饥饿浇凉。在写法上，小说以民间之善反衬荒芜时代的暴虐，笔法沉实又不无荒诞。饶有意味的是，大春的媳妇叫小白，这不免让人联想到《白毛女》里的喜儿和大春。如果说《白毛女》表现了"旧社会把人变成鬼，新社会把鬼变成人"的主题，那《锅巴》里大春和小白在新社会里又让一场饥荒变成了"罪人"，这真是历史深深的嘲讽了。

2013年，刘玉栋还接连发表了以乡村名医方子棋为主人公的小说《暗夜行路》和《狐门宴或夜的秘密》。在《暗夜行路》的创作谈《那些消失的乡村生活》中，刘玉栋提到，过去乡间夏夜村人们围坐谈鬼的风致已杳不可寻，现在的农民无心谈鬼，感兴趣的话题只有如何才能赚到钱，且"如今，人比鬼可怕多了，鬼不用防，人却要处处提防"。有鉴于此，刘玉栋着意打捞当地流传的方子棋的故事，一本正经地说狐论鬼，既是致敬和缅怀"消失的乡村生活"，也有意接续中国本土志怪叙事的资源，拓展自己乡土书写的幅度。

大卫·格里芬谈到过，祛魅的"一个深刻而主要的特征是否认'远距离作用'"。"械论观点的中心内容是否认自然事物有任何吸引其他事物的隐匿（神秘）的力量（这种否认使得磁力和万有引力变得难以解释）。就这样，自然失去了所有人类精神可以感受到亲情的任何特性和可遵循的任何规范。人类生命变得异化和自主了。"[1]但对文学而言，过分祛魅所造成的人文魅性的丧失必然导致审美空间和思想空间的窄化，因此文学必然要以文字的"返魅"超逾现代性的统合逻辑。刘玉栋说自己饶有兴趣地写鬼故事是"王顾左右而言他"[2]，当即指此意。此外，王德威也曾论到，就字源考证，"鬼"与"归"字可以互训，《尔雅》曰："鬼之为言归也。""鬼之所以有如此魅惑的力量，因为它代表了我们在大去与回归间，一股徘徊悬宕的欲念。"[3]作为眷恋故土的一名地之子，刘玉栋的志怪故事焉得不是在以"鬼"指"归"，以鬼的魅性招魂乡土的魅性呢？

小城的隐衷

刘玉栋因为关怀乡土而为人熟知，不过，他其实一直未曾放弃对城市的打量和表现，尤其在其创作的初始阶段，城市题材作品众多。

---

[1] 大卫·雷·格里芬：《科学的返魅》，马季方译，见江怡编《理性与启蒙——后现代经典文选》，东方出版社，2004年，第605—606页。
[2] 刘玉栋：《那些消失的乡村生活》，《中篇小说选刊》2012年增刊第2期。
[3] 王德威：《现代中国小说十讲》，第357页。

而且这些作品在风格上迥异于他温婉体恤的乡情挽歌，从主题、叙事，到结构、修辞，无不闪烁着咄咄逼人的异质性的锋芒。他近来出版的小说集《浮萍时代》即收录了他这些年关于城市的小说，其中与小说集同题的《浮萍时代》标明写于1993年4月，是集子中写作时间最早的一篇。今天来看，这篇近20年前的作品，对城市人际关系疏离性的影射依然不失精准。一个叫鬼子的朋友的突然死亡给活着的人提供了检视人生过往的机会，可无论是在父母、朋友、老情人还是那个谜一样的叫红羊的女人那里，一种实在确凿的情感支撑始终阙如，"一切是多么没有意义"！当商业逻辑把人从传统情感关系中抽离出来，漂浮性的感受于焉而起。一如小说里"我"对友人之死的意义寻绎，终要落入情如"浮萍"的感喟。事实上，整个20世纪90年代，刘玉栋城市题材的书写都渗透着类似的意绪，他笔下的人物对他人和外在世界总有顽固而恒久的疏离，他们无力抗拒城市的异化而变得木然徒劳，他们在与本真状态的分离中孤独地生活或者死亡，甚至面对自己时他们也充满陌生。且看这一系列的小说题目：《后来》《向北》《越跑越快》《傍晚》《白色》《淹没》《堆砌》《午后》……这些尽可能祛除了感情色彩的中性词汇透射出一种无动于衷的冷漠，彰显出作家对脆弱的城市情感生态的不信与失望。而这或许也正是他在20世纪90年代末把视线转回到乡土的缘由。城市，在他的小说中，当然并没有缺席，比如在不同作品里时常会浮现的那个"白水城"，不过它们更多是作为与乡土对立的镜像而获得反证的意义。

2013年，刘玉栋在《人民文学》第6期发表了中篇《家庭成员》，对于刘玉栋而言，这个小说的特别在于，他再一次把故事背景设置在城市，只是事隔多年，他对城市的理解已然不同。

首先，这个城市不是"白水城"那样的大城市，而是普通的小县城。作为在社会政治、经济、文化等方面相对独立，呈稳定状态的基本政治和社会单元，县城在城乡对峙的区划格局中留下了一个巨大而又暧昧的缓冲地带，一方面，它响应现代化的召唤，闪现着向都市看齐的欲望；另一方面，受制于规模和人口的制约，以及文化传统的遗留，它又有着脱不开的乡土意识。近二十年来，随着现代化进程的加快，城镇也随之而变，其人际交往还有着"熟人社会"的印记，但价值观念的遽然变化又会让他们彼此觉得陌生无比。《家庭成员》的开篇即写小城变化的"天翻地覆"。更有意思的是，小城之变近来成了 70 后作家不约而同的写作面向，比如以写作"桃源县"著称的张楚在解释自己为何致力书写"小城故事"时，便这样说过："生活在城镇就像生活在水面之下，你身边不断游过一些浮游生物，你跟它们碰撞、接触、纠缠，然后各奔东西。你可以发现，这些所谓的普通人都有自己的内心世界，他们都有对这个世界的完整认识和行事准则、说话方式……中国现在大部分都是小县城，小县城的变化非常之快……在市政建设上，这些小县城已经越来越接近大城市，甚至有些县城跟二三线城市之间看不出什么区别，但是你如果生活在这里就会发现，县城里的人们精神上的贫瘠还是没有改变，城市发展跟人的精神需求是不合拍的。"[1]刘玉栋的这个小城故事，投射出同样的况味。

其次，小说由"父亲的孤独""母亲的菜园""妻子的烦恼""儿子的日记"四个单元构成，采用的是与《风中芦苇》类似的多声部的叙述结构，只是没有使用第一人称，而分别由作为叙述者的"我"来叙说。

---

[1] 张楚：《写作是一种修行》，《文艺报》2013 年 4 月 7 日。

选择这种结构方式，在我看来，同样并非出于技术上的考虑。刘玉栋多次表示过对细小之物和日常生活的重视，他曾以印度女作家阿伦德哈蒂·罗易的《卑微的神灵》为例，认为其"在个人的历史记忆之中，用日常生活中最细小最隐秘的小东西，放射出强烈而又宏阔的光芒"[1]。罗易对"细小与庞大"的辩证思考所给予刘玉栋的启示便是，可否在对一个家庭成员的烦冗的日常细节的呈现中，把捉住匆促剧变下的小城，进而记录现代化的滚滚洪流中那些消逝的属性和变异新生的质素。

"父亲的孤独"写父亲因嗜酒而流连酒场，退休后遭遇人走茶凉的世故，也透露了商品法则对于"熟人社会"形态的瓦解；"母亲的菜园"以母亲在楼前种菜的甘苦和菜园不断被现代的物业设施吞噬的过程，来写城市里无处安放的乡愁；"妻子的烦恼"借妻子的梦境刻画小公务员的职场人生和囚徒困境；"儿子的日记"则通过孩童的视角暴露社会阶层的分化，以及权贵现象的下移带给孩子们的价值选择的困扰。四个家庭成员平庸的人生场景和患得患失的人生感喟辐辏出小城生活的面相，而这样的微观叙事实际上是有着相当宏观的抱负的。不难看到，再次面对城市时，他不再像写作初始时那样正面强攻，而是将笔墨渗透到小城一个家庭的肌理之中，碎片的、细节的和充满迷茫的生活片段复原出剧变中的日常体验，也探索了个体在时代潮涌的阵痛中的隐衷和所面对的困境。

---

[1] 刘玉栋：《刘玉栋创作语录》，《红豆》2004 年第 6 期。

表现主义者东紫

用一个明晰的术语去命名某位作家理应是批评的大忌,因为命名即意味着凝定或框限,而在围绕命名做出归纳时又不免排他,作家多维丰富的艺术世界往往因此被化约为一张干瘪的标签。即便如此,笔者还是要冒险把东紫定义为一名"表现主义者",这不但因为她身上体现出太多与山东其他本土作家不同的异质文学元素,更在于其咄咄逼人的锋芒时时提醒我们她的写作是对一个已经淡出人们视线的伟大表现主义文学传统的自觉反顾和接续。表现主义既是"要寻找使进步人类的普遍意志得以感性化的那样一种艺术表现手法"[1],又意味着"被生活着的"人类试图重新找到自己,意味着艺术对世界的介入不在其表象和应然层面,而在其本质和本然领域,用德国表现主义作家卡斯米尔·埃德斯米特的话便是:"只有当艺术家的手透过事实抓取事实背后的东西,事实才有意义。"[2] 这样的话听起来未免让人耳熟,在中国现实主义的大纛之下不乏对所谓"本质真实"的强调,但是与这种基于乐观的历史理性的本质观截然相反,表现主义想要呈现的乃是把历史理性去蔽之后

---

[1] 瓦尔登:《究竟什么是表现主义》,刘小枫译,见伍蠡甫、胡经之主编《西方文艺理论名著选编》(下卷),北京大学出版社,1987年,第347页。
[2] 卡斯米尔·埃德施米特:《创作中的表现主义》,见伍蠡甫主编《现代西方文论选》,上海译文出版社,1983年,第89页。

人类置身于荒诞与脱序情景之中的本质。不妨让我们从东紫的《饥荒年间的肉》(又名《梦里桃花源》)谈起。

佯谬的寓言与对恶的洞悉

在新文学史上,"吃人"的意象其来有自,早在晚清刊载于《新民丛报》的《人肉楼》已将老中国形象化为"人肉的筵宴",至鲁迅《狂人日记》一出,"吃人"更成了僵死礼教的代称。仅从题材上看,《饥荒年间的肉》仿佛是在向前贤致敬,小说写饥荒年间一叫饱儿的女子嫁入桃树庄,发现庄里以人肉为食,饱儿为拒绝吃人跳崖。不过在阅读体验上,《饥荒年间的肉》却与《狂人日记》等截然不同,后者的"吃人"凝聚着巨大的思想含量和象征力量,而在东紫笔下"吃人"则是具象化的,诸如"男人的头皮已经被揭掉了,腋窝和阴部的毛丛也被连皮割掉了。另一个是女人,也是没有了头皮,两只碗大的乳房,乳头凹在里面,像两只枯了的眼睛……"。这样令人不快和惊悚的句子在小说中还有多处,她明明是在虚拟一个残暴的吃人村落,却尽可能调动描写的能力,勾画大量精细入微的画面让虚拟情景切实可感。这不由得让人想起卡夫卡擅长的"佯谬",海因茨·伯里策在《卡夫卡研究的问题和疑难》中指出:"卡夫卡风格的典型特征是佯谬。他的语言是德国轶事那种平板和冷静的语言,而他的作品的内涵却是神秘的。他的风格毫无疑问是一种现实主义风格;然而通过这现实主义表达出来的,却是一个秘密,或者说得更确切些,是一个猜不透的秘密。他的表达方式是从容不迫,几乎是明朗的,其背后却潜伏着深不可测的绝望。他描写死亡和惊吓、恐惧和战栗,用的却是一种显而易见的嘲讽的语调。"当然,东紫远不像卡夫卡做得那么从容不动声色,她赋予这个小说的叙述张力更多来自于荒诞的情节和情节中的主人公以之为真的那种焦急,而且,她给小说一个特别的结尾:饱儿坠崖之后,时间回到了当下,一对苦命男女被当作了桃花源的发现者而改变了命运。这无疑是一个反讽的结尾,一辈辈人念念不已的桃花源其实是以人为食的恶托邦,同时这也是一个将隐喻坐实了的结尾,"吃人"的寓言就是为表达对乌托邦的不信,苦命男女转运的遭际就是为了表达人生的悖谬。这里,过于显豁的"具体的隐喻和可以分析的具体的动机"显示了东紫与大师之间境界的落差,但我们无法否认,东紫在创作之初便找到了"佯谬的寓言"这种形式借以表达她对历史与人性的思考。

也正因此,东紫绝大多数的小说都有很强的"情景性",她不是对生活做一种常规的原生态的观察,而往往围绕一件事几个人构筑一个近于封闭的情景,让这个情景成为生活的"样板间"或"显微镜",她为之选择的事件通常也比较乖谬和反常,比如《珍珠树上的安全套》围绕的是某居民楼一楼小院树上隔三岔五出现的安全套,《左左右右》围绕的是画在厕所里的段长和某女员工的裸体画,《在楼群中歌唱》围绕的是一对捡拾破烂的夫妇无意中获得一笔巨款……这些在现实生活中并不常见的事件和情景或能诱导出平时被掩蔽起来的人性,或能将人们临事的情绪反应做放大的观照,或能压榨出人本我的欲念。以《珍珠树上的安全套》为例,挂在树上的用过的安全套引起了全楼的骚动,可随着叮当的爷爷的调查,落在树上的安全套不但没减少反而日渐多了起来,因为整栋楼的每一扇窗户背后是各怀心思的居户,安全套变成了一把打开他们心门的钥匙:大学同窗兼同事如何为了职务升迁反目,望子成龙的父母为了风化择邻而居,离异大夫与落魄青年潜藏的伤害和欲望……每个人隐秘卑微自私的念头都借助这个情景放大化地呈现出来，那些招摇在树上的安全套也借此完成对人性厚黑的指控。小说结尾，叫欧阳的那个人本来不是事件的参与者，却因为叮当的爷爷被气得住院而心生借"套"杀"树"的计谋，把安全套漂亮地抛掷到树上，希望叮当的爷爷能为此伐了珍珠树，免得自己妻儿每年因树开花而遭过敏之苦。完整地读完小说，读者才会明白，这个有着侦探外壳的故事根本无意于揭秘，安全套到底是谁捣的鬼并不重要，重要的是我们每一个人扪心自问在那种情景之下，自己又会做出怎样的判断和反应。在这个意义上，纠缠于小说真实与否、可否成立是对小说最大的误读，东紫要的就是悖谬，她那些貌似现实主义的笔墨实则都是关乎人性的预言及寓言。

获得人民文学奖的中篇《春茶》有着比前述几部作品更切近生活的指涉，小说中的人物所斤斤计较的也都是现实的烦恼人生，但在根本上，这个小说依旧是依托几盒春茶和机关上的几个同事构筑的情景来探勘人性的。所以，鄙意以为，倘从现实主义立场解读，这个小说中最大的包袱——梅云的几个同事居然都不打开包装盒而就能将空的盒子当作珍品的春茶送人，导致误会连连——其实是经不起推敲的细节的硬伤，但从"悖谬的寓言"的角度去看，一切迎刃而解。"春茶"是东紫又一把插入世态人心打开人性潘多拉魔盒的密钥，如她自言，《春茶》是"用一个女人内心里最隐秘的情感钩拽出被权力和欲望奴役着的人的形象。剥开女人最隐秘的痛苦，质问一下把爱情踩在欲望之下的人，把泥巴当暖被窝把蛛丝当吊床的人"。[1]在东紫谨慎细致的探问叩听之下，

---

[1] 东紫：《喝杯绿茶，静思一下》，《北京文学·中篇小说月报》2009年第8期。

梅云对爱情最真挚的寄望反过来狠狠嘲讽了她的天真，也嘲讽了每一个卷入春茶事件的人，那些被虚与委蛇和一团和气织接起来的同事友情原来如此不堪一击，那个柔情缱绻的男人内里原来是如此的卑下无耻，一个偶然就暴露了人们相处的心防和算计。这篇小说确乎有着论者所谓的"越界"锋芒，也彰显了东紫对人性之恶的体察和洞悉。

医者和患者

东紫的本职是药剂师，她的医学背景投射在小说中便是，她为数不少的小说人物身份是医生，为数不少的人物有着这样或那样的医学病症，如《显微镜》里印小青的洁癖，《老白杨树村的老四》里老四的异装癖，《我被大鸟绑架》里被送入安慰医院的"我"的妄想症，又如《被复习的爱情》《左左右右》《乐乐》等中以医生面目出现的各色人物。苏珊·桑塔格在《疾病的隐喻》中集中探讨过像肺结核、艾滋病等疾病被当作修辞手法或隐喻来加以使用的诸种情形后，得出的结论是，疾病并非隐喻，而看待疾患最自然最健康的方法是尽可能摒弃"隐喻性思考"，但是她也承认，"要居住在由阴森恐怖的隐喻构成道道风景的疾病王国而不蒙受隐喻之偏见，几乎是不可能的"[1]。桑塔格的结论和担忧反过来提醒我们，疾病，无论是身体的还是精神的，内在的还是外在的，社会和医学赋予它的种种附加性的心理解释和道德说教往往对应人类存在的断裂体验或类似的窘迫困境，把疾病去隐喻化的还原过程何尝不是索解疾病的象征深度和可阐释性得以形成的过程？笔者以为，正是在

---

[1] 苏珊·桑塔格：《疾病的隐喻》，程巍译，上海译文出版社，2003年，第5页。

这一点上，东紫对病痛、伤害与耻辱等消极人生经验的积极展示获得了其意义，疾病与治疗的辩证关系是其表现主义写作的另一重要策略。

先来看她笔下的"带病者"。不男不女的老四（《老白杨树村的老四》）是全家人乃至全村人眼里的怪物，他对女性衣物尤其是胸罩的迷恋让家族蒙羞，气不过的老三放火烧了他的珍藏，也送了他的命。但在那个流浪的女人和她的孩子眼里，老四就如天使般纯洁，他善良温柔又会疼人，夸张的服饰里包裹着的其实是颗连欲念都没有的赤子之心。小说从老四咽气前的一刻写起，用倒叙和插叙一点点勾勒出老四异于常人的性别认知和他与常人无异甚至比常人更纯良洁净的灵魂。产科医生印小青（《显微镜》）患有高度洁癖，出门在外必戴口罩，更严重的是，因为对恶浊环境的恐惧，她拒绝怀孕并一直欺骗丈夫。但这个被丈夫和同事视为不近情理的女人无论是对待患者的真诚还是在学术推选中的公正，都体现出良好的职业操守。这两个身份差别如此悬殊的人物不约而同地让读者重新审视对疾患的定义，异装癖一定就是伤风败俗，洁癖患者必然就是强迫性人格吗？常人加诸老四和印小青身上的道德判语是不是正暴露出他们健康肌体之下见识的自私和狭隘？东紫的这两篇小说可以说既呈现出"带病者"被预设的隐喻隔膜误解的困境，也在比对中探照出正常者对"带病者""带病"看待的习见。更有意味的是，印小青这个角色不只是"带病者"她还是"治病者"，作为一名医术高超的产科医生，她不但是医学病理的施救者，也是社会伦理的施救者，而且在某种意义上，她完成了自救——一个孩子的意外让她对生育的后天性抗拒被埋藏在体内的更原始更强大的本能性的母爱一点点地消融。

印小青的双重身份为我们辩证思考"医者"与"病者"的关系提供

了很好的角度，事实上，东紫对"疾病"的思考一直是包含上述两个向度的：在病理学意义上，她力图做到桑塔格希望的那样，即通过对疾病的去隐喻化，还原患病者正常的心理世界，破除人们对疾患的偏见；在伦理学意义上，她对那么多医学症状的书写却是在更大层次上的隐喻——社会肌体病了，我们都是有病的人，而医生的患病无疑最能体现这一荒诞的现实。印小青之外，《被复习的爱情》里的梁紫月由一名歌唱演员变成一家医院的政工科干事后，发现自己的生活开始变得一团糟糕，生活给她开的最大的玩笑是，她一直想要孩子却要不上，等到要跟丈夫陈海洋离婚了，孩子却来了。小说的结尾，陈海洋开着豪车去接无奈要回到家庭的梁紫月，两人围绕停车有一段对话。梁紫月说："不就是临时停个车吗，又不是让你去谈恋爱，还挑挑拣拣的，有病！"陈海洋说："你才有病呢，这是种快乐，你懂个屁！"这场口角让梁紫月对即将开始的新生活丧失了信心，她抚触着肚子里幼小的生命，头脑中却纠缠着这些年"似人非人的困苦、挣扎、欲望和渴望"，她突然喊道要："去医院！""陈海洋警觉地问：'去医院干啥？'""'看病！'梁紫月尖利地叫起来……""有病"从口头语式的争执突然就跃进到关联生命与身体体验的本质层面，小说至此戛然而止，这个由一桩婚内强奸勾连起的故事，细腻地呈现了现代人全面溃败的爱情经验，梁紫月、萧音、辛如和张燕四姐妹的婚恋仿佛在各自提供一张有关爱情病的病理切片，小说中出现的医学名词如"弥漫性钙化"等听上去也都那么像是对一种病态的婚姻状态的隐喻。

《乐乐》里的黄芬芳和印小青一样，也是一名妇产科大夫，医学赋予了她对伤残的高韧度的承受力，在因嫉妒制造了丈夫秦城失掉一只眼球的车祸后，她对丈夫的愧疚只维持了很短的时间就习以为常，她的漫不经心导致了秦城浸入骨髓的怨恨,并用背叛的出轨和与三陪女的孩子蓄意给家庭制造了一个难题,让他与妻女的生活变成了"彼此的要挟"。在这个小说里,秦城和黄芬芳夫妇其实都是"病者",但现代医学却对他们的病症无能为力——它既不能给秦城一个以假乱真的义眼,也对黄芬芳由嫉妒而阴损的性情无解。东紫本有意给小说取名为《彼此要挟的生活》,但后来还是选用了《乐乐》,乐乐是秦城与三陪女的孩子,他的童稚天真和养父母的慈爱构成了小说里的正能量。在前述的《显微镜》和《被复习的爱情》里也能看到类似的处理,它们显现出东紫的另一面,她相信像孩子一样没有机心的真淳或许是疗治这个生病的时代、让人们脱敏的最好的方剂。东紫这种感性的人性观显然是想对前期写作的偏执做出某种修正,但不可否认,它减损了小说好不容易蓄积的批判力和反思力。换言之,相比于对"疾病"书写的入骨与精准,东紫对"医疗"的书写失之简单。

作别"虚伪的形式"之后

东紫之所以会做出这样的改变与她创作美学观念的调整有关。当我们把她命名为一个"表现主义者",也意味着对她小说中那种"虚伪的形式"的指认。借用余华在《虚伪的作品》里的说法,"所谓的虚伪,是针对人们被日常生活围困的经验而言。这种经验使人们沦陷在缺乏想象的环境里,使人们对事物的判断总是实事求是地进行着",为了免于表现的皮相,就有必要"使用一种虚伪的形式",这种形式"背离了现状世界提供"的秩序和逻辑，然而却能更"自由地接近了真实"。[1]而东紫写作初期偏爱的那种浓郁的超验性、情境性、恶的人性和寓言性便是她所找到的理解世界的"虚伪的形式"。（虽然在《天涯近》《左左右右》中她也塑造过像丰雨顺、岳非等善的楷模，但也是用偏执的非日常经验的方式呈现的。）不过我们也不难看出，这种形式在她的创作中越来越淡化，和这个词汇的发明者一样，东紫也在不断调整她对现实的理解：荒诞、极端和异化开始让位于对人性一种更平和更切近日常的观照，前述作品中，她把救赎的希望寄托于孩子已经可见这种努力，而近来的写作她更是不吝惜力气去找寻凡人身上的光辉，在创作谈《我为什么写作》中，她更是做出这样的自我解说："作品里必须有暖的真的善的美的，让读到它的人，感受到温暖。暖他的一生，帮他抵御生命遭遇到的一切暗的冷的霉烂的变质的……"

同时变化调整的还有题材，东紫的小说开始越来越多地聚焦于情感和婚恋，越来越多地将"显微镜"对准取自家庭的切片。备受好评的《白猫》便是这样一篇摆脱开"虚伪的形式"并全面回返日常生活的作品。小说由人及猫，又由猫及人，借助一只白猫来展现叙事者"我"周旋在破碎的家庭、抵触的儿子和欲爱又踌躇的情人间那"孤独的孤独，寂寞的寂寞"的处境，又如何在白猫和黑猫的启示下获知"把爱传承下去"的生活奥义。小说的叙事克制又从容，人被隐蔽的孤寂折磨的痛楚和猫对人忠诚的陪伴，两相对照里彰显出的那种强烈的"猫犹如此，人何以堪"的意味无疑是对一种现实情感状态的生动投射，而以从后者提炼出的温情与爱作结，则尤见其用心的体贴和对扬善的写作宗旨的践行。

---

[1] 余华：《虚伪的形式》，《上海文论》1989年第5期。

又比如中篇《赏心乐事谁家院》，处理的是丈夫老年出轨的素材，谈不上新鲜，东紫便把小说的重心用在了对冉月和谷昊相濡以沫的往事的追溯上，在强烈的今昔之感里诘问现代人情感变异的本相。冉月身上表现出的对岁月和感情的尊重及她那种安静的美德在流溢着人性的温煦的光彩。小说没有蹈入习见的团圆结局，冉月拯救婚姻未果，决定回到和丈夫当年定情的老宅度过残生。如果说《白猫》写的是温暖与善对生活的启示，《赏心乐事谁家院》写的就是温暖与善对支离破碎的人生的陪伴。同样相比于《白猫》，《赏心乐事谁家院》还向我们呈示了与"虚伪的形式"作别的东紫的某种游移与困惑，她权衡顾盼的心思也隐然可见，即她不惮对人性之善的发掘与发扬，但又发现这种善意有时又不能如她所期待的那样可以抵御一切生命的负能量，就像冉月回收记忆的沉思最终被丈夫娶得新妇的鞭炮声所阻断，恶的事实还是构成对善最大的阻隔。也因此，这个小说的结尾里隐含的是东紫此前惯用的"残忍"。

综上比较我们或许可以得出这样的结论，在警惕自己的表现主义写作策略流于惯性的同时，东紫以对日常情感生活的介入和渐进温暖的格调作为其实现"软着陆"的手段，但为了避免让转型后的创作陷入21世纪以来不少女作家乐此不疲的"温情叙事暴力"[1]的误区，她又有意无意地延续了自己最擅长的对人性之恶与隐痛的精准拿捏，因此她的近作大多处于一种善恶角力的中间状态，除《赏心乐事谁家院》外，像《穿堂风》等也都是如此。也可以这样说，在题材的遴选、情节的构筑和人物的设置上，她由先锋而趋于保守，但骨子里她还是一个用内

---

[1] 吴义勤：《迟子建论》，《钟山》2007年第5期。

在的"精神之眼"去表现隐秘灵魂的表现主义美学的信徒。

　　任何转型都不免伴随阵痛，因为对于现实情感的贴近，东紫的叙事便不免要有所克制而失掉她前期作品咄咄逼人的锋芒，我们有时甚至会觉得她近来作品里个别情节和人物的某些对话太家常琐屑，缺乏概括力和指涉性。另外，回归日常的写作不代表回归日常情感的写作，题材只在婚恋和闺帏中打转是别一种的画地自限。好在东紫也觉察到了这一点，在最新的小说《北京来人了》中，她便通过一个迷恋侦探术的青年荒诞的北京之旅，写了一个极具现实批判力的故事。对于一个勤勉但不铺张，有天赋而蕴藉，有洞察力又宅心仁厚的写作者来说，暂时的撤退或许是为更高的飞翔蓄势，这是我们对东紫的期待。

温直扰毅,有木之德

——常芳小说论

在小说《阿根廷牛排》中,常芳借人物之口引用了希腊诗人埃利蒂斯在获得诺贝尔文学奖的受奖演说里的一句名言,即不论他是否有权,都请大家允许他为光明和清澈发言,因为这两种状态规范了他生活的空间与所能的成就。其实,这句话亦不妨视作常芳自己创作的写照。从2006年起,这位曾无比钟情于诗的女子开始将写作的重心转向小说,并用她特有的体恤之情、温直而扰毅的品德和因光明与澄澈之名的诗心,在文坛中迅速闯出一条生路。虽然她的作品数量并不多,长中短篇加在一起,不过20余篇,但已隐然可见一种浑然遒逸的气象,尤其她近两年来的创作,无论是在精神关怀的向度、思考时代的角度等主题层面,还是叙述策略、剪裁构思等文本层面,抑或是精心锤炼、体贴入微的语言层面,都可见其构建自己独特审美世界的努力。

以下试从四组辩证的关系入手探讨一下常芳小说的艺术实践。

显与潜

  自 1932 年，海明威在他的纪实性作品《午后之死》中提出著名的"冰山理论"，对这一理论的核心理解基本便锚定在"简约"二字上，即海明威自己所谓的用"八分之一"的文字和形象，去传递那"八分之七"隐藏在视线下的情感和思想。海明威的中国信徒马原认为除简约之外，"冰山理论"内在的质素可以概括为"经验省略"，即排除人所共有的感知方式及其规律，而直陈事实的中心，细节由读者的经验自行去填补。无论是简约还是省略，"冰山理论"似乎都与常芳的小说相去甚远，因为就语言质地来说，常芳的风格是迂远柔腻的，她爱用对白，而对白中那些家长里短的琐碎夹缠，决然不同于海明威和马原等犀利短促的硬汉风。但如果不过多拘执于文风简约或经验省略的理解，常芳的小说其实相当符合"冰山理论"，她在文学性地处理生活中显在的事件与潜伏的意绪时，所呈现出的独特的写作智慧和技巧，让人印象深刻。

  《鹤顶红》是她都市情感题材中颇为典型的一篇。小说开端于色彩咨询师乙伊对丈夫何大鹏的倦怠和排斥，因为之前在歌舞团工作时为了帮助前任团长而被现任团长"潜规则"，乙伊由厌恶而患上了性冷淡症，偏偏丈夫刻板又不解风情，夫妻之间渐行渐远。而工作伙伴车彦青的出现，让乙伊重获爱的感觉，但游走在情欲与道德的边缘让乙伊疲惫不堪，仿如那在坟前盛开的鹤顶红花，耀眼炫目然而又剧毒无比。仅就这个故事的外壳而言，小说可说无甚新意，甚至连鹤顶红的象征意味都显得过于显豁。然而这个小说的妙处在于它在故事之外蕴蓄着巨大的情绪张力，乙伊那种引而不发、面临未知的惘然就是隐蔽在"八分之一"的婚外恋表层下的"八分之七"。因为常芳用力的重心并不在婚外恋双方在情感方面的实质性进展上，她关注的是那些潜藏在物质生活里的隐痛，那些暧昧的、隐匿的、不能为外人道而又触之可感的细微的欲望、遐想和焦虑。小说结尾，乙伊的母亲突然病倒，她赶回家中与丈夫一起照料母亲，这久违的家庭和睦的情景似乎唤起了乙伊未泯的守望家庭的责任，只是她和何大鹏枯萎的生活能如花一样再盛开一次吗？

《鹤顶红》的结尾是一个典型的常芳式的结尾，我们在她别的小说的结尾处时常可以看见类似事件的突变和陡转，比如《眉飞色舞》结尾时唐三彩的前夫在国外遇害，而她的朋友袁媛美容不成反遭毁容；《纸环》里可可最后得了子宫瘤，必须切除子宫；《病毒》中一心要与结发妻子花向荣离婚的边向南突遭车祸丧命等。不过在一般的小说家那里，突变和陡转或许是构设命运跌宕的必须，是故事要浓墨重彩达到高潮的前奏，但在常芳这里，突变和陡转却是戛然而止的先声，她力避程式化的夸张，更无意允诺事情是好是糟的前景。这样的结尾，既不同于传统理论里所谓的留白，也不是什么意在言外，而是一种反高潮式的叙述美学。换言之，在别人那里，突变和陡转是来解决问题的，而在常芳这里，突变和陡转则是来悬置问题的——乙伊还会再与车彦青相见的，她爱的悸动是继续还是停息？在袁媛毁容之后，唐三彩的自强之路是越走越宽还是越走越窄？可可的变故真能让朱节就此摆脱自己的困扰吗？死了丈夫的花向荣看似从婚姻的迷局中解脱，却依然必须面对丈夫与别的女人生的孩子，在漫漫的人生长途中那心灵的伤口或许永远无法结痂。你看，所有那些潜藏在突变事件之下的"八分之七"不但不会消融冰释，反而会膨胀扩大，成为生命中难以逾越又必须面对的阻隔。

有时，常芳还会用一种虚拟的陡转，仿佛要让那视线外的"八分之七"骤然浮出水面，而当读者还在为这兀然突立的庞大之物错愕惊诧时，她又会魔术似的让它们再度消失，但读者被唤起的错愕和惊诧却不会随之消失，而必然在那庞然大物停留之处投下深深的疑虑，进而洞察到这视线外隐伏不彰的东西或许正掌控人们生活与生命的流程。

　　且看她的《上海啊上海》，这个短篇同样有一个陈旧的故事外壳，种菜的乡下姑娘石榴对上海尤其是著名的南京路充满了好奇神秘的向往，当身边的同龄女孩都纷纷被那个充满魔力的都市吸引去之后，她的愿望就更为迫切。石榴的哥哥石康是往上海运送蔬菜的长途车司机，石榴特别希望哥哥能带她去一趟南京路。然而另一方面，石榴发现村里去过上海的年轻人都变得有点陌生，这让她对上海又不无抗拒。小说显然想借石榴对上海又盼又拒的心理来投射都市化、现代化的历史进程中乡土纯粹质朴的伦理观必然耗散崩坍的命运，这也是20世纪中国文学一再被书写的主题。而能让此小说在同类作品中和而不同且能化陈腐为新鲜的还是常芳赋予其的精彩结尾。石榴的哥哥石康喜欢的姑娘张小眉是村里较早在上海讨生活的，她开了一家手表店，对石康态度渐渐冷淡。某日，石康送菜进城，去小眉的店里看望她，恰遇歹人抢劫，石康为保护小眉中弹身亡，而小眉却居然拍手冷笑。读者读到此处，在悚然错愕的同时，也一定会觉得这个陡转太突然，太过戏剧化，农村青年惨死都市当然最能暴露都市的冷酷和对温煦乡情的异化，可问题是这样的构思其实是一种取巧，一种回避，一种对生活错综复杂面的删繁就简。而常芳接着写到，在小眉的冷笑中，石榴不觉流泪醒来，原来一切不过是场梦。梦的诱因是现实中哥哥的手机无人接听，而且久去未归。小说真正结尾于石榴在遥想上海中惴惴不安地等待着哥哥回来，前面戏剧性的客死他乡只是一个虚拟的陡转。不过，这个结尾显然要比梦中的惨烈情节来得有力得多，因为常芳用石榴对上海的茫然置换了那仅有情绪效果的悚然，因为石榴最后的等待是面临时间和未知的巨大吞噬力的等待，石榴上海情结之下那"八分之七"的不安是比死亡更森然的庞然大物。这或许就是常芳式反高潮美学的要旨所在，她对小说之显在与潜在层面的处理，关涉着她对生活中类似情境和境遇特有的感知方式，这让她的叙事充溢着饱满的张力，并一定会调动读者的内心去探求那匍匐在生活内部的困顿。

硬与柔

迄今为止，常芳的小说主要集中在两类题材：一类是关于进城务工农民和城市贫民卑微命运的，另一类是关于都市中产阶层物质生活和情感生活的，而把这两类相去甚远的主题统合在一起的是她颇有硬度的直面人生的态度。所谓硬度，是指对于滞重的现实，常芳从来不予回避，甚至知难而上，体现了鲜明的忧患意识。她的小说，或可称为 21 世纪的"问题小说"，诸如城乡之间巨大的隔阂、乡土伦理观念的变异、严重的乡村污染问题、农民工待遇低下、城市中产者普遍存在的婚姻之痒、婚外恋泛滥、教育体制和观念的僵化等，常芳均有涉及。她始终对时代的乱象保持高度的敏感，擅长把人们习焉不察或闻过即忘的事件变成素材，织进小说，力图再度唤起读者对遍布于生活的那些痼疾或隐患的关注，如《死去活来》《蝴蝶飞舞》《威风凛凛》等篇，都不难从中寻绎出现实新闻的影子。可以说，常芳是 21 世纪以来崛起的女作家中社会责任感最强、问题意识最强者之一。

然而，问题意识过强对于小说来说也意味着一种问题，事实上，被命名为"问题小说"的作品通常都缺乏隽永的审美质素，而往往使文学降格为社会义愤，比如，新文学始创阶段曾经风行一时的"问题小说"今天读来，包括冰心、王统照、叶绍钧等名家的作品在内，多半也只具有文学史和社会学的意义。作家关注那么多富有硬度的社会问题，如何既能触及并揭示问题的症结所在，又免于直陈问题带来的僵直言说，显然并不是一个轻松的工作。常芳对此的回答是，用诗意的深度去匹配问题的硬度，取以柔"化"刚的方式，始终把温润的抒情散播于坚硬的叙事之中。具体可分两点而论。

第一，抒情意象的营造。有人评价常芳的小说具有古典气韵，因为她很贪恋对景物的书写，总爱在事件的关键之处荡开笔墨去写四围的景致，在我看来，这种笔法与其说是修辞意义的，不如说是构思策略意义的。常芳的每篇小说几乎都可以找出一个核心的意象，而这个意向通常又是美丽空灵的，现实中的苦痛因为这意象的存在而得以漫漶出一层诗性的光辉，昭示了困境中的人对美好静穆之境未泯的坚持。

以她的《蝴蝶飞舞》和《一只乌鸦口渴了》为例。《蝴蝶飞舞》关注的是孤独症儿童的家庭，谷欣当年怀孕时患了子宫瘤，本想做流产手术，但因为婆婆的反对，只好等生下儿子夏茫之后再做处理，彼时却因病情加重只能做子宫切除手术。而夏茫又被查出罹患孤独症，谷欣在失望和痛苦中终日与婆婆冷眼相对，以狗为伴。丈夫夏和平在母亲和妻子之间左右为难，又要照顾总是沉浸在自我世界中的儿子，心力交瘁。小说虽然以全知视点来推动这个故事的流程，但是叙述的焦点却放到了夏茫身上，常芳用细腻和宁静的语言来呈现这个孤独症患儿天赋敏感的内心。小说的核心意象就是"蝴蝶飞舞"：在叙事层面上，夏茫对蝴蝶斑斓的世界有非同常人的感知，他一路追着蝴蝶，离家渐行渐远，最终为了那蝴蝶而纵身跳入了江水；在深层意蕴上，夏茫对蝴蝶的追寻其实是对温暖和依靠的追寻，小说不断把他对蝴蝶的印象与他对爸爸、妈妈和奶奶的印象叠加在一起，以他懵懂与柔软的心灵去探触家中种种的矛盾纠结，于是，读者看到，原来三个大人间彼此越来越冷、越来越硬的关系背后每个都是委屈、哀痛与不舍。《一只乌鸦口渴了》题材类似，关注的是僵化教育体制下儿童的天性遭到戕害的问题，小说里同样有儿童澄明的心灵世界与大人被种种社会潜规则污损了的心灵世界之间的对照，以孩子的天真未凿映衬大人的生活之累。小说开始于林林对雪花奇妙的想象，而终于父亲林木看着窗外大雪纷扬，雪的意象贯穿全篇，也成了林林父子抵御这个世界的污浊的孤独的信物。

第二，象征的运用。常芳非常爱用象征，这从她的小说题目中就不难看出，诸如《鹤顶红》《病毒》《阿根廷牛排》《纸环》等以名词命名的篇什显然都别有所指。尤其值得注意的是后两篇，因为它们是常芳写得最"模糊"的小说，但也因为"模糊"，比之于《鹤顶红》和《病毒》这样象征寓意一目了然的作品就多了更丰厚的可阐释空间。《纸环》写朱节、章辉与可可、宋大志两对夫妻间真真假假、虚虚实实的爱欲纠缠，谜一样的人生正如朱节喜欢裁剪的莫比乌斯纸环，每一个被生活圈套住的人试图脱离纸环的结果只能是进入一个更大的圈套而已，而且如莫比乌斯纸环无法区分正面和反面一样，朱节对丈夫出轨真相的追索意味着一种无意义的徒劳。以纸环来喻指人生之困，可谓精警又准确。同样精彩的是《阿根廷牛排》，小说中围绕边明古设置的那些学院里尔虞我诈的人事斗争其实只是一个壳，常芳要探讨的核心乃是人生意义的灵与肉、本与末、有限与无限、此在与超脱的多重辩证。一直在妻子世俗的功利和情人浪漫的诗意间敷衍的边明古因为得了绝症，而终于有静心检视人生的机会，这才发现，自己在情人夏扬那里"生活在别处"般的飞扬感受并不能把自己真正从人生的困境里救渡出来，于是，"阿根廷牛排"便成了边明古的人生自喻：一头牛能出六客牛排，而"六客牛排，相对于一头牛，它所占的分量无论多么少，都是精华。但是，这些精华的东西，无论它多么精华，又是永远无法与一头完整的牛相比的"。正如他把人生的精华放在情人之处，但并不意味人生的全部也可以保持安妥。

这些意象给那些坚硬粗糙甚至狞恶的现实蒙上了一层柔和的晕影，漫溢出诗意的光泽，它们并非为美化或消解困厄与苦难而存在，而是为表达作者与作品人物的人生休戚与共的情怀而存在，是为了更有质感地彰显生命体验而存在。我们在别的富有使命感的作家那里也许可以看到比常芳更尖锐更犀利的对各种生活问题的发现、质疑和批判，但却恰恰看不到这种有着"光晕"质感的意象。

痛与乐

如前所论，常芳很多关于农民和城市贫民的书写都可以归纳到21世纪以来蔚为大观的底层写作序列中。出于对苦难的焦虑和对受难者的同情而形成的底层写作的巨大叙事惯性，让每一个触及此题材的写作者都有被裹挟而下的风险，这通常体现为疏于对庞杂的底层做细致的分辨而粗率地用堆积大量惨象的方式来表达切急的沉痛和关怀，常芳也没有例外，我们在她的一些小说中也看到了类似的焦虑，比如《一个人站在高高的云端》，逃婚出来的贫贱夫妻，丈夫卖菜之余还在建筑工地卖苦力，妻子在蛋糕店打小工，但因为怀孕而遭辞退。后来妻子难产，因为无钱交手术费而母子双亡。这样的小说痛则痛矣，但在同行众多构思雷同的作品中，很难显现其光彩，反而给读者留下为写小说强作难的感受。在苦难和底层之间画等号，固然有其积极的社会意义，也确实体现了强烈的人文关怀，但不可否认，这种简单化的思维也意味着一种遮蔽。莫言曾经在一个访谈中表达过这样的观点：自鲁迅的《阿Q正传》和《祝福》之后，中国农民的形象就被固化了，鲁迅所洞察的农民的弱点确实有极强的穿透力、概括力和思想力，但是阿Q在麻木浑噩之外有没有自己生命的快乐，祥林嫂和闰土在辛苦恣睢之外有没有属于他们的欢喜？莫言相信是有的，而他自己的小说便常常展现农民独有的那种昂扬的、饱满的、淋漓尽致充满喜感的生命情绪。事实也确实如此，苦难与底层的相伴并非肇始于 21 世纪，而是亘古如斯，但这不妨碍底层千百年来保有自己阶层的欣悦。常芳近来的作品似也觉察到这一点，自《一个人站在高高的云端》之后，她的笔下仍然不乏苦难，但是更多了底层面对苦难时执拗的生活信念和达观健朗的生命态度。

发表于《上海文学》2009 年第 4 期的《一日三餐》和《时代文学》2010 年第 7 期的《拐个弯就到》是情节相连的姊妹篇小说。两个小说都以动物的意象来开篇。前者的意象是"一只长着白眉毛的苍鹰"，这苍鹰是主人公唐光荣收养的，据说鹰"活到四十岁的时候，就会抓不稳猎物，飞行也会变得非常吃力。这个时候，它只有两种选择：一是等死，二是重生。只是选择重生的鹰，要经过一个十分痛苦的过程。在接下来的一百五十多天里，它又长又弯的喙要用力地去击打岩石，直到完全脱落后，长出新的。然后，再用长出的新喙将指甲一根一根地拔出来。新指甲长出来后，再将羽毛一片一片地拔掉。等新的羽毛长出来后，鹰就又可以重新翱翔在蓝天上了"。小说中的唐光荣和妻子留香赫然就是选择重生的苍鹰，他们分别从面粉厂和纺纱厂下岗，在经历短暂的徘徊之后，又迅即确立人生的坐标。唐光荣早上开三轮摩托在火车站载客，白天努力经营一家小小的彩票站。妻子留香则日日早晨去广场免费教人跳舞，然后再去宠物市场安守自己的小摊。常芳特意用这样诗兴昂然的笔调写留香和姐妹们的舞步："每个人，都仿佛在这里重新获取了一次艳丽无比的绽放，享受着一朵花在阳光里的荣耀。她还喜欢树冠上那些纵横相印的枝枝叶叶，哪怕就是一枚最柔弱的叶子，它们也能够承风受雨。有很多次，留香看见暴风雨后的叶子依然在阳光里欢快地起着舞，好像树下起舞的她们……"小说没再像《一个人站在高高的云端》那样刻意地呈现悲苦，而是在细密的日常情境里将生活之痛娓娓道来，唐光荣从保卫科长到下岗闲人的身份落差、供养弟弟上学和孩子读书的家庭负累，如此等等，却没有将这对贫贱夫妻压倒，正显示他们性格中的韧劲。小说数次提到唐光荣把留香日日带领姐妹们跳舞称为"穷乐和"，穷但快乐着，就是这对夫妻朴素简单的人生信条。他们称不上是生活中的强者，但一定是生活中的"舞者"，小说借人物之口说得明白："这世上探花郎有探花郎的百般烦忧，卖油郎也有卖油郎的百般欢喜。牡丹是花，狗尾巴草也一样是花。"其中所张扬出的不正是一种底层的欣悦吗？

《拐个弯就到》里唐光荣更进一步，在努力经营自己的小家之外，用热诚和感召力凝聚起原单位下岗同事的力量，齐为一个屡遭意外打击的工友奔忙。小说开头写道，唐光荣隐然听到了英雄山广场上一匹骏马雕塑的嘶鸣，其实，这嘶鸣正是由他的胸腔鸣出的，这个豁达的汉子用勤劳和担当诠释了他名字"光荣"的意义，也诠释出人生的静好也许"拐个弯就到"。

常芳在一个创作谈中曾谈道："或许，有一缕阳光，有一丝温暖，生活就可以继续了。"也许在某些批评者看来，她对人性善良的观照有点廉价，对美好未来的期许则显得肤浅，因为唐光荣和留香们并不是去击溃苦难，而不过是苦中作乐，甚至不无自欺的色彩。但我却以为，正是在这里，常芳真正贴合了那些民众的内心，而显示了她充沛的体恤之情。所谓太阳底下无新事，操劳奔波是生命长途的永随，那每天何妨绽开微笑呢？这是"贱民"的达观，也是被生活培植出来的韧性。它是传统"乐感文化"在民间的投影，但又丝丝缕缕扎根于底层的泥土中，并不像士人的"乐感"有超脱和逍遥的境界。它不如那些决绝崇高的抗争来得果断、大开大合，却真实而且长远。这不由让人想起来一位学者从砍头看出的鲁迅和沈从文的不同来，在鲁迅那里，幻灯片里的砍头事件正映现了民众精神的麻木与颓堕。而沈从文少年时跟着湘西的军阀，看多了砍头的刑罚，对于人生却有另外一种颖悟，在《我的教育》中他追忆自己少年时有一次"怀了莫名其妙的心情"，到前一日军阀杀头的地点去看，"见到的仍然是四具死尸。人头是已被兵士们抛到田中泥土里去了，一具尸骸附近不知是谁悄悄地在大清早烧了一些纸钱，剩下的纸灰似乎是平常所见路旁的蓝色野花，作灰蓝颜色，很凄凉地与已凝结成为黑色浆块的血迹相对照"。一切宁静如常，他无言而退。在暴虐的杀戮里，沈从文看到的是湘西人固执顽韧的生存主义，免于屠杀的人"就是这样子活下来"。

常芳的人生观显然也是沈从文式的，而在《废邮存底·给一个写诗的》中，沈从文还说过："神圣伟大的悲哀不一定有一摊血一把眼泪，一个聪明的作家写人类痛苦是用微笑来表现的。"这提醒我们,对于作品里的乐与笑不要轻易地便下断语,斥其逃世或者轻松,而要看那乐与笑之后是否牵连那"神圣伟大的悲哀"。痛与乐好比手心手背的两面,单纯哪一面都构不成血肉丰盈的人生。《一日三餐》和《拐个弯就到》等小说的好处也正在于悲欣交织、以笑对痛的体恤之美。

事与言

《告诉我哪儿是北》在常芳已发表的作品中具有特别的意义,不但因为它被广泛转载阅读,被改编成电影,更在于它确立了常芳讲故事的一种范式。小说讲述了一对到北京旅游的农村新婚夫妇在车站走散之后,丈夫用六年时间寻找妻子的故事。小说开端于男主人公文成卓对长相酷似妻子的包子铺服务员胡凤霞的误认,结尾于他为保护胡凤霞而中刀身亡,中间部分则来补叙文成卓和胡凤霞各自的人生经历。六年寻妻不寻常,这是故事的内核,也是最吸引读者的地方。而采用倒叙和补叙的叙述时序,倒不在于热奈特叙事话语意义上的修辞实验,而是出于一种朴素的把故事讲得精彩起伏的简单诉求,即将扣人心弦之处先亮出来,充分吊起读者的胃口,再从容把故事的多条线索一一展开。前面已提到,作为一个富有使命感的写作者,她一向注重对现实生活中具有典型性的细节的提取与重塑,并能从不起眼的小小由头里开掘其别致动人之处,体现出对故事性特殊的敏感来。把文成卓误认胡凤霞放在起头的目的就在这里,在她别的小说中同样如此,如《死去活来》开篇第一句话:"白小化每天忙忙碌碌地生活着,并不知道自己已经死了很多年了。"这无疑是一个巨大的悬念。又如《威风凛凛》的开篇是牛汉金的被抓,《第三条街》的开篇是向青莫名其妙地到了太阳城等,均如出一辙。

但常芳更着意的还是发掘潜藏在故事内部的精神力量,仍以《告诉我哪儿是北》为例,在搭起了"寻找—误认"这个令人称奇的故事骨架之后,故事"奇"的维度就被主人公文成卓信守爱情的淳朴和执拗取代了,作者用诗意饱满的语言来呈现一个农村青年对爱人的忠贞。而对人物的塑造,常芳依托最多的是对白和独白,这二者在她的小说里占据极为重要的位置。如小说有一幕写文成卓对着路灯痴痴说话:"路灯,我找到梅子了,我找到梅子了你知道吗?今年,我可以带着梅子回家过年了,我们已经走散六年了,我们已经六年没回过家了。路灯,到哪天,我先把梅子带过来,让你看看好吗?你看了我六年了,但是你还没有看见过梅子,是不是?"这一段话把一个农村青年的孤独和守望溢露至深。事实上,所有读过常芳作品的读者都会对她体贴周密、带有体温的语言有深刻的印象,这大约和她长期的诗歌写作训练相关。语言让她的故事——即便是残酷的故事——也有一种温润和暖之美。所以基本上而言,常芳是一个注重语言的锤炼,注重以言带事、以言领事的小说家,

不过为了追求对话富有声色饱满的生活质感,常芳有时会用力太猛,这样就不免显露出她对人物语言过强的控制力,当然这或许也与她热情的、内倾的写作态度有关。作家的语言控制力过强容易导致两点问题:第一,人物的对白因缺乏克制过于琐屑而失之凝练。比如在《鹤顶红》中,乙伊与车彦青去看桃花的路上,彦青见乙伊沉默,便逗她开心。小说用了几段话来写两人对白,诸如:"奇怪了,我们现在一不是去美国的校园,二不是去伊拉克的清真寺,三不是去银行里取钱,你怎

么紧张得脸上肌肉都僵了?""这是目前世界上最危险的三个地方。美国的校园随时都在发生枪击案,伊拉克的清真寺也是随时在发生爆炸,我们的报纸上呢,三天两头都是去银行里取钱时被抢劫的案子。这样,你说到银行里去,是不是跟去美国的校园和伊拉克的清真寺一样,随时都会发生危险?"这样的对白固然生活气息十足,但更适合于影像的呈现,放在小说中就显得冗繁,因为这段对白只是一个过渡性场景中发生的,对于塑造人物、推动情节都没有大的意义,事实上,把它们拿掉对小说整体毫无损伤。第二,作者代替人物发言的痕迹显明,如娜塔丽·萨洛特批评的那样:"这些'说,又说'之类或是巧妙地插在对话中间,或是和谐地延长着对话,都暗暗地告诉人们作者一直在那儿,这小说的对话尽管显出独立的样子,却不能像戏剧的对话那样脱离开作者,不能自己悬在空中;这些东西是一种轻而结实的连接线,把人物的风格和口吻连在作者的风格和口吻上,并使前者服从后者。"[1]还是以《鹤顶红》为例,小说中有这样一段描写:"乙伊突然觉得生活倒有点像鹤顶红。它诱人的,看似鲜艳温暖的颜色后面演绎着的,恰恰是荒诞、无耻与混乱搅拌在一起的剧毒。在这个物欲横流的时代,人人都在忙着开公司,做生意,你炒股票,他非法买卖土地,你搞房地产,他卖官鬻爵,好像人人都风光无限,但心灵的煎熬呢?也许那些躲在袖筒深处不为人知的心灵的惩罚,早已经远远地超出了形式意义上的制度对人的惩罚。"这里乙伊的感悟显然疏泄的是作者的愤怒,而且表达的寓意也过于直露,缺少韵味。

---

[1] 娜塔丽·萨洛特:《对话与潜对话》,郭宏安译,见崔道怡、朱伟等编《"冰山理论":对话与潜对话》下册,工人出版社,1987年,第578—379页。

类似的情形在常芳别的小说里也或多或少地存在,其实,作家应该将对话的权利交给人物,让人物自己去说话,而不是让人物继续充当作家的发言人。韦恩·布斯对此有一个忠告:"我们应反对任何一个戏剧化了的人物的可靠陈述,而不仅是反对用自己声音说话的作者,因为即使最高度戏剧化的叙述者所作的叙述动作,本身就是作者在一个人物延长了的'内心观察'中的呈现。"[1] 我们相信,当常芳解决掉这个问题之后,她的小说一定会有更大的精进,一定会带给读者更多的惊喜跟感动。

---

[1] 韦恩·布斯:《小说修辞学》,华明、周宪等译,北京大学出版社,1986年,第20页。

王方晨小说两论

一

　　《大马士革剃刀》是王方晨拟定的以济南老街坊为背景的系列短篇之一。多年来，王方晨苦心经营自己的"塔镇"，在塔镇颇有巍峨气相时，又转而写他目前生活的济南。济南系列与塔镇系列对比，颇能显现王方晨在题旨与审美上的新变：塔镇系列的诸多小说素被评论界冠以"先锋乡土"的名号，一来是因为王方晨写乡土并不留恋风土与民情，而更关注乡土的底色与乡人的灵魂，对乡土权力、权利、伦理、信仰的异变有犀利刻骨的揭示；二来他的叙述或婉转，或凛冽，但是有一点贯穿始终，即情节的线索不着意交代分明，读者需要仔细对照前后文加以领会，甚至有时谋求以情绪作为全文连缀的筋脉，也即他自矜的"优雅"，这是大异于时下寻常乡土小说的笔墨的。而他的济南系列，包括这篇《大马士革剃刀》，以及《东三条牲相》等，将目光从村镇转到城市，可又不是光怪陆离的大都市，而是老济南烟火气十足的市井人家，近似当年京派作家以"乡下人"的眼光观照城市的心态，倒是多了对行将消逝或已经消逝的风物民情的眷怀和体察，其中洋溢出的悲欣交集以及对传统现代转化过程与结果的思考尤其沉郁，耐人回味。

　　《大马士革剃刀》讲了一条老街几个街坊的故事。小说开篇从拆迁写起,因为"拆迁",老实街的孩子"都已风流云散",这提醒读者在现代化势力的虎视眈眈之下,老旧的老实街岌岌可危以致必然式微的命运。小说讲述的时间被设定在20世纪90年代,这个拉开的时间距离源于王方晨喜欢"给作品添加时光的黯淡陈渍"的"做旧"积习,此外,还在于他要借此回返那个时代,表达对20世纪90年代以来中国迅急的道德转向的思考。

"老实街居民,历代以老实为立家之本",在小说前半段,作者用简练流畅的笔调铺写百年老街居民的"道德自信",尤其是"济南第一大老实"左老先生左门鼻。左家本是民国时期大律师莫家的马夫,莫家去台湾前将大院赠给左家。可左门鼻多年来却只住在一间厢房里,且把大院收拾得干净利索,"老老实实"地等主家回来的那天。在左门鼻这样老先生的示范之下,老实街仿佛就有了一个老实的"气场",让新来的理发师傅陈玉伋也很快受到濡染并表现出他的老实性情来。小说中段,左门鼻两次赠刀,陈玉伋二番送还,这桩被老实街居民反复渲染的事体成了一桩佳话,也在证实百年老街"老实"名头的不虚。

如果小说止于此,依然不失为一篇佳作,左门鼻和陈玉伋的君子之风和邻里相处的人间情味会让人想起汪曾祺《岁寒三友》里的王瘦吾、陶虎臣和靳彝甫的交情,甚至想起《世说新语》"德行篇"里那些脍炙人口的故事。氤氲在老实街的市井道德反证了世风之不古,情节的演进不疾不徐,如款款打开一幅画轴。可以说,这样的小说从文字到故事再到立意,都站得住,经得起推敲。然而,王方晨并不甘心停留于恬然地感伤这个前辈先贤已经做出极好示范的层面,他希望在市井道德和人间情味的呈现中有更深层的发掘,赋予小说"思想的骨骼"。具体到《大马士革剃刀》中,他要追问的是,作为文化基因或者说心理无意识积淀的"老实"除了给老实街的居民带来"道德自信"和淳朴的古风之外,还意味着什么?在一个道德剧变即将来临的过渡时刻,老实街的被拆迁与"老实"的样板意义的消逝又在传递怎样的思考?

小说的后半段,波澜突起。与左门鼻相依为命的老猫被人剃了个精光,如同怪物。在众人的围观中,老猫跃入河底走失。左门鼻又收养了一只流浪小猫,某日,这只小猫攀墙走壁,跳上了陈玉伋理发铺子的屋顶,好不容易才被救下。老猫的蒙羞也让老实街的居民觉得蒙羞。而经历这桩意外之后,左门鼻和陈玉伋都变得苍老衰颓,陈玉伋被女儿接回老家后不久即故去,临终前嘱咐女儿再去老实街探望左门鼻,看看那把锋利的大马士革剃刀。

故事至此,读者关注的焦点自然是虐猫的真凶;素来讲究"留白,设置残缺和间隔化效果"的作者却只肯给出模糊的暗示,迟迟不交代真相。按照一般的常理推断,左门鼻的老猫全身的毛都被光滑地剔去,显然应出自善用剃刀的老手,老实街上下有此手艺的只有功夫精湛的剃头师傅陈玉伋;被左门鼻认为继承了老猫灵魂的小猫偏偏要跑到陈玉伋理发铺子的屋顶上,而陈玉伋又不敢出门逮猫,似在撇清又似在坐实些什么。不过一直到小说最后,作者还是对真相语焉不详。陈玉伋的女儿来替亡父收拾旧物时,向左门鼻询问到底发生了何事,左门鼻的回答是:"你爹老实,还能有什么事?"又问:"左老伯,我爹不曾得罪过您吧?"左门鼻回说:"瞧闺女说的,老陈怎会得罪我?我生气……"这里的省略号欲言又止又似意犹未尽。笔者以为,作者如此处理,一来可以增加小说的意趣和机锋,二来即为将这意趣和机锋导入更深一层的关于市井道德的审视。

事实上，以"老实"命名一条老街道是有相当复杂的寓意在其中的。"老实"可以理解为一种德性，再扩而大之可以理解为一套良知系统。按照孙隆基《中国文化的深层结构》的说法："西方人的道德是指个体对自己的'完整性'之维持，中国人的道德则基本上是指'社会道德'，乃由群众压力或'人言可畏'所维持的，因此基本上仍然是一个人情化的因素。"也就是说，道德感的维系要依赖世俗人情的制约，如此便不免导致一种泛道德主义的良知运作模式，即"每一个人都不是诉诸更高的原则，而是看大家都在做什么都不在做什么来作为是非定夺的标准。当每一个人都把'跟大家一样'内在化后，就要求别人就范"。[1] 当然，这种逼人就范并不依靠暴力，而是依靠类似"人言可畏"的环境所形成的软暴力。比如在老实街，老实的定义并不是某种务虚的理念，而是由左门鼻这样的老街坊垂范出来，于是，像左门鼻那样待人接物就成为老实街居民"是非定夺的标准"。左门鼻对陈玉伋的惺惺相惜正源于此。

问题是，良知系统一旦固化，其对个人行为的宰制就是全方面的和铲平主义的。孙隆基在他的书中提到一个路德教背景的留学生对中国道德的观察："大家都说中国人是一个很道德的民族。但是，据我看，道德牵涉到自我的选择。一种从来也没有出现自我选择的状况并不能算是道德的状况。"[2] 这个观察某种程度上点出了问题的症结所在，缺乏自由选择的良知系统必然会使得某些希望保有个性自由的人感受到那庞大道德感的不能承受之重。回到小说中来，虐猫事件发生之后的陈

---

[1] 孙隆基：《中国文化的深层结构》，广西师范大学出版社，2004年，第42、177页。
[2] 同上书，第192页。

玉伋为什么一下变得病弱不堪，不正是因为他无法承受老实街上下对他是否真的够老实的道德质疑吗？老实街的居民觉得"最有资格为虐猫案充当判官的"还是左门鼻自己，"我们潜身在各个角落，目送他走进莫家大院，焦急等待他重新走出来，再看他向左还是向右"，"在虐猫案发生后的三天里，是左门鼻第一个踏入陈玉伋理发铺。他在那里剃了头，走到街上，好像从来没有什么猫不猫的，我们也似乎跟着松了口气"。虽然口里说左门鼻自己才是合适的判官，可老实街里无处不在的"我们"所形成的合力还是将陈玉伋放在了一个被审判的位置上。当后来又发生小猫跃上他家房顶的事情，陈玉伋的闭门不出被街坊们牢牢看在眼里，人言可畏式的道德归罪再一次指向了他，也终于压垮了他。在泛道德化的良知体系中，被众人非议的"羞耻感"最能体现人情化的道德对于个体的压力。

小说写到，陈玉伋离开老实街前找到左门鼻，要左门鼻帮他剃个光头。这一笔似在接续小说前半部分二人的高古之谊，但因为有了虐猫的波澜，何尝不可以理解为陈玉伋借左门鼻之手以剃发的方式完成施于自身的道德惩戒？鄙意以为，这是小说中别有骨力也是最让人动容的一笔。

小说结尾，作者照应到开头的拆迁，作为题目的"大马士革剃刀"也又一次被亮了出来。已经垂垂老矣的左门鼻在离开老实街前，把那把串联他和陈玉伋人生交集的剃刀遗留在旧地，被一个拾荒的老人捡到，精致的刀上沾着一根猫毛。在老屋的断壁残垣前，大马士革剃刀凛凛的刀光记录着老街行将消逝的"老实"，而它的锋芒也劈开了"老实"帷幕之下的暗流。至于那根轻盈的猫毛，也深于一切语言和啼笑地包蕴着对人生的讽刺和感伤。老实街的倾圮也自然意味着"老实"的良知系统的崩坍,即将到来的是一个道德多元、选择也多元的时代。陈玉伋的故事未必会再发生,但复合多元的伦理构成带来的却将是新的分外纷扰、让人心焦的道德乱象,那是属于新的故事了。

二

陶然者,欣悦欢喜之状貌,"大陶然"者,自更当"陶然以乐"乃至其乐融融。然而,读过王方晨先生的《大陶然》,却不由让人倒吸一口冷气,心中泛起阵阵寒凉。和此前不久备受好评的《大马士革剃刀》一样,《大陶然》写的还是济南故事,对世道浇漓的观照与思考、内蕴的批判指向却又辐射广阔,超逾地域之上,成为王方晨写给当下时代精神病况的又一份精准病案。

《大陶然》的故事很简单,狄肇魁和怀酽妮是同住陶然小区的上下楼邻居,两人一起结伴去某产品体验馆路上,横跨马路护栏时,因老狄照顾老怀不周导致后者摔伤骨裂,两人生活也因此发生变化。在老怀儿女的撺掇下,她讹上老狄,吃住他家,而备感无奈的老狄在隐忍敷衍多日之后,以一种让人意料不到的方式完成了自己的报复。相信读者在读这篇小说时一定会有会心之感,毕竟彼时彭宇案、许云鹤案尘埃未定,坊间所谓"不是老人变坏了,而是坏人变老了"的调侃又甚嚣尘上,为老不尊所引发的议论纷纭大概也最能表征我们这个道德危如累卵的时代畸形的伦理状况和由此衍生的人际焦虑与信任危机。王方晨以"老人跌倒"为由头并将之细细铺展的用意显现了他对时代之疾正面强攻的担当,当然,作为一个聪明的写作者,他并未在小说里重复一个"撞与未撞""有责与担责"的道德罗生门的新闻迷局,而是将老无所依的空巢之困与人性之幽暗关联在一起，更体贴也更内在地拷问了中国式老人之"恶"的根由。

小说中的老狄与老怀一为鳏夫一为寡妇，这样的巧合设置当然有过于戏剧化之嫌，不过王方晨也许正要借此巧合来构筑一个典型情境，以对生活的提纯和放大达至使作品具有更寓言化的涵盖力的效果。所谓"鳏夫房顶炊烟少，寡妇门前是非多"，在传统语义场中，鳏寡之人的家庭残缺最易引起众人对他们私人生活泛道德化的关注，并且议论"是非"的言语暴力也因掩盖在礼防的道德面孔下从而具有了某种合理性，这使得丧偶老人正常的情感问题也变得敏感和不正常起来，并在事实上加重了他们社会交往的困境。小说开篇从老狄打镲和与老怀斗嘴写起，看似闲笔实则笔笔关情。老狄沉迷打镲是老有所乐，镲是"苍茫无际的世界"还给他留着的"两个揪头"，是对他情感亏欠生活的转嫁和代偿；老怀嘴上不饶人，与老狄你来我往地斗嘴近于调笑，这样的嘴上缠斗又何尝不是排遣孤独的良药？小说写到，老怀四十岁就守寡，而老狄也丧偶五年，一对邻居兼老友于情于理也应该在一起，可居然以这样的方式彼此平行地生活着。是儿女的阻力，还是心理的压力，小说隐入不言，细入无间。

接下来，老怀的摔伤给了两个孤单的老人彼此接近的机会，老怀在儿女的怂恿下决意住到老狄家里，这仍是一个有悖常理、出人意料的情节点。表面看来，两个身份特殊的人居然敢于冒着外人指点是非的风险共居一室，这变化也太快了些，但细细斟酌，这不循常理其实又是曲中筋节的，对他俩而言，老怀的意外受伤恰是一块遮人耳目的好布，用她自己的话就是"我不能好，我好了就不能来了"。随之而来的，那埋藏于心中蠢蠢欲动的情感和欲望也终于获得登场的机会，几番试探和博弈之后，两个老人从嘴上缠斗到了床上缠斗。

行笔至此，这个"老人摔倒"的故事都似在向着"陶然以乐"的方向伸展，然而结尾处隐忍慈爱的老狄却换了一个人般当着众多外人的面大声呵斥起老怀来，并抛出令人瞠目的"坑"论：

"你本来知道嘛，这个世道，坑就一个字……世道就是这样，哪管你精明一辈子，该失算还是失算。"他说，像对世界说："既然自己掉坑里，那就自己爬出来。"

如此突兀的转折不但让老狄和老怀的陶然之乐戛然而止，也使得读者渐近陶然的心情瞬间反转。在我看来，这个逆势的收束是公然地对常态小说布局的挑衅，它非常不符合读者的阅读期待和审美定势。可是，王方晨着意如此又并非单纯出自陌生化之类的美学考量或修辞技艺，而更像图穷匕见，他就是要借老狄的报复亮出人性之恶的利刃，划破陶然的、一团和气的假幕，提醒我们一个荒寒的真相：在当下的中国社会，脆弱的人际信赖体系变得岌岌可危，四处流布的不安全感就像无解的僵尸病毒，让每一个中毒者既成为信用缺失的牺牲品，又成为一个继续传播信用缺失的新载体，就如老狄恶狠狠地向世界宣称的那样："既然自己掉坑里，那就自己爬出来。"人们过分的应激反应诱发释放出了被道德封存的对他人和社会的恶意，加速了情况的恶化。

福山在《信任》一书中认为，信任在文化与经济资本的链条中有着至关重要的作用，它嵌入社会文化之中，是"规矩、诚实、合作的行为组成的社区中产生的一种期待"[1]。有意味的是，尽管"信"乃儒家的元德之一，但中国却被福山划入"低信任度国家"的范畴。其实不只福山，从孟德斯鸠到马克斯·韦伯，他们对中国社会形态中诚信的理念与实践都评价不高，这是因为中国传统的家国同构预制了以血缘关系本位的信任结构，让其对家族以外的陌生个体和社群本能地保持警惕和不信。比如，在《大陶然》中，老狄和女儿卫庆，老怀和女儿大桂、玲子和儿子大军便形成两个血缘利益共同体，彼此提防，暗中算计。更麻烦的是，在中国从"熟人社会"向"半熟人社会"再向"陌生人社会"的现代转型中，信用体系的更新与重组并不顺利，传统的人际信任资源存量式微，现代化的制度信任又没建立充分，无法真正嵌入嬗变的社会关系之中发挥替代功能，其后果自然便是无处不在的信任危机。就像小说里的老狄和老怀，他们有彻骨的空巢之痛，渴望暮年的心灵陪伴，又有惧怕所托非人的信任风险，正暴露了社会化养老的不健全和养儿防老的不可信，这种落空之感当然会加重老人的防备和防范心态，以讹诈作为自保。这就是中国式老人之"恶"的吊诡和无奈！

　　人有病，天知否？一向很会给小说命名的王方晨以"大陶然"戏谑然而沉重地将"扶不扶"的道德命题点染成郁愤的人性荒诞剧，老狄最后向天的镲声虚空却蓦地"就成了盛大的合奏"，作为看客的我们又何尝不是这合奏中的一名乐手或是一名听众呢？

---

[1] 弗朗西斯·福山：《信任：社会美德与创造经济繁荣》，彭志华译，海南出版社，2001年，第4页。

泥河风物有无间

在黄河尾闾有这么一个鱼骨状的小城镇,东北角破烂的水塔兀自高耸,仿佛某种禁忌的昭告;南面的泥河水质浑黄,缓缓流淌,沉滞中却未免不隐含波动的讯息;大波录像厅、悦来客栈、纽乐芙照相馆、苏三音像店、太平洋网具店、吕记面酱店、大同鞋店、面粉厂和利民水产点、新生百货店错落地林立在小镇的那条也叫泥河的大街上。阳光慵懒,空气中有某种过熟的味道混杂着几个不羁少年的怅惘,算命先生瞎碌靠在墙角,不知道在计算谁家的运命;布店老板毛三与他买来的四川女人的调笑声隐隐传来,引出这些店里镇民暧昧促狭的笑意,可是,他们自己其实也是别人嘴里的故事……少年李广州在午后的阳光下,心事满满地注视着小镇,不由感慨:"我的故乡泥河,一切都复杂而荒唐,不可思议。"

是的,这就是杨袭笔下的泥河镇,它让我们熟悉而又陌生,亲切又有抗拒,它安放我们少年的记忆却不能承载我们被城市和远方蹉跎了的灵魂,它让我们记挂,更让我们心痛,因为它牵动我们充满时光错位感的追怀,而杨袭本人也是一个错位的书写者,一个在21世纪开始小说创作笔下却洋溢出20世纪80年代声色和质感的书写者;这种错位还在于，作为一个新锐的女性作家，她居然能不受任何当下女性写作惯性潮流的沾染，也与某种习见的选刊恶趣味绝缘，她对先锋文学暗暗的偏好，对小说结构的经营与讲究，当然还有那些修饰关系繁复的长句，都让她的小说成为对读者耐心的考验，而一俟进入她的泥河世界，一种葳蕤华美的也是凛冽和寒冷的气息便会如影随形，争逐读者共赴一席文字的筵宴。

从《八三年》说起

"总有一天，我们会坠入无边黑暗……"这是《八三年》中类似题记的开头。有趣的是，在相关的创作谈中，杨袭说："给人类希望是永恒的真理。应当是，也必须是。"我以为，黑暗与希望的角力恰是我们看待这部小说一个富有观照意义的视角，甚至也是我们探勘杨袭全部作品的重要角度。

在我读到的关于《八三年》的解读中，论者大都聚焦在少年李广州守护友情的人格力量上，杨袭自己也说："爱与希望正是将我们牢牢地粘着在生命这块涂满千奇百怪的幸福与痛苦的画布上的最强劲的力量。"映照于小说中，李广州多年冤狱无罪释放后依然对旧友和旧乡初心不改，温情如昨，似也在印证这一点。但是这个小说最震动我的还是由青春期的荷尔蒙、人性的本能、命运的盲动，以及题目"八三年"所投射的那个特殊年代的"严打"背景交织出的"复杂"的"荒唐"：两个青春期少年无意间洞破了沈梅双与老师不堪的私情，于是决意杀死那个玷污他们心目中女神的猥琐老师，而老师却被早先一步赶来的不堪忍受他风流的发妻所杀，陷入恐惧的少年李广州成了命案的替罪羊并在友谊的信条下成了这桩冤案唯一的承负者——这里，罪的引发、实施与承担充斥着冲动、偶然、任性和悖谬，或者用小说里的话，一切不过是"一场毫无收获的冒险"。而且在我看来，李广州的蒙冤与其说见出他人格的高贵，不如说更见出他这一自我牺牲行为的虚无来：他没有出卖的沈梅双居然颇有心机地将怀孕的负担转嫁给瘸子郭少安，在几年之后成了一个富态安逸的老板娘；他最信赖的朋友张江苏在他的包庇下，躲过审判，数年后成了某大学的老师，而张江苏写给狱中的李广州那唯一的被后者视为友谊明证的信诉说的中心正是沈梅双庸常世俗的人生，这分明是在提醒和反讽李广州他的付出是多么的没有意义。或许可以这样说，杨袭在这个小说里对"坠入黑暗"的处理更倾心，而"爱与希望"的维度不是没有——如那个相信阅读的力量的老狱警和他给予"我"的启示——但后者并未形成足以中和前者的力量，也正因对黑暗与幸福的这种"建设性的模糊"处理，这个小说才具有了更幽玄和深邃的审美力量。

李广州和张江苏之外，同样处于"模糊"地带的泥河镇少年还有毛北京、武沈阳、武上海和吕西安等几个，这些少年郎的顽劣事迹叠印在泥河镇的大街上或居民的街谈巷语间，成为小镇历史别一种的铭刻或者注脚。坦白说，杨袭笔下这些少年的经历和体验都算不上新鲜，熟悉的读者或许会联想到早年苏童"城北地带"和"刺青时代"里乖张的少年往事，不过，他们在《风过泥河》《高塔》《三声蛙鸣》等小说中彼此互文地串联在一起，互为镜像，他们对情感和人生既懵懂又执拗，既天真又残忍，那种青春期特有的危险的蛊惑依旧构成迷人的叙事动力源。

比如《风过泥河》，这篇小说在云淡风轻的题目下，处理了少年毛北京的倔强和隐隐的懦弱：他性意识的蠢蠢萌动、被朋友和后母的调情冒犯的尊严、在更幼者面前充当首领的陶然、对强者的恐惧以及被猝不及防的死亡震碎的青春等。小说的开头和结尾都很巧妙，开头是毛北京挑衅似的："你别高兴得太早！"这话既是对武沈阳说的，也像是说给世界的成长宣言。而结尾时，他无奈地回到家中，看到父亲毛三正蹲在地上给买来的后妈小唐洗脚，"见毛北京进来，毛三抬起头指着门后面说：'来，把擦脚布递过来，你要赶眼神儿，多干点儿，你妈要给你生弟弟啦！'"父亲对后母的谄媚以及对话里的轻慢显现了在大人世界中，对毛北京试图确立自己生存意义的视而不见。显然，这个有些戏谑意味的结尾让毛北京开头的豪言壮语落空了，他的成长被延宕下来，就像他怀揣的斧头没有用武之地，就像石匣的死亡意外成就了武沈阳的担当，而毛北京却只能陷入自责并让此前的憧憬戛然而止。

X 先生、the other 咖啡馆与泥河镇时空

到目前为止，除了背负命案不知所踪的吕西安和在监狱里坐了十几年牢的无辜少年李广州，泥河对于泥河镇的子弟们来说仿佛就真的具有让人泥陷其中的力量。他们名字里包含着的强烈的奔向远方、到世界上去的寓意，可却被故土牢牢地牵系着。作为故土的泥河镇，也是镇上少年成长的最重要的空间。

"泥河镇"系列小说中的时间也值得观照。巴赫金在谈到成长小说时曾经指出，典型的成长叙事的一个要素是"时间进入人的内部，进入人物形象本身，极大地改变了人物命运及生活中的一切因素所具有的

意义"[1]。而在泥河镇的少年故事部分，杨袭不但把时光都拉回到20世纪80年代，而且在她的控制下，时间的进展被处理得很迂缓，换言之，她并未像巴赫金谈到的那样让时间进入人的内部，自然，泥河镇少年的成长也便同毛北京一样，停留在了一个未完成的状态里。城东北角那座旧水塔即仿佛凝固时光的象征，它的存在似乎是一切"诡祟压抑"的源头。

在《高塔》中让少年小索镇在1985年的夏季感到恐惧的就是那座"神秘带着死亡气息的水塔"。这篇小说看起来与《八三年》有着类似的叙事结构，在后者中，李广州在若干年后重回泥河镇；在《高塔》里，重回泥河镇的便是当年的小索镇，不过当小索镇自称X先生时，一种身份的分裂感掺杂在今昔时光的映照中，给读者传递出焦灼和怅惘缠绕的原乡意绪。而且，在小说里，虽然时间是纵深的——一开始，小说便提到，X先生在追忆他在泥河镇近二十年的生活，但是他离开泥河镇的时间和他在镇上的时间相比完全构不成比例，而他在泥河镇的时间又几乎被凝定在写作题为《高塔》的那首诗的1985年的夏季：在这个夏季，他收获了诗歌，收获了吕西安坚固的友情，也收获了此后的岁月里未曾消减的对叫梅的女孩的挚爱。

小说结尾部分X先生有这样一句有点玄妙的感慨："哼，人生是个函数，无奈常量太强大。变量再努力，于结果也是忽略不计。"我以为，这句话可以做两重理解。其一，对于小索镇的人生函数而言，他的来处泥河镇是最大的常量，是他此生悲欣几乎唯一的牵记，以至于厌恶它又必须浮沉于它之中；其二，X先生加在自己身份之上的这个未知数

---

[1] 巴赫金：《小说理论》，白春仁、晓河译，河北教育出版社，1998年，第230页。

X，反倒呈现出他自我身份辨识的焦虑，和他叫作广州、北京、上海、西安等的乡党一样，X这个变量和未知被他叫作小索镇的前史所预制，让他的回乡之旅变成对常量和已知的找寻。这种处理是非常特别的。一般而言，"游子返乡"的叙事通常从"昔我往矣"与"今我来思"的情感落差出发，表达物是人非的今昔之感。而X先生面对水塔都已经不在的泥河镇，却是"物非人是"的，他要回到小索镇的视镜里在少年的水塔中找到自我的确证。

小说里作为叙述者的"我"身份暧昧不明，似乎更像一个在泥河镇谋生的异乡人，"我"要开一家叫"the other"的咖啡馆，这个名称里强烈的"他者"意涵显露了叙述者要让自己的空间从泥河镇切割出去的冲动，却招来X先生强烈的质疑，认为在泥河镇的地盘上，任何人身上都叠印着别人的印迹，要做一个与别人不同的"他者"只能是种希望甚至"意淫"。X先生的质疑当然源于他的现身说法，无论作为一个诗人还是归乡者，甚至是给自己假设一个"未知的"身份，他都无法让自己真正摆脱泥河，他不但对自己的爱情无能为力，在他的诗作《高塔》中，他也早已预言了自己的人生：他用"过去的手"剥开"高塔的皮肤"，试图穿过那"倒塌给未知的影子"。不要忘记，他所有的诗作都以"高塔"为题，这座在现今的泥河镇里已经消失的建筑果然"喻示着那块土地的一切"！

我们注意到，除了这些少年，泥河对大人也同样是无法摆脱的牵记，比如大同鞋店的老郑和外乡来此养虾的孙少红，他们偶尔离开，但兜兜转转，最终还是回来。而即将离开泥河的少年有一天也一定会回来吧，那当然属于新的人生了；还有那个目前还只有轮廓的梅、小哨和豆的故事，也让读者心怀挂念。泥河镇的版图在渐次扩张，杨袭投入其间的文学之心也一点点地于焉浮现。她曾经表示要努力向《马桥词典》这样的经典致敬，在我看来，就目前已经完成的泥河系列，一种和而不同的泥河镇地理志学已颇有可观之处。

关于周燊的"印象派"

对于其代表作《印象派》,周燊曾经写下两篇风格截然不同的创作谈:一篇题为《我曾爬上豹子的那棵树》,如文章题目所示,此文写得华彩缤纷,诗性盎然,像童话又像呓语,当然我们也不难从中读出一个新锐青年写作者的自矜和自怜;另一篇题为《我是如何"编造"生活的》,则写得老老实实,坦诚地交代了她作为一个人生阅历相对匮乏的后来者,如何借助脑洞大开的联想为"灵感"寻找故事的肉身去"编造生活"的过程。我想,这两个创作谈其实也不妨视作周燊小说创作的两面,作为一个远未定型的新人,她迄今为止的小说同样很难用程式化的语汇做简单的总括:一方面,她的小说是简单的,她依赖故事,而且通常是超出日常情境、给人一种震惊效果的故事,即她自谓的更多"悬念、离奇和纠结",此外,她组织故事的痕迹历历可见,距离前辈们近于天衣无缝的那种境界尚有不小的差距;然而另一方面,她又会赋予简单的故事一种让人着迷或费解的飞扬感,显示了她在编织故事之外的另一种编织能力,那种在故事中糅合诗性、寓言和超验的道德想象的能力,在施予故事的肉身之后,她并不满足,还要以这具肉身去接通社会的敏感神经。就后一点而言,周燊显然不是一个甘愿接受代际逻辑塑造和支配的 90 后作家,她不希望青年写作者的小说一定要经过"青春自叙状"的历练,虽然像《我曾爬上豹子的那棵树》之类的文字也显现了她不自觉地对自己所属代际属性的微妙服从,但她强调聚焦他人而不是己身的写作观,的确可以从根上避免其创作流于"自涉性"观照的代际逻辑通病——她显然记得略萨在《给青年小说家的信》中那个必要的提醒:"凡是没有摆脱作者、仅仅具有传记文献价值的小说,当然是失败的虚构小说。"[1]

我们先以《印象派》为例,这个小说脱胎于周桑在大学履新后住教师公寓的经历,但呈现给读者的故事却几乎已经看不到她自己的影子。小说的主人公李映真因为一次鲁莽的见义勇为被判了三年徒刑,释放后他立志与过去切割,但却因为租房与同租夫妇中的妻子产生了奇妙的情感反应。后来夫妇发生嫌隙,妻子被丈夫痛殴的当口,李映真出于对牢狱生涯的恐惧没有去搭救同他有感情牵扯的妻子,让自己陷入巨大的茫然和噬心的苦痛之中。这个小说的情节张力相当饱满,首先,它讲述的是一个"形囚"如何转换为"心役"的故事,短暂的监狱生涯之于李映真最大的影响是变异了他的人性,让他此后无论如何丰盈的爱意和正义都成为畸形和压抑的情绪,并进而成为人性中的负面资产。其次,小说的张力还来自借助巧合完成的重复,即李映真第一次见义勇为和第二次出于恐惧的退缩形成的猝然的对照。戴洛·维奇早就说过,对于任何一个成熟的小说家而言,"巧合"其实都是情节的大敌,太像戏的故事会损伤小说真实的质感,而且也确有评论者指出《印象派》的问题在于"缺乏足够可信细节的支撑"。不过,我更倾向于把小说中"巧合"的情节理解为周桑有意为之的"结构手段"——当然,这是属于一个年轻写作者的机巧——就像主人公的名字"映真",小说要

---

[1] 马里奥·巴尔加斯·略萨:《给青年小说家的信》,赵德明译,第21页。

阐明映射的是人类本质的某个真相,而不是惟妙惟肖地搬演一段日常生活。换言之,它的失真处也是它的较真处,小说的"巧合"让李映真有了两次踏入同一条河流的可能,因此,它本质上是一则放大生命体验的寓言,一则以生活和诗歌之名去拷问人性之真的寓言。

周燊着意区分了想象和联想的不同,她说:"联想能力其实与想象能力不同,它强调一个'联'字,着重于是否有能力把各种不相干的想象联系起来。"这里的关键是"不相干",就像《印象派》里的大学教师、阶下囚、诗歌传情、家庭暴力和人性深渊这些元素的调配,而更能体现这种联想能力的是她的短篇近作《在人民广场站跚蹰》。初读起来,这是篇组织章法上略显杂乱的小说,海归剩女管正的上海故事与她在英国留学时发生的意外事件的有机性似乎没有真正建立,二者并非逻辑分明的后果与前因的关系。但如果晓得了周燊以"联"字作为组配小说情节和结构的方式,便又能理解她的意图了,她在题目中强调了"跚蹰"(顺便说一句,我甚至猜想这个小说最初的源头可能是那首广为流传的民谣《我在人民广场吃炸鸡》),其实是在暗示管正迷茫的心绪无所谓出国前后的因果。作者在这个小说中要实现靠自由联结,在不相干的事物中制造联系并借此洞察人性的快意。于是,我们看到英国人炮福在上海开了一家售卖《山海经》主题工艺品的小店,管正留学时跟随英国朋友去猎狐狸而与当地的妓女发生了口角,管正回国找不到合适工作只得委身炮福的小店,猎狐事件留下的阴影让她觉得自己受了狐媚的蛊惑,这几桩几乎没有实际关联的事情居然被"狐狸"这个关键词统摄起来,而且一经联结就滋生出各种复杂的内容:炮福代表的西方男性与管正代表的东方女性,炮福沉迷的东方文化符码和令管正沉溺的"皇家英伦腔",其间的错综和纠缠可以发掘出很多微言大义,比如金融白领在全球化语境中的精神颓败、后殖民与解殖民的复杂辩证等，这些未必包括在周桑写作的设计之中，但也恰恰说明了其自由联想的写作观赋予其小说文本的别一种广阔和丰富。

《在人民广场站踟蹰》中不断闪现的"狐狸"呈现了周桑创作的另一个特点，即对核心意象的提炼和赋形，她的小说总是围绕某一不寻常的意象展开，并随着故事的进行邀请读者更仔细地思考这一意象的隐喻意义和小说主旨的内在关联：在《辛红的纱布》里是一块被染红的纱布，在《牙洞》里是张大胡子自己拔掉牙齿后那突兀的空缺，在《点不亮的油灯》里则是一个盛纳美式望远镜的盒子。以《辛红的纱布》为例，小说中血染的纱布意象固然匪夷所思，但如果考虑到整个小说的命意，这个意象又可以说是相当精警的，辛红的守身之举混合着对原欲的抵抗和女性被男权文化塑造的幽闭恐惧，她对养女李蝶的照料其动机也是复杂的，一方面有推己及人的关切，另一方面她也知道自己异于常人、近乎疯狂的举动隐含着对舍她而去的丈夫的报复，于是，围裹女儿的纱布既是维系亲情的纽带，也成了二人心生怨怼的壁垒。而养女的回报更是令人惊悚的，她把母猩猩生产时留下的污血泼溅到辛红晾晒的纱布上，这无疑是对迂腐又固执的养母最深在的讽刺。纱布在小说中不断获得意义的增殖，从个人羞耻感的外显，到母女情感疏离的象征，进而成为社会畸形贞洁观念的一个喻指。因此，这个小说其实颇能体现写作者的抱负，稍显可惜的是，故事接二连三的反转固然铺垫出起伏跌宕的悬疑，但也多少冲淡了其反思和批判的缜密与力度。

我们注意到，除了《韭菜湖》外，周桑小说的叙述者都与她有较大的年龄差，她尤其偏爱用中年的视角，这大约也是她力图超越青年写作藩篱的一种障眼法吧。在创作谈《在却步中为时间收尸》里，她用华丽的诗性语言谈到了自己的写作对时间和历史的思考,她说:"在我的作品中,我所探讨的就是这种失去意义的时间。""失去意义的时间"当然是一个比喻的说法,它指的是无法被历史所记取或标记的残骸,周婓在这里强调的是自己的创作对记忆的见证和拯救。

美国的文化学者罗伯特·波格·哈里森有一本很有意思的小书《我们为何膜拜青春——年龄的文化史》,书中他借用社会学中"幼态持续"的观念,论证青年乃是文化创新的根本动力,同时他也反思了席卷全球的"返老还童"现象对历史连续性秩序的破坏。在前言中,他如此说道:"乍看之下,这个世界现在主要属于年轻一代(有着自行其是心态和科技小玩意儿的一代),但实质上,我们时代正自觉或不自觉地夺去年轻人赖以茁壮成长所最最需要的东西。它夺去他们的闲散、遮蔽、孤独和创造性想象力。它夺去他们的自发性、惊奇和失败的自由。它夺去他们闭上眼睛自行想象的能力,让他们无法在电影、电视和计算机荧屏的框架外思考。它夺去他们与大自然的广博和具体的关系——没有这种关系,人就不可能与宇宙有连通感,而人生也会始终保持在本质上无意义的状态。它夺去年轻人与'过去'的连续性,而这个'过去'的未来,他们很快便有责任去打造。"[1]

我之所以引这样一大段,是想说明周婓的写作在90后作家浮出水面大背景下的个案意义,从发掘70后开始,到80后,到90后和马上登场的00后,文学圈一直乐此不疲地在制造并消费"青春"和"青年"写作的话题,这种"幼态持续"固然有"一代有一代之文学"的合理性,

---

[1] 罗伯特·波格·哈里森:《我们为何膜拜青春——年龄的文化史》,梁永安译,生活·读书·新知三联书店,2018年,第4页。

但也在一定程度上对青年的创作构成了观念性的干扰，让他们的写作成为对代际共同体的认同和塑造，从而让自己的艺术个性面目不清。我们可喜地看到周桑对这一现象的警觉，也可喜地看到她要在断裂处接续时间的自觉，当然，这种警觉和自觉过强也会给她的小说一种矫枉过正的偏颇。我们前面说了，对于周桑，对于整个 90 后作家群，他们都远未到定型的时候，他们要记住哈里斯的忠告："幼儿化欲望或粉碎世界的相对稳定性对'年轻'毫无裨益"，一个社会所能带给他们的最大祝福是把"他们变成历史的继承人"，而不是"历史的孤儿"。[1]

---

[1] 罗伯特·波格·哈里森：《我们为何膜拜青春——年龄的文化史》，梁永安译，生活·读书·新知三联书店，2018 年，第 4 页。

后　记

　　这本批评集中收录的最早的一篇文章是写于 2002 年的《〈创业史〉中的女人们》，跟我的博士论文题目相关，其他大多数则写于最近五年。2007 年夏天，我从一家出版社调回到母校山东大学，恰逢主讲"当前文学热点"课程的同门大师兄施战军老师因事离开山大，他便把这门课程交给了我，而其时我对当下文学所知非常有限，为了备课，便将自己科研的重心从文学史观的现代转型转移到对热点文学话题的关注上，也是从那时起，开始尝试写一点批评的文章，记录自己浅薄的观察和思考，几年下来，也略微积累了一些，较有代表性的便都收录在这里。

　　在文学研究界有一个流传甚广的"鄙视链"的说法，即古典文学研究者瞧不起现代文学研究者，现代文学研究者又瞧不起当代文学研究者，而当代批评相比于当代文学史和文学理论研究，地位上又要差些——这当然是一个调侃，不过其中也未免没有以为批评文章算不得学问的成见。更尴尬的是，很多作家对于批评其实也抱有某种不信，略萨在他的《给青年小说家的信》的末尾便谈到"无论什么成功的小说还是诗歌总会有某个因素或者领域是理性批评分析无法捕捉到的"，因为写作除了批评依赖的理性和智慧之外，还有"以决定性的方式参加进来的直觉、敏感、猜测，甚至偶然性，它们总会躲开文学评论研究最严密的网眼"。此中关键，我以为并不在批评本身，而在于如何理解批评的"学理性"和"创造性",在这两点上,我个人很钟爱的现代批评家刘西渭其实早就给出了精彩的答案。

作为20世纪中国文学史上印象主义批评的代表,李健吾和他的《咀华集》一直不缺拥戴者,不过绝大多数的拥戴者在表示过敬仰之后,都习惯加一个遗憾的尾巴,下面这段被不少论者转引过的话——"李健吾的批评尽管庭院深深,繁花似锦,小桥流水,情志生动,但毕竟气象不够宏伟,无以与文学批评史上的批评大家相提并论。这结果,李健吾的批评构成了批评史上的永恒绝唱,却未构成批评史上的震荡千古的黄钟大吕。"[1]——即是明证,但细读这段话,有两点颇值玩味:其一,对李健吾批评的批评用的恰恰是李健吾的路数;其二,也是更重要者,论者在下判语时已然预设了一个批评应"气象宏伟"的立场,李健吾这种"情志生动"的路数当然有违于批评的正途,所以注定是"绝唱"的运命。按此标准,批评史上诸如《二十四诗品》《文赋》这样的好文字肯定也称不上"黄钟大吕"。我不知晓论者"气象宏伟"的批评立场自何而来,不过放在当下的批评语境中,这段话同样应景甚至更为贴切,因为无论学院批评的"规行矩步",还是媒体批评的"褒义大词癖",像模像样的批评大都道貌岸然,给人不怒自威的气场,像李健吾这样的印象派似乎在学理上便先矮了三分,更兼那种种散漫芜杂的文风,何谈登堂入室?

然而且慢,如果我们对"气象宏伟"的理解不只局限在叠床架屋的概念演绎和结构繁复的逻辑归纳,也包容进超越性的审美领悟和性灵理解上的高妙,包容进对字句文辞之美的会心和体贴,那恐怕结论就要

---

[1] 刘锋杰:《中国现代六大批评家》,安徽文艺出版社,1999年,第184页。

反转过来吧？而将批评变成李健吾所谓"思维者的苦诣"不正是当下批评的征候所在吗？质而言之，印象主义批评并不是印象批评，学理也不必以板滞僵硬的面目示人，站在情理兼具的立场重读《咀华集》，李健吾的文学批评观不应不是绝唱，更值得我们为之招魂。

作为法语文学的专家，李健吾精深的文学修养毋庸置疑，在他的评论文字中，对文豪先贤的引用，对中西批评观念的比照，历历可见。比如在讨论巴金的《爱情三部曲》时，为他提及的名字就有纽曼、考伯、波德莱尔、布雷地耶、左拉、福楼拜、乔治桑、雪莱等多位，但是这与时下批评中那种恶趣味的援引风气截然不同。说白了，后者援引的咄咄逼人的高精尖理论不过是掩盖思维贫乏、感悟迟钝、洞察力匮乏的遁词，等而下之者，更能把一种理论变成一种放之任何文本而皆准的万金油。反观李健吾的批评，"创造"构成他一个重要的关键词，他说过这样的话："犹如书评家，批评家的对象也是书。批评的成就是自我的发现和价值的决定。……一个批评家是学者和艺术家的化合，有颗创造的心灵运用死的知识。"在李健吾看来，避免理论霸权，避免让批评变成"名词的游戏"的根本在于忠实于对作品的印象直觉，而要获得新鲜的中立的印象直觉，在进入作品之初，"首先理应自行缴械，把词句、文法、艺术、文学等武装解除，然后赤手空拳，照准他们的态度迎了上去"。批评者的任何判断和阐述都必须是基于文本的生发，而不是盘踞脑海里的先验理论。所谓的赤手空拳，也即一种阅读时的赤子之心，这样获得的感受才能规避预设观念的主导。

李健吾把批评活动理解为是用"自我的存在印证别人一个更深更大的存在"，作者在创作中"倾全灵魂以赴之"，那批评者也当"独具只眼，一直剔爬到作者和作品的灵魂的深处"。[1] 这既是对批评对象的礼貌，也是批评者的尊严所系。也正因此，李健吾的批评始终贯穿着清醒的自省与自审意识。他认为相比于"指导"与"裁判"，更理之当然的批评是鉴赏与尊重，批评是"一个人性钻进另一个人性，不是挺身挡住另一个人性"[2]。用这一点去考量当下的文艺批评，漫说"灵魂的奇遇"罕见，最起码的能对批评对象深入熟悉的恐怕亦是少数。很多批评家往往凭借对作品梗概的了解或信手翻阅的片段就能做出璀璨的华章，表下严厉的断语。这种评论的态度不由得让人想起《列子》里说的九方皋相马的寓言："若皋之所观，天机也。得其精而忘其粗，在其内而在其外。见其所见，不见其所不见；视其所视，而遗其所不视。若皋之相者，乃有贵乎马者也。"可惜的是，我们当下的批评多的是秦穆公，抓住一点小错处不计其余，少的是九方皋，注目于"全盘的和谐"。

上述所论，其实也算自己的批评观吧。以此标准来看这些年写就的批评文字，隔膜处、过度诠释处、理论滥用处也是不少，以至于我自己在整理时总不免自惭，然而还是不揣冒昧地汇集起来见人，是因为可当作对自个儿的过往铁证如山的提醒。

最后，想表达自己的感谢：首先感谢我的导师孔范今教授，每次跟老师聊天都会有意想不到的收获，而老师当年课上的教诲在今天对我依然具有无可替代的意义。我特别希望有本像样子的书可以让老师写序，又特别怕打扰他老人家。感谢施战军老师引领我进入批评之门，并在很多关键时刻给予我无私的指导和提携。感谢孔门的兄弟姐妹。

---

[1] 郭宏安编：《李健吾批评文集》，珠海出版社，1998年，第52、53页。
[2] 同上书，第29页。

感谢山东大学文学院各位给我最初的文学教益的师长和前辈。感谢在批评之路上以他们的睿智和宽厚帮助过我的吴义勤、李敬泽、张清华、白烨、孟繁华、陈福民、孙甘露、王尧、张燕玲、贺仲明、黄发有、谢有顺、邱华栋、王春林、韩春燕、来颖燕等老师。感谢这些文章所讨论的作家朋友的包容，无论我多么尖刻和偏颇，你们都有一颗虔诚和诚恳的文学之心。感谢中国现代文学馆和山东省作家协会的领导和朋友，"客座研究员"和"签约评论家"制度不但给我创造了良好的科研条件，也督促我这个怠懒的人能稍微勤奋一些，尤其是张炜、刘玉堂、王兆山、赵德发和李洱老师，谢谢你们的鼓励。感谢现代文学馆所有的客座研究员，尤其是第四批的小伙伴们，与大家的相处是近来最美好的记忆。感谢所有的同学，转化成课堂上的讲述是写作这些文章的动力之一，而你们的专注和兴趣是支撑我个人的最大动力。感谢北京大学出版社，尤其是责编李书雅老师为书稿付出的心血。感谢我的家人，谢谢你们的陪伴。

2018 年 5 月 1 日